LaVyrle Spencer wurde 1943 in Browerville, Minnesota, geboren und besuchte die High School in Staples, Minnesota. Sie lebt heute mit ihrem Mann und ihren beiden Töchtern in Stillwater, Minnesota.

Von LaVyrle Spencer sind außerdem als Knaur-Taschenbücher erhältlich:

»Ich hasse dich, ich liebe dich« (Band 2821)
»Küß mich, Schurke« (Band 2895)

Deutsche Erstausgabe 1990

Titel der Originalausgabe »Separate Beds«

This edition published by arrangement with the Berkley Publishing Group, New York
Umschlaggestaltung Manfred Waller
Umschlagillustration Sharon Spiak, Agentur Luserke, Friolzheim
Satz Compusatz GmbH, München
Druck und Bindung Ebner Ulm
Printed in Germany 5 4 3 2 1
ISBN 3-426-02909-X

LaVyrle Spencer:
Getrennt von Tisch und Bett

Roman

Aus dem Amerikanischen von Ingeborg Ebel und Traudl Weiser

Knaur

Meinem Mann, Dan, in Liebe.
Das Beste, was mir je im Leben widerfahren ist.

1

Unter den gegebenen Umständen war es eine Ironie des Schicksals, daß Catherine Anderson nur wenig mehr von Clay Forrester als seinen Namen wußte. Er muß reich sein, dachte sie, als ihr Blick durch die Eingangshalle schweifte, die offenbarte, wie begütert die Familie Forrester war.

Gegenüber dem Portal lag der Empfangssalon, ganz in hellgelben und goldenen Tönen gehalten. Über ihr hing ein Kristallüster. Eine geschwungene Treppe führte in den ersten Stock. Ihr gegenüber waren zwei Türen, zwischen ihnen stand eine Konsole mit anmutig geschwungenen Beinen. Das Licht einer Kupferlampe wurde von einem Spiegel mit goldenem Rahmen reflektiert. Neben ihr stand eine große Messingvase, in der stark riechende Eukalyptuszweige staken. Von dem Geruch wurde ihr langsam schlecht.

Sie betrachtete die massive, aus Eichenholz geschnitzte Doppeltür. Die Knäufe besaßen eine Form, die sie noch nirgendwo gesehen hatte. Sie wirkten, als hätte ein Kunstschmied sie angefertigt. Bitter fragte sich Catherine, wieviel diese Türgriffe gekostet haben mußten, ganz zu schweigen von der protzigen Sitzbank, auf der man sie zurückgelassen hatte. Sie war mit weichem, braunem Samt bezogen – ein Möbelstück absurder Extravaganz, das sich nur sehr reiche Leute leisten konnten.

Ja, die ganze Halle war ein Kunstwerk. Alles paßte zusammen – nur Catherine Anderson paßte nicht hierher.

Obwohl sie attraktiv war: Ihr aprikosenfarbener Teint und ihr von der Sonne gebleichtes blondes Haar verliehen ihr ein frisches, vitales Aussehen. Ihre Gesichtszüge besaßen jene ansprechende Symmetrie, die ihr ihre skandinavischen Vorfahren vererbt hatten – eine gerade Nase, geschwungene Lippen, blaue Augen und feingezeichnete Brauen.

Es war ihre Kleidung, die sie verriet. Sie trug blaue Hosen und eine Bluse, die schon bessere Tage gesehen hatte. Die Kleidungsstücke waren aus schlechtem Stoff, selbstgenäht. Ihr Trenchcoat war an Kragen und Ärmeln durchgescheuert, fadenscheinig. Ihre braunen Schuhe waren aus einem synthetischen Material und abgetragen.

Obwohl Catherine ärmlich gekleidet war, strahlte sie durch ihre Haltung Frische und Stolz aus.

Doch die bröckelte jetzt ab, je länger sie hier saß. Denn ihr wurde bewußt, daß man sie wie ein ungezogenes Kind hier sitzengelassen hatte, das Strafe verdiente. Was der Wahrheit ziemlich nahe kam.

Mit einem resignierten Seufzer lehnte sie den Kopf gegen die Wand. Sie schloß die Augen, verschloß sie vor ihrer luxuriösen Umgebung, doch ihre Ohren konnte sie vor den zornigen Stimmen, die aus dem Arbeitszimmer drangen, nicht verschließen – die ihres Vaters, hart und anklagend; die Mr. Forresters, beherrscht und wütend.

Warum bleibe ich eigentlich hier? fragte sie sich.

Aber sie kannte die Antwort: Ihr Hals tat noch immer vom Druck der Finger ihres Vaters weh. Und natürlich mußte sie auch auf ihre Mutter Rücksicht nehmen. Sie saß ebenfalls dort, bei den bedauernswerten Forresters, die – reich oder arm – nichts getan hatten, um einen Verrückten wie ihren Vater ertragen zu müssen. Catherine hatte nie gewollt, daß es zu dieser Situation käme. Sie sah noch die schockierten Gesichter von Mr. und Mrs. Forrester vor sich, als ihr Vater mit seiner Beschuldigung in dieses Haus geplatzt war. Sofort hatten sie alle höflich ins Arbeitszimmer gebeten und vorgeschlagen, man möge in Ruhe miteinander reden. Aber sie hatten dann gleich gemerkt, wes Geistes Kind Herb Anderson war, als er auf die Sitzbank deutete und seine Tochter anbellte: »Pflanz deinen kleinen Arsch hierher, Mädchen, und bleib sitzen, sonst prügele ich dich windelweich!«

Plötzlich wurde die Haustür geöffnet und ließ einen Strom würziger Herbstluft herein. Der Mann, der die Halle betrat, paßte in seiner Erscheinung perfekt zum Interieur. Seine Kleidung war eine Symphonie der verschiedensten Brauntöne: kamelfarbene Hosen aus einem leichten Wollstoff, Sportjackett in Rostbraun, darunter ein Pullover in hellerem Rostbraun, weißes Hemd mit geöffnetem Kragen, der die Goldkette um seinen Hals erkennen ließ. Selbst die Natur hatte, so schien es, zu dieser Farbharmonie beigetragen, denn seine Haut war noch vom Sommer gebräunt und sein Haar von einem dunklen Rotgold.

Er pfiff vor sich hin und entdeckte Catherine nicht, die teilweise von dem Eukalyptusarrangement verdeckt wurde. Sie machte sich noch kleiner und beobachtete ihn, als er zu der Konsole ging und die darauf liegende Post durchsah. Noch immer pfiff er. Sie konnte sein klassisch schönes Gesicht im Spiegel sehen: die gerade Nase, hohen Wangenknochen, intensiven Augen. Aber sein Mund – ach, er war zu schön, zu lebhaft und lebendig, um irgend etwas anderes als Fleisch und Blut zu sein.

Noch immer bemerkte er sie nicht und ließ den modischen Sportmantel von seinen Schultern gleiten. Er legte ihn sich nachlässig über einen Arm und lief die Treppe, zwei Stufen auf einmal nehmend, hoch.

Catherine war in sich zusammengesunken.

Aber sie straffte sich, als die Tür zum Arbeitszimmer aufgestoßen wurde und Mr. Forrester erschien. Die Bücher in seinem Rücken gaben einen würdigen Rahmen ab. Seine schiefergrauen Augen drückten schlecht verhohlenen Zorn aus. Dem Mädchen auf der Sitzbank schenkte er kaum einen Blick.

»Clay!« Der herrische Ton ließ den jüngeren Mann innehalten.

»Sir?«

An die Stimme konnte sich Catherine gut erinnern, doch die formelle Anrede überraschte sie. In ihren Kreisen wurden Väter nicht »Sir« genannt.

»Es ist wohl angezeigt, daß du ins Arbeitszimmer kommst.« Dann verschwand Mr. Forrester. Die Tür ließ er, wie zur Betonung seines Befehls, offen.

Wären die Umstände andere gewesen, hätte Clay Forrester Catherine sicher leid getan. Er pfiff nicht mehr. Sie hörte nur seine Schritte, als er die Treppe wieder hinunterging.

Die Arme hielt sie um ihren Leib gepreßt und kämpfte gegen ihre unerwartet aufsteigende Panik an. Oh, wenn er mich nur nicht sieht! flehte sie, obwohl der gesunde Menschenverstand ihr sagte, daß sie ihm wieder begegnen mußte. Früher oder später würde er wissen, daß sie hier war.

Das Herz schlug ihr in der Kehle; Verlegenheit hatte ihre Wangen gerötet. Er trat vor den Spiegel und überprüfte sein Aussehen. Einen Moment lang schien er verwundbar zu sein, da er weder wußte, daß er beobachtet wurde, noch, was ihn im Arbeitszimmer erwartete. Aber, sagte sie sich, er ist nicht nur reich, sondern auch ein Snob. Er verdient, was auf ihn zukommt.

Er machte eine Bewegung und sah sie im Spiegel. Seine Augen signalisierten Überraschung, dann drehte er sich sofort zu ihr um. »Oh, hallo«, grüßte er sie. »Ich habe Sie nicht gesehen. Sie hatten sich ja dahinter versteckt.«

Ihr Herz schlug noch immer wie wild, aber sie nickte ihm nur mit ausdruckslosem Gesicht zu. Sie hatte ihn nie wiedersehen wollen; auf diese Begegnung war sie nicht vorbereitet gewesen.

»Entschuldigen Sie bitte«, fügte er höflich hinzu, als spräche er zu einem der Klienten seines Vaters, die dort oft warteten. Dann ging er ins Arbeitszimmer.

Von dort ertönte der Befehl seines Vaters: »Mach die Tür zu, Clay!«

Sie schloß die Augen.

Er erkennt mich nicht wieder, dachte Catherine. Wegen dieser Erkenntnis hätte sie plötzlich, aus unerklärlichen Gründen, weinen mögen, obwohl das irrsinnig war, denn sie hatte doch gehofft, er würde sie als Fremde behandeln – was er ja getan hatte.

Ihren aufsteigenden Tränen machte Zorn Platz, denn Catherine Anderson erlaubte sich keine Gefühlsausbrüche. Nur Schwächlinge weinen! Oder Narren!

Aber Catherine war weder das eine noch das andere, wenn auch die Umstände jetzt gegen sie sprachen, aber in vierundzwanzig Stunden würde alles anders aussehen.

Hinter der geschlossenen Tür explodierte Clay Forresters Stimme. »Wer?« Sie riß die Augen auf.

Er erinnert sich nicht an mich, erkennt mich nicht, dachte sie wieder und fand sich mit der Tatsache ab.

Die Tür zum Arbeitszimmer wurde aufgerissen. Clay Forrester stand im Rahmen. Der Blick seiner grauen Augen durchbohrte sie. Sie erwiderte ihn scheinbar gleichgültig und entspannt. Seine ganze Haltung drückte aus, daß er kein Wort glaubte von dem, was dort drinnen gesagt worden war. Breitbeinig, mit in die Hüften gestemmten Fäusten, musterte er sie, ließ seinen Blick bis zu ihrem Bauch schweifen, sah ihr dann wieder in die Augen. Ihre Indifferenz entging ihm nicht.

Sie empfand diesen Blick wie einen Schlag ins Gesicht und heftete den ihren auf seinen Mund, an den sie sich so gut erinnern konnte, auch wenn ihre Begegnung nur so kurz gewesen war. Aber da sie nichts über ihn wußte, entschied sie, vorsichtig zu sein, und schwieg.
»Catherine?« sagte er schließlich. Sie glaubte, seinen Atem zu sehen, so kalt war das Wort.
»Hallo, Clay«, antwortete sie obenhin und wahrte ihre falsche Distanz.
Sie stand auf. Wie selbstsicher sie wirkt, fast hochmütig, dachte Clay Forrester, überhaupt nicht ängstlich – und sicherlich nicht demütig um etwas bittend.
»Sie gehören dazu«, konstatierte er knapp. Catherine warf ihm einen kühlen Blick zu und ging an ihm vorbei ins Arbeitszimmer. Er strahlte eine Feindseligkeit aus, die fast greifbar war.
Der Raum wirkte wie im Märchen. Im Kamin brannte ein Feuer; auf polierten Tischen standen halb gefüllte Gläser; die Wände waren mit Bücherregalen bedeckt. Alles strahlte gediegenen Reichtum, Wärme und Behaglichkeit aus. Herb Anderson hatte mit Bedacht diese frühe Abendstunde gewählt, weil er annahm, daß dann alle Forresters zu Hause sein würden.
Clays und Catherines Eltern stellten einen derartigen Gegensatz dar, daß man darüber hätte lachen können. Mrs. Forrester saß in einem Ohrensessel vor dem Kamin. Sie war sichtlich aus der Fassung geraten, bewahrte aber Haltung. Exquisit gekleidet und tadellos frisiert, wirkte sie wie eine jugendliche Königin.
Ada Anderson, die ihr gegenüber saß, trug einen schäbigen Mantel, der ihre plumpe Figur noch unterstrich. Ihr graues Haar war wirr; den Blick hielt sie gesenkt.
Mr. Forrester, in einem dreiteiligen, maßgeschneiderten,

grauen Anzug, stand hinter seinem Mahagonischreibtisch, auf dem mehrere in Leder gebundene Bücher standen, die von Buchstützen aus Jade gehalten wurden, die ein kleines Vermögen wert waren.

Und davor stand ihr Vater. Er trug einen roten Nylonblouson mit der Aufschrift *Warpo's Bar*. Er hatte einen Bierbauch, ein aufgedunsenes Gesicht, in dem das ständige Selbstmitleid darüber geschrieben stand, daß die Welt Herb Anderson nicht gab, was ihm gebührte.

Catherine blieb neben ihrer Mutter stehen. Sie merkte, daß Clay hinter ihr stand. Sie ignorierte ihn und wandte ihr Gesicht seinem Vater zu, dem Mann, der den Raum beherrschte und für sie eine weitaus größere Bedrohung darstellte als ihr Vater, auch wenn er sich wie ein betrunkener Seemann aufführte. Deshalb blieb sie stehen, damit sie ihn Auge in Auge konfrontieren konnte.

»Mein Sohn scheint Sie nicht zu kennen, wie?« Die Stimme war kalt, scharf. Sie klang gefährlich.

»Nein, das tut er wohl nicht«, antwortete Catherine und sah ihn direkt an.

»Kennst du sie?« fuhr der Vater seinen Sohn an.

»Nein«, antwortete Clay, was Catherines Zorn erregte. Nicht, weil sie wollte, daß er sich an sie erinnerte, sondern weil er log. Hatte sie überhaupt die Wahrheit von ihm erwartet, nachdem sie erfahren hatte, daß er so reich war, daß er sich jede Lüge leisten konnte? Trotzdem tat ihr seine Antwort weh. Sie drehte sich nach ihm um und warf ihm einen eiskalten Blick zu.

Lügner! schien sie stumm zu schreien. Er betrachtete sie selbstgefällig, und plötzlich fiel ihm alles wieder ein.

O ja, er erinnerte sich an sie! Jetzt erinnerte er sich an sie! Aber er hütete sich, es zu zeigen.

»Was, zum Teufel, soll das? Ein Komplott?« fragte er anklagend.

»Das ist es nicht. Und Sie wissen es«, antwortete Catherine und fragte sich, wie lange sie noch diese Ruhe bewahren konnte.
Aber in diesem Augenblick meldete sich Herb Anderson lautstark zu Wort. »Wir fordern unser gottverdammtes Recht, Sie Schnösel. Glauben Sie nur nicht ...«
»Sie befinden sich in meinem Haus«, unterbrach ihn Mr. Forrester scharf, »und falls Sie wünschen, daß diese ... diese *Diskussion* fortgesetzt wird, werden Sie sich benehmen, solange Sie hier sind!« Das Wort ›Diskussion‹ hatte er mit unverhülltem Sarkasmus ausgesprochen, doch es war offensichtlich, daß Anderson die Bedeutung des Wortes nicht kannte.
»Wenn der Kerl nicht gesteht, werde ich schon die Wahrheit aus ihm rausprügeln.«
Clay wirkte angeekelt. Er sah das Mädchen an, doch sie bewahrte Haltung, schien noch immer kühl und unbeteiligt zu sein.
»Halten Sie Ihre Zunge im Zaum, *Sir*, oder Sie verlassen mit Ihrer Frau und Tochter sofort mein Haus!« befahl Forrester.
Anderson jedoch hatte sein ganzes Leben lang auf eine solche Gelegenheit gewartet. Und, bei Gott, jetzt war sie da. Er pflanzte sich vor Clay auf.
»Laß mal hören, du Schnösel«, grinste er höhnisch. »Sag doch, daß du sie noch nie gesehen hast, und ich schlage dir deine hübsche Fresse zusammen. Und wenn ich mit dir fertig bin, Sonny, presse ich aus deinem Daddy jeden gottverdammten Penny raus, den er hat. Ihr reichen Bastarde glaubt wohl, daß ihr jeden Rock hochheben könnt, der euch über den Weg läuft? Nein, mit mir nicht, mit mir nicht.« Er drohte Clay mit der geballten Faust. »Dieses Mal werdet ihr bezahlen, oder ich schreie überall herum, daß du ein beschissener Vergewaltiger bist!«

Vor Scham wäre Catherine am liebsten im Boden versunken, aber sie wußte, daß sie nichts tun konnte. Ihr Vater hatte den ganzen Tag getrunken, um sich für diese Konfrontation zu wappnen.
Noch ehe Clay antworten konnte, forderte Herb Anderson seine Tochter höhnisch auf: »Sag's ihm, Mädchen ... sag's ihm. Es war doch dieser Schnösel hier, der dich umgelegt hat!« Angeekelt wich Catherine vor dem stinkenden Atem ihres Vaters zurück, er aber zerrte sie am Arm und giftete: »Entweder du sagst es, oder du weißt, was passiert.«
Clay trat zwischen die beiden. »Das reicht! Lassen Sie sie los! Sie hat's doch schon gesagt, sonst wären Sie ja nicht hier.« Dann fügte er, ruhiger geworden, hinzu: »Ich sagte, ich kenne sie nicht. Aber ich kann mich an sie erinnern.«
Catherine warf ihm einen warnenden Blick zu. Sie wollte nicht, daß Clay Forrester in einer noblen Geste sich selbst opferte.
»Na also!« Anderson machte eine Geste, als würde er eine Trumpfkarte auf den Tisch klatschen. Mrs. Forrester zuckte zusammen. Ihr Mann zeigte ein erstes Zeichen der Niederlage; er stand mit offenem Mund da.
»Du gibst also zu, daß du der Vater des Kindes dieser Frau bist?« fragte er ungläubig.
»Ich gebe nichts dergleichen zu. Ich sagte nur, ich kann mich an sie erinnern.«
»Wann hast du ihre Bekanntschaft gemacht?« wollte Claiborne Forrester wissen.
»Im Sommer.«
»Wann in diesem Sommer?«
»Im Juli.«
Hämische Schadenfreude machte Herb Andersons Gesicht noch widerwärtiger.
»An welchem Tag im Juli?«

»Am vierten Juli.«
»Und was geschah am vierten Juli?«
Catherine hielt den Atem an; sie schämte sich, weil sich Clay in dieser peinlichen Lage befand.
»Ich war mit ihr verabredet, kannte sie aber nicht.«
Im Zimmer wurde es still wie in einer Kirche. Catherine sah förmlich, wie jeder die zweieinhalb Monate, die seit jenem Tag vergangen waren, nachrechnete.
Claiborne reckte aggressiv das Kinn vor. »Und?«
»Ich beantworte keine weiteren Fragen mehr, ehe ich nicht mit Catherine allein gesprochen habe«, sagte er zu ihrer Überraschung.
»Clay Forrester, du wirst meine Fragen hier und jetzt beantworten!« explodierte sein Vater und schlug mit der Faust auf den Schreibtisch. »Hast du zu dieser Frau am vierten Juli eine Beziehung gehabt oder nicht?«
»Mit allem gebührlichen Respekt, Vater, aber das geht dich nichts an«, entgegnete Clay.
Mrs. Forrester bedeckte mit zitternder Hand ihren Mund. Mit flehendem Blick beschwor sie ihren Sohn, alles abzustreiten.
»Du sagst mir, das gehe mich nichts an, wenn dieser Mann hier dir mit einer Vaterschaftsklage droht und dein guter Ruf sowie meiner in dieser Stadt auf dem Spiel stehen?«
»Du hast mich gelehrt, daß ein Mann für seinen Ruf selbst verantwortlich ist. Was dich betrifft, brauchst du dir also keine Sorgen zu machen.«
»Clay, ich will nur die Wahrheit wissen. Wenn die Antwort ›nein‹ ist, hör auf, dich schützend vor das Mädchen zu stellen, und sag nein. Wenn die Antwort ›ja‹ ist, gib es zu und laß uns die Angelegenheit bereinigen.«
»Ich antworte nicht eher, bis ich mit ihr gesprochen habe. Offensichtlich hat man uns beide bei dem stattgefundenen

Gespräch ignoriert. Nach meiner Unterredung mit Catherine gebe ich dir meine Antwort.« Er bedeutete Catherine, ihm zu folgen, aber sie war wie betäubt und rührte sich nicht. Niemals hätte sie erwartet, daß die Dinge diese Wendung nehmen würden!

»Warte einen Moment, Sonny!« keifte Herb Anderson. »Du kannst mich nicht so einfach austricksen. Ich bin kein Arschloch, ich weiß genau, wie dein dreckiges Spiel aussieht. Du willst sie doch nur mit ein paar kümmerlichen Scheinen abfinden, und dann ist für dich das Problem gelöst, wie?«

»Wir wollen gehen.« Clay ignorierte Anderson.

»Ich sagte, du sollst warten!« Anderson stieß seine schmutzige Hand Clay vor die Brust.

»Gehen Sie mir aus dem Weg!« Der böse Unterton in Clays Stimme zwang Anderson zum Nachgeben. Clay ging zur Tür und sagte knapp zu Catherine: »In Ihrem eigenen Interesse kommen Sie besser mit.«

Sie gehorchte automatisch, wenn sie auch innerlich zitterte. Sie nahm an, er würde sie in ein anderes Zimmer bringen, doch er ging zur Haustür, öffnete sie und verkündete: »Wir fahren spazieren. Wir müssen reden, und ich will verdammt sein, wenn ich das im selben Haus tue, wo unsere Eltern sind.«

Sie zögerte; ihre blauen Augen waren voller Mißtrauen.

»Sie haben gar keine andere Möglichkeit«, sagte er unnachgiebig. Aus dem Arbeitszimmer war noch immer die streitsüchtige, betrunkene Stimme ihres Vaters zu hören. Nein, ihr blieb keine Wahl, also folgte sie Clay nach draußen.

2

In der hufeisenförmigen Auffahrt parkte jetzt hinter dem Sedan ihres Vaters eine Silver Corvette. Ohne auf sie zu warten, riß Clay die Fahrertür auf und stieg ein. Sollte sie überhaupt mit ihm fahren? Schließlich wußte sie nichts über ihn. Vielleicht war er ebenso gewalttätig wie ihr Vater und zu allem möglichen fähig, um zu verhindern, daß er Ärger bekam.

»Kommen Sie schon, damit wir die Geschichte hinter uns bringen.« Seine Worte flößten ihr wenig Vertrauen ein.

»Ich ... ich möchte wirklich nicht mitfahren«, stammelte sie.

»Sagen Sie bloß, Sie hätten Angst vor mir«, spottete er. »Dafür ist es wohl etwas zu spät.« Er startete den Motor, ohne seinen unverschämten Blick von ihr abzuwenden. Sie stieg schließlich ein. Er fuhr wie ein Verrückter los und nahm die Kurven mit atemberaubender Geschwindigkeit, fast ohne zu bremsen. Er schob eine Kassette in den Recorder, und laute Rockmusik dröhnte im Wagen. Sie stellte die Musik leiser, da warf er ihr einen Blick aus den Augenwinkeln zu und fuhr noch schneller.

Aus lauter Angeberei lenkte er mit einer Hand.

Und sie tat, als ob sie das alles nicht berührte, dabei war sie halbtot vor Angst.

Sie fuhren durch eine ihr unbekannte Gegend. Die Scheinwerfer streiften ein Schild mit der Aufschrift: PARKZEITEN

VON 10 UHR – Clay fuhr so schnell, daß Catherine den Rest nicht lesen konnte. Schließlich bog er auf einen Parkplatz ein, der von Bäumen umgeben war. Er hielt so abrupt, daß sie fast mit dem Kopf gegen die Windschutzscheibe gestoßen wäre. Aber sie sagte nichts, sah ihn nur an.
Er stellte den Motor ab, betrachtete prüfend ihr Profil und schwieg. Er wollte sie beunruhigen, was ihm auch gelang.
»Nun gut«, sagte er endlich, »was für ein Spiel spielen Sie hier eigentlich?«
»Ich spiele kein Spiel.«
Er schnaubte verächtlich. »Das glaube ich Ihnen sogar. Aber ich möchte gern wissen, was ich damit zu tun habe.«
»Tun Sie doch nicht so, als ob Sie das nicht wüßten. Wir beide wissen doch, was passiert ist.«
»Ja, und *was* ist passiert?«
»Ich bin schwanger, und Sie sind der Vater.«
»Ich bin der Vater?« schrie er außer sich. Aber sie zog sein Gebrüll noch seiner verrückten Fahrweise vor.
»Sie scheinen über diese Tatsache empört zu sein«, sagte sie obenhin und sah ihn kurz an.
»*Empört* ist wohl nicht das richtige Wort! Glauben Sie vielleicht, ich falle darauf rein?«
»Nein«, entgegnete sie. »Ich nahm an, daß Sie alles abstreiten würden. Damit wäre die Sache erledigt gewesen, und jeder von uns wäre wieder seine eigenen Wege gegangen.«
Ihre offensichtliche Distanz nahm ihm den Wind aus den Segeln. »Das hätte ich wohl tun sollen.«
»Ich werd's überleben«, sagte sie tonlos.
Er war verwirrt und dachte, sie ist ein seltsames Mädchen, so gelassen, fast kalt wirkt sie. »Wenn Sie es auch ohne mich schaffen, warum haben Sie dann diese Szene arrangiert? Das möchte ich gern wissen.«
»Ich hab das nicht gemacht. Das war mein Vater.«

»Dann war es also seine Idee, uns heute abend zu überfallen?«
»Ganz recht.«
»Und Sie hatten nichts damit zu tun«, fügte er sarkastisch hinzu.
Da wurde Catherine wütend. Sie drehte sich zu ihm um und zischte: »Ehe Sie noch weiter in diesem anklagenden Ton mit mir reden, sollen Sie wissen, daß ich nichts von Ihnen will! *Überhaupt nichts!*«
»Und warum sind Sie dann hier und nehmen mich auseinander?«
»Ich nehme Sie nicht auseinander, Mr. Forrester.«
»Und was sollen alle diese Anschuldigungen, die ich mir heute abend anhören mußte?«
»Glauben Sie doch, was Sie wollen«, sagte sie resigniert und wandte sich wieder von ihm ab. »Ich will nur, daß man mich in Ruhe läßt.«
»Warum sind Sie dann überhaupt gekommen?« Da sie schwieg, beharrte er: »Warum?«
Eigensinnig schwieg sie weiter. Sie wollte weder sein Mitleid noch sein Geld noch seinen Namen. Sie wollte nur frei sein.
Wütend über ihre Halsstarrigkeit, packte er sie an der Schulter und schüttelte sie. »Hören Sie, Lady, ich habe nicht ...«
Sie stieß seine Hand beiseite. »Ich heiße Catherine«, zischte sie.
»Ich weiß, wie Sie heißen!«
»Sie brauchten aber ziemlich lange, bis Sie sich daran erinnert haben.«
»Was soll das heißen? Ach, die Lady ist wohl beleidigt, weil ich sie nicht gleich erkannt habe, wie?«
Sie antwortete nicht, spürte jedoch, wie sie errötete.
»Widerspricht sich das nicht? Soll ich Sie nun kennen oder nicht kennen? Wofür haben Sie sich entschieden?«
»Ich wiederhole: Ich will nichts anderes von Ihnen, als daß Sie mich nach Hause fahren.«

»Ich fahre Sie erst nach Hause, wenn wir diese Angelegenheit hier geklärt haben und ich mich nicht mehr bedroht fühle.«
»Ich bedrohe Sie nicht.«
»Allein Ihre Anwesenheit im Haus meiner Eltern war eine Bedrohung. Reden wir über Ihre Abfindung – falls Sie wirklich schwanger sind.«
Sie hatte nie geglaubt, daß er daran zweifeln könnte.
»Oh, ich bin wirklich schwanger. Das steht fest.«
»Ich glaube Ihnen. Ja, ich glaube Ihnen. Aber ich werde beweisen, daß das Kind nicht von mir ist.«
»Wollen Sie etwa behaupten, Sie erinnern sich nicht daran, daß wir am vierten Juli Geschlechtsverkehr hatten?«
»Natürlich erinnere ich mich daran. Aber was beweist das schon? Es hätte noch ein Dutzend anderer Männer geben können.«
Auf eine solche Bemerkung war sie gefaßt gewesen, doch nicht auf den Zorn, den sie in ihr erweckte. »Wie können Sie es wagen, eine solche Behauptung aufzustellen, wenn Sie wissen, daß es niemand anderen gab!«
»Nun scheinen Sie empört zu sein. Frauen, die wahllos Geschlechtsbeziehungen eingehen, kann man nicht trauen. Jedenfalls gibt es kein Mittel, um die Vaterschaft zu beweisen.«
»Es ist kein Beweis nötig, wenn es das erste Mal war!« Sie kochte vor Wut und fragte sich, warum sie ihre Worte an ihn verschwendete. Er knipste plötzlich die Innenbeleuchtung an. Clay Forrester sah aus, als hätte er einen Schock erlitten.
»Was!« rief er wie betäubt.
»Machen Sie das Licht aus!« befahl sie und wandte ihr Gesicht ab.
»Den Teufel tue ich. Schauen Sie mich an.« Irgend etwas hatte sich in seiner Stimme verändert, aber das machte es ihr noch unmöglicher, ihn anzusehen.

Draußen herrschte schwarze Nacht, doch sie blickte angestrengt in die Finsternis, als fände sie dort eine Antwort. Da griff er nach ihrem Kinn, drehte es zu sich und zwang sie, ihn anzusehen. Sie starrte ihn an, wollte ihn hassen, aber sie konnte es nicht.

»Was haben Sie gerade gesagt?« Der Blick seiner grauen Augen gestattete ihr keine Flucht. Sie war von dem Verlangen hin- und hergerissen, sich ihm anzuvertrauen und zu schweigen. Schließlich war er der Vater ihres Kindes.

Er versuchte sich deutlicher an jene Julinacht zu erinnern, aber er hatte zuviel getrunken.

»Sie tun mir weh«, sagte sie ruhig.

Er ließ sie los, sah sie jedoch weiterhin an. Sie hatte ein Gesicht, das man nicht so leicht vergessen konnte: eine schmale, sensible Nase, Wangen mit Grübchen, große blaue Augen mit dichten Wimpern und einen feingeschwungenen Mund. Ihr schulterlanges Haar war blond und von fast weißen Strähnen durchzogen. Sie war schlank und schmalhüftig, mit langen Beinen, so wie er die Frauen liebte.

Wie Jill, dachte er.

Der Gedanke an Jill brachte ihn in die Wirklichkeit zurück. Er versuchte wieder sich zu erinnern, was in jener Nacht zwischen ihnen passiert war.

»Ich ...« fing Catherine an und bat dann höflich: »Machen Sie bitte das Licht aus?«

»Ich denke, ich habe doch ein Recht, Sie anzusehen.«

Auf diese Weise angesehen zu werden war ihr peinlich. Schließlich wandte sie den Kopf ab und fragte: »Sie können sich nicht mehr daran erinnern, nicht wahr?«

»Nicht an alles.«

»Und ich hielt Sie für einen erfahrenen Mann. Jemanden, der sofort eine Jungfrau erkennt.«

»Es geht Sie nichts an, wie oft ich solche Dinge tue.«

»Das stimmt. Ich habe Sie ja auch nicht danach gefragt. Nur, ich muß mich verteidigen, denn Sie scheinen mich zu fragen, wie oft *ich* solche Dinge tue. Keine Frau mag es, wenn man sie der Promiskuität bezichtigt. Ich möchte nur klarstellen, daß es für mich das erste Mal war. Ich dachte, Sie hätten es gemerkt.«

»Wie schon gesagt, meine Erinnerung daran läßt mich im Stich. Angenommen, ich glaube Ihnen – es hätte doch noch andere Männer nach mir geben können.«

Sofort wurde sie wieder wütend. »Ich habe nicht die Absicht, hier weiter rumzusitzen und mich von Ihnen beleidigen zu lassen!« Dann stieg sie aus seinem Wagen und marschierte einfach in die Dunkelheit.

»Kommen Sie zurück!« rief er.

»Gehen Sie zum Teufel!«

Sie ging weiter. Er lief hinter ihr her, griff nach ihrem Arm und zwang sie stehenzubleiben. »Verdammt noch mal, Catherine, kommen Sie in den Wagen zurück!«

»Warum denn? Damit Sie mich der Hurerei bezichtigen? Das hat schon mein Vater getan. Aber von einem anderen Mann lasse ich es mir nicht gefallen!«

»Entschuldigen Sie. Aber wie soll ein Mann denn reagieren, wenn er plötzlich mit solchen Dingen konfrontiert wird?«

»Diese Frage kann ich nicht beantworten, da ich kein Mann bin. Aber ich dachte, daß ein Sexprotz wie Sie das wüßte.«

»Ich bin kein Sexprotz!«

»Na gut. Und ich keine Hure. Jetzt sind wir quitt.«

»Wollen wir nicht mit den gegenseitigen Beleidigungen aufhören? Sie behaupten, daß Sie noch Jungfrau waren, aber ich kann es Ihnen nicht bestätigen.«

»Der Zeitpunkt der Geburt des Kindes wird meine Behauptung bestätigen. Es soll am sechsten April zur Welt kommen.«

»Entschuldigen Sie, wenn ich noch einmal darauf zurückkomme. Warum versuchen Sie, mich von der Tatsache zu überzeugen, daß ich der Vater bin, wenn Sie angeblich nichts von mir wollen?«

»Ich ... ich wollte es nicht, aber Sie haben ja behauptet, es hätte noch andere Männer gegeben. Es geht um meine Ehre und sonst gar nichts.« Sie merkte, daß ihre Stimme einen flehenden Ton angenommen hatte, und murmelte: »Ach, warum verschwende ich meine Zeit mit Ihnen?« Dann drehte sie sich um und ging in Richtung Straße.

Diesmal ließ er sie gehen. Er stand da im Dunkeln und dachte, daß sie die irritierendste Frau war, die er jemals kennengelernt hatte. Er lauschte ihren sich entfernenden Schritten und dachte dann, die bin ich Gott sei Dank los! Aber er durfte sie nicht gehen lassen.

»Catherine, seien Sie vernünftig!« rief er hinter ihr her. »Kommen Sie zurück!«

»Lassen Sie mich in Ruhe, Clay Forrester!«

Er fluchte, ging zu seinem Wagen zurück und drehte den Zündschlüssel so heftig im Schloß herum, daß er beinahe abgebrochen wäre. Die Corvette röhrte den Hügel hinunter, die Scheinwerfer erfaßten Catherine. Der Wagen überholte sie und blieb dann mit quietschenden Reifen stehen.

Clay stieg aus und wartete auf Catherine. Sie wollte an ihm vorbeigehen, aber das ließ er nicht zu. Er hielt sie einfach fest.

»Steigen Sie ein, Sie Hitzkopf!« befahl er. »Ich lasse Sie nicht hier im Dunkeln stehen, ob Ihnen das nun gefällt oder nicht.«

Sie entgegnete heftig: »Ich muß verrückt gewesen sein, überhaupt Ihr Haus betreten zu haben. Ich wußte doch, daß das nichts bringt.«

»Warum haben Sie es dann getan?« fragte er und hielt sie noch immer fest.

»Weil ich nicht wollte, daß Ihre Eltern von einem Mann wie

meinem Vater belästigt werden. Ich hoffte, durch meine Gegenwart das Schlimmste verhüten zu können.«

»Und das soll ich Ihnen glauben?«

»Es interessiert mich nicht, was Sie glauben, Clay Forrester! Lassen Sie mich los, verdammt noch mal!« Sie konnte sich nicht länger beherrschen und schweigen. »Sie haben ja meinen Alten erlebt und werden bald merken, worauf er es abgesehen hat. Er ist hinterhältig und faul und Alkoholiker. Er will Ihre Eltern wie eine Zitrone auspressen.«

»Das geben Sie zu?« fragte er überrascht.

»Natürlich gebe ich das zu. Ich wäre dumm, wenn ich nicht wüßte, was er vorhat. Er hat Geld gerochen. Davon hat er nie genug gehabt. Er glaubt, daß er sich jetzt ein schönes Leben machen könnte. Mein Ruf kümmert ihn dabei nicht im geringsten. Der dient ihm nur als Vorwand. Nein, er denkt nur an sich selbst und glaubt nicht eine Sekunde lang, daß Sie mich eventuell heiraten würden. Das *will* er gar nicht. Er glaubt, daß Sie Ihre Schuldgefühle mit Geld beschwichtigen, und dieses Geld will er haben. Ich warne Sie; er ist gefährlich. Er glaubt jetzt nämlich, daß er seine Schäfchen ins trockene gebracht hat.«

»Und Sie teilen seine Vorstellungen nicht?«

»Wie denn? Ich habe Sie doch nur einmal getroffen und wußte nichts über Sie.«

»Ja, das stimmt. Ich lernte Sie durch Bobbi kennen, das Mädchen von Stu, der ein alter Freund von mir ist. Doch ich wüßte gern, wieso Ihr Vater von unserer Beziehung wußte. Das muß ihm doch jemand gesteckt haben.«

»Ich war es nicht.«

»Wie ist er dann auf mich gekommen?«

Sie drehte sich plötzlich um, ging auf die andere Seite des Wagens und stieg ein. »Sie fahren mich jetzt am besten nach Hause.«

»Weichen Sie mir nicht aus«, sagte er und stieg ebenfalls ein.
»Ich habe ihm Ihren Namen *nicht* genannt.«
»Das glaube ich nicht. Wie hat er ihn herausgefunden?«
Catherine biß sich nervös auf die Unterlippe.
»Wie?« wiederholte er.
»Ich schreibe ein Tagebuch«, gestand sie schließlich.
»Ein Tagebuch? Und er hat es gefunden? Wollen Sie das sagen?« Langsam dämmerte Clay, was für ein skrupelloser Bastard ihr Vater war.
»Lassen Sie mich in Ruhe. Ich habe schon mehr gesagt, als ich sagen wollte.«
»Noch vieles ist ungeklärt. Ich muß die Wahrheit wissen, wenn ich wirklich der Vater des Kindes bin. Antworten Sie mir! Fand er das Tagebuch?«
»Nicht eigentlich.«
»Was passierte denn?«
Sie seufzte, legte ihren Kopf gegen das Polster und starrte durch die Windschutzscheibe. Er sah, daß sie müde die Augen schloß. Als sie sprach, klang ihre Stimme resigniert.
»Hören Sie zu. Das alles hat nichts mit Ihnen zu tun. Kümmern Sie sich nicht darum. Ich wollte nie, daß Ihre Eltern von meinem Vater belästigt werden. Nur deshalb bin ich mitgekommen.«
»Wechseln Sie nicht das Thema, Catherine. Er fand das Tagebuch, und mein Name stand darin, richtig?«
Sie schluckte. »Richtig«, flüsterte sie.
»Wie hat er es gefunden?«
»O mein Gott, Clay, ich führe Tagebuch seit meiner frühesten Jugend. Er wußte, daß es irgendwo lag. Er *fand* es nicht, er nahm mein Zimmer buchstäblich auseinander, bis er es in den Händen hatte. Das ist die Wahrheit.«
Clays Magen krampfte sich zusammen. Er fragte leise: »Versuchte irgend jemand, ihn daran zu hindern?«

»Ich war nicht zu Hause. Und meine Mutter hat eine Heidenangst vor dem Alten. Sie kennen ihn nicht. Wenn er sich etwas in den Kopf gesetzt hat, kann nichts ihn aufhalten. Der Mann ist verrückt.«

Clay sank brütend über dem Steuer zusammen. Er warf ihr einen Blick zu. »Ich wage kaum zu fragen ... Aber was steht drin?«

»Alles.«

Mit einem Stöhnen ließ er den Kopf auf das Lenkrad sinken. »O mein Gott ...«

»Ja«, wiederholte sie ruhig, »mein Gott.«

»Sie erinnern sich wohl viel besser an jene Nacht als ich«, sagte er jetzt verlegen.

»Es war das erste Mal. Und ich fürchte, ich habe ziemlich viel über meine Gefühle geredet.«

Das folgende Schweigen dauerte länger und verwirrte Catherine. Mit dem sanften Clay kam sie noch weniger zurecht als mit dem zornigen. Schließlich setzte er sich zurück, seufzte und rieb sich den Nasenrücken. Clay zwang seine Gedanken in die Gegenwart, zurück zu den Drohungen, die Catherines Vater ausgesprochen hatte.

»Er will also eine Entschädigung.«

»Ja. Aber Sie dürfen seinen Forderungen nicht nachkommen. Zahlen Sie ihm nichts!« sagte sie mit leidenschaftlichem Nachdruck.

»Das kann ich nicht mehr alleine entscheiden. Er hat meinen Vater da mit reingezogen, und mein Vater ist ... mein Vater ist der ehrlichste Mann, den ich kenne. Zum Verzweifeln ehrlich. Entweder zwingt er mich zu zahlen, oder er zahlt selbst. Ganz gleich, was Ihr Vater verlangt.«

»Nein!« rief sie vehement. »Das darf nicht geschehen!«

»Hören Sie, ich verstehe Sie nicht. Sie haben mich überzeugt, daß ich der Vater Ihres Kindes bin. Und nun bitten Sie mich, Ihrem Vater nichts zu zahlen. Warum?«

»Weil mein Vater der letzte Dreck ist!« Ihre Stimme klang schneidend und bitter. »Weil ich ihn schon immer gehaßt habe. Und weil ich nicht will, daß er durch mich profitiert. Jahrelang hat er darauf gewartet, daß irgend etwas dieser Art geschieht. Nun, da es geschehen ist, und zwar meinetwegen, will ich seine Pläne durchkreuzen. Und wenn es das letzte ist, was ich tue?«
Clay wurde hellhörig. »Was meinen Sie damit, ›wenn es das letzte ist, was ich tue‹?«
Sie lachte freudlos. »Machen Sie sich keine Sorgen, Mr. Forrester. Ich bringe mich nicht um, nur weil ich schwanger bin. Außerdem würde das kaum seine Pläne durchkreuzen.«
»Und wie wollen Sie das erreichen?«
»Indem man ihn nicht bezahlt. Das reicht vollends. Würden Sie ihn kennen, wüßten Sie, was ich meine. Allein das würde mir schon die Genugtuung verschaffen, ihn für das bezahlen zu sehen, wenn er mich ...« Aber sie unterbrach sich schnell. Fast hätte sie sich von ihrem Haß überwältigen lassen und Dinge preisgegeben, die niemanden etwas angingen.
Clay rieb wieder nachdenklich den Nasenrücken. Er wollte nicht mehr als unbedingt nötig von ihrer Vergangenheit erfahren.
Schließlich sagte er: »Wie alt sind Sie eigentlich?«
»Was hat das hiermit zu tun?«
»Wie alt?« fragte er mit mehr Nachdruck.
»Neunzehn.«
Er stieß ein kurzes höhnisches Lachen aus. »Neunzehn, und sie besaß nicht einmal genug Verstand, um sich vor möglichen Folgen zu schützen«, sagte er.
»Ich!« rief sie. Wieder überkam sie diese plötzliche Wut, und sie sprach lauter als nötig. »Warum haben *Sie* denn nichts getan? Sie hatten doch Erfahrung in solchen Dingen.«
»An jenem Abend habe ich nichts Derartiges geplant«, entgegnete er.

»Ich auch nicht.«
»Ein Mädchen mit ein wenig Verstand sucht kein Abenteuer, ohne sich vorher zu schützen.«
»Ich suchte kein Abenteuer!«
»Hach! Sie ist neunzehn und noch Jungfrau und behauptet, sie suche kein Abenteuer!«
»Sie eingebildeter Bastard, glauben Sie etwa ...« fing sie an, aber er schnitt ihr das Wort ab.
»Einbildung hat nichts damit zu tun«, knurrte er. »Sie wollen mir doch nicht einreden, daß Sie zu einer Verabredung ohne Verhütungsmittel gehen?«
»Warum ich?« schrie sie. »Weil ich die Frau bin? Warum nicht Sie? Als Sexprotz hätten Sie doch vorausschauend denken können.«
»Das ist das zweite Mal, daß Sie mich Sexprotz nennen, Lady! Und das paßt mir überhaupt nicht!«
»Und es ist das zweite Mal, daß Sie mich Lady nennen, und mir paßt das ebensowenig!«
»Wir kommen vom Thema ab. Wir sprachen doch von *Ihrer* Nachlässigkeit.«
»Nein, von der *Ihren*!«
»Normalerweise treffen Frauen Vorkehrungen. Aber ich nahm an ...«
»Normalerweise!« rief sie und hob mit einer theatralischen Geste die Hände. »Und *er* hält mich für ein leichtes Mädchen!«
»Moment mal ...«
Jetzt unterbrach sie ihn. »Ich habe Ihnen gesagt, es war das erste Mal. Ich habe nicht gewußt, wie man überhaupt ein Verhütungsmittel benutzt.«
»Das können Sie mir nicht weismachen. Schließlich leben wir nicht mehr im Viktorianischen England. Hätten Sie sich informiert, steckten wir jetzt nicht in der Klemme.«

»Was sollen diese Vorwürfe? Es ist nun mal passiert. Das ist alles.«
»Ja, ja. Es ist passiert. Mein Pech, daß ich mit einem derart unerfahrenen Mädchen schlafen mußte, die von nichts Ahnung hat.«
»*Mister* Forrester, ich habe es nicht nötig, hier zu sitzen und mir von Ihnen Vorhaltungen machen zu lassen. Sie haben genauso viel Schuld an dem, was passiert ist, wie ich.«
»Okay, okay. Ich wollte nicht so heftig werden, aber alles hätte sich auf einfache Weise vermeiden lassen können.«
»Nun, es ist nicht vermieden worden, und wir müssen uns den Tatsachen stellen. Fahren Sie mich jetzt nach Hause. Ich bin müde und will nicht mehr streiten.«
»Und das Kind ... was wollen Sie mit dem Kind machen?«
»Das geht Sie nichts an.«
Er fragte schnell: »Soll ich Ihnen Geld für eine Abtreibung geben?«
»Ach, das würde Ihnen gefallen, nicht wahr? Dann wäre Ihr Gewissen wieder beruhigt, wie? Nein, ich will kein Geld für eine Abtreibung.«
»Gut. Es tut mir leid, daß ich gefragt habe.« Er wußte nicht, ob er sich über ihre Antwort freuen sollte oder nicht. Er seufzte. »Und wie wollen Sie mit Ihrem Vater zurechtkommen?«
»Sie sind doch so klug, dann wissen Sie schon, wie.« Übermorgen würde sie – Herb Andersons Trumpfkarte – verschwunden sein, und damit konnte er dann alle seine Hoffnungen in den Wind schreiben. Aber das brauchte Clay Forrester nicht zu wissen. Sollte er doch in seinem eigenen Saft schmoren!
»Das bin ich eben nicht«, sagte er fast zerknirscht, »und es tut mir leid, daß ich Sie für ein leichtes Mädchen hielt. Aber welcher Mann hätte in einer solchen Situation nicht die Nerven verloren?«

»Ich könnte Sie verstehen, wenn ich Forderungen gestellt hätte. Aber das tue ich nicht. Ich setze Ihnen weder die Pistole auf die Brust, noch will ich von Ihrem goldenen Löffelchen essen.«

»Was soll das denn wieder heißen?«

»Es heißt, daß mein Vater vielleicht recht hatte, wütend auf Sie zu sein, nur weil Sie reich sind. Es heißt, daß ich wütend bin, weil Sie glauben, eine Abtreibung wäre die richtige Lösung. Ich würde Sie mehr achten, wenn Sie diesen Vorschlag nicht gemacht hätten.«

»Eine Abtreibung ist jetzt völlig legal.«

»Es ist Mord.«

»Darüber kann man streiten.«

»Offensichtlich sind wir nicht derselben Meinung.«

»Dann wollen Sie das Kind also behalten?«

»Das geht Sie nichts an.«

»Wenn es mein Kind ist, geht es mich wohl etwas an.«

»Nein«, entgegnete sie mit einer solchen Entschlossenheit, daß ihm klar wurde, es wäre unnütz, noch weiter darüber zu diskutieren. Nach längerem Schweigen sagte er schließlich: »Hören Sie, ich möchte nicht, daß dieses Kind im Haus Ihres Vaters aufwächst.«

»Tja«, war alles, was Catherine dazu sagte.

Er startete den Motor, legte den Gang ein und fuhr los. Diesmal hielt er sich an die vorgeschriebene Geschwindigkeit. Beide schwiegen. Als sie in die Nähe seines Elternhauses kamen, fragte er: »Glauben Sie, daß Ihre Eltern noch hier sind?«

»Keine Ahnung. Doch bei einem Verrückten wie meinem Vater ist alles möglich.«

»Es sieht aus, als wären sie gegangen«, sagte er, denn der Sedan stand nicht mehr in der Auffahrt.

»Dann fahren Sie mich am besten nach Hause«, sagte sie und

fügte dann hinzu: »Schade, daß ich Ihnen Umstände machen muß.«
Er mußte an einer Ampel halten. Sie starrte weiter stur aus dem Fenster, so daß er fragen mußte: »Und in welche Richtung bitte?«
Sie betrachtete ihn im fahlen Licht der Straßenbeleuchtung. Seine ganze Haltung drückte Unverschämtheit aus.
»Sie erinnern sich wohl wirklich nicht mehr an jene Nacht, wie?«
»Ich erinnere mich an das, woran ich mich erinnern *will*. Merken *Sie* sich das.«
»Na gut«, sagte sie und gab ihm die Adresse ihrer Wohnung.
Die Fahrt von Edina nach North Minneapolis dauerte etwa zwanzig Minuten. Beide schwiegen, und jeder fühlte sich in der Gegenwart des anderen äußerst unwohl. Schließlich bog Clay in die Straße ein, in der Catherine wohnte.
»We ...« Seine Stimme klang krächzend, und er räusperte sich. »Welches Haus?«
»Das dritte auf der rechten Seite.«
Er hielt und schaltete das Standlicht ein. Jetzt konnte sie fliehen, doch seltsamerweise blieb sie sitzen.
Clay umklammerte das Lenkrad. Er warf einen Blick auf das dunkle Haus, dann sah er sie an.
»Geht's einigermaßen?« fragte er.
»Ja. Und Ihnen?«
»Mein Gott, ich weiß es nicht.« Er lehnte sich zurück und schloß die Augen.
»Na, denn ...« Sie wollte die Tür öffnen.
»Wollen Sie mir nichts über Ihre Pläne erzählen?«
»Nein.«
»Aber wie wird Ihr Vater reagieren?«
»Ich gehe bald von zu Hause fort. Ich habe keine Lust, ihm weiter als Trumpfkarte zu dienen. Und wenn ich nicht mehr da bin, kann er Sie und Ihre Eltern nicht mehr bedrohen.«

»Ich habe das nicht meinetwegen gefragt, sondern ich mache mir Sorgen um Sie. Was passiert, wenn Sie jetzt da reingehen?«
»Bitte ... hören Sie damit auf.«
»Aber er ...«
»Und stellen Sie mir keine Fragen mehr, okay?«
»Er hat Sie doch gezwungen, heute abend mitzukommen, oder?« Seine Stimme klang gequält.
»Ich sagte: keine Fragen mehr, Mr. Forrester.«
»Es gefällt mir überhaupt nicht, Sie so gehen zu lassen.«
»Glauben Sie, mir?«
Sie sah ihn nicht an, denn sie konnte seinen schuldbeladenen Blick nicht ertragen. Als sie die Tür öffnete, legte er ihr seine Hand auf den Arm. Sie spürte die Wärme dieser Hand sogar durch den Stoff ihres Mantels. Als sie den Kopf noch weiter abwandte – sie wollte sich auf keinen Fall von ihm aufhalten lassen –, entdeckte er an ihrem Hals drei Blutergüsse. Ehe sie es verhindern konnte, strich er sanft mit den Fingern darüber. Sie zuckte zusammen.
»Bitte nicht!«
»Das hat er getan, nicht wahr?«
Leugnen war zwecklos, doch zugeben durfte sie es auch nicht. Deshalb schwieg sie.
»Bemitleiden Sie mich nicht«, sagte sie, »ich könnte es nicht ertragen.«
»Catherine ...« Aber er wußte nicht, was er sagen sollte. Er konnte sie auch nicht länger zurückhalten. Er wollte nichts mit ihrem Leben zu tun haben, doch dafür war es bereits zu spät. Beide wußten es.
»Darf ich Sie denn nicht wenigstens finanziell unterstützen?« fragte er fast flüsternd.
»Nein ... bitte ... ich möchte nichts von Ihnen. Das können Sie mir glauben.«

Jetzt glaubte er es.
»Lassen Sie es mich wissen, falls Sie Ihre Meinung ändern?«
»Nein. Und nichts kann meine Meinung ändern.« Sie löste sich langsam aus seinem Griff.
»Viel Glück«, sagte er und sah ihr in die Augen.
»Ja, Ihnen auch.«
Dann beugte er sich vor und stieß die Tür auf. Dabei berührte er sie, und sie erschauderte.
Sie stieg schnell aus.
»Warten Sie einen Moment.« Er lehnte sich über den Sitz und sah sie traurig an. »Ich ... wie war doch noch Ihr Familienname, Catherine?«
Da wäre sie am liebsten in Tränen ausgebrochen, wie in jenem Augenblick, als er sie in der Halle nicht gleich erkannt hatte.
»Anderson. Ein so gewöhnlicher Name, daß man ihn schnell vergessen kann.«
Dann drehte sie sich um und lief ins Haus.
Als sie gegangen war, ließ Clay Forrester den Kopf schwer auf das Lenkrad sinken. Er wußte, daß er diesen Namen niemals vergessen würde.

3

Im Foyer brannte nur die kleine Lampe auf der Kommode. Clay sah sich im Spiegel darüber. Ein zerquältes, sorgenvolles Gesicht starrte ihn an. *Catherine Anderson,* dachte er, *Catherine Anderson.* Er haßte sein Spiegelbild und knipste die Lampe aus.

Die Schlafzimmertür seiner Eltern oben stand offen. Er blieb zögernd davor stehen und starrte zu Boden, denn er wußte nicht, was er ihnen sagen sollte.

»Clay? Wir haben dich gehört. Komm rein.« Sein Vater stand in der Tür.

»Ich wollte euch nicht am Schlafengehen hindern.«

»Wir sind noch auf. Komm.«

Clay betrat das elterliche Schlafzimmer und fühlte sich um zwanzig Jahre zurückversetzt, als er seine Mutter dort in einem seidenen Negligé sitzen sah. Am liebsten hätte er seinen Kopf in ihrem Schoß geborgen und wäre wieder ihr kleiner Junge gewesen.

Aber ein Blick in ihr Gesicht hielt ihn davon ab.

»Wir haben ein Glas Wein getrunken, um unsere Nerven etwas zu beruhigen«, sagte sein Vater und füllte sein Glas erneut aus einer Kristallkaraffe, während Clay sich setzte. »Möchtest du auch eins?«

»Nein, danke.« Bitter dachte er: Wein, trügerischer Wein.

»Clay, wir warten jetzt auf deine Antwort«, sagte sein Vater.

Clay sah in das ängstliche Gesicht seiner Mutter. Sein Vater stand neben ihr, starrte in sein Glas und wartete.

»Es sieht so aus, als hätte Catherine recht«, gestand Clay.

»Bist du sicher, daß du der Vater bist?« fragte Claiborne ohne Umschweife.

»Alles spricht dafür.«

Angela war wie betäubt. Trotzdem sprach sie aus, was sie und ihren Mann seit mehreren Stunden beschäftigte. »Aber, Clay, du hast sie heute nicht einmal sofort wiedererkannt. Wie kann das wahr sein?«

»Ich habe sie nur einmal getroffen, deshalb habe ich sie nicht gleich erkannt.«

»Einmal hat offensichtlich genügt!« warf Claiborne sarkastisch ein.

Clay schwieg betroffen.

Doch plötzlich wurde aus Claiborne Forrester, dem Vater, Claiborne Forrester, der Anwalt. Er ging einige Schritte im Zimmer hin und her und blieb dann vor seinem Sohn stehen, eine Hand anklagend erhoben. »Clay, ich möchte völlige Gewißheit bezüglich deiner Vaterschaft, ehe wir uns die nächsten Schritte überlegen. Verstehst du mich?«

Clay seufzte, stand auf und fuhr sich mit den Fingern durchs Haar. »Vater, ich weiß deine Besorgtheit zu schätzen, und ... glaub mir ... als ich erfuhr, warum sie hier war, war ich genauso überrascht wie du. Deshalb habe ich mit ihr im Wagen gesprochen. Sie hätte ja einfach nur auf dein Geld aus sein können, aber das ist sie offensichtlich nicht. Catherine will nichts von mir oder von euch.«

»Und warum kam sie dann hierher?«

»Das war wohl allein die Idee ihres Vaters.«

»Was? Und du glaubst ihr?«

»Das spielt keine Rolle. Sie will keinen Cent von mir.«

Angela sagte hoffnungsvoll: »Vielleicht hat sie plötzlich

Gewissensbisse bekommen und eingesehen, daß sie dich zu Unrecht beschuldigte.«
»Mutter«, sagte Clay schweren Herzens. Er wollte sie nicht verletzen. Dann ging er zu ihr und nahm ihre Hände in seine. »Mutter, ich würde keinen guten Rechtsanwalt abgeben, wenn ich eine Zeugin nicht ins Kreuzverhör nehmen könnte, nicht wahr?« fragte er. »Wenn ich guten Gewissens behaupten könnte, daß das Kind nicht von mir stammt, würde ich es tun. Aber das kann ich nicht. Ich habe allen Grund anzunehmen, daß ich der Vater bin.«
Angela sah ihren Sohn flehend an. »Aber, Clay, du weißt überhaupt nichts von diesem Mädchen. Wie kannst du dir da so sicher sein? Es könnte doch ...« Ihre Lippen zitterten. »Es könnte doch andere Männer in ihrem Leben gegeben haben.«
Er drückte zart ihre Hände und sagte dann leise: »Mutter, sie war Jungfrau. Und die Daten stimmen.«
Am liebsten hätte Angela geschrien: »Warum, Clay? Warum?« Aber sie wußte, daß das zu nichts führte. Auch ihr Sohn quälte sich – sie konnte es in seinen Augen lesen –, deshalb erwiderte sie nur seinen Händedruck. Doch ohne es zu wollen, rannen zwei Tränen über ihre Wangen. Sie zog ihn zu sich hinunter, bis er vor ihr kniete, worauf sie ihn in die Arme nahm.
»Oh, Clay«, sagte sie, als sie wieder sprechen konnte, »wenn du doch noch ein Junge wärst, dann wäre das Leben einfacher. Dann könnte ich dich einfach mit Stubenarrest bestrafen.«
Er lächelte traurig. »Wenn ich ein Junge wäre, brauchtest du es in diesem Fall nicht zu tun.«
»Mach dich nicht über mich lustig, Clay. Du hast mich sehr enttäuscht. Gib mir dein Taschentuch.« Er gab es ihr. »Ich dachte, ich hätte dich gelehrt ...« Sie betupfte sich die Augen und suchte nach einer passenden Formulierung. »Ich dachte, ich hätte dich gelehrt, Frauen Achtung entgegenzubringen.«

»Das hast du getan. Ihr beide habt es getan.« Clay stand abrupt auf, steckte die Hände in die Hosentaschen und wandte sich ab. »Aber schließlich bin ich fünfundzwanzig. Glaubt ihr denn, ich hätte noch keine Affären gehabt?«
»Einer Mutter ist ein solcher Gedanke immer fremd.«
»Ich wäre anormal, hätte ich keine sexuellen Erfahrungen gemacht. Ihr ward doch bereits verheiratet, als Vater fünfundzwanzig war.«
»Ganz richtig«, warf Claiborne ein. »Wir zeigten damals Verantwortung. Ich heiratete deine Mutter erst, ehe ich meinen Instinkten freien Lauf ließ.«
»Wahrscheinlich wirst du mir eine Standpauke halten, wenn ich dir sage, daß die Sitten sich geändert haben.«
»Darauf kannst du Gift nehmen, Clay. Wie konnte so etwas nur passieren! Du kanntest das Mädchen kaum. Ich hätte noch Verständnis, wenn du mit dem Mädchen verlobt oder länger befreundet gewesen wärst. Wenn du ... wenn du sie geliebt hättest. Aber verlange nicht von mir, daß ich dein Verhalten billige oder gar verzeihe.«
»Das habe ich nicht erwartet.«
»Du hättest wahrhaftig mehr Verstand aufbringen müssen!« schimpfte Claiborne und schritt wütend auf und ab.
»Verstand existiert in solchen Augenblicken wohl nicht«, entgegnete Clay trocken.
»Das ist offensichtlich, sonst wäre sie nicht schwanger geworden!«
»Claiborne!«
»Verdammt noch mal, Angela! Er ist ein erwachsener Mann mit dem Verstand eines Kindes.«
»Wir nahmen an, daß jeweils der andere Vorkehrungen getroffen hätte«, erklärte Clay.
»Nahmen an, nahmen an! Und jetzt bist du durch deine Dummheit in die Fänge dieses geldgierigen Vaters geraten.

Der Mann ist irre und dazu noch gefährlich. Er will uns bluten lassen.«

Das konnte Clay nicht abstreiten; Catherine hatte ihm dasselbe gesagt.

»Du bist für meine Handlungsweise nicht verantwortlich.«

»Nein, das nicht. Aber glaubst du, daß ein Mann wie Anderson zu logischem Denken fähig ist? Er verlangt für die Verführung seines kleinen Mädchens eine Wiedergutmachung, und er wird nicht eher Ruhe geben, bis er die Summe bekommen hat, die er sich vorstellt.«

»Hat er gesagt, wieviel er haben will?« fragte Clay, obwohl er vor der Antwort Angst hatte.

»Das brauchte er gar nicht. Für ihn zählen nur runde, fette Zahlen. Und da gibt es noch etwas, Clay, das in Betracht gezogen werden muß.« Er warf seiner Frau einen Blick zu. »Der örtliche Parteiausschuß ist mit der Bitte an mich herangetreten, für das Amt des Staatsanwalts zu kandidieren. Ich wollte es dir erst nach dem Examen sagen, wenn du Teilhaber der Kanzlei geworden bist. Du kannst dir vielleicht vorstellen, wie sich ein Skandal auf meine Kandidatur auswirken würde.«

»Catherine sagte mir, sie habe Pläne für die Zukunft gemacht. Obwohl ich nicht weiß, wie sie aussehen. Doch wenn sie nicht mehr zu Hause lebt, hat ihr Vater kein Druckmittel mehr in der Hand. Sie will mit dem schmutzigen Geschäft ihres alten Herrn nichts zu tun haben.«

»Mach dir doch nichts vor, Clay. Du bist jetzt fast Anwalt, und ich bin es seit langem. Wir beide wissen, daß Vaterschaftsklagen eine äußerst komplizierte Materie sind. Ich mache mir nicht über den Ausgang des Prozesses Sorgen, sondern über die schmutzige Wäsche, die dabei immer gewaschen wird. Und das ist ein Punkt, über den wir noch nicht gesprochen haben. Selbst wenn dieser Mann uns in Ruhe lassen sollte, hast du eine moralische Verpflichtung, der du dich nicht entziehen darfst. Falls du das tätest, wäre ich von dir weitaus mehr enttäuscht, als ich es jetzt bin.«

Clays Kopf schnellte hoch. »Du willst doch damit nicht sagen, daß ich sie heiraten soll?«

Sein Vater betrachtete ihn voller Mißvergnügen. »Ich weiß es nicht, Clay. Ich weiß es wirklich nicht. Ich weiß nur, daß ich versucht habe, dir die Bedeutung des Wortes Ehre zu vermitteln. Ist es rechtschaffen von dir, diese Frau im Stich zu lassen?«

»Ja, wenn sie das wünscht.«

»Clay, diese Frau hat Angst und steht unter Druck. Wahrscheinlich weiß sie überhaupt nicht, was sie tut. Glaubst du nicht, daß sie deine Unterstützung braucht?«

»Du hast es vorher schon gesagt. Ich bin ein Fremder für sie. Glaubst du denn, sie möchte einen Fremden heiraten?«

»Es könnte ihr Schlimmeres passieren. Trotz deiner Gedankenlosigkeit und Gefühllosigkeit halte ich dich doch nicht für einen hoffnungslosen Fall.«

»Falls ich sie heiraten würde, wäre ich genau das. Himmel, ich mag das Mädchen nicht einmal.«

»Sprich nicht auf diese Weise vor deiner Mutter. Und außerdem ist sie kein Mädchen mehr. Sie ist eine erwachsene Frau. Und als Frau sollte sie sich Gründen der Vernunft nicht verschließen.«

»Ich weiß nicht, worauf du hinaus willst. Du weißt doch, aus was für einer Familie sie kommt. Ihr Vater ist verrückt und ihre Mutter völlig verschüchtert. Das ist sicher nicht die Familie, in die du eine Einheirat wünschst. Trotzdem redest du so, als würdest du eine Ehe mit ihr begrüßen.«

»Du hättest dich nach ihrer Herkunft erkundigen sollen, ehe du sie geschwängert hast, Clay.«

»Wie konnte ich denn? Ich kannte sie nicht einmal.«

Wie alle guten Anwälte hatte Claiborne Forrester ein angeborenes Gefühl für den richtigen Zeitpunkt seines dramatischen Auftritts. Um seinen Worten noch mehr Gewicht zu verleihen, machte er eine kurze Pause, ehe er entgegnete: »Das ist ja gerade der springende Punkt. Allein diese Tatsache entbindet dich nicht von deiner Verantwortung, wie du vielleicht glaubst, sondern impliziert – meiner Ansicht nach – eine weitaus größere, ihr und ihrem ungeborenen Kind gegenüber. Du hast gehandelt, ohne auch nur eine Sekunde an die Folgen zu denken. Selbst jetzt scheinst du nicht zu begreifen, daß ein Kind von dieser Angelegenheit betroffen ist, dein Kind.«

»Es ist ihr Kind!«

Claiborne warf seinem Sohn einen eisigen Blick zu. »Seit wann bist du so gefühllos, Clay?«

»Seit ich von dir mit Vorwürfen überhäuft werde.«

»Hört damit auf, ihr beiden«, befahl Angela mit ruhiger Stimme und erhob sich. »Ihr redet beide Unsinn und werdet es bedauern, wenn das so weitergeht. Clay, dein Vater hat recht. Du hast dieser Frau gegenüber eine moralische Verantwortung. Ob du sie deswegen heiraten solltest oder nicht, wollen wir heute abend nicht entscheiden.« Sie ging zu ihrem Mann und legte ihm ihre Hand auf die Brust. »Liebling, wir alle müssen das sorgfältig überdenken. Clay sagte, daß das Mädchen nicht heiraten wolle und Geld ablehne. Laß die beiden das unter sich ausmachen, wenn sich die Gemüter wieder beruhigt haben.«

»Angela, ich glaube, unser Sohn braucht ...«

Sie legte ihm den Zeigefinger auf den Mund. »Claiborne, du bringst Gefühle ins Spiel. Wie oft hast du mir gesagt, daß ein guter Anwalt das nie tun darf? Es ist besser, im Augenblick nicht mehr darüber zu reden.«

Er sah ihr in die Augen. Sie waren groß und haselnußbraun

und strahlten eine außergewöhnliche Wärme aus. Sie bezauberten Claiborne, der jetzt fünfundfünzig war, noch immer so wie am ersten Tag. Er legte seine Hand auf die ihre. Er brauchte ihr nicht zu antworten. Er beugte sich ihrem Rat und versicherte sie seiner Liebe, indem er ihre Hand sanft streichelte.

Als Clay seine Eltern so sah, fühlte er sich wieder sicher und geborgen, so geborgen wie seit seiner frühesten Kindheit. So wollte er auch mit seiner Frau zusammenleben, dasselbe Glück erfahren. Er wollte kein Mädchen heiraten, dessen Nachnamen er vergessen hatte, deren Heim das Gegenteil dessen war, was er kennengelernt hatte.

Seine Mutter drehte sich um. Die Hände seines Vaters lagen auf ihren Schultern. Sie sahen beide ihren Sohn an.

»Deine Mutter hat recht. Laß uns alles überschlafen, Clay. Am nächsten Morgen sehen die Dinge oft klarer aus.«

»Das hoffe ich«, sagte Clay resigniert.

Angela kam ihr Sohn wie ein groß geratener Junge vor. Sie spürte seinen inneren Kampf und wartete geduldig, daß er sich seinen Kummer von der Seele redete.

»Es tut mir so leid«, sagte er mit erstickter Stimme, und da nahm sie ihn in die Arme. Über ihre Schulter hinweg suchte er den Blick seines Vaters.

»Wir lieben dich, Clay. Was auch immer geschieht«, versicherte sie ihm.

Claiborne fügte hinzu: »Vielleicht fehlen dir dafür im Moment die Beweise, aber Liebe kann auch schmerzlich sein. Gute Nacht, mein Sohn.«

Man mußte sehr schlau vorgehen, um Herb Andersons Gerissenheit zu überlisten. Er schien über einen sechsten Sinn zu verfügen und entwickelte wie viele Alkoholiker Augenblicke außergewöhnlicher Hellsichtigkeit. Am nächsten Morgen achtete Catherine sorgfältig darauf, nicht von ihrer täglichen Routine abzuweichen, denn jede Änderung hätte seinen Argwohn geweckt. Sie stand vor dem Spülbekken in der Küche und aß eine Orange, als Herb hereingeschlurft kam. Sie hatte in letzter Zeit einen ungewöhnlichen Appetit auf diese Früchte entwickelt, was ihr Vater mit Bosheit kommentierte.

»Saugst du schon wieder deine Orangen aus, wie?« grunzte er. »Wird dir guttun. Aber's wär noch besser, du würdest den alten Forrester aussaugen.«

»Hör endlich damit auf. Ich lasse mich nicht mehr von dir einschüchtern. Ich muß jetzt zum Unterricht.«

»Du gehst nirgendwo hin, ehe du mir nicht gesagt hast, was du gestern abend aus dem Zuckerbubi rausgequetscht hast.«

»Daddy, hör auf damit! Das Thema ist für mich beendet.«

»Wir reden darüber, während ich mir einen Kaffee Royal mache. Wo, zum Teufel, steckt deine Mutter? Muß ich mir denn in diesem Laden meinen Kaffee selbst kochen?«

»Sie ist schon zur Arbeit gegangen. Koch dir deinen Kaffee allein.«

Er kratzte sich mit seiner schmutzigen Hand den Stoppelbart.

»Bist frech geworden, seit du mit Zuckerbubi geredet hast, wie?« Er kicherte. Die Bezeichnung gefiel ihm. Er hantierte mit zittrigen Händen mit dem Kaffeetopf, beschmierte das Spülbecken und wischte sich die Hände an seinem schmuddeligen T-Shirt ab. Er stand neben ihr, und sie konnte seinen Körpergeruch riechen. Ihr drehte sich der Magen um.

»Was hat Zuckerbubi denn gesagt?«

Sie ging zum Abfalleimer und warf die Orangenschale hinein. Sie konnte die Nähe dieses Mannes nicht ertragen.

»Er will mich genausowenig heiraten wie ich ihn. Das habe ich dir bereits gesagt.«

»Du hast es mir gesagt! Hach! Du hast mir nichts gesagt,

Scheiße! Ich mußte das ganze verdammte Haus auf den Kopf stellen, um was rauszukriegen. Wenn ich nicht so clever wäre, wüßte ich noch immer nicht, wer Zuckerbubi ist. Du glaubst doch nicht, daß ich ihn so davonkommen lasse?«
»Ich gehe jetzt«, sagte sie resigniert und wandte sich zur Tür.
»Du bleibst mit deinem Arsch hier!«
Sie blieb mit dem Rücken zu ihm stehen und wartete seufzend, bis er seine Tirade beendet hatte.
»Schließlich hat er dich in die Scheiße geritten. Was gedenkt er denn zu tun?«
»Daddy, ich muß gehen.«
Sie nachäffend wiederholte er: *»Daddy, ich muß gehen«*, und schrie dann: »Wenn du zum Unterricht gehen willst, stehst du mir erst Rede und Antwort! Was will er tun?«
»Er hat mir Geld angeboten«, antwortete sie wahrheitsgemäß.
»Na, das gefällt mir schon besser. Wieviel?«
Wieviel, wieviel, wieviel, dachte sie wütend. »Fünftausend Dollar.«
»Fünftausend Dollar!« explodierte er. »So leicht kommt er mir nicht davon! Ich dachte, ich hätte meine Schäfchen ins trockene gebracht, und er will mich mit mickrigen fünftausend Dollar abspeisen? Allein ein Ring der alten Lady ist mehr wert.«
Catherine drehte sich langsam zu ihm um. »Bar«, sagte sie und freute sich über die unverhohlene Gier, die in seinem Gesicht aufleuchtete. Er stand überlegend da und kratzte seinen Bauch.
»Was hast du ihm geantwortet?« Seine Züge hatten diesen wieselartigen Ausdruck angenommen, den sie so haßte. Die Rädchen in seinem Kopf drehten sich: Wie konnte er am meisten aus dieser Geschichte herausschlagen?
»Ich sagte ihm, daß du wahrscheinlich seinen Vater aufsuchen würdest.«

»Na, das ist das erste vernünftige Wort, das ich von dir höre.«
»Du gehst ja sowieso hin, warum hätte ich lügen sollen? Doch ich habe meine Meinung nicht geändert. Du kannst versuchen, ihn zu erpressen, aber ich mache dabei nicht mit, darüber solltest du dir im klaren sein.« Sie mußte diese Drohung aussprechen, sonst wäre er mißtrauisch geworden.
»Verdammt, du hast soviel Hirn wie ein Spatz!« brüllte er und schlug mit einem schmutzigen Handtuch ins Spülbekken. »Du läßt dich nicht nur schwängern, du profitierst nicht mal davon! Du verstehst nichts davon, wie man seine Schäfchen ins trockene bringt!«
Diese Redewendung machte sie krank; sie hatte sie zu oft gehört, sie war ein Bestandteil seines Wahns. »Ja, Daddy, das hast du mir schon tausendmal gesagt«, entgegnete sie sarkastisch und fügte dann entschlossen hinzu: »Ich will sein Geld nicht. Ich habe Pläne gemacht. Ich komme ohne dieses Geld zurecht.«
»Pläne«, spottete er, »was für Pläne? Glaubst du etwa, ich ziehe deinen Bastard hier ohne Geld auf?«
»Beruhige dich. Ich werde dich um nichts bitten.«
»Darauf kannst du Gift nehmen und auch darauf, daß Zukkerbubi blechen wird!« Er hielt ihr die geballte Faust unter die Nase.
»Und an wen zahlt er? An dich oder an mich?«
»Werd bloß nicht frech! Wie lange habe ich schon darauf gewartet, daß ich meine Schäfchen ins trockene bringen kann?«
»Das weiß ich«, war ihr nüchterner Kommentar, aber der Sarkasmus in ihrer Stimme entging ihm wieder.
»Und jetzt ist es fast soweit.« Er deutete mit dem Finger zu Boden, als würde auf dem rissigen Linoleum ein Goldschatz liegen.
»Dein Kaffee läuft über.«

Er starrte den Kaffeetopf mit leerem Blick an. Catherine wurde von einer plötzlichen Verzweiflung überwältigt, denn dieser Mann und die Situation in diesem Haus würden sich nie ändern. Als hätte er sie vergessen, kümmerte er sich jetzt um seinen Kaffee, während er ständig vor sich hinmurmelte: »Ja, wie lange habe ich gewartet? Und ich verdiene es. Bei Gott, ich verdiene es.«

»Ich gehe jetzt. Sonst verpasse ich meinen Bus.«

Er schreckte aus seinen Gedanken hoch und sah sie mißmutig an. »Ja, geh nur. Aber heute abend setzen wir dem alten Forrester wieder Daumenschrauben an. Fünftausend sind ein Dreck für einen Hurensohn wie ihn.«

Als Catherine gegangen war, lehnte sich Herb über das Spülbecken und murmelte vor sich hin. Das tat er oft. Er erzählte Herb, was die Welt Herb schuldig war. Und diese hochnäsige kleine Schlampe würde ihn nicht daran hindern zu bekommen, was ihm zustand. Sie war genauso eine Hure wie ihre Mutter. Hatte sie das nicht bewiesen? Das war ihm Catherine schuldig – Ada war es ihm schuldig – verdammt, das ganze Land war es ihm schuldig.

Er goß sich noch einen Kaffee mit Schnaps ein, damit das Zittern aufhörte. Verdammtes Zittern, dachte er. Das war auch Adas Schuld. Nach seiner dritten Tasse hatte das Zittern aufgehört. Zur Bestätigung streckte er die Hände aus. Er kicherte, weil es ihm besser ging und weil er sich für sehr clever hielt. Der Gedanke, den alten Forrester bluten zu lassen, entzückte ihn.

Bis Mittag hocke Herb in der Küche. Und abgefüllt mit Kaffee Royal machte er sich dann taumelnd auf den Weg, um seine Schäfchen ins trockene zu bringen.

Vom Drugstore an der Ecke aus beobachtete Catherine, wie ihr Vater das Haus verließ. Sie rief schnell ihre Cousine,

Bobbi Schumaker, an und ging dann ins Haus zurück, um zu packen. Wie Catherine studierte Bobbi im ersten Jahr an der Universität von Minnesota, aber im Gegensatz zu Catherine fühlte sie sich in ihrer Familie geborgen. Die beiden waren seit frühester Kindheit Freundinnen und hatten keine Geheimnisse voreinander, außerdem hatte Catherine in Bobbis Haus stets Zuflucht und Liebe gefunden.

Als Catherine eine Stunde später in Bobbis Käfer saß, war sie froh, von zu Hause geflohen zu sein.

»Und, wie ist's gelaufen?« fragte Bobbi und warf ihrer Cousine einen Seitenblick durch eine überdimensionale Hornbrille zu.

»Gestern abend oder heute morgen?«

»Beides.«

»Frag mich nicht.« Catherine lehnte müde den Kopf zurück und schloß die Augen.

»So schlimm?«

»Ich glaube, die Forresters fielen aus allen Wolken, als mein Alter bei ihnen reinschneite. Mein Gott, du hättest das Haus sehen sollen, wirklich fantastisch.«

»Und wollen sie zahlen?«

»Clay schon«, gab Catherine zu.

»Das habe ich dir doch gesagt.«

»Und ich sagte, daß ich ablehnen würde.«

Bobbi schürzte die Lippen. »Warum bist du nur so dickköpfig? Es ist doch auch sein Kind!«

»Ich habe dir schon gesagt, ich will nicht, daß er Einfluß auf mein Leben nehmen kann. Wenn er zahlt, glaubt er vielleicht, damit gewisse Rechte zu erwerben.«

»Aber wie willst du denn finanziell zurechtkommen? Du brauchst jeden einzelnen Cent! Wie willst du denn das zweite Semester bezahlen?«

»Genauso wie ich das erste bezahlt habe.« Catherine hatte

jenen entschlossenen Zug um den Mund, den Bobbi so gut an ihr kannte. »Ich habe immer noch meine Schreibmaschine und Nähmaschine.«

»Und er hat die Millionen seines Vaters«, entgegnete Bobbi trocken.

»Ach, Bobbi. So reich sind sie gar nicht, das weißt du auch.«

»Stu behauptet, daß sie in Geld nur so schwimmen. Und ein paar Tausender würden dir nicht schaden.«

Catherine setzte sich gerade hin, das Kinn angriffslustig vorgestreckt. »Bobbi, ich will dieses Thema nicht mehr diskutieren. Der Morgen heute hat mir gereicht.«

»Ist der liebe Onkel Herb wieder auf dem Kriegspfad?« fragte Bobbi. Catherine nickte. »Nun, wenigstens brauchst du dich damit jetzt nicht mehr herumzuärgern.« Da Catherine schwieg, fuhr Bobbi fort: »Ich weiß, was du denkst, Catherine. Aber es ist zwecklos. Deine Mutter hat vor Jahren ihre Wahl getroffen, und jetzt muß sie eben mit ihren Problemen fertig werden.«

»Er wird wieder einen seiner Wutanfälle kriegen, wenn er merkt, daß ich gegangen bin. Und sie wird es büßen müssen.« Catherine starrte trübsinnig aus dem Fenster.

»Denk nicht daran. Sei froh, daß du aus dem Haus bist. Wenn du nicht schwanger geworden wärst, wärst du ewig geblieben, um sie zu beschützen. Außerdem kommt meine Mutter heute abend vorbei, damit sie nicht mit ihm allein ist. Du bist jetzt draußen, und das ist das einzig Wichtige.« Sie warf ihrer Cousine einen verschmitzten Blick aus ihren braunen Augen zu und sagte grinsend: »Weißt du, allein deshalb kann ich Clay Forrester nicht allzu böse sein.«

»Bobbi!« entfuhr es Catherine nicht ohne einen gewissen Humor in der Stimme. »Du hast versprochen, Clay nicht zu verraten, wo ich mich aufhalte. Vergiß das nicht!«

»Mach dir keine Sorgen, von mir wird er es nicht erfahren.

Die Hälfte aller Mädchen an der Uni würde die Situation ausnutzen, aber dazu bist du ja zu stolz!«
»Ich habe meinen Entschluß gefaßt. Es wird mir schon gutgehen.« Wieder starrte Catherine betrübt aus dem Fenster.
»Aber kannst du denn nicht einsehen, daß ich mich für das, was geschehen ist, verantwortlich fühle?« sagte Bobbi und berührte den Arm ihrer Cousine. Sie sahen sich an.
»Das bist du aber nicht, Bobbi, sondern ich ganz allein.« Diesen Punkt hatten die beiden schon oft diskutiert. Und Bobbi war dann jedesmal niedergedrückt. Sie sagte ruhig: »Er wird mich fragen, weißt du.«
»Du brauchst nur zu lügen und sagen, du weißt nicht, wo ich bin.«
»Das gefällt mir nicht.«
»Mir gefällt es auch nicht, Mutter mit ihm allein zu lassen. Aber so ist das Leben, wie du ja so gern behauptest.«
»Das solltest du dir immer vor Augen halten, wenn du versucht bist nachzugeben und mit ihr Verbindung aufnehmen möchtest.«
»Ja. Diese Tatsache stört mich am meisten – daß sie glaubt, ich würde irgendwo umherirren. Sie wird sicher ganz krank vor Sorge.«
»Vielleicht am Anfang, aber die Postkarten werden sie beruhigen, und außerdem wird dein Vater nicht an der Uni nachforschen. Er wird niemals vermuten, daß du dich noch in der Stadt aufhältst. Wenn das Kind geboren ist, kannst du deine Mutter wiedersehen.«
Catherine sah ihre Cousine flehend an. »Du besuchst sie doch und berichtest mir, ob es ihr gutgeht, nicht wahr?«
»Das habe ich dir doch versprochen. Vielleicht nimmt sie sich an dir sogar ein Beispiel und packt ebenfalls ihre Sachen und verläßt ihn.«

»Das glaube ich nicht. Irgend etwas veranlaßt sie zum Bleiben. Etwas, das ich nicht verstehe.«
»Kümmere dich nicht um die Probleme der anderen, Catherine. Du hast genug eigene.«

Schon beim ersten Anblick von *Horizons* hatte Catherine den Frieden gespürt, den das Haus ausstrahlte. Es war eines dieser scheußlichen Bauwerke, die um die Jahrhundertwende so beliebt gewesen waren – verwinkelt, voller Erker und Türmchen und für eine Familie viel zu groß. Der erste Frost Ende September hatte die Blumen in den Kästen vor den Fenstern zerstört, und von den Ahornbäumen, die den Boulevard vor dem Haus säumten, fielen die Blätter. Man betrat eine große Halle, an die sich ein Wohnzimmer anschloß. Links führte eine Treppe in die beiden oberen Stockwerke. Das handgeschmiedete Geländer zeugte von einer prächtigeren Vergangenheit. Doch Wohnraum und auch Eßzimmer wirkten freundlich; durch bleigefaßte bunte Scheiben strömte farbiges Licht, und durch irgendwelche Umstände waren die alten Stuckdecken und Wandverkleidungen erhalten geblieben. Beide Räume waren mit einem Sammelsurium nicht zueinander passender Möbelstücke ausgestattet, die der Gemütlichkeit aber keinen Abbruch taten. Catherine und Bobbi standen in der Halle und beobachteten drei Mädchen beim Aufräumen und Putzen. Eine sortierte kniend einen Stapel Zeitschriften, die zweite wischte Staub, und die dritte schob einen Staubsauger vor sich her.
Durch den Bogen, der ins Eßzimmer führte, konnten sie ein Mädchen sehen, das dort Ordnung machte. Sie wirkte noch sehr jung, vielleicht dreizehn, und war hochschwanger.
Als sie die beiden Cousinen entdeckte, strahlte sie und rief: »He, ihr da, macht den Staubsauger aus. Wir haben Gesellschaft bekommen!«

Der Staubsauger wurde ausgeschaltet. Und alle vier gingen auf die Neuankömmlinge zu.
»Hallo, ich bin Marie. Wollt ihr Mrs. Tollefson sprechen?« fragte das Mädchen. Sie wirkte sehr französisch, war schmal gebaut und hatte große dunkle Augen. Catherine mochte sie sofort.
»Ja. Und ich bin Catherine. Das ist Bobbi.«
»Seid willkommen«, sagte Marie und streckte die Hand aus. »Welche von euch bleibt hier?«
»Ich. Bobbi ist meine Cousine. Sie hat mich begleitet.«
»Darf ich euch die anderen vorstellen? Das ist Vicky.« Vicky hatte ein häßliches langes Gesicht, dessen einzige Schönheit in ihren strahlenden kornblumenblauen Augen bestand. »Und Grover.« Grover sah vernachlässigt aus. Sie hatte strähniges Haar, abgebissene Nägel und trug schlampige Kleider. »Und das ist unser Maskottchen, Little Bit.«
Alle befanden sich in unterschiedlichen Stadien der Schwangerschaft, und Catherine war überrascht, wie jung sie waren. Little Bit – die sie entdeckt hatte – wirkte aus der Nähe sogar noch jünger. Marie schien die älteste der vier zu sein, vielleicht sechzehn oder siebzehn, aber die anderen waren sicher nicht älter als fünfzehn. Erstaunlicherweise waren sie alle fröhlich. Marie – offensichtlich die Wortführerin – sagte: »Ich will mal sehen, ob ich Tolly für euch auftreiben kann. Hast du sie gesehen, Little Bit?«
»Ich glaube, sie ist in ihrem Büro.«
»Okay, folgt mir.« Während Catherine und Bobbi hinter ihr hergingen, gab sie zusätzliche Erklärungen ab. »Mrs. Tollefson ist eine gute Haut. Wir alle nennen sie Tolly. Sobald wir mit ihr gesprochen haben, kannst du dich irgendwo einrichten. Habt ihr beiden schon zu Mittag gegessen?«
Dann betraten sie ein kleines Zimmer, das mit einem großen Schreibtisch, Bücherregalen und einem Sofa vollgestopft

war. Hinter dem Schreibtisch saß eine Frau und suchte etwas in einer Schublade.

»Haben Sie wieder etwas verlegt, Tolly?« fragt Marie.

»Nichts Wichtiges. Es wird schon wieder zum Vorschein kommen. Ich suche meinen Füller. Als Francie ihn sich das letztemal lieh, hat sie ihn in dieser Schublade versteckt.«

»Tolly, wir haben Besuch.« Die grauhaarige Frau hob den Kopf, der bisher hinter einem Stapel Bücher verborgen gewesen war. Sie hatte ein flaches, liebenswertes Gesicht mit Lachfältchen in den Augenwinkeln.

»Oh, warum hast du das nicht gleich gesagt? Catherine, ich habe dich nicht so früh erwartet, sonst hätte ich die Mädchen gebeten, nach dir Ausschau zu halten und deine Sachen reinzubringen. Hat schon jemand deine Koffer geholt?«

»Wir kümmern uns darum, während Sie mit ihr reden«, erbot sich Marie, »wenn Bobbi uns sagt, wo das Auto steht.« Doch ehe die beiden gingen, sagte Marie zu Mrs. Tollefson: »Ich möchte gern ihre Schwester sein.«

»Wundervoll!« rief Mrs. Tollefson. »Ihr habt euch sicher schon bekannt gemacht, deshalb kann ich mir das sparen. Catherine, wir halten es so, daß eines der Mädchen, das schon länger hier lebt, einen Neuankömmling unter seine Fittiche nimmt, um es mit dem Tagesablauf und allen übrigen Gepflogenheiten vertraut zu machen.«

»Das nennen wir ›Schwester sein‹«, fügte Marie hinzu. »Möchtest du mich gern als Schwester haben?«

»Ich ...« Catherine war von der ihr entgegengebrachten Freundlichkeit nahezu überwältigt. Das hatte sie nicht erwartet. Marie spürte ihr Zögern und nahm spontan ihre Hand. »Wir alle wissen, wie man sich am ersten Tag hier fühlt. Da braucht man etwas moralische Unterstützung – und das nicht nur am ersten Tag. Deshalb haben wir das mit den ›Schwestern‹ eingeführt. Du kannst dich auf mich verlassen, und ich verlasse mich auf dich. Nach einer Weile wirst du schon merken, daß dies hier ein einmaliges Haus ist. Habe ich nicht recht, Tolly?« zirpte sie.

»Das hast du«, bestätigte Mrs. Tollefson. »Du kannst dich glücklich schätzen, Catherine, daß Marie dich adoptiert hat. Sie ist eine unserer freundlichsten Bewohnerinnen hier.«

Marie ließ Catherines Hand los und schalt: »Ach ja. Das behaupten Sie von jedem Mädchen. Komm, Bobbi. Wir wollen Catherines Zeug auf ihr Zimmer bringen.«

Als die beiden gegangen waren, lachte Mrs. Tollefson leise und ließ sich in ihren Schreibtischstuhl zurücksinken. »Du wirst sie mögen. Marie ist ein patenter Kerl. Setz dich doch, Catherine.«

»Nennen alle Mädchen hier Sie Tolly?«

Mrs. Tollefson war zwar nachlässig gekleidet, machte aber ihre Aufmachung durch eine große Herzlichkeit und Wärme wett.

»Nein, nicht alle«, antwortete sie. »Manche sagen nur: ›He, Sie‹ und vermeiden es, mich mit meinem Namen anzureden. Aber das sind nur wenige. Die betrachten mich als ihre Wärterin, doch für die meisten bin ich eine Freundin. Ich hoffe, das werde ich auch für dich sein.«

Catherine nickte nur. Sie wußte nicht, was sie sagen sollte.

»Ich spüre, daß du befangen bist, Catherine, aber das brauchst du nicht zu sein. Kümmere dich um dich und dein Kind, in aller Ruhe. Später wirst du Entscheidungen treffen müssen. Dabei können dir die jungen Frauen helfen, die alle dasselbe Problem wie du haben. Wir wollen dir nicht eine bestimmte Rolle aufzwingen, auch werden wir deine Entscheidungen nicht kritisieren. Aber wir hoffen, daß du dir Gedanken über deine Zukunft machst und darüber, wie du dein Leben gestalten willst, nachdem du *Horizons* verlassen hast. So ... für unsere Kartei brauchen wir jetzt ein paar Informationen, die natürlich absolut vertraulich behandelt werden. Deine Privatsphäre bleibt strikt gewahrt. Hast du mich verstanden, Catherine?«

»Ja. Aber ich möchte gleich betonen, daß ich nicht will, daß meine Eltern erfahren, wo ich mich aufhalte.«

»Das brauchen sie nicht zu wissen. Diese Entscheidung geht nur dich etwas an.«

»Die anderen Angaben ...« Catherine schwieg und blickte auf die Karteikarte, worauf in einer Spalte stehen müßte: »Name des Vaters« oder etwas Ähnliches. Doch solch eine Spalte gab es nicht.

»Wir üben hier keinen Zwang aus. Du brauchst nur auszufüllen, was du ausfüllen möchtest. In diesen ersten Tagen möchten wir hauptsächlich, daß du dein inneres Gleichgewicht wieder zurückgewinnst. Wenn ich mich einmal so ausdrücken darf. Du wirst sehen, daß die Gespräche mit den anderen Mädchen dir sehr dabei helfen werden. Ich rate dir nur, ihnen allen mit Offenheit zu begegnen, denn jedes hat ein anderes Schicksal hinter sich und kann dir vielleicht eine Hilfe sein.«

»Sind alle so freundlich wie die, die ich bereits kennengelernt habe?«

»Nein. Es gibt auch welche, die verbittert und verschlossen sind. Hier lebt ein Mädchen, das durch seine Situation zur Kleptomanin geworden ist. Aber hier wird sie dafür nicht bestraft. Du wirst Francie sicher bald sehen. Falls sie dir etwas stiehlt, laß es mich bitte wissen. Ich glaube, das wird bald geschehen, weil sie dich auf die Probe stellen will. Am besten reagierst du darauf, indem du sie um etwas bittest oder um ihren Rat fragst. Dann gibt sie immer zurück, was sie gestohlen hat.«

»Ich will es mir merken.«

»Gut. Nun, Catherine, wie ich schon gesagt habe, während

der ersten Tage sollst du dich ausruhen und die anderen kennenlernen. Ich höre gerade die ersten kommen.«
In diesem Moment erschien Marie.
»Habt ihr alles besprochen?«
»Alles«, antwortete Mrs. Tollefson. »Gib Catherine etwas zu essen, falls sie Hunger hat. Dann kannst du sie den anderen vorstellen.«
»Ja«, sagte Marie. »Komm, Catherine. Hier entlang geht's zur Küche.«

Etwa eine halbe Stunde später begleitete Catherine Bobbi zum Wagen. Sie blieb stehen, und Bobbi warf einen Blick zum Haus zurück.
»Ich weiß nicht, wie ich mir das hier vorgestellt habe, aber das hätte ich nicht erwartet. Mir fällt ein Stein vom Herzen, dich hier zu wissen, Catherine.«
»Ja. Mir wird es sicher gefallen – ganz ehrlich.«
»Versprichst du mir, anzurufen, wenn du etwas brauchst?«
»Ich verspreche es.«
Dann schwiegen beide und hingen ihren Gedanken nach, die um jenen vierten Juli kreisten und alle Geheimnisse, die sie seit ihrer Kindheit geteilt hatten. Doch dies war das größte Geheimnis.
Dann umarmten sie sich stumm.
»Mach's gut«, sagte Bobbi schließlich mit Tränen in den Augen.
»Ja. Und danke für alles.«
Und erst als Bobbi weggefahren war, gestand sich Catherine ein, daß auch sie am liebsten geweint hätte. Aber sie tat es nicht. Diese Schwäche gestattete sie sich schon lange nicht mehr.

4

Vor genau vierundzwanzig Stunden war Herb Anderson im Haus der Forresters erschienen, und während dieser vierundzwanzig Stunden hatte Clay wenig geschlafen und konnte sich noch weniger auf sein Jurastudium konzentrieren.

Angela hörte seine Autotür zuschlagen und ging zum Schreibtisch, wo Claiborne in seinem Drehstuhl saß. »Er ist gerade gekommen, Liebling. Wollen wir bei unserer Entscheidung bleiben?«

»Ganz gewiß.«

»Aber du brauchst ihn nicht gleich wie einen Angeklagten hinter deinem Schreibtisch zu empfangen. Komm, setzen wir uns aufs Sofa.«

Als Clay das Arbeitszimmer betrat, wirkte er abgespannt.

»Wir müssen miteinander reden, Clay«, sagte Angela.

»Ich hatte einen höllischen Tag. Und wie geht's euch beiden?«

»Ähnlich«, erwiderte sein Vater. »Wir haben den Nachmittag über diskutiert.«

»Ich hätte genauso gut zu Hause bleiben können, so wenig habe ich erledigt. Den ganzen Tag mußte ich an Catherine denken.«

»Und?«

»Es hat sich nichts geändert. Am liebsten würde ich vergessen, daß sie existiert.«

»Kannst du das wirklich tun, Clay?«
»Ich kann es versuchen.«
»Clay«, sagte seine Mutter betroffen, »es gibt eine Möglichkeit, über die wir gestern abend nicht gesprochen haben, obwohl wir sicher alle daran dachten. Ich meine eine mögliche Abtreibung. Verzeih, daß ich wie eine Großmutter rede, aber dieser Gedanke macht mich ganz krank.«
»Aber ich sprach mit Catherine darüber«, gestand Clay.
Angela spürte, wie ein Knoten ihr die Kehle zuschnürte.
»Das ... das hast du getan?«
»Ich bot ihr Geld an, was sie aber ablehnte.«
»Ach, Clay.« Ihre Stimme verriet, wie sehr sie von ihrem Sohn enttäuscht war.
»Mutter, ich habe sie getestet. Ich weiß nicht, wie ich reagiert hätte, hätte sie zugestimmt. Warum soll ich es euch verheimlichen? Im Augenblick erschien mir diese Lösung als die einfachste.«
»Clay«, sagte Angela ernst, »mir will nicht in den Kopf, daß du als Vater dieses Kindes weniger Gefühl entwickelst als wir, die Großeltern. Wie konntest du nur in Erwägung ziehen, dieses Leben ... dieses Leben zu vernichten, oder den Rest deines Lebens damit zu verbringen, dich zu fragen, wo und wer dieses Kind ist?«
»Mutter, glaubst du nicht, daß ich den ganzen Tag dasselbe gedacht habe?«
»Und trotzdem hast du für diese Situation keine Vorschläge zu machen?« fragte Angela.
»Ich weiß nicht, was ich tun soll. Ich bin völlig durcheinander. Ach, zum Teufel.« Er sank in sich zusammen.
»Deine Mutter will dir zu verstehen geben, daß du für dein Kind sorgen, seine Zukunft sichern mußt. Sie spricht für uns beide. Es ist unser Enkelkind. Wir möchten, daß es auch unter diesen Umständen ein angemessenes Leben führen kann.«

»Wünscht ihr etwa, ich soll um die Hand dieses Mädchens anhalten?«

»Was wir wünschen, Clay, wurde bereits durch deine Gedankenlosigkeit vereitelt. Wir wünschen, daß diesem Kind – genau wie dir – eine gute Erziehung, ein glückliches Leben ermöglicht wird.«

»Und ich soll eine Frau heiraten, die ich nicht liebe?« Plötzlich stand Clay auf, ging zum Fenster und starrte geistesabwesend in die beginnende Dämmerung. Dann drehte er sich zu seinen Eltern um. »Ich habe es noch nie ausgesprochen, aber ich möchte eine Ehe führen wie ihr beide. Ich möchte eine Frau haben, auf die ich stolz sein kann, einen Menschen aus meiner Gesellschaftsschicht und nach Möglichkeit jemanden, der meine Interessen und Ambitionen teilt, jemanden, der intelligent und ... liebevoll ist. Jemanden wie Jill.«

»Ach ... Jill«, sagte Angela mit hochgezogenen Brauen. »Ja, es ist wohl Zeit, daß du dir über Jill Gedanken machst. Wo war Jill, als das passierte?«

»Wir hatten uns gestritten.«

»Oh, ihr hattet euch gestritten. Und deshalb hast du Catherine ausgeführt, damit du Jill eins auswischen konntest oder aus welchen Gründen auch immer. Und indem du das tatest, hast du nicht nur einer Frau unrecht getan, sondern beiden. Clay, wie konntest du nur?«

»Mutter, du hast Jill immer am besten von all den Mädchen leiden können, mit denen ich ausging.«

»Ja, das stimmt. Dein Vater und ich schätzen sie sehr. Aber in diesem Moment hast du Catherine Anderson gegenüber eine größere Verantwortung als Jill gegenüber. Und ich habe nicht den geringsten Zweifel, daß du Jill schon vor Jahren um ihre Hand gebeten hättest, wenn du sie hättest heiraten wollen.«

»Wir haben öfter darüber gesprochen, aber für eine Ehe war es noch zu früh. Ich wollte erst mein Studium beenden und als Anwalt zugelassen werden.«

»Da du gerade davon sprichst, möchte ich dich auf ein paar Fakten hinweisen, die du vielleicht übersehen hast«, sagte Claiborne, stand auf und nahm jene Pose ein, die Clay als die Haltung des Anklägers kannte: die Füße fest auf den Boden gestemmt und das Kinn angriffslustig in Richtung des Angeklagten vorgestreckt. »Ihr Vater könnte uns mehr Ärger machen, als du dir vielleicht vorstellst. In weniger als einem Jahr machst du Examen, und ob du zugelassen wirst, hängt von einer Beurteilung deines Charakters durch die Examenskommission ab. Bis gestern habe ich dieser Tatsache nie Bedeutung beigemessen, doch heute muß ich sie in Betracht ziehen. Clay, durch eine Geschichte wie diese könnte man dir die Zulassung zur Prüfung verweigern! Ist dir das eigentlich klargeworden?«
Clays Gesichtsausdruck machte jeden Kommentar überflüssig.
»Nur einer dieser Erzkonservativen im Prüfungsausschuß, der eine Abtreibung noch immer als unmoralisch betrachtet, mag gegen dich stimmen, und das wäre das Ende deiner beruflichen Karriere. In weniger als einem Jahr bist du an deinem Ziel angelangt. Soll das alles umsonst gewesen sein?«
Claiborne ging zu seinem Schreibtisch, griff zerstreut nach einem Stift und sah dann seinem Sohn in die Augen. »Da gibt es noch einen Punkt, den ich nicht unerwähnt lassen möchte. Ich gehöre zum Vorstand zweier bedeutender Gesellschaften, und diese Positionen gereichen mir bei meiner Kandidatur zum Generalstaatsanwalt zum Vorteil. Ich möchte nicht, daß an dem Namen Forrester ein Makel haftet, ob es sich nun um dich oder mich handelt. Und falls ich ernannt werde, zähle ich auf dich, während meiner Amtszeit die Kanzlei weiterzuführen. Also wissen wir alle, was auf dem Spiel steht.« Zur Betonung seiner Worte ließ Claiborne den Stift auf den Schreibtisch fallen. Es war klar, was seine Worte bedeuteten:

Clay würde niemals in der Kanzlei seines Vaters arbeiten können. Und darauf hatten sich alle Pläne für die Zukunft gegründet. Über zusammengelegten Fingerspitzen sah Claiborne seinen Sohn an und sagte abschließend: »Deine Entscheidung, Clay, betrifft uns alle.«

Im gleichen Augenblick stapfte Herb Anderson in Catherines Zimmer wie ein gefangenes Tier hin und her.
»Diese unverschämte Person! Ich breche ihr jeden Knochen im Leib, wenn sie nicht in diesem Moment mit Forrester über Geld redet!«
Wütend trat er gegen eine offenstehende leere Schublade.
Ada stand in der Tür und stammelte weinerlich: »Wa ... warum glaubst du, ist ... ist sie gegangen, Herb?«
»Wie soll ich das, verdammt noch mal, wissen?« schrie er. »Sie sagt mir ja nie was. Hätte sie das getan, würde sie jetzt nicht in der Scheiße stecken, denn diesen Zuckerbubi hätte ich mir schon vorher vorgeknöpft.«
»Vielleicht hat er sie bei sich aufgenommen?«
Er marschierte zum Telefon. Auf dem Weg dorthin stieß er Ada rüde aus dem Weg. Während er wählte, fluchte er unablässig.
Als das Telefon läutete, nahm Clay ab. Anderson bellte: »Wo, zum Teufel, steckt meine Tochter, Zuckerbubi?« Die drei waren noch immer in Claibornes Arbeitszimmer.
»Sie ist nicht hier.« Zwischen Clays Antworten gab es lange Pausen. »Ich weiß es nicht ... Seit ich sie gestern abend nach Hause brachte, habe ich sie nicht mehr gesehen ... Jetzt hören Sie mir mal gut zu, Anderson! Ich habe ihr gesagt, ich würde ihr Geld geben, aber das hat sie abgelehnt. Ich weiß nicht, was Sie sonst noch von mir erwarten ... Das ist Erpressung, Anderson, und wird bestraft! Ich bin bereit, mit Ihrer Tochter zu sprechen, aber nicht mit einem Minderbe-

mittelten, wie Sie es sind. Ich sage es nur noch einmal, Anderson, lassen Sie uns in Ruhe! Habe ich mich klar ausgedrückt? Oh, Ihre Sorge ist wirklich rührend ... Ich habe keine Ahnung ...« Dann hielt Clay den Hörer weit von seinem Ohr, während Herb Andersons Stimme weiter plärrte. Als Clay auflegte, war er wütend, aber auch besorgt.
»Wie es scheint, ist sie verschwunden«, sagte er und ließ sich in den Schreibtischsessel seines Vaters fallen.
»Soviel habe ich mitbekommen«, meinte Claiborne.
»Der Mann ist verrückt.«
»Da hast du recht. Und er wird es nicht bei diesem unverschämten Anruf belassen. Meinst du nicht auch?«
»Wie soll ich das wissen?« Clay sprang auf, ging rastlos im Zimmer umher, blieb dann stehen und starrte seufzend an die Decke. »Er hat mindestens vier verschiedene Drohungen ausgesprochen.«
»Hast du eine Ahnung, wo das Mädchen sein könnte?« fragte sein Vater.
»Überhaupt keine. Sie hat nur gesagt, daß sie Pläne hätte. Ich wußte nicht, daß sie so schnell verschwinden würde.«
»Kennst du Freunde von ihr?«
»Nur ihre Cousine Bobbi, eine Freundin von Stu.«
»Ich schlage vor, du setzt dich mit ihr so bald wie möglich in Verbindung. Vielleicht weiß sie, wo Catherine ist. Sicher haben wir nicht zum letztenmal von Anderson gehört. Ich will, daß das aufhört, ehe etwas davon in die Öffentlichkeit dringt.«

Inzwischen steckte die Schwester einer Kommilitonin von Bobbi in Omaha, Nebraska, einen Brief in den Briefkasten. Er war in Catherines sauberer Schrift an ihre Mutter gerichtet, und darin stand, sie möge sich keine Sorgen machen.

Am folgenden Abend saßen die Forresters beim Dinner. Der Tisch war geschmackvoll gedeckt. Sie aßen bei Kerzenlicht. Gerade hatte Inella, das Mädchen, Hühnchen serviert und kehrte in die Küche zurück, als die Türglocke läutete. Mit einem Seufzer ging sie, um zu öffnen. Sie hatte kaum die Klinke heruntergedrückt, als die Tür mit Wucht aufgestoßen und sie gegen die Wand geschleudert wurde.
Eine kehlige Stimme bellte: »Wo ist der Kerl?«
Sie konnte dem Eindringling nur nachstarren und hörte ihn dann schreien: »Ich hab's dir gesagt, Zuckerbubi, ich krieg dich! Und hier bin ich!«
Bei Herb Andersons Anblick bedeckte Angela erschrocken ihren Mund mit der Hand. Claiborne ließ seine Serviette fallen, und Clay stand auf. Doch ehe er noch ganz auf den Füßen war, traf ihn ein Kinnhaken, der ihn quer durchs Zimmer schleuderte. Angela schrie auf. Claiborne wollte seinem Sohn zu Hilfe eilen, doch Anderson schlug zum zweitenmal zu. Inella stand in der Tür und schrie ebenfalls.
»Mein Gott, rufen Sie die Polizei! Schnell!« befahl Angela.
Inella lief aus dem Zimmer.
Claiborne gelang es, Anderson am Ellbogen zu ergreifen und umzudrehen. Anderson taumelte gegen den Tisch, riß das Tischtuch mit sich, und alles darauf fiel klirrend zu Boden. Die Kerzenhalter waren umgestürzt, und der Stoff fing Feuer. Niemand merkte es sofort, denn der Kampf ging weiter. Angela versuchte, ihrem Mann zu helfen, während Clay blutend auf die Füße kam und einen Schwinger in Andersons Wanst landete. Der Mann stöhnte auf und klappte zusammen, während Angela ihn bei den Haaren packte und seinen Kopf zurückriß. Außer sich vor Wut drehte Clay Anderson einen Arm auf den Rücken, warf ihn zu Boden und hielt ihn dort fest. Das Feuer breitete sich weiter aus. Doch in diesem Augenblick kam Inella wieder ins Zimmer gelaufen, erfaßte

sofort die Situation und goß den Inhalt einer Vase mit Chrysanthemen über die Flammen.

»Die Polizei kommt.«

»O Gott, mach, daß sie schnell kommt«, betete Angela.

Der Schock ließ langsam nach, als die drei Forresters einander ansahen. Clay hatte eine Verletzung auf der Wange, eine andere über dem rechten Auge.

»Bist du in Ordnung, Clay?«

»Ja. Und du, Dad?«

»Ich kriege euch reiche Hurensöhne schon!« fluchte Anderson, mit dem Gesicht im Teppichboden. »Verdammt! Lassen Sie mein Haar los!«

Angela zerrte noch stärker daran.

Draußen konnte man die näher kommenden Polizeisirenen hören, und Inella lief zur Haustür, die noch immer offenstand. Blauuniformierte Polizisten eilten herein.

Anderson wurden Handschellen angelegt. Man ließ ihn auf dem Boden liegen, während er weiter gegen die Forresters Flüche und Verwünschungen ausstieß. Als die Beamten die Unordnung bemerkten, fragte einer: »Ist jemand verletzt?«

Jeder sah zuerst Angela an, die jetzt schluchzend in den Armen ihres Mannes Schutz gefunden hatte.

»Angie, bist du verletzt?« fragte er besorgt, aber sie schüttelte nur den Kopf.

»Kennen Sie diesen Mann?« fragte ein Polizist.

»Erst seit gestern.«

»Was ist hier heute abend passiert?«

»Er stürmte ins Haus und schlug meinen Sohn während des Essens nieder.«

»Wie heißt du?« Diese Frage war an Anderson gerichtet, der nun kniete.

»Fragen Sie *die* doch, wie ich heiße, damit sie meinen Namen nie vergessen!« Er starrte Clay bösartig an. »Fragt den

Zuckerbubi. Ich bin der Vater des Mädchens, das er gebumst hat.«
»Wollen Sie Anklage erheben, Sir?« fragte einer der Polizisten Claiborne.
»Und was ist mit mir?« winselte Anderson. »Ich will Anklage erheben. Dieser Hurensohn ...«
»Bring ihn in den Streifenwagen, Larry. Du kannst dich später äußern, wenn wir dir deine Rechte vorgelesen haben.«
Er wurde auf die Füße gezerrt und zur Haustür gestoßen. Das Blaulicht drehte sich noch auf dem Dach des Wagens. Anderson wurde auf den Rücksitz verfrachtet und geiferte weiter. Der Fahrer ignorierte ihn.

Kurz vor dem Abendessen am nächsten Tag läutete im *Horizons* das Telefon. Jemand rief durchs Haus: »Telefon. Für Anderson!«
Catherine lief die Treppe hinunter. Sie wußte, das konnte nur Bobbi sein.
»Hallo?«
»Catherine, hast du heute Zeitung gelesen?«
»Nein. Ich war in der Uni, ich hatte keine Zeit.«
»Das hättest du lieber tun sollen.«
Catherine hatte die plötzliche, schreckliche Vision, daß ihre Befürchtungen Wahrheit geworden waren: Ihr Vater hatte sich an ihrer Mutter gerächt.
»Ist Mom ...«
»Nein, nein – es geht ihr gut. Es dreht sich um Clay. Dein Vater hat ihn in seinem eigenen Haus zusammengeschlagen.«
»Was?«
»Ja. Er verschaffte sich gewaltsam Eintritt und verprügelte ihn. Dann kam die Polizei und steckte deinen Alten ins Gefängnis.«

»O nein«, sagte Catherine.
»Ich dachte mir, daß du das wissen solltest.«
Catherine fragte zögernd: »Ist ... ist Clay verletzt?«
»Ich weiß es nicht. In der Zeitung steht nichts davon. Du kannst den Artikel ja lesen.«
»Hast du mit meiner Mutter gesprochen?«
»Es geht ihr gut. Ich war gestern abend da. Es hörte sich an, als sei sie glücklich, daß du aus dem Haus bist. Ich hab ihr gesagt, sie solle sich keine Sorgen machen und daß du ihr schreiben würdest.«
Ehe Bobbi auflegte, sagte sie noch etwas, was sie eigentlich nicht hatte erwähnen wollen.
»Clay rief mich an und fragte, wo du bist. Ich habe gelogen.«
Eine Weile herrschte Schweigen, dann sagte Catherine: »Danke.«
Sie fand den Artikel in der *Minneapolis Tribune* und las ihn mehrmals, wobei sie sich die Szene vorzustellen versuchte, was ihr sehr gut gelang. Schuldgefühle überkamen sie. Hätte sie Clays Geld angenommen, würde ihr Vater seine Familie und ihn nicht mehr belästigen. Doch dann sagte sie sich, daß Mr. Forrester Anwalt sei und Anzeige gegen Herb Anderson erstatten konnte, was er mehr als verdiente. Bei diesem Gedanken mußte sie lächeln.

Bobbi war nicht überrascht, als Clay Forrester am nächsten Tag vor ihrer Haustür stand.
Er sagte ohne Umschweife: »Ich muß mit dir reden.«
»Sicher. Aber es bringt nichts.«
»Du weißt doch, wo sie ist, nicht wahr?«
»Vielleicht. Wer will das wissen? Ihr Vater?«
»Nein. Ich.«
»Da kommst du zu spät, Clay.«
»Hör zu. Können wir nicht irgendwo eine Tasse Kaffee zusammen trinken?«

Sie sah ihn kurz an, zuckte dann die Schultern und antwortete: »Ich hole mir nur eine Jacke.«
Die Corvette stand vor der Tür. Sie betrachtete den Wagen und wunderte sich wieder über Catherines Dummheit, daß sie die Situation nicht ausnutzte. Wäre sie – Bobbi – an ihrer Stelle, wüßte sie schon, was sie zu tun hätte.
Die beiden fuhren in ein kleines Restaurant und bestellten Kaffee. Clay wirkte besorgt. Zwei Pflaster klebten in seinem Gesicht.
»Er hat dich ja schön zugerichtet«, sagte Bobbi.
Clay nippte an seinem Kaffee und sah sie über den Rand seiner Tasse an. »Er ist nicht gerade das, was ich mir unter einem Schwiegervater vorstelle.«
»Also, was willst du von Catherine?«
»Hör zu. Es gibt da Dinge, in die ich nicht gern hineingezogen werden möchte. Doch als erstes möchte ich ihr Geld geben, damit ihr Vater mich in Ruhe läßt. Er wird nicht aufhören, bis er ein paar Scheine gesehen hat, aber ihm will ich sie nicht geben. Ich möchte für ihren Unterhalt aufkommen und die Krankenhausrechnung bezahlen. Weißt du, wo sie ist?«
»Und wenn ich es weiß?« fragte sie herausfordernd. Er sah sie an, lehnte sich dann zurück und spielte mit seiner Tasse.
»Vielleicht habe ich die Prügel verdient. Ist es das, was du denkst?«
»Kann schon sein. Ich mag sie sehr.«
»Hat sie dir erzählt, daß ich für ihren Unterhalt aufkommen will?«
»Sie hat mir auch erzählt, daß du ihr Geld für eine Abtreibung geben wolltest.« Da er schwieg, sprach Bobbi weiter. »Angenommen, sie läßt jetzt gerade abtreiben?« Bobbi betrachtete ihn prüfend und entdeckte in seinem Gesicht genau das, was sie erhofft hatte: Angst. Sie fügte ironisch hinzu: »Quält dich dein Gewissen, Clay?«

»Ja, es quält mich, verdammt noch mal! Wenn du glaubst, daß ich sie nur sehen will, um mir ihren Alten vom Hals zu schaffen, hast du unrecht.« Er schloß die Augen, rieb kurz über seinen Nasenrücken und murmelte dann: »Himmel, ich kann sie nicht vergessen.«

Bobbi betrachtete ihn prüfend. Trotz seiner Verletzung sah er außerordentlich gut aus – und besorgt. Etwas in Bobbi wurde weich.

»Ich weiß nicht, warum ich dir das sage, aber es geht ihr gut. Sie hat ihre Pläne verwirklicht, und sie wird durchhalten. Catherine ist ein starker Mensch.«

»Das habe ich gemerkt, als ich neulich mit ihr sprach. Die meisten Mädchen würden in einer solchen Situation nur die Hand aufhalten, aber sie nicht.«

»Sie hat ein hartes Leben gehabt und weiß, wie man ohne fremde Hilfe zurechtkommt.«

»Und du willst mir immer noch nicht sagen, wo sie ist?« Er sah sie beschwörend an. Bobbi fand es außerordentlich schwer, seiner Bitte nicht nachzukommen.

»Nein. Ich habe ihr mein Wort gegeben.«

»Nun gut. Ich will nicht, daß du meinetwegen wortbrüchig wirst. Aber willst du etwas für mich tun? Willst du Catherine sagen, daß sie, falls sie irgend etwas braucht – was auch immer es ist – es mich wissen läßt? Sag ihr, daß ich gern mit ihr reden möchte, daß es wichtig ist, und frag sie, ob sie mich morgen abend zu Hause anrufen kann. Auf diese Weise braucht sie ihren Aufenthaltsort nicht preiszugeben.«

»Ich richte alles aus, aber ich glaube nicht, daß sie anrufen wird. Sie ist dickköpfig – fast so dickköpfig wie ihr Vater.«

Clay blickte in seine Tasse. »Sie ...« Er schluckte und sah besorgt auf. »Sie hat doch nicht abgetrieben?«

»Nein, das hat sie nicht.«

Von seinen Schultern schien eine Last genommen zu sein.

Als Catherine an jenem Abend ans Telefon kam, sagte Bobbi: »Clay hat mich besucht.«

Catherines Herzschlag setzte für eine Sekunde aus. »Du hast ihm doch nichts erzählt, oder?«

»Nein. Ich habe nur seine Verletzung bewundert. Dein Dad hat ihn nicht geschont.«

Am liebsten hätte Catherine gefragt, wie es ihm ging. Doch statt dessen sagte sie beiläufig: »Er kam doch nicht, um dir seine Kriegsverletzungen zu zeigen. Was wollte er?«

»Wissen, wo du bist. Er will mit dir reden.«

»Worüber?«

»Was glaubst du wohl? Catherine, er ist gar nicht so übel. Er hat sich nicht einmal beklagt, daß er zusammengeschlagen wurde. Er scheint sich über dein Wohlergehen wirklich Sorgen zu machen und möchte gern für das Kind und deinen Unterhalt zahlen. Das ist alles.«

»Na und?«

»Okay, okay! Ich überbringe doch nur die Nachricht. Er möchte, daß du ihn heute abend zu Hause anrufst.«

Catherine schwieg. Sie sah nur zu deutlich sein Elternhaus vor sich. Diesen Luxus, diese Geborgenheit. Eine Schwäche überkam sie, aber sie widerstand ihr.

»Catherine, hast du mich verstanden?«

»Das habe ich.«

»Und wirst du ihn anrufen?«

»Nein.«

»Aber er hat gesagt, er müsse etwas mit dir besprechen.« Bobbi fügte in überredendem Ton hinzu: »Hör zu, Catherine. Er hat Eindruck auf mich gemacht. Erst glaubte ich, er wollte mir deinen Aufenthaltsort entlocken, aber das hat er überhaupt nicht probiert. Er sagte, wenn du ihn anrufen würdest, könntest du dein Geheimnis bewahren.«

»Wie großzügig und anständig.«

»Ich will dir nicht in den Rücken fallen, aber ich glaube, das ist er.«
»Was? Großzügig und anständig?«
»Ja. Er macht sich wirklich Sorgen um dich. Ich habe ihn ganz anders eingeschätzt. Ich fange sogar an, mich zu fragen, was Stu in Clays Lage tun würde. Wahrscheinlich hätte er schon die Stadt verlassen. Warum gibst du Clay nicht eine Chance?«
»Das kann ich nicht. Ich will sein Mitgefühl nicht, und ich rufe ihn auch nicht an. Das führt zu nichts.«
»Catherine, bist du sicher, daß du das Richtige tust?«
»Bobbi ... bitte.«
»Er hat doch Geld. Warum profitierst du nicht davon?«
»Du klingst wie mein Vater!«
»Okay, Catherine. Es ist dein Kind. Ich habe getan, worum er mich gebeten hat. Ich habe dir alles ausgerichtet. Ruf ihn heute abend zu Hause an. Mehr kann ich nicht für dich tun. Und wie geht es dir?«
»Ziemlich gut. Es ist nicht übel hier. Außerdem gibt's keine Männer, was sehr positiv zu werten ist.«
»He, Catherine, so weit darfst du wirklich nicht gehen. Nicht alle Männer sind wie dein Vater. Clay Forrester, zum Beispiel, ist das genaue Gegenteil.«
»Bobbi, ich habe den Eindruck, daß du ins feindliche Lager überläufst.«
»Das stimmt nicht. Aber ich kann die Lage jetzt besser beurteilen, da ich beide Seiten kenne. Ich stehe immer zu dir, aber ich meine, du solltest ihn wenigstens anrufen.«
»Den Teufel werde ich tun! Ich will weder Clay Forrester noch sein Geld!«
»Gut, gut. Ich verschwende keine Zeit mehr, um mit dir darüber zu diskutieren, denn du änderst deine Meinung ja doch nicht.«

Während des Gesprächs war es Catherine völlig entgangen, daß drei Mädchen in die Küche gekommen waren, von wo aus sie ihr Telefonat mit anhören konnten. Als sie aufgelegt hatte, eilte sie in ihr Zimmer. Bobbis Worte setzten ihr mehr zu, als sie sich eingestehen wollte. Es wäre so einfach, Clays moralische und finanzielle Hilfe zu akzeptieren, aber dann hätte er auch Einfluß auf sie, und das wollte sie um jeden Preis vermeiden. Es war besser, sie blieb hier, um frei über ihre Zukunft entscheiden zu können. Im *Horizons* urteilte niemand, alle saßen im selben Boot.

Das dachten die Mädchen jedenfalls.

5

Die Atmosphäre bei den Forresters wurde immer spannungsgeladener, je länger Catherines Aufenthaltsort unbekannt blieb. Angela wirkte bedrückt. Clay spürte die Niedergeschlagenheit seiner Mutter und konnte sie während des ganzen Tages nicht vergessen. Zu allem Übrigen entließ man Herb Anderson schon nach vierundzwanzig Stunden aus dem Gefängnis, ohne offizielle Anklage zu erheben. Und diese Tatsache belastete nicht nur Clay, sondern auch seinen Vater. Beide kannten das Gesetz und wußten, daß sie den Mann für das, was er getan hatte, festnageln konnten. Doch ein solcher Schritt war, ohne öffentliches Aufsehen zu erregen, nicht möglich. Also waren ihnen die Hände gebunden, und ihre Nervosität wurde immer größer.

Als Herb Anderson wieder auf freiem Fuß war, wurde seine Selbstgerechtigkeit grenzenlos. Auf dem Heimweg lächelte er selbstzufrieden und dachte: Ich hab sie mir geschnappt, diese Hurensöhne. Und ich lasse nicht locker, bis sie mir diese schönen grünen Scheinchen hinblättern!

Als Herb nach Hause kam, stand Ada im Wohnzimmer und las eine Postkarte. Überrascht blickte sie auf. Sie hatte ihn nicht erwartet.

»Was, Herb, bist du schon draußen?«

»Ja. Verdammt noch mal. Diese Forresters wissen schon, was gut für sie ist, deshalb bin ich draußen. Wo ist das Mädchen?«

Seine Augen waren blutunterlaufen, seine Hände noch verbunden; die Verbände waren schmutzig. Er stank bereits nach Gin.
»Es geht ihr gut, Herb«, sagte Ada schüchtern und hielt ihm die Karte hin. »Schau mal, sie ist in Omaha, bei einer Freundin, die ...«
»Omaha!« Herb schlug seiner Frau die Postkarte aus der Hand. Sie duckte sich, als er sich schwankend danach bückte und sie wieder aufhob. Er starrte auf die Handschrift, um sich zu vergewissern, ob es auch Catherines war. Dann flüsterte er: »Diese verdammten reichen Hurensöhne werden dafür bezahlen! Niemand macht aus Herb Anderson ein Arschloch!« Dann ging er an Ada vorbei, als würde sie überhaupt nicht existieren, und verließ das Haus.
Erleichtert sank sie in einen Sessel.

Im *Horizons* rächte sich Francie an den Ungerechtigkeiten des Lebens und stahl Catherine Anderson eine Flasche Parfüm.

Auf dem Campus der Universität von Minnesota stieg eine dieser ›Ungerechtigkeiten‹ gerade in Clay Forresters Corvette.
»Du kommst zu spät«, schimpfte Jill Magnusson, doch gleichzeitig schenkte sie Clay ein strahlendes Lächeln und ließ dabei Jacketkronen sehen, die ihren Vater mindestens zweitausend Dollar gekostet haben mußten. Jill war eine Schönheit und gehörte außerdem einer der elitärsten Studentenverbindungen an.
»Ich hatte viel zu tun«, entgegnete er. Er war mit seinen Gedanken beschäftigt und achtete nicht auf ihre Reize. Mit einem leisen Brummen sprang der Motor an, und Clay reihte sich in den Verkehr ein.
»Ich muß noch ein paar Bilder im Fotolabor abholen, die ich für mein Forschungsprojekt brauche.« Jill war nicht nur eine

Schönheit, sondern arbeitete als Assistentin für Flugelektronik und wollte helfen, die erste Raumfähre zu konstruieren, die zwischen Erde und Mond verkehrte. Da ihr ihre Karriere wichtiger als die Ehe war, hatte sie nicht die Absicht, bald zu heiraten. Was Clay gut verstand.

Doch an diesem Abend war er ungewöhnlich gereizt. »Ich komme zu spät, und du willst noch am Fotolabor vorbeifahren!« blaffte er.

»Mein Gott, was ist denn los?«

»Jill, ich habe dir gesagt, daß ich eigentlich heute abend arbeiten wollte. Du hast darauf bestanden, daß wir auf diese Party gehen. Du solltest verstehen, daß ich dich dahin nur ungern begleite.«

»Gut. Vergiß das Fotolabor. Ich hole die Bilder morgen ab.«

Er hielt so abrupt an einer Ampel, daß Jill nach vorne geschleudert wurde.

»Was hast du denn plötzlich?« rief sie.

»Ich bin nicht in Stimmung für diese Party. Das ist alles.«

»Offensichtlich«, kommentierte sie. »Dann vergiß die Party ebenfalls.«

»Du willst mich dahin schleppen, also gehen wir jetzt dahin.«

»Clay Forrester, sprich nicht in diesem Ton mit mir. Wenn du nicht mitgehen willst, hättest du es vorher sagen können. Doch du sagtest nur, daß du dich an diesem Wochenende mit einem Fall beschäftigen mußt. Das ist immerhin ein Unterschied.«

Er legte krachend den Gang ein, überholte rechts und links und hupte laut.

»Du fährst wie ein Verrückter«, sagte sie kühl.

»So fühle ich mich auch.«

»Dann laß mich bitte aussteigen.«

»Erst, wenn wir da sind, wo diese verdammte Party stattfindet«, entgegnete er. Er wußte, daß er ekelhaft war, konnte aber nichts dagegen tun.

»Seit wann hast du dir denn angewöhnt zu fluchen?«
»Seit vier Tagen.«
»Clay, fahr um Himmels willen langsamer, ehe du einen Unfall verursachst.«
Er fuhr langsamer.
»Hast du getrunken?«
»Noch nicht!« bellte er.
»Aber du willst trinken?«
»Vielleicht.«
Jill betrachtete sein Profil, die energische Kinnlinie, seinen zusammengepreßten Mund. »Ich glaube nicht, daß ich diesen Clay Forrester kenne«, sagte sie leise.
»Nein, den kennst du nicht.« Er starrte auf die Straße. »Und ich auch nicht.«
»Das hört sich nach ernsthaften Problemen an.«
Er schwieg.
»Willst du darüber reden?« fragte sie.
Schließlich sah er sie an und dachte: Mein Gott, wie schön sie ist. Und außerdem beherrscht, intelligent, leidenschaftlich und sogar etwas gerissen. Das liebte er an ihr. Und noch mehr die Tatsache, daß sie diese Eigenschaften nie verbarg. Oft neckte sie ihn damit, daß er tun würde, was auch immer sie von ihm verlangte, wenn sie nur ihren Körper und Charme einsetzte. Was meistens stimmte.
»Was würdest du sagen, wenn ich zugäbe, daß ich Angst habe, darüber zu sprechen?«
»Nun, seit diesem Geständnis fährst du wenigstens vernünftiger.«
Er tätschelte ihren Handrücken. »Willst du wirklich auf diese Party?«
»Ja. Ich trage diesen todschicken Sweater und den dazu passenden Rock, und du hast es nicht einmal bemerkt. Wenn du mir schon keine Komplimente machst, wird es jemand anders dort tun.«

»Gut«, sagte er und fuhr zu den *Alcorn Apartments*, wo die Party schon in vollem Gang war, als sie hinkamen. In der Wohnung herrschte ein fürchterliches Gedränge; es war laut und stickig. Jill nahm Clay bei der Hand und bahnte ihnen einen Weg durch die Menge in die Küche, in der man eine Bar improvisiert hatte. Dahinter stand ein Typ namens Eddy.
»Hallo, Jill. Hallo, Clay. Was wollt ihr trinken?«
»Clay braucht was Starkes heute abend, Eddy. Mix ihm was zusammen.«
Kurz darauf gab Eddy Clay ein Glas mit einer Flüssigkeit, die die Farbe von dünnem Kaffee hatte. Clay nippte davon und wußte, daß er nach drei solchen Drinks am Boden liegen würde. Jill trank etwas Leichteres. Sie betrank sich nie, dazu war sie zu intelligent.
Aber Clay gefiel ihr heute abend gar nicht, was sie ihm auch sagte.
»Wenn du alles wüßtest, würde ich dir noch weniger gefallen«, lautete seine Antwort. »Ich brauche dich heute abend, Jill. Laß uns irgendwo anders hingehen.«
»So habe ich dich noch nie erlebt, Clay.«
Er schwieg und nahm einen großen Schluck aus seinem Glas.
»Dir wird schlecht, wenn du so weitertrinkst.«
»Gut.«
»Dann gehen wir. Aber keinen Sex heute abend, hast du mich verstanden?«
Er sah sie geistesabwesend an.
»Was dich auch quält, laß uns darüber reden.«
»In Ordnung«, sagte er, nahm ihr das Glas aus der Hand und stellte es auf einem Tisch ab. Ohne ein weiteres Wort packte er Jill beim Handgelenk und drehte sich zum Gehen um.
Auf halbem Weg zur Tür rief jemand: »He, Clay, warte!« Er entdeckte das gerötete Gesicht von Stu, der sich mit erhobenen Armen – in jeder Hand einen Drink – durch die Gäste

kämpfte. Stu brüllte über seine Schulter zurück: »Komm, Honey. Ich will nur kurz mit Clay reden.«
Endlich trafen sich die beiden Paare mitten in der Menge.
»Clay, willst du schon gehen?«
»Was hast du gesagt, Stu?«
»Ich hab dich die ganze Woche nicht gesehen. Dad möchte gern wissen, ob du mit deinem Vater nächstes Wochenende zur Rebhuhnjagd kommst.«
Die beiden diskutierten Jagdpläne, während sich Jill mit Bobbi unterhielt. Die Mädchen kannten sich nur oberflächlich. Doch jetzt unterzog Bobbi Jill Magnusson einer kritischen Prüfung. Sie registrierte alles: Jills teure Kleidung, ihr engelhaftes, von schulterlangem, braunem Haar umrahmtes Gesicht und die nonchalante Geste, mit der Clay seinen Arm um ihre Taille gelegt hatte, während er mit Stu sprach. Wenn je zwei Menschen füreinander geschaffen waren, dann diese beiden, dachte Bobbi. Und noch ein Gedanke kam ihr plötzlich: Catherine paßt nicht in diese Gesellschaftsschicht!
Clay war sich Bobbis Anwesenheit nur zu bewußt, auch wenn er Stu gegenüber Aufmerksamkeit heuchelte. Als dann jemand mit Jill sprach, ergriff er die Gelegenheit beim Schopf.
»Hallo, Bobbi.«
»Hallo, Clay.«
Die beiden musterten sich wachsam.
»Was gibt's Neues?«
»Nichts.«
Verdammt, dachte Clay, ich muß sie direkt fragen. Er warf schnell einen Blick zu Jill hinüber, um sicherzugehen, daß sie auch nichts hören konnte.
»Hast du was von deiner Cousine gehört?«
»Ja, heute.«
»Wie geht's ihr?«
»Gut. So wie immer.«

Clay sah wieder nervös zu Jill hin. »Sie hat mich nicht angerufen.«
»Ich habe ihr alles ausgerichtet.«
»Könntest du sie noch einmal bitten?«
»Sie will dich nicht anrufen.«
Jemand stupste Bobbi in den Rücken, so daß sie nun noch näher bei Clay stand. Er nutzte die Gelegenheit und flüsterte: »Es gibt gravierende Probleme. Ich muß mit ihr reden.«
Aber da trat Jill auf Clay zu und legte ihm ihre manikürte Hand auf den Arm. Es gibt Menschen auf dieser Welt, denen es einfach zu gut geht, dachte Bobbi. Und andere haben nie Glück. »Ich sag Catherine, daß du sie grüßen läßt, Clay!«
Er warf ihr einen bitterbösen Blick zu, entgegnete aber höflich: »Ja, tu das.«
Als Jill und Clay gegangen waren, fragte Stu: »Was soll das alles?«
»Ach, nichts. Wir machten Clay doch letzten Sommer mit Catherine bekannt. Erinnerst du dich nicht?«
»Ja. Stimmt.« Dann nahm er ihren Ellbogen und sagte: »Komm, wir holen uns neue Drinks.«

Clay und Jill fuhren zum *Interlaken Country Club*, dem auch ihre Eltern angehörten und in dem sie schon viele schöne Stunden verbracht hatten. Das Restaurant war halb leer; einige Paare tanzten zu den Klängen einer Combo. Man gab ihnen einen Fenstertisch in einer Ecke mit Blick über den malerisch angelegten Golfplatz.
Eine Weile saßen beide schweigend da. Clay starrte aus dem Fenster, während Jill den Wein in ihrem Glas kreisen ließ. Schließlich eröffnete Jill das Gespräch.
»Und wer ist Catherine?« Sogar als Jill diese Frage stellte, bewies sie Klasse, denn ihrer Stimme fehlte jeder anklagende Unterton.

Nach kurzer Überlegung antwortete Clay: »Bobbis Cousine.« Jill hob das Glas an ihren Mund und murmelte: »Hm ...« Dann fügte sie hinzu: »Hat sie etwas mit deiner augenblicklichen schlechten Laune zu tun?«

Clay blieb nachdenklich; er schien meilenweit entfernt.

»Was ist denn da draußen so interessant?«

Mit einem Seufzer sah er sie an, stützte seine Ellbogen auf den Tisch und legte den Kopf auf seine verschränkten Hände. Dann sagte er so leise, daß sie ihn kaum verstehen konnte: »Verdammt.«

»Du solltest eigentlich darüber reden, Clay. Wenn es um diese *Catherine* geht, habe ich ein Recht, es zu erfahren. Es geht doch um sie, nicht wahr?«

Er sah sie mit einem gequälten Ausdruck in den Augen an, doch anstatt ihre Frage zu beantworten, stellte er eine: »Liebst du mich, Jill?«

»Ich glaube nicht, daß das Thema unserer Unterredung ist.«

»Beantworte trotzdem meine Frage.«

»Warum?«

»Weil ich mir in letzter Zeit viele Fragen gestellt habe. Liebst du mich?«

»Es könnte sein. Ich weiß es nicht genau.«

»Ich habe mir dieselbe Frage gestellt. Auch ich weiß nicht genau, ob ich dich liebe. Aber ich glaube es.«

»Das klingt nicht gerade romantisch, Clay.« Sie lachte leise. »Eher nüchtern.«

»In dieser Stimmung war ich auch vergangene Woche. Ich habe meine Gefühle sozusagen seziert.« Er lächelte sie traurig an.

»Du hast unsere Beziehung seziert?«

Er nickte, betrachtete das Muster des Tischtuchs und dann Jills Gesicht. Jill war ein zehnkarätiger Diamant. Sie paßte in diese luxuriöse Umgebung; Catherine Anderson würde niemals hierher passen.

»Du bist so schön, daß es schon absurd ist«, sagte Clay mit einem seltsam schmerzlichen Unterton.
»Danke. Aber heute abend scheint das für dich nicht viel Bedeutung zu haben, so wie du es gesagt hast.«
Er schwieg und kaute an seiner Unterlippe. Eine Angewohnheit, die ihr sehr vertraut war.
»Ich kann nicht den ganzen Abend warten, bis du dich schließlich zum Reden entschließt. Nicht ich wollte mich an diesem Wochenende mit meinem Studium beschäftigen.«
»Ich ebenfalls nicht«, gestand Clay. »Das habe ich nur als Ausrede benutzt. Ich wollte dich nicht sehen.«
»Deshalb hast du mich also so schlecht behandelt?«
»Nein. Deshalb nicht. Ich wollte mich selbst bestrafen.«
»Warum?«
»Wegen des vierten Juli.«
Jill ging ein Licht auf. Sie konnte sich gut an den Streit erinnern, den sie an jenem Tag gehabt hatten.
»Und du bist an dem Abend mit Catherine ausgegangen?« fragte Jill.
»Ja.«
»Und?«
»Sie ist schwanger.«
Jills Haltung war bemerkenswert. Sie atmete hörbar ein, und ihr ganzer Körper versteifte sich kurz. Doch als sie Clays Blick auf sich fühlte, entspannte sie sich sofort wieder. Dann hob sie den Kopf und fragte: »Ist das der Grund für deine Verletzungen, die ich taktvollerweise bisher nicht erwähnt habe?«
Er nickte. »Das war ihr Vater.« Er trank und schaute dann wieder aus dem Fenster.
»Ich übergehe die offensichtliche Frage«, sagte Jill mit leichter Bitterkeit, »da du mir sicherlich nicht dieses Geständnis gemacht hättest, ohne vorher die Situation zu klären. Wirst du sie heiraten?«

Dieses Mal atmete Clay hörbar ein. Trotz seiner lässigen Pose war er innerlich ein Nervenbündel.

»Du hast meine Frage noch nicht beantwortet. Ob du mich liebst oder nicht.« Er sah ihr in die Augen und merkte, daß sie ebenso litt wie er.

»Nein. Das habe ich nicht.«

»Ist das jetzt ...« er suchte nach dem passenden Wort, » ... überflüssig geworden?«

»Ja. Wahrscheinlich.«

Daraufhin starrten beide in ihre Gläser; beiden war schmerzhaft bewußt, daß ihnen in dieser Situation die Worte fehlten.

»Ich weiß nicht, ob ich sie heirate. Ich stehe ziemlich unter Druck.«

»Den ihre Eltern machen?«

Er lachte nur kläglich. »Ach, Jill, das alles ist unglaublich komisch. Du kannst gar nicht wissen, wie unglaublich komisch das alles ist.«

»Sicher. Ha ... ha ... ha ... Bin ich nicht auch komisch?«

Er griff nach ihrer Hand. »Jill, es ist nun einmal passiert. Wir hatten einen ziemlich heftigen Streit damals. Stu und Bobbi machten mich mit ihr bekannt. Zum Teufel, ich weiß auch nicht mehr.«

»Und du hast sie geschwängert, weil du mit mir einen Hausstand gründen wolltest, während ich noch nicht bereit war, das Hausmütterchen zu spielen. Wie ritterlich von dir!« Sie entzog ihm ihre Hand.

»Ich wußte, daß du mit Bitterkeit reagieren würdest. Etwas anderes verdiene ich auch nicht. Das alles ist ein schrecklicher Irrtum. Ihr Vater ist ein Verrückter, der alles kurz und klein schlägt. Aber glaub mir, sie will ebensowenig mit mir zu tun haben wie ich mit ihr. Doch es gibt gewisse Umstände, die mich vielleicht zwingen könnten, sie heiraten zu müssen.«

»Oh, da wird sie aber entzückt sein, daß du sie heiraten *mußt*! Welches Mädchen wäre das nicht.«

Er seufzte und dachte wütend: Weiber! »Von allen möglichen Seiten wird Druck auf mich ausgeübt.«
»Will dein Vater dich nicht mehr in seine Kanzlei aufnehmen?«
»Du hast es erraten. Aber nicht nur Dad macht Druck. Meine Mutter läuft rum, als wären ihr alle Felle davongeschwommen, und zu allem Überfluß droht Catherines Vater, die Geschichte an die Öffentlichkeit zu bringen. Wenn das geschieht, ist meine Zulassung in Gefahr. Um die Geschichte noch mehr zu komplizieren, ist Catherine von zu Hause weggelaufen.«
»Weißt du, wo sie ist?«
»Nein. Aber Bobbi weiß es.«
»Du kannst also mit ihr Kontakt aufnehmen, falls du das willst.«
»Ich glaube schon.«
»Aber das willst du nicht?«
Er seufzte und griff wieder nach ihrer Hand. »Jill, mir bleibt nicht viel Zeit. Alle sitzen mir im Nacken. Es tut mir leid. Alles tut mir leid. Aber ich möchte wissen, welche Gefühle du mir entgegenbringst. Ich möchte wissen, ob du mich noch heiraten willst, wenn ich mein Leben wieder in Ordnung gebracht habe.«
Sie verlor etwas von ihrer Haltung und wandte schnell den Kopf ab, als Tränen in ihre Augen traten. Mit zitternder Stimme sagte sie: »Ich verfluche dich, Clay Forrester. Eigentlich sollte ich dir eine knallen.«
Er spürte, wie tief verletzt sie war.
»Jill, du kennst mich. Du weißt, was ich für unser Leben geplant habe. Wenn das doch nicht passiert wäre!«
»Ach, Clay. Mein Herz ... du hast mir das Herz gebrochen. Was erwartest du denn von mir?«
»Sag, was du fühlst, Jill.« Er streichelte ihre Hand, während sie ihn schmerzerfüllt ansah.

»Das fragst du mich zu spät, Clay.«
Er küßte die Innenfläche ihrer Hand. Dann flüsterte er: »Mein Gott, wie schön du bist.«
Sie schluckte. »Das bist du auch. Das ist unser Fluch. Wir sind zu schön. Doch die Leute sehen nur die Fassade, nicht unsere Qualen, unsere Fehler.«
»Jill, es tut mir leid, daß ich dir weh getan habe. Ich liebe dich.«
»Es ist besser, wenn du nicht mehr mit mir rechnest, Clay.«
»Verzeihst du mir, daß ich gefragt habe?«
»Nein. Das kannst du nicht von mir verlangen.«
»Es war für mich wichtig, Jill.«
Sie entzog ihm langsam ihre Hand und nahm ihre Tasche.
»Ich erzähle dir, was aus der Geschichte geworden ist, Jill.«
»Ja, tu das. Und ich erzähle dir, wann meine Raumfähre zum Mond fliegt.«

Dieses Mal passierte es so schnell, daß Clay nicht im geringsten vorbereitet war. Als er vor seinem Elternhaus aus dem Wagen stieg, stürzte sich eine schattenhafte Gestalt auf ihn, schleuderte ihn gegen den Kotflügel und schlug ihn zusammen.
Als er am Boden lag, hörte er eine krächzende Stimme: »Das ist von Anderson. Das Mädchen ist nach Omaha geflohen.« Dann lief der Mann in der Dunkelheit der Nacht davon.

Als Bobbi am nächsten Abend anrief, klang ihre Stimme atemlos. »Ich hab ihn gestern auf der Party getroffen, Catherine. Er fragte wieder nach dir und sagte, es sei wirklich wichtig. Er müsse mit dir reden.«
»Was würde das schon nützen? Ich will ihn nicht heiraten und brauche sein Geld ebensowenig.«
»Ach! Du bist derartig borniert! Was kann das denn schaden?«

Doch im selben Augenblick ging Marie durch die Halle. Catherine drehte sich zur Wand um, doch sie befürchtete, daß Marie den letzten Satz gehört hatte. Ruhig sagte sie: »Ich möchte, daß er glaubt, ich hätte die Stadt verlassen.«
Jetzt klang Bobbis Stimme ärgerlich: »Meiner Meinung nach bist du ihm das schuldig. Wenn du schon glaubst, daß du ihn nicht brauchst, vielleicht braucht er dich. Hast du das jemals in Betracht gezogen?«
Am anderen Ende der Leitung herrschte lange Schweigen. Diese Überlegung hatte Catherine noch nie angestellt. Plötzlich war sie es leid, überhaupt an Clay Forrester zu denken. Ihre eigenen Probleme wuchsen ihr bereits über den Kopf; sie wollte nicht auch noch mit Clays belastet werden. Sie seufzte und ließ ihre Stirn gegen die Wand sinken.
Dann sagte Bobbi ruhig: »Ich glaube, er hat deswegen große Probleme, Catherine. Welche, weiß ich nicht genau, weil er nicht darüber redet.«
»Ich will nichts davon hören! Seine Probleme gehen mich nichts an! Ich muß auch mit meinen allein fertig werden.«
Wieder herrschte langes Schweigen, bis Bobbi eine Bemerkung machte, die Catherine tagelang beschäftigen sollte. »Catherine, ob du es nun wahrhaben willst oder nicht, ich glaube, daß eure Probleme dieselben sind.«

6

Die weitgezogene Schleife des Mississippi teilt den Campus der Universität von Minnesota in eine westliche und eine östliche Hälfte. Es war ein strahlender Herbsttag mit blauem Himmel, und das Laub an den Bäumen hatte sich braungolden verfärbt. Überall herrschte Aktivität, denn die Ferien standen bevor.

Als Catherine an einem sich küssenden Paar vorbeiging, schaute sie schnell zur Seite. Irgendwie schien die Last der Bücher, die sie trug, durch diesen Anblick schwerer geworden zu sein.

Auch Clay war gerührt, als er ein junges Mädchen und einen jungen Mann sah, die sich küßten. Seine Gedanken wanderten zu Catherine. Seit kurzem sah er sich jedes Mädchen mit blondem Haar zweimal an.

Verdammt, Forrester, schlag sie dir aus dem Kopf!

Doch dann entdeckte er eine schlanke Gestalt mit schmalen Hüften, die in einiger Entfernung vor ihm ging. Absurderweise geriet er in Panik und lief hinter ihr her. Das Mädchen stand jetzt am Straßenrand und wartete auf eine Gelegenheit, die Straße überqueren zu können.

Clays Herz klopfte wild. »Catherine?« rief er.

Sie hörte ihn offensichtlich nicht, sondern ging weiter, da der Verkehrslärm zugenommen hatte. Doch da stand er schon neben ihr, ergriff ihren Ellbogen und drehte sie zu sich um. Ihre Bücher fielen auf die Erde.

»He, was soll das ...« fing sie an und bückte sich, um ihre Bücher aufzuheben. Und dann blickte sie auf. Clay Forrester stand vor ihr. Er keuchte; vor Überraschung hatte er den Mund geöffnet.

Catherine starrte ihn an; ihr Magen krampfte sich schmerzhaft zusammen.

»Catherine? Was tun Sie hier?« Wieder griff er nach ihrem Ellbogen und half ihr auf. Sie starrte ihn immer noch an und versuchte, das Bedürfnis zu unterdrücken, einfach fortzulaufen. Ihr Herz klopfte, und die Bücher lagen vergessen auf dem Bürgersteig. »Heißt das, Sie waren die ganze Zeit hier und haben die Universität besucht?« fragte er erstaunt und hielt sie noch immer am Ellbogen fest, als hätte er Angst, sie würde sich in Luft auflösen.

»Catherine, warum haben Sie nicht angerufen?« Sie bückte sich, weil sie ihre Bücher aufheben wollte. Er half ihr. Sie riß sie ihm aus den Händen, stand auf und wollte fliehen.

»Catherine, warten Sie!«

»Lassen Sie mich in Ruhe!« rief sie über die Schulter zurück.

»Ich muß mit Ihnen reden.«

Sie ging schnell weiter, Clay folgte ihr.

»Warum haben Sie nicht angerufen?«

»Verdammt noch mal! Wie haben Sie mich gefunden?«

»Bleiben Sie doch um Himmels willen stehen!«

»Ich komme zu spät! Lassen Sie mich in Ruhe!«

Er ging einfach neben ihr her. »Hat Ihnen Bobbi nichts ausgerichtet?« Schließlich wurde er ärgerlich, packte ihren Arm und zwang sie stehenzubleiben. Sie sah ihn wütend an, wie ein Fohlen, dem man zum ersten Mal Zaumzeug anlegt.

»Ich ließ durch Bobbi ausrichten, daß Sie mich anrufen möchten. Hat sie es Ihnen gesagt?«

Anstatt ihm zu antworten, machte sie sich Vorwürfe: »Das war das einzige, was ich nicht kontrollieren konnte: Sie eines

Tages irgendwo zufällig zu treffen. Ich hatte angenommen, daß dieser Campus für uns beide groß genug wäre. Hoffentlich erzählen Sie den anderen nicht, daß ich hier bin.«

»Und ich hoffe, Sie geben mir die Gelegenheit, Ihnen gewisse Dinge zu erklären und andere mit Ihnen zu besprechen.«

»Wir haben bereits alles Nötige besprochen. Ich sagte Ihnen doch, daß Sie sich um mich nicht zu kümmern brauchen.«

Neugierige Passanten warfen den beiden verwunderte Blicke zu.

»Hören Sie, wir erregen Aufsehen. Wollen wir nicht irgendwo in Ruhe zusammen reden?«

»Ich sagte bereits, daß ich es eilig habe.«

»Und ich habe ziemlich viel Ärger am Hals! Können Sie mir denn nicht zwei Minuten zuhören?« Eine derartige Sturheit war ihm im Leben noch nie begegnet. Doch jetzt trieb ihn das mehr an als das Ultimatum seiner Eltern. Auch er konnte starrsinnig sein und wollte seinen Willen durchsetzen. Inzwischen ging Catherine weiter, er hinter ihr her.

»Lassen Sie mich in Ruhe.«

»Nichts würde ich lieber tun, aber meine Eltern sind da anderer Ansicht.«

»Wie schade.«

Diesmal hielt er sie an ihrer Strickjacke fest. »Geben Sie mir eine Telefonnummer, irgendwas, damit ich mich mit Ihnen in Verbindung setzen kann. Dann lasse ich Sie in Ruhe.«

Sie riß sich von ihm los und sagte trotzig: »Ich habe einen Fehler gemacht, aber mein Leben ist deswegen noch lange nicht ruiniert. Ich weiß, was ich tue, und dulde es nicht, daß Sie sich in mein Leben einmischen.«

»Verbietet es Ihnen Ihr Stolz, irgend etwas von mir anzunehmen?«

»Wenn Sie wollen, können Sie es Stolz nennen. Ich nenne es gesunden Menschenverstand.«

»Und wenn ich nun eine Lösung für unser beider Probleme hätte, ohne daß einer dem anderen etwas schuldig bleiben muß?«

Sie sah ihn nur kalt an. »Ich habe meine Probleme gelöst. Falls Sie noch welche haben, ist das nicht meine Schuld.«

Die Leute sahen sie wieder neugierig an, und Clay riß langsam der Geduldsfaden. Kurzerhand umfaßte er ihre Taille und dirigierte sie zum Stamm einer großen Ulme, wo er sie mit seinen Armen festhielt.

»Es ist noch was passiert«, sagte er dicht vor ihrem Gesicht. »Ihr Vater hört nicht auf Ärger zu machen.«

Sie schluckte, preßte ihren Kopf gegen den Stamm und sah ihn an. Doch dann blickte sie schnell weg.

»Ich habe davon gehört, und es tut mir leid. Ich dachte, daß er nach meinem Weggang damit aufhören würde.«

»Ach ja, Sie leben doch jetzt in Omaha.«

»Woher wissen Sie das?«

»Das ist doch egal. Ihr Vater bedroht uns, und diese Drohungen könnten leicht das Ende meiner Anwaltskarriere bedeuten. Ich hasse es genauso wie Sie, ihn für sein Schweigen zu bezahlen. Können wir für dieses Problem nicht gemeinsam eine vernünftige Lösung finden?«

Catherine schloß die Augen. Sie konnte nicht so schnell denken. »Hören Sie, ich muß jetzt wirklich gehen. Aber ich rufe Sie heute abend an. Dann können wir darüber reden.«

Er mißtraute ihr. Aber er konnte sie nicht ewig hier festhalten. Er mußte sie gehen lassen. Außerdem konnte er ihre Adresse herausfinden, da sie an der Universität studierte. Er sah ihr nach, als sie ging, weil er wissen wollte, ob sie sich umdrehte. Sie tat es nicht. Sie verschwand in einem der Gebäude.

Am folgenden Tag hatte Catherine mit Mrs. Tollefson in deren Büro eine Unterredung. Doch das Thema, das Catherine am meisten fürchtete, wurde nicht angeschnitten. Tolly erkundigte sich nur, wie Catherine sich eingelebt habe und wie sie mit ihrem Studium vorankäme. Als Catherine erklärte, sie bessere ihr mageres Stipendium mit Tippen und Nähen auf, bemerkte Tolly: »Sie sind sehr ehrgeizig, Catherine.«

»Ja, denn ich möchte im Leben vorwärtskommen.«

»Dann ist das Studium also der Weg zu einem besseren Leben für Sie?«

»Das war es.«

»War es? Warum sprechen Sie in der Vergangenheit?«

»Wie könnte ich unter diesen Umständen denn mein Studium fortsetzen?«

Tolly entgegnete freundlich: »Vielleicht sollten wir einmal darüber reden. Über Ihre jetzige Situation und die Zukunft.«

Catherine seufzte müde. »Früher war ich mir darüber klar, jetzt jedoch nicht mehr.«

»Dann empfinden Sie das Kind also als Hindernis?«

»Ja. Diesbezüglich bin ich noch zu keiner Entscheidung gelangt.«

»Dann müssen wir Ihre Situation von allen Seiten beleuchten. Oft fällt dann eine Entscheidung leichter.«

Mein Gott, jetzt kommt es, dachte Catherine und sank tiefer in ihrem Stuhl zusammen.

»In welchem Monat sind Sie, Catherine?«

»Im dritten.«

»Dann hatten Sie doch schon Zeit zum Nachdenken?«

»Nicht genug. Und ich denke nicht gern darüber nach. Ich hoffe immer noch, daß jemand mir die Entscheidung abnimmt.«

»Sie wissen doch, daß niemand das kann. Das wußten Sie, noch ehe Sie nach *Horizons* kamen. Von dem Augenblick an, wo Sie sich gegen eine Abtreibung entschieden.«

Catherine entgegnete, dickköpfig wie ein Kind: »Aber ich will beides, das Baby und mein Studium!«
»Dann müssen wir darüber diskutieren. Glauben Sie, daß Sie sich gleichzeitig um das Kind kümmern und studieren können?«
Zum erstenmal wurde Catherine unsicher. »Wie soll ich das wissen?«
Mrs. Tollefson lächelte. »Ist schon gut. Sie brauchen sich Ihrer Reaktion nicht zu schämen. Sie ist nur zu natürlich. Sie haben ein Recht, wütend zu sein.«
»Gut. Ich gebe es zu. Ich bin ... ich bin wütend.«
»Auf wen?«
Catherine wiederholte erstaunt: »Auf wen?« Aber Mrs. Tollefson saß geduldig da und wartete auf eine Antwort.
»Auf ... auf mich?«
»Und wen noch?«
»Und ...« Catherine schluckte. Es war schwer, die Worte auszusprechen.
»Und auf den Vater des Kindes.«
»Auf noch jemanden?«
»Gibt es denn noch jemanden?«
Lange herrschte Schweigen, dann sagte die ältere Frau: »Das Kind vielleicht?«
»Das Kind?« Catherine war verblüfft. »Es trifft doch keine Schuld!«
»Natürlich nicht. Aber Sie könnten es trotzdem dafür verantwortlich machen, daß Sie Ihr Studium aufgeben müssen und Ihre Pläne nicht so schnell verwirklichen können.«
»So denke ich nicht.«
»Vielleicht jetzt noch nicht. Aber wenn Sie wegen des Kindes nie zu Ende studieren können, was dann?«
»Wollen Sie damit sagen, daß ich nicht beides kann?« fragte Catherine frustriert, während Mrs. Tollefson ganz ruhig blieb.

»Gewiß nicht. Ich bin nur realistisch. Es wird sehr schwer sein. Achtzig Prozent aller jungen Mütter unter siebzehn schaffen ihren Abschluß nicht.«

»Es gibt doch Kindertagesstätten«, gab Catherine zu bedenken.

»Die erst Kinder aufnehmen, wenn sie sauber sind. Wußten Sie das nicht?«

»Sie machen mir nicht gerade Mut.«

»Das sind Tatsachen. Und da Sie keine männliche Hilfe bei der Lösung Ihres Problems wünschen, müssen wir eine andere Möglichkeit in Betracht ziehen.«

»Welche?«

»Adoption.«

Catherine empfand dieses Wort wie ein Todesurteil, aber Tolly sprach ungerührt weiter. »Selbst wenn Sie diese Möglichkeit als schockierend betrachten – was ich Ihrem Gesichtsausdruck entnehmen kann –, sollten wir sie in Erwägung ziehen. Auf die Dauer gesehen, kann dieser Weg sich für Sie und das Kind als der beste erweisen.« Mrs. Tollefson pries weiter die Vorzüge einer Adoption, bis Catherine aufsprang und ihr den Rücken zuwandte.

»Ich will nichts mehr davon hören!« Sie ballte die Fäuste, bis die Knöchel weiß hervortraten. »Verstehen Sie mich denn nicht? Es wäre, als würde ich mein Baby den Schakalen zum Fraß vorwerfen!«

Noch ehe Catherine die Worte ausgesprochen hatte, wußte sie, daß sie unrecht hatte. Aber sie wurde von Schuldgefühlen und Angst beherrscht. Dann drehte sie sich um und sagte leise: »Es tut mir leid.«

»Sie reagieren ganz natürlich. Das habe ich erwartet.« Dann fuhr Tolly fort, die Vorzüge einer Adoption zu schildern, während Catherine Tränen in die Augen traten.

»Sie wollen, daß ich mich von meinem Kind trenne«, sagte sie.

»Nein, das tue ich nicht. Ich möchte nur, daß Sie die beste Entscheidung für sich und auch das Kind treffen. Ich möchte Sie beraten und Ihnen alle Möglichkeiten aufzeigen. Täte ich das nicht, wäre ich eine schlechte Beraterin.«

»Wieviel Zeit bleibt mir für eine Entscheidung?« fragte Catherine kaum hörbar.

»Catherine, wir stellen hier niemandem ein Ultimatum, was paradox klingt, da doch jede junge Frau nur eine begrenzte Zeit bei uns verbringt. Eine Entscheidung sollte erst nach der Geburt des Kindes getroffen werden, wenn Sie Ihr inneres Gleichwicht wiedergefunden haben.«

Catherine überdachte die Worte, dann sprudelte es aus ihr heraus: »Würde ich es denn meinem Kind nie verzeihen können, daß ich nicht zu Ende studiert habe? Ich weiß, daß alles, was Sie gesagt haben, stimmt. Aber ein Kind braucht Liebe, und nur seine leibliche Mutter kann es wirklich lieben. Selbst wenn es Geldprobleme gibt, darf man sein Kind nicht weggeben.«

»Catherine.« Mrs. Tollefson beugte sich vor und sprach mit besorgter Eindringlichkeit. »Sie sprechen immer von ›weggeben‹, als ob Ihnen das Kind gehöre und Sie es von sich stießen. Doch eine Adoption könnte für das Kind auch einen besseren Start ins Leben bedeuten – ein Leben in Fürsorge und materieller Sicherheit.«

Catherine schien durch Tolly hindurchzuschauen. Schließlich blinzelte sie und fragte: »Hat es schon jemand geschafft? Mit einem Baby, meine ich?«

»Ein gleichzeitiges Studium, wollen Sie sagen? Nein, ein solcher Fall ist mir nicht bekannt. Aber das heißt nicht, daß Sie nicht die erste sein könnten.«

»Ich könnte ...« Sie dachte an Clay Forresters Angebot, sie finanziell zu unterstützen. »Nein, das geht nicht.« Sie seufzte. Dann sagte sie nach langem Schweigen. »Ich fühle es noch

nicht. Es ist noch zu klein. Aber wenn ich schon jetzt einen solchen Beschützerinstinkt entwickle, wie soll das erst werden, wenn es sich bewegt?«
Darauf hatte Mrs. Tollefson keine Antwort.
Wieder herrschte Schweigen. Schließlich fragte Catherine: »Sollte ich einer Adoption zustimmen, dürfte ich es dann vorher sehen?«
»Auf jeden Fall, Catherine. Mütter, die ihre Kinder nicht sehen, leiden später unter einem lebenslänglichen Schuldkomplex.« Sie betrachtete die junge Frau prüfend und stellte dann die unumgängliche Frage: »Catherine, Sie haben bisher keine Angaben über den Vater gemacht, aber ich muß Sie fragen, ob er nicht auch bei der Lösung dieses Problems eine Rolle spielen könnte.«
Catherine stand auf und antwortete eisig: »Auf keinen Fall!«
Hätte Catherine nicht so heftig reagiert, hätte ihr Mrs. Tollefson vielleicht geglaubt.

Im Sekretariat der Universität verweigerte man Clay die Herausgabe von Catherines Adresse, deshalb brauchte er drei Tage, bis er sie wieder entdeckte. Dann folgte er ihr in einiger Entfernung und sah, wie sie eine alte Villa betrat. Verwundert starrte Clay das Haus an, doch da trat eine schwangere junge Frau aus der Tür und goß den Farn. Ihm kam ein Gedanke. Er notierte die Hausnummer und ging zur Universität zurück, weil er ein paar Anrufe erledigen wollte.

Inzwischen lebte Catherine anderthalb Wochen im *Horizons*. Sie hatte sich gut eingewöhnt und wurde von ihren Mitbewohnerinnen akzeptiert. Da die meisten viel jünger als sie waren, brachten sie Catherine, die ja auch studierte, einen gewissen Respekt entgegen und blickten zu ihr auf. Und da sie außerdem eine Nähmaschine besaß, wurde ihr Zimmer bald zu einer Art Versammlungsraum. Schon bald kannte sie die Lebensgeschichten der anderen. Little Bit war dreizehn und wußte nicht, wer der Vater ihres Kindes war. Die häßliche Vicky war sechzehn und sprach nicht über den Vater ihres Kindes. Die siebzehnjährige Marie redete nett von ihrem Joe. Sie wollte ihn heiraten, sobald er die High-School abgeschlossen hatte. Andere Mädchen blieben verschlossen; sie nährten den Jungen gegenüber, die sie geschwängert hatten, Rachegefühle. Aber die meisten Mädchen schienen den Aufenthalt im *Horizons* zu genießen. Vor allem, wenn sie gemeinsam nähten, wie jetzt Nachthemden für Little Bit, die bald entbinden würde. Und sie schwatzten.

Irgend jemand ging dann immer in die Küche, um Obst oder Getränke zu holen. Diesmal war es Marie. Als sie die Halle durchquerte, läutete das Telefon.

»Telefon! Für Anderson!«

Als Catherine den Hörer nahm, stand Marie da, an die Wand gelehnt, und lächelte neugierig.

»Hallo, Bobbi«, sagte sie und warf Marie einen Blick zu.

»Falsch«, ertönte eine tiefe Stimme.

Catherine wurde blaß. »Sie brauchen mir nichts zu sagen. Sie sind mir gefolgt.« Marie ging in die Küche. Sie hatte alles gehört, was sie hören wollte.

»Ganz recht.«

»Warum? Was wollen Sie von mir?«

»Ich möchte Ihnen einen Vorschlag machen.«

»Nein, danke.«

»Das ist nicht fair.«

»Was wollen Sie?«

»Darüber möchte ich nicht am Telefon sprechen. Haben Sie morgen abend Zeit?«

»Ich habe Ihnen bereits gesagt ...«

»Sparen Sie sich die Worte«, unterbrach er sie. »Eigentlich

widerstrebt es mir, aber Sie lassen mir keine andere Wahl. Ich hole Sie morgen abend um sieben Uhr ab. Wenn Sie nicht kommen, sage ich Ihrem Vater, wo Sie sind.«

»Wie können Sie es wagen!« zischte Catherine wütend.

»Die Angelegenheit ist wichtig, Catherine. Treiben Sie mich nicht zum Äußersten.«

Sie fühlte sich in die Enge getrieben wie ein gefangenes Tier. Warum tat er ihr das an? Bitter entgegnete sie: »Jetzt habe ich wohl keine Wahl, wie?«

Er entgegnete freundlich: »Catherine, Sie wollten mir neulich nicht zuhören. Ich sagte, daß ...«

Sie legte auf und blieb eine Weile stehen, damit sie ihre Fassung wiedergewinnen konnte. Das Telefon läutete noch einmal. Sie preßte die Zähne so fest aufeinander, daß ihr der Kiefer weh tat. Sie nahm den Hörer und bellte: »Was wollen Sie denn noch?«

»Sieben Uhr!« befahl er. »Entweder Sie kommen, oder ich informiere Ihren Vater!«

Dann legte er auf.

»Stimmt was nicht?« fragte Marie von der Küchentür her.

Catherine schrak zusammen. »Ich wußte nicht, daß du noch immer da bist.«

»War ich auch nicht. Ich hab nur das letzte gehört. War es wichtig?«

»Nein, es war nicht wichtig.«

»Das war er, wie?«

»Wer?«

»Der Vater deines Kindes.«

Catherine wurde rot.

»Du brauchst es gar nicht zu leugnen. Da kenne ich mich aus.«

Catherine starrte sie nur an, dann wandte sie sich ab.

»Na, du hast dich ja nicht gesehen, als du gerade telefoniertest.«

Catherine drehte sich um und sagte wütend: »Ich will mit Clay Forrester nichts zu schaffen haben!«
Marie grinste und hob die Brauen. »So heißt er also. Clay Forrester.«
Außer sich stammelte Catherine: »Das spielt ... spielt überhaupt k ... keine Rolle, wie er heißt. Ich will nichts mit ihm zu tun haben.«
»Hast du aber«, meinte Marie achselzuckend.
»Was soll das?«
»Du wirst schon noch merken, daß keines der Mädchen hier dem Vater seines Kindes gegenüber gleichgültig ist. Wie könnte man auch?«
Catherine hätte das am liebsten abgestritten, konnte es aber nicht. Denn allein Clays Stimme hatte die widersprüchlichsten Empfindungen in ihr ausgelöst: Ihr war zugleich heiß und kalt, und ihr Kopf fühlte sich ganz leicht an.

7

Als Catherine am nächsten Nachmittag von der Universität nach Hause kam, merkte sie, daß etwas los war. Die Mädchen steckten die Köpfe zusammen und kicherten. Außerdem waren sie sehr besorgt um sie, was ungewöhnlich war.
Doch als Catherine zum Essen hinunterging, wußte sie, was hinter der ganzen Sache steckte. »Marie hat geplaudert, wie?« fragte sie bei Tisch. »Aber gebt euch keine Mühe. Das ist kein Rendezvous, versteht ihr mich? Und ich werde mich deswegen nicht extra umziehen.« Sie trug ein schäbiges Flanellhemd und abgewetzte Jeans.
»So willst du ausgehen?« platzte Marie heraus.
»Warum denn nicht?«
»Was ist denn mit dir los?« sagte Marie. »Ist der Knabe etwa alt, glatzköpfig und gebrechlich?«
Alle lachten, sogar Catherine.
»Oder vielleicht ist er ein Priester«, sagte eine andere. »Schäm dich, Catherine.«
Catherine wurde ärgerlich. »Ich dachte, ihr seid meine Freundinnen.«
»Das sind wir auch. Wir wollen doch nur, daß du dich für deinen Freund schön machst.«
»Er ist nicht mein Freund. Und ich male mir die Nägel nicht für Clay Forrester an. Von mir aus kann er zum Teufel gehen, und ihr könnt das auch«, sagte Catherine und stürmte die Treppe hoch.

Doch man ließ sie nicht schmollen. Kurz darauf kam Marie. »Tolly duldet es nicht, daß jemand eine Mahlzeit ausläßt. Also kommst du besser wieder runter. Die Mädchen haben doch nur Spaß gemacht. Sie sind alle ziemlich viel jünger als du, aber du führst dich kindisch auf, wenn du hier oben schmollst.«

»Ich komme«, entgegnete Catherine kalt. »Aber sag den Mädchen, sie sollen damit aufhören. Es geht niemanden etwas an, wie ich mich kleide.«

Während der Mahlzeit saß Catherine wie versteinert da, ihre Nerven waren zum Zerreißen gespannt. Die anderen benahmen sich, als wäre nichts geschehen.

»Gib mir doch mal die Erdbeermarmelade«, bat Marie und schickte eine stumme Botschaft zu Vicky, die links neben Catherine saß, und dann zu Grover, die gerade Milch in Gläser goß. Als Grover Catherine ihr Glas reichte, täuschte sie eine Ungeschicklichkeit vor und verschüttete es auf ihre Hose. Catherine sprang auf, aber sie starrte Grover nur schweigend an.

Marie sagte honigsüß: »Kannst du denn nicht besser aufpassen, Grover?«

Grover nahm eine Serviette und wischte demonstrativ Catherines Hose ab. Catherine entriß ihr die Serviette und sagte eisig: »Schon gut, vergiß es.«

Doch als sie sich vorbeugte, bekleckerte sie von links eine Hand mit Erdbeermarmelade. Die klebrige Substanz pappte in ihrem Haar und auf ihrer Wange.

»Oh, was habe ich nur getan?« sagte Vicky unschuldig.

Diesmal ließ Catherine ihrem Zorn freien Lauf. »Was soll diese Verschwörung? Was habe ich euch getan?«

Doch da stand Marie auf und legte ihre Arme um Catherine. »Wir wollen dir nur helfen.«

»Da habt ihr aber eine seltsame Art, es mir zu zeigen.«

Und da erst sah Catherine, daß alle Mädchen grinsten, und merkte, aus welchem Grund sie diese Verschwörung angezettelt hatten. Sie wollten unbedingt, daß sie sich schön machte.
»Ihr seid verrückt«, meinte sie, jetzt lachend. »Ich habe euch doch schon gesagt, daß das kein Rendezvous ist.«
»Wenn wir erst mit dir fertig sind, wird es eins sein«, orakelte Marie.
Und dann machten sie sich ans Werk, wuschen Catherine das Haar, föhnten es, schminkten sie und lackierten ihr die Nägel. Als Catherine vor den Spiegel trat, war sie über ihre Verwandlung erstaunt. Eine schöne junge Frau blickte ihr entgegen.
Mein Gott, dachte sie, was wird Clay Forrester von mir halten?
Die Mädchen standen im Halbkreis hinter ihr und beobachteten sie. Sie wollte nicht die Hoffnungen der anderen verkörpern. Sie wollte nicht, daß Clay glaubte, sie hätte sich für ihn schön gemacht. Da löste sich die häßliche Francie aus der Gruppe und trat zu ihr.
Francie hatte bisher noch nie das Wort an Catherine gerichtet. Jetzt reichte sie Catherine eine kleine Flasche Parfüm und sagte: »Hier, das habe ich dir gestohlen.«
Catherine nahm das Fläschchen und lächelte Francie an. »Ich hab noch mehr davon. Warum behältst du es nicht?«
»Ich glaube, dies ist dein Lieblingsparfüm, denn es war nicht mehr viel in der Flasche.«
Catherine spritzte sich etwas davon hinter die Ohren und auf die Handgelenke. Dann sagte sie: »Du hast recht, Francie. Es ist mein Lieblingsparfüm. Aber du kannst es trotzdem behalten. Wenn ich es benutzen will, komme ich einfach in dein Zimmer und nehme mir etwas.«
»Wirklich?« fragte Francie mit vor Überraschung und Dankbarkeit großen Augen. Sie sah Catherine bewundernd an.

Das ist einfach lächerlich, dachte Catherine. Ich bin doch nicht Aschenputtel. Ich bin nicht die, die sie in mir sehen wollen. Dann drückte sie Francie das Fläschchen wieder in die Hand, und alle lachten und ließen sie mit Marie allein.

»Du gehst für uns alle, Catherine.«

»Das weiß ich.«

»Sei nett zu ihm.«

»Er kommt nicht, weil er um meine Hand anhalten will. Wir haben ...«

»Sei nur nett zu ihm. Mach den Mädchen ein bißchen Hoffnung. Laß ihnen ihre Illusionen. Versprochen? Nur heute abend?«

»Okay, Marie«, stimmte Catherine zu. »Ich tu's für euch alle. Aber was wird, wenn sich ihre Hoffnungen nicht erfüllen?«

»Das ist das erste Mal, daß jemand von einem Mann hier abgeholt wird. Das bringt sie zum Träumen. Laß ihnen ihre Träume.«

Marie fragte sich, wie ein Mann einer so schönen Frau wie Catherine widerstehen konnte. Da sie klein war, bewunderte sie Catherines hohen Wuchs. Da sie dunkles Haar hatte, bewunderte sie das blonde Haar ihrer Freundin. Da sie geschwätzig war, bewunderte sie deren Reserviertheit. Kurzum: Catherine war all das, was Marie nicht war. Vielleicht verstanden sie sich deshalb so gut.

»Du siehst einfach umwerfend aus«, sagte Marie.

»Nein, wirklich nicht. Du willst nur, daß ich so aussehe.«

»Das muß ein irrer Typ sein, der dich abholt.«

Und in dem Moment rief jemand von unten: »Was fährt er denn für einen Wagen?«

Catherine wußte, daß ihre Antwort mächtigen Wirbel auslösen würde, aber sie rief zurück: »Eine silberne Corvette.«

Marie sah aus, als hätte sie gerade einen Fisch verschluckt.

»Eine was?«

»Du hast richtig gehört.«
»Und dann willst du ihn nicht haben?«
Die Mädchen unten machten einen ziemlichen Lärm und kicherten aufgeregt durcheinander.
»Zu schade, daß du nicht hören kannst, was heute abend geredet wird«, sagte Marie grinsend. »Komm, Kleopatra. Dein Nachen hat angelegt.«
Catherine stand oben auf der Treppe und sagte sich, daß sie weder Kleopatra noch Aschenputtel sei. Und doch war sie von einer gewissen Erwartung erfüllt; ihre Knie zitterten, und eine feine Röte überzog ihr Gesicht.
Plötzlich wurde es unten still. Irgend jemand hatte die glückliche Idee, die Stereoanlage anzustellen. Dann läutete es schon.
Als sie seine Stimme hörte, schloß sie die Augen und wappnete sich.
»Ist Catherine Anderson da?«
Catherine wünschte, sie wäre eine Schnecke und könnte sich in ihrem Haus verkriechen. Dann hörte sie Vickys Stimme.
»Einen Augenblick. Ich sehe mal nach.«
»Catherine?« rief Vicky die Treppe hoch.
»Nun geh schon«, sagte Marie und gab ihr einen Stups.
Wie in Trance ging Catherine die Stufen hinunter. Verdammt noch mal, was tue ich eigentlich, dachte sie. Warum habe ich mich so aufgedonnert?
Auch Clay hatte sich in Schale geworfen. Er sah aus, als würde er für eine exklusive Whiskymarke Werbung machen.
»Hallo«, sagte sie so beiläufig wie möglich. Doch er dachte: Himmel, das darf doch nicht wahr sein!
»Hallo«, entgegnete er und versuchte, dieses Wort so kalt wie möglich klingen zu lassen.
Sie sieht aus, als sei sie einer Anzeige im *New Yorker* entstiegen, dachte er.

Er schluckte. Sie sah ihm tapfer ins Gesicht. Schließlich sagte er: »Haben Sie keinen Mantel?«
»Ich habe ihn oben vergessen.«
Marie, die alles gehört hatte, brachte den Mantel sofort. Und streckte ohne Scheu Clay die Hand hin und sagte: »Hallo, ich bin Marie. Bringen Sie sie nicht zu spät zurück, okay?«
»Hallo, ich bin Clay. Nein, ich passe schon auf.« Er lachte und schüttelte Marie die Hand.
Gütiger Himmel! dachte Marie. Er sieht fantastisch aus. Und dieses Lächeln, einfach umwerfend!
Dann gab sie Clay den Mantel, der ihn – ganz Kavalier – Catherine über die Schultern legte.
»Viel Spaß«, sagte Marie.
»Gute Nacht«, wünschte Catherine allen.
Und wie im Kindergarten antworteten die anderen im Chor: »Gute Nacht.«
Catherine wäre am liebsten im Boden versunken. Sie wollte die Tür öffnen, doch Clay war schneller. Eine Demonstration formvollendeter Höflichkeit für die Mädchen.
Im Wagen herrschte ungemütliches Schweigen, bis Clay den Motor startete und das Brummen die Stille unterbrach.
»Wohin möchten Sie gern fahren?«
Catherine hatte vor sich hingestarrt. Jetzt sah sie ihn an. »Ich weiß nicht. Irgendwohin. Ich dachte, wir würden nur herumfahren und reden, wie das letztemal.«
Sie merkte, daß er sie prüfend musterte: ihr Haar, das Make-up, die Pumps, das elegante Kleid. Am liebsten wäre sie gestorben. Spazierenfahren, sie hörte ihn das förmlich denken.
»Trinken Sie etwas?«
Sie sah ihn kurz an und mußte an letzten Sommer denken und den vielen Wein, den sie an jenem Abend getrunken hatten. »Manchmal, aber meistens lasse ich es.«

Er dachte an ihren Vater und wußte warum.
»Ich kenne ein ruhiges Lokal, das zu dieser frühen Stunde noch nicht zu voll sein dürfte. Okay?«
»Ja, einverstanden.«
Während er fuhr, wurde das Schweigen bedrückend, deshalb tastete er nach einer Kassette und steckte sie in den Recorder. Die Musik gefiel ihr nicht. Sie war laut und disharmonisch. Sie stellte den Recorder leiser.
»Mögen Sie keine Diskomusik?«
»Nein.«
»Dann tanzen Sie auch nicht danach?«
»Nein. Wenn ich tanzen könnte, würde ich Ballett tanzen, aber ich hatte nie Unterricht. Die Leute sagen, ich hätte eine gute Ballettänzerin abgegeben.« Sie merkte, daß sie schwatzte, um ihre Nervosität zu kaschieren.
Er merkte es ebenfalls und entgegnete einfach: »Damit hatten die Leute sicher recht.«
Wieder herrschte Schweigen, dann fragte er: »Sind die Mädchen in dem Haus alle schwanger?«
»Ja.«
»Aber sie sind noch so jung.«
»Ich bin die Älteste.«
Sie spürte sein Erstaunen, und plötzlich sprudelte es aus ihr heraus. »Hören Sie, die Mädchen glauben mir nicht, daß dies kein Rendezvous ist. Sie *wollen*, daß es eins ist. Deshalb haben sie mich so herausgeputzt. Beim Abendessen ...« Und sie erzählte ihm die ganze Geschichte. »Ich konnte ihnen nicht begreiflich machen, daß sie sich irrten«, schloß Catherine. »Es war schrecklich und wundervoll zugleich.«
Deshalb also, dachte Clay. »Machen Sie sich deswegen keine Sorgen, okay? Ich kann das verstehen.«
»Nein, das können Sie nicht. Die Mädchen betrachten mich sozusagen als ihre Abgesandte. Ich war gegen sie wehrlos.

Die Situation entglitt völlig meinen Händen. Am liebsten wäre ich Ihnen in dieser Aufmachung nicht gegenübergetreten, denn ich dachte, Sie könnten mich mißverstehen ... daß ich es auf Sie abgesehen hätte.«
Er fuhr auf einen Parkplatz, wo eine Neonschrift verkündete, daß das Lokal *The Mullion* hieß. Er stellte den Motor ab und bemerkte: »Nun, Sie können den Mädchen sagen, daß ihre Anstrengungen nicht umsonst waren. Sie sehen fantastisch aus.«
»Es lag nicht in meiner Absicht, nach Komplimenten zu angeln«, sagte sie mit aufkeimendem Zorn.
Clay kannte diese Anzeichen bereits, deshalb stieg er schnell aus, schlug die Tür zu und half ihr aus dem Wagen.

8

Clay geleitete Catherine am Ellbogen zu einem abgelegenen Tisch in einer Nische. Er wollte ihr den Mantel abnehmen, doch sie klammerte sich daran wie an einen Schutzschild. Noch ehe er ihren Stuhl zurechtrücken konnte, hatte sie sich schon gesetzt.

Er nahm ihr gegenüber Platz und fragte: »Was möchten Sie trinken?« Sie ließ den Mantel von ihren Schultern gleiten und hängte ihn über die Stuhllehne.

»Etwas Leichtes.«

»Wein?« schlug er vor. »Weißwein?« Es verwirrte sie, daß er sich daran erinnerte, daß sie weißen Wein rotem vorzog.

»Nein. Etwas ohne Alkohol. Frischgepreßten Orangensaft.«

Er blickte sie an, konnte jedoch nichts in ihrem Gesicht lesen. Dann überraschte Clay Catherine damit, daß er ebenfalls Orangensaft bestellte. Sie sah ihn kurz an, wandte den Blick aber sofort wieder ab. Sie fragte sich, ob das Kind ihm wohl ähnlich sehen würde.

»Als erstes möchte ich gern Ihre Pläne kennenlernen«, begann er.

»Als erstes? Und dann? Was kommt dann?«

»Dann sage ich Ihnen, warum wir hier sitzen.«

»Meine Pläne sind doch offensichtlich. Ich lebe in einem Heim für ledige Mütter.«

»Stellen Sie sich nicht dumm, Catherine. Muß ich denn jede

Antwort aus Ihnen herauspressen? Sie wissen genau, was ich meine. Ich möchte wissen, wie die Zukunft des Kindes nach der Geburt aussieht.«

Ihr Gesicht verhärtete sich. »Nein. Nicht auch noch Sie.«

»Was meinen Sie damit?«

»In letzter Zeit will jeder von mir wissen, was ich mit dem Baby vorhabe.«

»Wer denn?«

»Die Leiterin des Heims zum Beispiel, Mrs. Tollefson. Sie sagt zwar, daß sie keine Kinder zur Adoption vermittelt, aber eigentlich tut sie es doch.«

»Dann wollen Sie das Kind zur Adoption freigeben?«

»Das geht nur mich etwas an.«

»Sie haben sich also noch nicht entschieden?«

»Ich will nicht, daß Sie meine Entscheidung beeinflussen.«

»Warum?«

»Weil Sie das nichts angeht.«

»Ich bin der Vater des Kindes.«

»Sie sind der Erzeuger«, entgegnete sie und durchbohrte ihn mit ihrem Blick. »Das ist ein großer Unterschied.«

»Seltsam«, sagte er mit ausdrucksloser Stimme, »ich kann da keinen großen Unterschied feststellen.«

»Leiden Sie etwa unter Gewissensbissen?«

»Dieses Kind gehört auch mir. Ich kann seine Existenz nicht einfach negieren, selbst wenn ich es wollte.«

»Ich wußte, daß Sie so reagieren würden. Deshalb wollte ich Sie nicht sehen. Ich will mich von Ihnen nicht unter Druck setzen lassen. Es ist allein meine Entscheidung, ob ich das Kind behalte oder weggebe. Diese Verantwortung trage ich. Ihre Meinungsänderung verwundert mich, da Sie mir doch noch vor kurzem Geld für eine Abtreibung angeboten haben.«

»Das war nur eine automatische Reaktion. Ich wußte ja nicht

einmal, ob Sie das Kind austragen wollen. Vielleicht wollte ich Sie auch nur auf die Probe stellen.«

»Leider kann ich Ihnen nicht behilflich sein, denn ich weiß noch nicht, was ich tun werde.«

»Gut«, sagte er zu ihrer Überraschung. »Aber wir müssen über etwas anderes reden: Ihren Vater.«

»Haben Sie ihm erzählt, daß ich ...« fragte sie anklagend.

»Nein. Das habe ich nicht. Er weiß nicht, daß Sie noch in der Stadt sind. Er wähnt Sie in Omaha. Aber er belästigt uns ständig und wird wohl nicht damit aufhören, bis wir ihn bezahlt haben.«

»Oh, Cl ...« Sie unterbrach sich, ehe sie seinen Namen ganz ausgesprochen hatte. »Das tut mir leid. Was können wir dagegen tun?«

Clay erklärte ihr in knappen Umrissen seine Situation und schloß: »Ich möchte Ihnen deswegen einen rein geschäftlichen Vorschlag machen.«

»Davon will ich nichts hören«, sagte sie aufgebracht und mit hochrotem Kopf.

»Trinken Sie Ihren Orangensaft, Catherine. Vielleicht kühlt er Sie ein wenig ab, und Sie hören mir zu. Sie können sich doch vernünftigen Überlegungen nicht verschließen. Ich schlage Ihnen vor, daß Sie mich heiraten, und wir ...«

»Sie sind verrückt!«

»Vielleicht«, sagte er kühl, »vielleicht aber auch nicht.«

Sie wollte aufstehen, doch er drückte sie wieder auf ihren Stuhl.

»Sie wollen wohl nicht den Tatsachen ins Auge sehen, wie?«

»Sie sind verrückt. Schlagen mir vor, daß ich Sie heiraten soll!«

»Bleiben Sie sitzen!« befahl er. »Sie führen sich wieder auf.«

Ein schneller Blick in die Runde, und sie sah, daß er recht hatte.

»Sind Sie erwachsen genug, Catherine, um diese Situation mit mir einigermaßen vernünftig zu besprechen? Es gibt wenigstens ein Dutzend gute Gründe, die für eine Heirat sprechen. Fangen wir mit Ihrem Vater an ...«

Diesem Argument durfte sie sich nicht verschließen. »Wollen Sie sagen, daß er Sie mehr als einmal zusammengeschlagen hat?«

»Das spielt hier keine Rolle. Ich fange an zu verstehen, warum Sie nicht wollen, daß er aus dieser Situation materiellen Nutzen zieht. Er ist wahrhaftig kein idealer Schwiegervater, aber wenn ich ihn vorübergehend als solchen akzeptiere, muß er mit seinen Belästigungen aufhören. Außerdem steht dann meiner Zulassung als Anwalt nichts mehr im Wege. Als verheirateter Mann hätte ich einen makellosen Ruf. Ich weiß auch, daß Ihr Vater nicht an Ihrem Wohlergehen interessiert ist. Aber meine Eltern sind es.

Und meiner Mutter gegenüber komme ich mir wie ein Verbrecher vor. Sonderbarerweise teilt mein Vater ihre Ansicht. Die beiden haben das Gefühl, bald Großeltern zu werden. Und so benehmen sie sich. In dieser Hinsicht sind sie nicht bereit, ihren Standpunkt zu ändern. Sie wollen dieses Kind in der Familie behalten. Was mich betrifft, so will ich Sie nicht mit meiner gefühlsmäßigen Verfassung langweilen. Es genügt zu sagen, daß mich der Gedanke an eine eventuelle Adoption unendlich quält.«

»Ich habe nicht gesagt, daß ich das Kind zur Adoption freigebe.«

»Nein, das haben Sie nicht. Aber was wollen Sie machen, wenn Sie es behalten? Von der Sozialfürsorge in einer elenden Wohnung leben? Das Studium aufgeben?« Er beugte sich über den Tisch und sah sie voller Sorge an. »Diese Ehe soll auch Ihnen Vorteile bringen. Als ich Sie an jenem Tag auf dem Campus entdeckte, glaubte ich, meinen Augen nicht zu

trauen. Ich wußte nicht, daß Sie studieren. Wie bestreiten Sie Ihren Lebensunterhalt?«
Sie schwieg, denn sie wollte ihm ihre prekäre finanzielle Lage nicht enthüllen.
»Nehmen wir einmal an, wir heiraten in der Übereinkunft, daß unsere Ehe nur so lange dauert, bis ich mein Studium beendet habe und als Anwalt zugelassen bin. Ihr Vater wird uns in Ruhe lassen. Sie können sich um das Kind kümmern, und ich trete in die Kanzlei meines Vaters ein. Dann bezahle ich für Ihr Studium und komme für den Unterhalt des Kindes auf. Das ist mein Vorschlag. Von jetzt an bis Juli. Das ist alles. Und sechs Monate später lassen wir uns scheiden. Das ist überhaupt kein Problem, und diese Lösung wäre für uns alle – das Kind eingeschlossen, denn es wäre nicht unehelich geboren – die beste.«
»Und wer behält danach das Kind?«
»Sie«, sagte er ohne Zögern. »Und ich könnte es von Zeit zu Zeit sehen und würde Ihren Lebensunterhalt und Ihr Studium finanzieren. Was wäre vernünftiger?«
»Und was wäre ehrlicher?«
Enttäuschung und Unmut waren in seinem Gesicht zu lesen, doch sie wußte, daß sie ihn mit dieser Bemerkung getroffen hatte. Also sagte sie: »Sie haben mir einmal gesagt, daß Ihr Vater ein außerordentlich ehrlicher Mann ist. Was sollen er und auch Ihre Mutter von dieser Abmachung halten?«
»Müssen sie denn davon erfahren? Das kann doch unter uns bleiben.«
»Ach? Dann wollen Sie also vor Ihren Eltern nicht als Lügner dastehen?«
»Ich bin kein Lügner, Catherine. Mein Gott, nehmen Sie doch Vernunft an. Ich möchte mein Studium abschließen und Anwalt werden. Was ist daran so schrecklich?«
Sie dachte nach und spielte mit ihrem Glas. »Sie brauchten

sich nie Sorgen darüber zu machen, wie Sie Ihre Schäfchen ins trockene bringen, wie?«

»Und das nehmen Sie mir übel?«

»In gewisser Weise schon.«

»Nehmen Sie es mir so übel, daß Sie meinen Vorschlag ablehnen?«

»Ich glaube nicht, daß ich darauf eingehen kann.«

»Warum?« Er beugte sich vor.

»Dazu braucht man schauspielerisches Talent, was ich nicht habe.«

»Nicht lange. Nur etwa ein Jahr.«

»Auch wenn es scheinheilig klingen sollte, muß ich es sagen: Ihre Eltern sind sicher aufrechte und anständige Menschen, deshalb möchte ich sie nicht durch eine Ehe täuschen, die nur auf dem Papier besteht, selbst wenn meine Lage dadurch einfacher wird.«

»Gut, Sie haben recht. Es ist nicht ehrlich, und das stört mich. Normalerweise lüge ich sie nicht an, auch wenn Sie mir das nicht glauben. Aber meine Eltern handeln auch in ihrem eigenen Interesse. Sie zwingen mich, meinen Teil der Verantwortung zu übernehmen, was ich tue.«

»Aber ich kann nicht jemanden heiraten, den ich nicht liebe. Ich habe mein ganzes Leben in einem Haus zugebracht, wo nur Haß herrschte.«

»Ich verlange keine Liebe. Ich möchte nur, daß Sie sich diesen vernünftigen Vorschlag gut überlegen, denn wir beide würden davon profitieren. Doch ehe wir weiterreden, muß ich Ihnen noch eine Frage stellen: Wollen Sie das Kind zur Adoption freigeben oder nicht?«

»Die Frage ist nicht fair, und Sie wissen es. Sie durften sie mir nicht stellen, nachdem ich Ihnen von meiner Unterredung mit Mrs. Tollefson erzählt habe.«

Er spürte, daß sie nachgab, und drängte weiter. »Ich will doch

nichts anderes, als Sie auch wollen, Catherine. Ich will nicht, daß das Kind bei fremden Menschen aufwächst und ich nie die Chance habe, es jemals kennenzulernen. Es bei Ihnen zu wissen wäre mir eine große Beruhigung. Ist das denn so ein schlechter Handel?«
Catherine schwieg.
»Könnten Sie sich denn wirklich von ihm trennen?«
»Ich weiß es nicht. Aber dieses Arrangement ist unehrlich«, fügte sie lasch hinzu. Dann fragte sie zu ihrer eigenen Überraschung: »Wann sind die Examina?«
»Irgendwann im Juli. Das genaue Datum weiß ich noch nicht.«
Sie hatte ihren Kopf in ihre Hand sinken lassen, als wäre sie unendlich müde.
Er wollte ihr Mut machen und legte kurz seine Hand auf ihren Arm und drückte ihn.
»Denken Sie darüber nach«, sagte er ruhig.
»Ich will Sie nicht heiraten, Clay«, entgegnete sie und sah ihn mit ihren schönen, aber traurigen Augen an.
»Ich weiß. Aber es soll ja keine richtige Ehe sein. Nur ein Mittel zum Zweck.«
»Und nach Ihrem Examen leiten Sie sofort die Scheidung ein? Und versuchen auch nicht, mir das Kind mit irgendwelchen juristischen Tricks zu nehmen?«
»Nein, Catherine. Ich gebe Ihnen mein Wort.«
»Würden wir zusammenleben?«
»In derselben Wohnung, aber nicht zusammen. Allein um meiner Familie gegenüber den Schein aufrechtzuerhalten, wäre das nötig.«
»Ich bin sehr müde«, sagte sie.
»Viel mehr gibt es heute nicht zu sagen. Sie sollen nur wissen, daß ich Ihnen aus dem Weg gehen würde, falls Sie mich heiraten. Ich würde Sie zu nichts zwingen. Ich weiß, daß Sie mich nicht mögen.«

»Das stimmt nicht, Clay. Ich kenne Sie ja kaum. Ich muß das alles überschlafen.«
»Dann ziehen Sie meinen Vorschlag also in Betracht?«
»Ja. Und ganz gegen mein Gefühl.«
Sie fuhren schweigend zum *Horizons* zurück. Als Clay am Bordstein hielt, sagte er: »Ich könnte Sie morgen abend zur selben Zeit abholen.«
»Warum rufen Sie nicht einfach an?«
»Ach, da hören doch alle mit.«
Er hatte recht, deshalb stimmte sie zu.
Er begleitete sie zur Tür, und als sie unter dem trüben Licht der Lampe standen, sah sie ihn an und sagte: »Ich weiß, daß Sie seit langem mit einer gewissen Jill Magnusson befreundet sind, und ...« Sie suchte nach Worten, um das, was sie sagen wollte, auszudrücken, doch sein plötzlich starr gewordener Gesichtsausdruck machte ihr das Sprechen unmöglich.
Dann öffnete er die Tür und sagte nur: »Sie gehen jetzt besser ins Haus.«
Er drehte sich auf dem Absatz um und lief zu seinem Wagen. Als sie die Rücklichter in der Dunkelheit verschwinden sah, wurde sie sich zum ersten Mal ihrer Schwangerschaft bewußt.

9

Es war Oktober, und der folgende Tag war von jener strahlenden Transparenz, wie der Altweibersommer sie manchmal schenkte, mit kräftigen Farben. Catherine konnte ihren Blick nicht von den Paaren wenden, die über den Campus schlenderten. Die ganze Welt schien heute aus Liebenden zu bestehen. Ohne daß sie es wollte, schweiften ihre Gedanken zu Clay Forrester, und trotz seiner Worte: *nur eine Ehe auf dem Papier* fühlte sie, wie ihr ein Schauder über den Rücken lief. Aber ich bin schwanger, dachte sie, und Clay liebt mich nicht. Trotzdem hielt ihr Verlangen an.

Zurück im *Horizons*, zog sich Catherine sorgfältig um, obwohl sie alles vermied, um verführerisch zu erscheinen. Sie schminkte sich dezent, und als sie vom Spiegel zurücktrat, stand Francie schüchtern in der Tür und lächelte zaghaft. Schweigend hielt sie ihr das Fläschchen Parfüm entgegen.

»Danke, Francie. Ich wollte es mir gerade holen«, sagte Catherine. Und eine Minute später verkündete Marie, daß Clay da sei.

Als Catherine die Treppe hinunterging, musterten sich beide prüfend.

Clay trug dunkelblaue Hosen und einen hellblauen Pullover, der seinen gebräunten Teint gut zur Geltung brachte. Es gefiel ihr, daß er immer so geschmackvoll und nach der neuesten Mode gekleidet war, und sie fragte sich wohl zum hundertstenmal heute, ob sie die richtige Entscheidung getroffen hatte.

Als sie vor ihm zum Wagen ging, beherrschte sie ein Gefühl der Unwirklichkeit, das sie auch während der Fahrt nicht verließ, und sie wehrte sich innerlich gegen eine gewisse Vertrautheit, die allein seine Anwesenheit bei ihr auslöste.

Sie schwiegen, und nur einmal fragte er kurz: »Haben die Mädchen das alles heute auch gemacht?«

»Nein.« Warum sollte sie lügen?

Irgendwie wußte sie, daß sie zum selben Lokal wie gestern fahren würden. Er parkte und stellte den Motor ab. Doch er stieg nicht gleich aus, sondern saß wartend da. Sie konnte nur schattenhaft sein Profil in der Dunkelheit sehen.

Panik ergriff sie und schnürte ihr die Kehle zu.

Schließlich sah er sie an. »Haben Sie ... haben Sie eine Entscheidung getroffen?«

»Ja«, brachte sie mühsam heraus.

»Und wie haben Sie sich entschieden? Wollen Sie mich heiraten?«

»Ja, ich heirate Sie«, entgegnete Catherine ohne Freude in der Stimme. Sie wünschte, er würde sie nicht ansehen, und fragte sich, ob ihm ebenso elend zumute war wie ihr.

»Dann sollten wir sofort die Einzelheiten dieser Vereinbarung besprechen.«

Sein nüchterner Ton brachte sie in die Wirklichkeit zurück.

»Sie wollen wohl keine Zeit verschwenden?«

»Nein, das möchte ich nicht. Immerhin sind Sie im dritten Monat schwanger. Das ist wohl auch in Ihrem Interesse?«

»Ja«, log sie und blickte auf ihren Schoß.

Er lachte nervös. »Kennen Sie sich mit Hochzeitsfeiern aus?«

»Überhaupt nicht.« Sie sah ihn hilflos an.

»Ich auch nicht. Wollen wir zu meinen Eltern fahren und mit ihnen reden?«

»*Jetzt?*« So früh hatte sie dieses Zusammentreffen nicht erwartet. Aber was konnte sie schon tun? Einmal mußte es doch sein.
»Hören Sie, Catherine. Meine Eltern sind keine Ungeheuer oder Menschenfresser. Ich bin sicher, sie helfen uns.«
»Was müssen sie nur über mich und meine Eltern denken? Sie können doch nicht vergessen, was mein Vater ihnen angetan hat. Können Sie nicht verstehen, daß ich Angst habe, ihnen gegenüberzutreten?«
»Doch.«
Beide saßen da und dachten eine Weile nach. Aber keiner von ihnen wußte, wie man eine Hochzeit arrangierte.
»Meine Mutter weiß, wie man so etwas macht.«
»Ja. Sie wird mich vor die Tür setzen.«
»Sie kennen sie nicht, Catherine. Sie wird darüber sehr glücklich sein.«
»Sicher«, entgegnete sie mürrisch.
»Nun, zumindest erleichtert.«
Schließlich sagte Catherine seufzend: »Nun, dann wollen wir es hinter uns bringen.«
Clay fuhr sofort los. Die Straßen führten durch elegante Villenviertel, bis er in die ihr schon vertraute Einfahrt einbog und anhielt.
Catherine betrachtete sich nervös im Spiegel und strich sich eine Haarsträhne aus der Stirn. Clay konnte ihre Gedanken lesen.
»Du siehst gut aus ... komm«, sagte er und gebrauchte zum ersten Mal seit jener Nacht wieder das vertraute Du.
Als sie das Arbeitszimmer betraten, blickte Angela auf. Ihr Herz machte einen freudigen Sprung. Sie hatte die beiden nicht erwartet. Sie waren wie Sonnenkinder, groß, blond und gutaussehend. Wie schön erst ihr Kind werden mußte!
»Stören wir?« fragte Clay. Sein Vater sah vom Schreibtisch

auf, wo er irgendein Schriftstück studiert hatte. Angela nahm ihre Lesebrille ab und erhob sich. Auch Claiborne stand auf. Er wirkte völlig verblüfft. Beide starrten Catherine an, und sie fühlte, wie ihr das Blut in die Wangen schoß. Am liebsten hätte sie sich hinter Clay verkrochen.

Dann sagte Clay: »Es ist höchste Zeit, euch einander auf geziemende Weise vorzustellen. Mutter, Vater, das ist Catherine Anderson. Catherine, meine Eltern.«

Einen Augenblick lang herrschte beklemmende Stille.

Dann ging Angela auf Catherine zu. »Willkommen, Catherine«, sagte sie und streckte ihr ihre makellose, juwelengeschmückte Hand entgegen.

Catherine spürte sofort, daß sie in Angela Forrester eine Verbündete hatte. Erstaunt dachte sie: Diese Frau will wirklich, daß ich ihren Sohn heirate.

Doch Claiborne Forrester gab sich reservierter, obwohl auch er Catherine mit ausgestreckter Hand begrüßte.

»Du hast sie also gefunden, Clay«, bemerkte er unnötigerweise.

»Ja. Schon vor einigen Tagen.«

Angela und Claiborne sahen sich vielsagend an.

»Hm ... vor einigen Tagen.« Der Satz stand im Raum und ließ bei allen ein ungutes Gefühl zurück. »Wir freuen uns, daß Sie gekommen sind, damit wir vernünftig über alles reden können. Denn unsere erste Begegnung stand – sagen wir – unter keinem sehr glücklichen Stern.«

»Vater, könnten wir das nicht vergessen ...«

»Nein. Es ist schon gut«, unterbrach Catherine ihn.

»Wollen wir uns nicht setzen«, sagte Angela. »Bitte, Catherine.« Clay setzte sich auf das Sofa. Seine Eltern nahmen in den Sesseln vor dem Kamin Platz.

Obwohl es ihr schwerfiel, sagte Catherine ruhig: »Wir hielten es für das Beste, sofort zu Ihnen zu kommen und mit Ihnen zu reden.«

Mr. Forrester runzelte die Stirn und entgegnete: »Unter diesen Umständen ist das wohl das einzig Richtige.«
Clay wollte etwas sagen, doch Catherine kam ihm zuvor. »Mr. Forrester, wie ich erfahren habe, hat Sie mein Vater öfter belästigt. Ich möchte mich für sein Benehmen entschuldigen. Ich weiß, daß er nicht normal ist.«
Claiborne mußte widerwillig die Direktheit dieser jungen Frau bewundern. »Clay hat Ihnen sicher gesagt, daß wir von einer Anzeige absehen?«
»Ja, das hat er. Obwohl mein Vater sie verdient hätte. Ich möchte nur betonen, daß ich damit nichts zu tun habe. Hoffentlich glauben Sie mir.«
Wieder bewunderte Claiborne Catherines Offenheit. »Natürlich wissen wir, daß Clay Ihnen Geld angeboten hat und Sie dieses Angebot abgelehnt haben. Haben Sie Ihre Meinung geändert?«
»Ich bin nicht wegen des Geldes hierhergekommen. Clay sagte mir, daß Sie meinem Vater nichts bezahlt haben, aber ich bin auch nicht hier, um mich für ihn zu verwenden, falls Sie das annehmen. Als ich an jenem Abend bei Ihnen war, hatte ich bereits Vorkehrungen für meine Zukunft getroffen. Ich dachte, wenn ich außer Haus wäre, würde mein Vater Sie in Ruhe lassen. Wäre ich geblieben, hätte ich vielleicht vieles verhindern können. Es tut mir leid.«
»Ich kann beim besten Willen nicht behaupten, daß ich Ihren Vater mag oder sogar seine Handlungsweise entschuldige. Doch ich bin froh, daß Clay Sie gefunden hat, damit wir diese verfahrene Situation ein und für allemal aus der Welt schaffen können. Denn Clays Verhalten hat uns großen Kummer bereitet.«
»Ja, das erzählte er mir.«
Claiborne warf seinem Sohn einen Blick zu. »Wie es scheint, haben Sie in letzter Zeit viel miteinander geredet.«

»Das haben wir.«
Was immer auch Clay von Catherine erwartet hatte, diese kühle Selbstbeherrschung hätte er ihr nie zugetraut. Und es freute ihn, wie sie mit seinem Vater redete. Claiborne bewunderte mutige Menschen, und Mut besaß Catherine mehr als gewöhnliche Sterbliche.
»Haben Sie eine Entscheidung getroffen?« drängte Claiborne sie.
»Ich glaube, diese Frage muß Clay beantworten.«
»Er hat uns nicht einmal gesagt, daß er Sie wiedergefunden hat.«
»Ich wollte nicht, daß er darüber redet, und verpflichtete ihn zum Schweigen. Jetzt lebe ich in einem Heim für ledige Mütter und wollte nicht, daß irgend jemand von meinem Aufenthaltsort erfährt.«
»Wegen Ihres Vaters?«
»Ja. Aber ich habe noch andere Gründe dafür.«
»Und welche?«
»Zum Beispiel das Geld Ihres Sohnes, Mr. Forrester, und den Druck, den er dadurch auf mich ausüben könnte.«
»Druck? Er bot Ihnen Geld an, das Sie ablehnten. Nennen Sie das Druck?«
»Ja. Ist es denn keiner?«
»Wollen Sie mir Vorwürfe machen, Miss Anderson?«
»Dieselbe Frage könnte ich *Ihnen* stellen, Mr. Forrester.«
Der Raum schien förmlich vor Spannung zu knistern, ehe Claiborne weniger anklagend sagte: »Sie erstaunen mich. Diese ... diese Distanz hätte ich von Ihnen nicht erwartet.«
»Ich bin nicht distanziert. Ich habe zwei Wochen hinter mir, in denen ich durch die Hölle gegangen bin, und habe Entscheidungen getroffen, die nicht leicht waren.«
»Das haben wir auch – meine Frau und ich und – wie ich hoffe – Clay.«

»Ja. Er hat mir alles über Ihr ... Ihr – verzeihen Sie – Ultimatum erzählt.«

»Nennen Sie es, wie Sie wollen. Clay hat Ihnen wahrscheinlich nicht die Wahrheit gesagt. Wir sind über sein Verhalten tief enttäuscht, denn er hat nicht nur versucht, sich seiner Verantwortung zu entziehen, sondern er hat auch noch seine Karriere aufs Spiel gesetzt.«

In diesem Moment konnte Angela Forrester nicht länger schweigen. »Catherine«, sagte sie mit Wärme in der Stimme, »Sie müssen wissen, daß wir uns sehr viel Sorgen um Ihr Wohlergehen und das des Kindes gemacht haben. Ich hatte soviel Angst, Sie würden das Kind abtreiben lassen, obwohl Sie Clay das Gegenteil gesagt haben.«

Catherine warf Clay einen Blick zu. Sie wunderte sich, daß er seinen Eltern erzählt hatte, er würde eine Abtreibung bezahlen.

»Sie wissen alles, worüber wir in jener Nacht gesprochen haben«, bestätigte Clay.

»Sind Sie überrascht, Catherine?« fragte Angela. »Daß Clay uns die Wahrheit erzählt hat oder daß wir ihn zwangen, Verantwortung zu übernehmen?«

»Ja.«

»Catherine, wir wissen, daß Sie das erste Mal gegen Ihren Willen hier waren. Glauben Sie mir, mein Mann und ich haben uns unzählige Male gefragt, welches die beste Lösung für dieses Problem ist. Wir zwangen Clay, Sie hierherzubringen. Also haben wir ebenso Gewalt angewendet wie Ihr Vater.«

»Mein Vater ist ein Mann, der seinen Verstand nicht gebraucht. Glauben Sie nicht, daß ich ihm in irgendeiner Weise ähnlich bin. Ich ...« Catherine schaute in ihren Schoß, das erste äußere Zeichen ihres inneren Aufruhrs. »Ich verabscheue meinen Vater.« Dann sah sie Claiborne an und fuhr

fort: »Sie sollen wissen, daß ich unter anderem auch gekommen bin, weil ich nicht möchte, daß Sie ihm auch nur einen Cent zahlen.«
Claiborne setzte sich hinter seinen Schreibtisch. Er nahm einen Brieföffner und spielte damit. »Sie sind eine sehr direkte junge Frau.«
Diese Charaktereigenschaft gefiel ihrem Mann, das wußte Angela, während sie Mitleid mit diesem Mädchen hatte, das für ihren Vater solche negativen Gefühle hegte und darunter so offensichtlich litt.
Catherine senkte wieder den Blick. »Nun, jetzt muß ich wenigstens nicht mehr mit ihm unter einem Dach leben.«
Clay legte seine Hand auf ihren Nacken, an die Stelle, wo ihr Vater sie verletzt hatte. Sie sah ihn überrascht an. Die Berührung schien sie zu verbrennen. Dann sagte Clay zu seinem Vater: »Catherine hat ihr Elternhaus verlassen, damit sie in Ruhe weiterstudieren kann. Ihr Vater glaubt, sie lebe in einer anderen Stadt.«
»Sie studieren?« fragte Claiborne erstaunt.
»Ja. Hier an der Universität.«
Wieder sprach Clay. »Selbstverständlich wird das Leben mit dem Baby für sie sehr schwierig. Ich konnte sie glücklicherweise dazu bringen, meine finanzielle Hilfe anzunehmen.«
Er schwieg und griff nach Catherines Hand, eine Geste, die ihr seltsam vertraut erschien. »Catherine und ich haben alles besprochen. Ich habe sie heute abend gebeten, mich zu heiraten, und sie hat zugestimmt.«
Angela saß starr da und ließ keine Gefühlsregung erkennen. Der Brieföffner entglitt Claibornes Fingern und fiel klappernd auf die Schreibtischplatte. Er stützte die Ellbogen auf und bedeckte sein Gesicht mit den Händen.
»Wir sind der Meinung, daß dies die beste Lösung ist.«
Was habe ich getan? dachte Claiborne.

Angela murmelte: »Ich bin so erleichtert«, und fragte sich, ob sie das auch wirklich war.
Claiborne entschlüpfte die Frage: »Bist du dir dessen auch sicher?«
Clay sah Catherine beschwörend an. Dann legte er ihr seine Hand auf die Schulter. »Ihre Freunde und ich konnten sie überzeugen«, sagte er mit einem vertraulichen Unterton, so daß seine Eltern einen falschen Eindruck gewinnen mußten.
Catherine wurde rot.
Angela und Claiborne entging der zärtliche Blick, mit dem Clay Catherine ansah, nicht. Wie konnte das so schnell passieren? Dann stand Angela auf und gratulierte den beiden. Auch Claiborne kam hinter seinem Schreibtisch hervor und schüttelte ihnen die Hände. Zu seinem Sohn sagte er: »Wir sind stolz auf dich, Clay.«
Trotzdem herrschte im Raum eine seltsame Stimmung. Catherine spürte sie nur zu deutlich und dachte: So muß sich ein Dieb fühlen, der seine Freunde bestiehlt.
Etwas später, als sie über die Hochzeit sprachen, fragte Angela: »Sollen dein Vater und ich uns um die Vorbereitungen kümmern?«
»Natürlich«, antwortete Clay ohne zu zögern. »Catherine und ich haben von diesen Dingen nicht die geringste Ahnung.«
»Warum heiratet ihr nicht hier?« schlug Angela unerwarteterweise vor.
So weit hatte Catherine noch nicht gedacht. Angela legte ihr entschuldigend die Hand auf den Arm. »Verzeihen Sie, ich will mich nicht aufdrängen. Aber was Sie über Ihren Vater sagten, da dachte ich ...« Ihre Worte verloren sich. Angela merkte, daß sie einen Fehler gemacht hatte, was ihr selten passierte.
Catherine versuchte die Atmosphäre zu entspannen und

lachte matt. »Nein, nein. Sie haben sicher recht. Mein Vater würde dafür sicher kein Geld ausgeben, er wollte ja nur von dieser Situation profitieren.«

»Aber ich habe Sie in Verlegenheit gebracht, Catherine. Das wollte ich nicht. Ich will mich nicht vordrängen und die Stelle Ihrer Eltern einnehmen. Sie sollen nur wissen, daß wir glücklich wären, die Hochzeit ausrichten zu dürfen. Clay ist unser einziger Sohn. Ein solches Fest feiert man nur einmal, und wir möchten, daß es schön wird. Wenn ihr beide damit einverstanden seid, könnte die Trauung hier im Haus stattfinden. Wären wir darüber nicht sehr glücklich, Liebling?«

Claiborne, der ziemlich verloren und gequält wirkte, konnte nur nicken. Verdammt noch mal, dachte er, es hätte Jill sein sollen! »Angela hat völlig recht.«

»Ich weiß nicht«, sagte Catherine. Irgendwie fühlte sie sich von den Ereignissen überrollt.

»Mutter, wir hatten noch keine Gelegenheit, über diese Dinge zu sprechen«, erklärte Clay.

Angela wählte ihre Worte sorgfältig. Sie hoffte, Clay würde verstehen, daß sie gesellschaftliche Verpflichtungen hatten, denen sie nachkommen mußten.

»Es gibt keinen Grund, weswegen ihr euch verstecken müßtet. Eine Hochzeit sollte immer gefeiert werden. Ich ... Catherine, ich weiß, daß ich Sie in Verlegenheit gebracht habe. Aber betrachten Sie dieses Angebot als das, was es sein soll. Wir können uns diese Ausgabe leisten. Nennen Sie es selbstsüchtig, wenn Sie wollen. Aber Clay ist unser einziger Sohn, das müssen Sie verstehen.«

»Mutter, Catherine und ich sprechen darüber. Dann teilen wir dir unsere Entscheidung mit.«

Angela entgegnete: »Es gibt viele, die enttäuscht wären, wenn ihr in aller Stille heiraten würdet – auch dein Vater und ich. Ich möchte gern die Familie und ein paar enge Freunde dabeihaben. Denk auch an deine Großeltern und wie enttäuscht sie wären, würden sie nicht eingeladen. Und sicher will Catherine auch ihre Familie einladen.«

Clay und Catherine schwiegen.

»Nun«, sagte Angela und straffte ihre Schultern, »genug geredet. Ich war wohl etwas voreilig.«

»Vielen Dank, Mrs. Forrester. Wir sprechen darüber.«

Dann herrschte peinliche Stille, bis Claiborne betont lustig in die Hände klatschte und vorschlug, zur Feier des Tages ein Glas Wein zu trinken.

Clay holte eine Flasche aus dem Keller und Claiborne vier Kristallgläser.

Alle stießen an. Darauf sagte Clay: »Catherine und ich kommen – wann, Catherine?« Er sah sie fragend an. »Morgen abend?«

So schnell, dachte sie. Alles geht so schnell! Aber sie stimmte zu.

Beim Abschied dankte Catherine Angela noch einmal. Doch Angela wehrte ab und sagte: »Es wird schon alles gut werden.«

Als sie aus dem Zimmer gingen, standen Angela und Claiborne Arm in Arm da. Catherine konnte nicht umhin, sie mit ihren Eltern zu vergleichen. Nein, die Forresters verdienten es nicht, enttäuscht zu werden. Sie waren kein Abschaum, wie ihr Vater sie genannt hatte, sondern liebende Eltern, die nur das Beste für ihren Sohn wollten.

10

Draußen war es merklich kühler geworden, und es fiel ein leichter Nieselregen. Catherine fror und umklammerte im Auto ihre Knie schützend mit den Händen.

Auf dem Weg zurück zum *Horizons* fragte Clay: »Nun, was hältst du vom Vorschlag meiner Mutter?«

»Irgendwie habe ich das Gefühl, die ganze Angelegenheit gleitet uns aus den Händen. Mit diesem Angebot hätte ich nie gerechnet.«

»Ich auch nicht, aber ich hatte bisher noch keine Zeit, darüber nachzudenken. Aber schließlich ist es doch besser, als in der Kirche zu heiraten. Findest du nicht auch?«

»Ich weiß nicht recht, aber mit Großeltern habe ich eigentlich nicht gerechnet.«

»Ich bin nicht durch Zellteilung entstanden«, entgegnete Clay und versuchte, der heiklen Situation mit etwas Humor zu begegnen.

»Jetzt wünschte ich, das würde für uns beide zutreffen.«

»Hast du denn keine Großeltern mehr?«

»Nein, sie sind alle tot. Wie konnten sie nur ein Kind wie meinen Dad zeugen? Clay, ich möchte diesen Mann unter keinen Umständen auf unserer Hochzeit sehen.«

»Und wie willst du das bewerkstelligen? Du kannst doch schlecht deine Mutter einladen und ihn nicht.«

»Falls er dabei ist, wird er sich wieder unmöglich aufführen.«

»Ich habe keine Ahnung, wie wir das verhindern könnten.«
»*Clay!*« sagte sie ungläubig.
»Was soll das nun wieder heißen – *Clay*?«
»Du bist wohl mit diesem ganzen Zirkus einverstanden, wie? Du bürdest deiner Mutter die ganze Arbeit auf und die Kosten, obwohl wir nur pro forma heiraten.«
»Wenn sie das tun will, laß sie. Sie liebt es, solche ›kleinen gesellschaftlichen Veranstaltungen‹ auszurichten, wie sie es nennt. Wem tut das schon weh?«
»Mir! Ich komme mir schon wie eine Diebin vor. Ich will deine Eltern nicht mehr als unbedingt nötig belügen.«
»Catherine, ich glaube, du solltest die Dinge unter dem richtigen Aspekt sehen. Die Hochzeit wird wahrscheinlich weniger kosten als einer der Ringe meiner Mutter. Warum soll sie nicht ihren Spaß haben?«
»Weil es unehrlich ist«, antwortete sie dickköpfig.
Er wurde ärgerlich. »Die Hochzeit wurde beschlossen, und meine Eltern haben sie akzeptiert. Jetzt möchten sie, daß dieses Ereignis angemessen gefeiert wird. Wird nicht deshalb dieser Tag festlich begangen?«
»Nein, weil er eine lebenslange gegenseitige Verantwortung zwischen Mann und Frau bedeutet.«
Doch Clay spürte, daß es noch tiefere Gründe für Catherines Weigerung gab. »Du haßt diese Zurschaustellung unseres Reichtums, nicht wahr? Denn du verachtest die Reichen.«
»Ja. Ich gebe es zu, das ist einer der Gründe, warum ich gegen die Feier bin. Aber deine Eltern entsprechen so gar nicht dem Bild, das ich mir von ihnen gemacht hatte.«
»Dann magst du sie also?« fragte Clay ziemlich bitter, denn ihn hatte sie nicht in ihr positives Urteil mit einbezogen.
»Ich respektiere sie«, antwortete Catherine wahrheitsgemäß. »Und allein diese Tatsache ist für mich etwas Neues.«
»Kannst du dann nicht auch die Wünsche meiner Mutter respektieren?«

Catherine seufzte. »Himmel, ich weiß es nicht. Ich ... ich habe Angst davor, das ist alles. Ich habe keine Erfahrung mit solchen ... solchen gesellschaftlichen Veranstaltungen.«

»Aber Mutter hat sie. Laß dich von ihr führen. Ich glaube, daß ihr beide gut miteinander auskommt, wenn ihr euch besser kennengelernt habt.«

Wieder fühlte sich Catherine in die Enge getrieben, diesmal durch Clays offensichtlichen Wunsch, seinen Eltern alles recht zu machen. Doch die ganze Angelegenheit war ja nichts als eine Komödie, und sie brauchte nur ihre Rolle darin zu spielen. Es ist nichts als ein Schauspiel, dachte sie. Nur ein Schauspiel.

Mittlerweile war es sehr warm im Wagen geworden. Sie lehnte sich erschöpft in dem bequemen Sitz zurück und glitt in einen Zustand zwischen Wachen und Traum. Sie spielte wieder das Spiel, das sie so oft mit Bobbi in ihrer Kindheit gespielt hatte: Hochzeit.

Catherines Kopf war zur Seite gesunken. Sie atmete leicht durch den halb geöffneten Mund. Wie wehrlos sie aussieht, dachte Clay, und wie schön. Doch wenn sie aufwachte, würde sie schnell wieder diese abweisende, ernste Maske aufsetzen, die er bereits so gut kannte. Er fragte sich, ob er sie nicht lieben könnte, wenn sie zu einer warmen, sanften Frau würde – so wie sie jetzt aussah. Er fragte sich auch, ob die Hochzeit nicht ein Fehler sei. Ein plötzliches Gefühl der Zärtlichkeit überkam ihn, denn sie trug ein neues Leben in sich, und er entschied, daß er keinen Fehler machte, denn dieses – sein – Kind verdiente einen guten Start ins Leben. Er wünschte sich so sehr, daß die Dinge anders lägen, daß dieses Mädchen anders wäre, damit er sie lieben könnte. Er berührte leicht ihren Arm.

»Catherine, wach auf«, sagte er leise.

Ihre Lider flatterten, doch sie öffnete die Augen noch nicht. Sie wollte noch etwas seine Nähe genießen.
»Eigentlich hättest du nachdenken sollen und nicht schlafen«, sagte er ohne Vorwurf.
»Entschuldige. Das passiert mir öfter in letzter Zeit. Der Arzt meint, es sei ganz natürlich.«
Ihre Worte schufen eine gewisse Intimität, denn Clay hatte noch nie über die körperlichen Veränderungen bei einer Schwangeren nachgedacht. Ihm wurde bewußt, daß er dafür verantwortlich war, obwohl er nichts von diesen Veränderungen geahnt hatte.
»Schon gut.«
Zum ersten Mal sprachen sie ungezwungen miteinander. Catherine war viel zu schlaftrunken, um weiter zu streiten.
»Ich habe geträumt«, gestand sie.
»Was hast du geträumt?«
»Wie Bobbi und ich früher Hochzeit spielten. Wir kramten alte Sachen hervor und verkleideten uns.« Sie lachte.
»Das hast du mir noch nie erzählt. Wenn du dir das alles schon als kleines Mädchen gewünscht hast, warum bist du jetzt dagegen?«
»Weil dieses Fest nur Fassade ist.«
»Du meinst, weil die Liebe fehlt?«
»Ja.«
»Kannst du dir nicht vorstellen, daß auch ein Mann sie vielleicht vermißt?«
»Ich habe noch nie darüber nachgedacht, was Männer wünschen.«
»Würde es dich überraschen zu erfahren, daß auch ich ganz präzise Wünsche habe?«
Ja, dachte sie, das überrascht mich. Habe ich deine Träume zerstört? Sie sah ihn kurz an. »Und hast du welche?«
»Ja. Aber sie sind erst jetzt aufgetaucht.«

»Du möchtest deine Eltern um keinen Preis enttäuschen, nicht wahr?«
»Nein.«
Sie wollte nicht aufdringlich sein – trotzdem mußte sie es wissen, denn die Frage quälte sie schon lange. Sehr leise und den Blick auf ihren Schoß gerichtet, sagte sie: »Dieses Mädchen, mit dem du schon so lange befreundet bist ... Jill ... Deine Eltern hofften doch, daß du *sie* heiraten würdest.«
»Vielleicht. Ich weiß es nicht.«
»Du kannst sie ja heiraten, wenn diese Komödie vorbei ist«, sagte Catherine schuldbewußt.
»Nein. Das wird nie geschehen.«
Dann haben die beiden also darüber gesprochen, Clay und Jill, dachte Catherine. Sie schwiegen eine Weile.
Darauf sagte Clay: »Du entscheidest dich, in welcher Form die Hochzeit stattfinden soll. Wie immer du dich entscheidest, ich schließe mich deiner Entscheidung an. Mutter muß sie eben akzeptieren. Aber sicher schmiedet sie schon Pläne, deshalb bitte ich dich, nicht zu lange damit zu warten.«
»Es ist auch deine Hochzeit, Clay.«
»Ach, darum kümmern sich doch die Frauen. Du kannst alle nötigen Arrangements treffen.«
»Ich ... ich danke dir.«
»Weißt du, jedesmal, wenn ich dich hier absetze, mußt du in kürzester Zeit eine wichtige Entscheidung treffen«, sagte er lachend.
»Ja, aber dieses Mal habe ich eine Menge Helferinnen.«
»Ein ganzes Haus voller schwangerer, unverheirateter Teenager. Ich kann mir vorstellen, wie ihre Ratschläge aussehen. Wahrscheinlich verkleiden sie sich noch immer.«
Clay kommt der Wahrheit sehr nahe, dachte Catherine. Der Regen trommelte leise aufs Autodach, und die Fenster waren beschlagen. Catherine fühlte sich geborgen und wäre gern noch etwas länger geblieben.

»Laß dir von diesen Kindern nicht die Würmer aus der Nase ziehen«, sagte er. »Es war schön, einmal miteinander zu reden, ohne zu streiten. Das haben wir gebraucht.«
»Ja«, sagte Catherine. Sie wußte, daß sie log. Nicht das brauchte sie, sondern Ehrlichkeit. Denn sie fing an, Clay Forrester zu mögen.

Marie war noch wach und wartete auf ihre Freundin. Und als Catherine das Zimmer betrat, sagte sie spontan, ohne es zu wollen: »Ich werde Clay Forrester heiraten.«
Marie sprang auf, lief auf den Flur und schrie durchs ganze Haus: »Wacht auf! Wacht auf! Catherine heiratet!« In kurzer Zeit war der Teufel los. Die Mädchen lachten und riefen durcheinander.
Da erklang Mrs. Tollefson Stimme von unten: »Was ist denn hier los?« Dann gratulierte sie Catherine und kochte für alle Kakao.
Erst nach einer Stunde hatte sich der Trubel gelegt, und als alle wieder im Bett lagen, fragte Marie leise in die Dunkelheit: »Schläfst du schon?«
»Nein.«
»Gib mir deine Hand.« Catherine streckte sie aus, und Marie umschloß sie mit festem Griff. Sie schwiegen, aber Catherine wußte, daß die immer fröhliche Marie weinte.

11

Am nächsten Nachmittag rief Clay im *Horizons* an, ehe Catherine zurückgekehrt war, und hinterließ die Nachricht, seine Mutter lade sie zum Dinner ein. Er würde sie um halb sieben abholen.

Und in dem Augenblick, da sie sich Angela anvertraute, war ihr klar, daß diese Hochzeit eine extravagante Angelegenheit werden würde. Doch Angela besaß viel Charme, dem Catherine nicht widerstehen konnte, auch wollte sie ihre offensichtliche Freude nicht trüben. Angela plante so viele Dinge, daß Catherine davon der Kopf schwirrte und sie sich ziemlich hilflos vorkam. Also stimmte sie allen Vorschlägen zu. Nur in einem Punkt blieb sie unnachgiebig.

Als die Gästeliste durchgesprochen wurde, weigerte sie sich, Herb Anderson einzuladen.

»Aber, Catherine, er ist Ihr Vater.«

»Ich will ihn hier nicht sehen!« beharrte Catherine vehement und blieb dabei. Anstelle ihres Vaters solle sie ihr Bruder Steve dem Bräutigam zuführen, schlug sie zur Überraschung der Forresters vor. Denn sie hatten nicht gewußt, daß Catherine einen Bruder hatte, der auf der Nellis Air Force Base in Las Vegas stationiert war.

Catherine hingegen war überrascht, als Angela vorschlug, die Mädchen im *Horizons* einzuladen.

»Aber ... sie ... sie sind alle schwanger«, stammelte Catherine.

Angela lachte nur und fragte: »Sind sie etwa so dick. daß sie nicht mehr in mein Haus passen?« Nachdem dieser Punkt geklärt war, schlug Angela vor, Catherine solle sofort ihren Bruder anrufen. Sie könne das Telefon im Arbeitszimmer benutzen.

Catherine saß in Clairbornes Ledersessel und dachte an Steve, den sie seit sechs Jahren nicht mehr gesehen hatte und nur noch von Fotos kannte. Inzwischen war aus dem schmalen Jungen ein erwachsener Mann geworden. Sie vermißte ihn sehr.

Sie wählte, und eine schneidende Stimme sagte: »Sergeant Steven Anderson am Apparat.«

»St ... Steve?« fragte sie ein wenig atemlos.

»Ja?« Ein kurzes Zögern, dann: »Ach, Cathy, bist du das?«

»Ja, ich bin's.«

»Cathy, wo bist du?«

Catherine sah sich in dem luxuriös ausgestatteten Raum um. Steve würde ihr nicht glauben, wenn sie ihre Umgebung beschrieb.

»In Minnesota.«

»Ist was passiert?«

»Nein, nichts. Ich wollte nur mit dir reden, anstatt zu schreiben.« Ferngespräche waren teuer. Catherine nahm sich vor, Mr. und Mrs. Forrester dafür zu danken.

»Wie schön, deine Stimme zu hören. Wie geht's dir?«

»Mir?« Sie war den Tränen nahe. »Ach, ich ... ich lebe wie die Made im Speck.«

»Du hörst dich etwas zittrig an. Ist auch wirklich alles in Ordnung?«

»Ja. Ich habe nur Neuigkeiten.«

»Ja? Raus damit.«

»Ich heirate.« Als Catherine die Worte sagte, lächelte sie.

»Was? Eine Bohnenstange wie du?«

»Das bin ich nicht mehr. Du hast mich lange nicht gesehen.«
»Na, jedenfalls gratuliere ich dir. Und du bist jetzt auch auf der Uni. Es hat sich viel verändert, wie?«
»Ja ... viel.«
»Und wann ist der große Tag?«
»Bald. Am fünfzehnten November.«
»Aber das ist schon in ein paar Wochen.«
»In drei. Kannst du nach Hause kommen?« Catherine hielt den Atem an, während sie auf seine Antwort wartete.
»Nach Hause?« wiederholte Steve skeptisch. »Und was ist mit dem Alten?« fragte er kalt.
»Er wird nicht da sein, das verspreche ich dir. Nur Mom, Tante Ella, Onkel Frank und Bobbi natürlich.«
»Ich versuche es. Wie geht's den anderen? Wie geht's Mom?«
»So wie immer. Es hat sich nicht viel geändert.«
»Sie lebt immer noch mit ihm zusammen, wie?«
»Ja, immer noch. Ich rede ihr nicht mehr zu, ihn zu verlassen, Steve. Er hat sich nicht geändert, und sie hat Angst vor ihm. Du kennst ihn ja.«
Steve sagte mit falscher Fröhlichkeit: »Cathy, mach dir über die beiden keine Sorgen, okay? Erzähl mir was über deinen künftigen Ehemann. Wie heißt er, und wie sieht er aus?«
Die Fragen brachten Catherine etwas aus der Fassung. Sie hatte noch nie versucht, Clay zu beschreiben. »Nun«, sie lehnte sich in den Stuhl zurück und dachte nach. »Er heißt Clay Forrester, ist fünfundzwanzig und schließt nächstes Jahr sein Jurastudium ab. Dann tritt er in die Anwaltspraxis seines Vaters ein. Er ist intelligent, höflich, immer gut angezogen und sieht nicht schlecht aus. Und er stammt aus einer sehr guten Familie, hat keine Geschwister, und seine Eltern wollen, daß die Hochzeit hier im Haus stattfindet. Dort bin ich im Moment.«
»Wo wohnen sie? In unserer Nachbarschaft?«

»Nein. In Edina.«
Einen Augenblick herrschte Schweigen, dann sagte Steve: »Sieh mal an, meine kleine Schwester heiratet in die feine Gesellschaft ein. Wie hast du das nur geschafft, Cathy?«
»Ganz einfach. Indem ich schwanger wurde.«
»Schwanger? Oh ... ich wollte nicht ...«
»Du brauchst dich nicht zu entschuldigen, Steve. Früher oder später hättest du es ja doch erfahren.«
»Na, da hat der Alte wohl Terror gemacht, wie?«
»Reden wir nicht davon.«
»Dann glaubt er wohl, daß er endlich seine Schäfchen ins trockene gebracht hat?«
»Ganz genau. Ich bin zu Hause ausgezogen, weil ich nichts mehr mit ihm zu tun haben will. Hör zu, er kommt *nicht* zu der Hochzeit. Ich kann ihn nicht mehr ertragen.«
»Und Mom?«
»Ich hab ihr noch nicht erzählt, daß ich heirate, will es aber gleich morgen tun. Ich weiß also nicht, ob sie ohne ihn kommt.«
»Sag ihr, daß ich mein möglichstes tue, um Urlaub zu bekommen.«
»Wann weißt du, ob er genehmigt wird?«
»In ein paar Tagen.«
»Steve?«
»Ja?«
Catherine stammelte mit unterdrücktem Schluchzen: »Ich ... ich brauche dich, Steve.«
»He, weinst du etwa? Was ist los, Cathy?«
»N ...nein, ich w ...weine nicht. Ich weine nie. Aber ich freue mich so, deine Stimme zu hören. Ich vermisse dich. Nach sechs Jahren vermisse ich dich noch immer. Du warst der einzig nette Mensch im Haus.«
Nach einer Weile sagte Steve mit zittriger Stimme: »Hör zu,

Cathy, ich komme. Es wird klappen. Das ist ein Versprechen.«
»Ja, danke. Ich muß jetzt aufhören, sonst wird es zu teuer.« Dann gab sie ihm die Nummer vom *Horizons*.
Bevor sie sich verabschiedeten, sagte Steve: »Grüß Mom und Clay Forrester unbekannterweise von mir.«
Catherine sank in den ledernen Sessel zurück und überließ sich ihren Kindheitserinnerungen. Immer hatte Steve zu ihr gehalten – damals als dreizehnjähriger Junge mit Sommersprossen –, obwohl er die Wutausbrüche seines Vaters fürchtete. Welchen Kummer hatte sie gehabt, als er endgültig das Haus verließ – ein Haus, in dem nur Haß und Angst herrschten.
»Catherine?«
Sie schrak auf. Clay stand im Türrahmen, eine Hand lässig in der Hosentasche. Er wirkte, als hätte er sie schon eine Weile beobachtet. Er schlenderte näher und sah, daß sie geweint hatte.
»Hast du ihn nicht erreichen können?«
»Doch.«
»Stimmt irgend etwas nicht?«
»Es ist alles in Ordnung. Er reicht sofort seinen Urlaub ein.«
»Was hat dich denn aus der Fassung gebracht?«
»Ich bin ganz ruhig.« Aber sie brachte die Worte kaum heraus. Sie fühlte sich unter Clays prüfenden Blicken nicht wohl.
»Möchtest du darüber reden?« fragte er schließlich mitfühlend.
»Nein«, antwortete sie steif, obwohl sie sich am liebsten ihre ganze traurige Vergangenheit von der Seele geredet hätte. Aber das konnte sie nicht, vor allem nicht mit Clay Forrester, der doch nur eine flüchtige Erscheinung in ihrem Leben sein würde.

Dann sagte sie: »Clay, ich möchte mir gern mein Hochzeitskleid selbst nähen. Wenigstens etwas möchte ich dazu beisteuern.«
»Hab ich den Eindruck erweckt, ich wollte dir irgend etwas verwehren?«
»Nein, das hast du nicht. Du warst immer sehr verständnisvoll. Nur möchte ich dich vor deinen Gästen nicht mit einem selbstgenähten Kleid in Verlegenheit bringen.«
Sie sah, wie er angestrengt nachdachte. Warum und was forderte sie heraus? Seine Stellung innerhalb der Gesellschaft? Neidete sie ihm, daß er von liebevollen Eltern aufgezogen worden war?
»Du brauchst meine Erlaubnis für solche Dinge nicht«, entgegnete er, und sie kam sich plötzlich sehr töricht vor. »Brauchst du Geld, um den Stoff dafür zu kaufen?«
Sie errötete bis unter die Haarwurzeln. »Nein. Ich habe etwas gespart.«
Jetzt konnte er sich eines peinlichen Gefühls doch nicht erwehren.

Trotz einiger Mißverständnisse in den Wochen vor der Hochzeit kamen Clay und Catherine immer besser miteinander aus. Sie lachten sogar miteinander, vor allem an jenem Abend, als sie Bobbi und Stu anriefen und sie baten, ihre Trauzeugen zu sein, denn die beiden fielen aus allen Wolken, als sie von der bevorstehenden Hochzeit hörten.
Nur eine Tatsache brachte Angela in ziemliche Verlegenheit: Catherine weigerte sich weiterhin, ihren Vater einzuladen. Es gab nur eine Möglichkeit, Herb Anderson an diesem Tag aus dem Weg zu schaffen, und als sie Claiborne ihren Plan mitteilte, gestand er, denselben Gedanken gehabt zu haben. Eine Garantie, daß er funktionieren würde, gab es allerdings nicht. Drei Wochen waren eine kurze Zeit, und niemand

konnte wissen, ob ihm so bald der Prozeß gemacht werden konnte, und ob er verurteilt werden würde.
Trotzdem beauftragte Claiborne den berühmtesten Strafverteidiger mit diesem Fall. Wenn Leon Harkness nichts erreichte, dann konnte kein Anwalt etwas erreichen.

12

Ada Anderson arbeitete in einer Textilfabrik im Norden von Minneapolis, die in einem häßlichen Industriegebiet lag. Sie arbeitete dort schon so lange, daß sie die heruntergekommene Umgebung nicht mehr wahrnahm. Doch als Catherine aus dem Bus stieg, überfiel sie bei dem Gedanken, daß ihre Mutter hier seit Jahren T-Shirts zusammennähte, Verzweiflung. Diese Fabrik hatte Catherine schon immer deprimiert, aber hier konnte sie mit Ada wenigstens allein sprechen.
Ada kam aus der lauten Halle geschlurft, einen ängstlichen Ausdruck im Gesicht, denn es war ungewöhnlich, daß eine Arbeiterin vom Aufseher gerufen wurde, weil jemand sie sprechen wollte. Als Ada Catherine sah, verschwand die Angst aus ihrem Gesicht.
»Du, Catherine?« sagte sie überrascht.
»Hallo, Mom.«
»Ich dachte, du wärst in Omaha.«
»Nein, Mom. Ich war die ganze Zeit in der Stadt. Ich wollte nur nicht, daß Dad es wußte.«
»Er ist wütend, weil du weggelaufen bist.«
Catherine hätte sich gefreut, wenn ihre Mutter sie umarmt hätte, aber sie war zu keiner Zärtlichkeit mehr fähig, nur zu dieser müden Ergebenheit allen Situationen des Lebens gegenüber.
»Hat er ... hat er es an dir ausgelassen, Mom?«

»Nein. Er trinkt nur. Seit du fort bist, war er keinen Tag mehr nüchtern.«

»Mom, können wir uns nicht irgendwo hinsetzen?«

»Ich weiß nicht, Liebes. Ich habe erst in einer halben Stunde Pause.«

»Wie ist es mit der Kantine?«

»Da sitzen doch immer die Mädchen rum, und du weißt doch, wie die die Ohren spitzen.«

»Können wir uns nicht wenigstens auf die Treppe setzen? Hier ist es so laut.«

»Warte. Ich frage.«

Irgend etwas zerbrach in Catherine. Sie konnte die Resignation ihrer Mutter nicht mehr ertragen, diese Angst nach sechzehn Jahren Schufterei in dieser Fabrik, sich nicht einmal eine kleine Freiheit zu erlauben.

»Ja, geh nur und frag.«

Als die beiden schließlich auf der Treppe saßen, wo der Lärm nicht so groß war, schien diese Umgebung gut zu Ada zu passen. Sie sah abgearbeitet und Jahre älter aus, als sie war. Eine Welle von Mitleid und Zärtlichkeit überkam Catherine plötzlich.

»Was hast du denn mit deinem Finger gemacht, Mom?« Adas rechter Zeigefinger war verbunden.

»Ach, das ist nicht schlimm. Letzte Woche bin ich in die Nähmaschine geraten. Sie haben mir eine Tetanusspritze gegeben. Und jetzt heilt es schon wieder.«

»Mom, ich wollte nicht, daß du dir meinetwegen Sorgen machst. Ich wollte nur mit Daddy nichts mehr zu tun haben und ihn daran hindern, weiter die Forresters zu belästigen. Ich dachte, er würde damit aufhören, wenn ich aus dem Haus wäre. Aber er hörte nicht damit auf.«

»Glaub mir, Cathy, ich hab alles probiert, um ihn davon abzubringen. Doch er hört nicht auf mich. Er flößt mir Angst ein. Du weißt ja, wie er ist. Ich sagte zu ihm: ›Herb, du machst dich krank, wenn du nicht davon abläßt.‹«

»Ja, Mom, er ist krank. Hast du das jetzt endlich begriffen?«

»So darfst du nicht reden, Liebes ... solche Dinge darfst du nicht sagen.« Wieder stand die Angst in Adas Augen. »Wenn er so weitermacht, bricht er bald zusammen.«

»Bald? Mom, das behauptest du schon seit Jahren. Warum bleibst du bei ihm?«

»Wohin sollte ich denn gehen, Liebes? Und außerdem würde er es nicht erlauben.«

»Ich helfe dir, so gut ich kann. Wie oft habe ich dir schon gesagt, Mom, daß er ärztlich behandelt werden muß? Es gibt Institutionen, die sich um solche Leute kümmern. Auch hier in der Stadt.«

»Nein, nein«, widersprach Ada auf ihre stolze pathetische Art, »das akzeptiert er nicht. Wenn er rauskommt, ist es noch schlimmer als vorher. Ich kenne Herb.«

Catherine gab es auf. Gegen die selbstverschuldete Blindheit ihrer Mutter war sie machtlos.

»Hör zu, Mom. Ich habe gute Nachrichten.«

»Gute Nachrichten?«

»Ja. Ich werde Clay Forrester heiraten.«

Catherine hatte beide Hände ihrer Mutter in ihre genommen und streichelte sie sanft.

»Du wirst ihn heiraten, Liebes?«

Catherine nickte. Endlich erwiderte ihre Mutter die Berührung.

»Wie kann das denn sein? Er hat doch behauptet, er würde dich nicht kennen.«

»Ich habe mich mehrmals mit ihm getroffen, Mom, und war auch öfter bei seinen Eltern zu Gast. Sie sind wirklich sehr nett und waren außerordentlich verständnisvoll und hilfsbereit. Kannst du das glauben, Mom? Wir werden die Hochzeit in ihrem schönen Haus feiern.«

»Eine richtige Hochzeit?« Ada berührte Catherines Wange. Ihre Augen strahlten. »Liebes ...« Sie drückte Catherines Hand. »Deshalb bist du also weggelaufen, zu diesem jungen Mann. Wenn das keine Neuigkeiten sind.«

»Nein, Mom, ich lebe in einem Haus in der Nähe der Uni und habe viele neue Freunde gefunden. Mit Bobbi habe ich mich auch getroffen. Sie hat mir immer erzählt, wie es dir geht.«

»Mach dir um mich keine Sorgen, Liebes. Du weißt doch, ich falle immer wieder auf die Füße. Aber du ... aus dir wird jetzt was. Eine richtige Hochzeit. Hör zu, ich habe etwas Geld gespart. Nicht viel, aber ...«

»Nicht doch, Mom. Du brauchst dir um Geld keine Sorgen zu machen. Es wird für alles gesorgt.«

»Aber du bist doch mein kleines Mädchen. Ich muß ...«

»Mutter, die Forresters wollen sich um alles kümmern, wirklich. Mrs. Forrester besteht darauf. Ich habe noch nie jemanden wie sie kennengelernt.«

»Oh, sie ist wirklich eine Lady.«

»Mom, ich möchte, daß du zur Hochzeit kommst.«

»O nein, Liebes. Ich passe nicht in diese Gesellschaft«, sagte Ada erschrocken.

»Steve kommt auch, Mom.«

Überrascht wiederholte sie: »Steve? Du hast mit Steve geredet?«

»Ja. Und er kommt.«

»Hierher?«

»Ja, Mom. Und er sagte, daß er dich zu meiner Hochzeit begleiten möchte.«

»Steve ... kommt nach Hause?« fragte Ada wieder ungläubig. Dann fiel ihr etwas ein. »Ach, das gibt nur Ärger. Herb und Steve ...« Sie senkte den Blick.

»Daddy wird nichts davon erfahren. Nur ihr beide kommt zur Hochzeit, Daddy nicht.«

»Ich weiß nicht, wie sich das machen ließe.«

»Hör mir zu, Mom. Du sagst ihm, daß du Bingo spielen gehst, wie du das manchmal samstags tust. Ich will dich an diesem Tag dabeihaben, aber wenn er käme, würde er uns nur Ärger machen.«

»Er wird es rauskriegen, Liebes. Du kennst ihn.«

»Er wird nichts wissen, wenn du ihm nichts erzählst.«

»Er hat einen sechsten Sinn. Den hat er schon immer gehabt.«

»Mama, Steve kommt nicht in euer Haus. Soviel ist dir doch klar, oder? Als er ging, hat er geschworen, nie wieder einen Fuß dorthin zu setzen. Und er hat seine Meinung nicht geändert. Wenn du Steve sehen willst, mußt du zur Hochzeit kommen.«

»Geht's ihm gut?«

»Ja. Er sagte, ich soll dich schön von ihm grüßen.«

»Steve ist jetzt zweiundzwanzig.« Ada verlor sich in Erinnerungen an ihren Sohn. Zusammengesunken hockte sie auf der Treppe und wirkte sehr müde. Doch ihre Gedanken schienen ihr neue Kraft zu verleihen, denn es trat ein entschlossener Zug um ihren Mund. Sie sah ihre Tochter an und sagte: »Ich könnte hier einen sehr schönen Stoff für ein Kleid mit Angestelltenrabatt kaufen und es mir von Twyla schneidern lassen.«

»Meinst du wirklich, Mom?« fragte Catherine lächelnd.

»Ich will Steve sehen, und ich will auf die Hochzeit von meinem kleinen Mädchen gehen.«

»Danke.« Catherine beugte sich impulsiv vor, umarmte ihre Mutter und küßte sie auf die Wange.

»Ich gehe jetzt besser wieder an die Arbeit, sonst wird meine tägliche Quote zu niedrig.«

Catherine nickte.
»Diesmal sage ich Herb kein einziges Wort.«
»Gut. Und ich benachrichtige dich, wenn Steve angerufen hat.«
Ada erhob sich schwerfällig. »Ich bin froh, daß du gekommen bist, Liebes. Mir gefiel der Gedanke nicht, dich so weit weg zu wissen wie Steve.«
Sie wandte sich zum Gehen und drehte sich dann noch einmal um.
»Wird das so eine großartige Angelegenheit mit Blumen und du ganz in Weiß?«
»Ja, Mama.«
»Das muß man sich mal vorstellen«, murmelte sie.
Und zum ersten Mal war Catherine wegen der bevorstehenden Hochzeit vollständig glücklich.

Die Einladungskarten waren aus hellblauem gehämmerten Büttenpapier, von dem sich die elfenbeinfarbene, kunstvoll verschnörkelte Schrift abhob. Catherine fuhr mit dem Finger darüber, als würde sie Blindenschrift lesen. Man kann die Worte richtig fühlen, dachte sie. Darauf stand:

Claiborne und Angela Forrester
geben sich die Ehre
zur Vermählung ihres Sohnes
Clay Elgin Forrester
mit
Catherine Marie Anderson
um 19 Uhr am 15. November
in ihr Haus, Highview Place 79
in Edina, Minnesota
einzuladen.

Wieder berührte Catherine die Buchstaben und dachte mit schmerzlicher Sehnsucht: Ja, man kann die Worte fühlen, aber das allein genügt nicht.

13

Wenn Clay Catherine jetzt im *Horizons* abholte, gingen sie ungezwungener als die ersten Male miteinander um. Wie immer war Clay modisch gekleidet, und ihm gefiel auch Catherines Erscheinung. An diesem Abend trug sie ein pflaumenblaues Wollkleid von klassischem Schnitt, das sie selber genäht hatte.

»Ein hübsches Kleid hast du an«, sagte er bewundernd.

»Danke.«

»Heute abend wirst du meine Großeltern kennenlernen.«

Inzwischen erschreckten sie solche Ankündigungen weniger. Trotzdem fürchtete sie noch diese Begegnungen.

»Muß das sein?«

»Tut mir leid, aber sie gehören nun mal zur Familie.«

Als Clay vor dem Haus seiner Eltern hielt und Catherine aussteigen wollte, legte er ihr die Hand auf den Arm und sagte: »Warte einen Moment.«

»Was ist denn?«

»Nur ein technisches Problem.« Er nahm ihre Hand und betrachtete sie. »Du trägst keinen Ring, und Großmütter neigen dazu, argwöhnisch zu werden, wenn sie nicht sehen, was sie erwarten zu sehen«, bemerkte er trocken.

»Und was erwarten sie zu sehen?«

»Das.«

Er hielt noch immer ihre Hand, mit der anderen griff er in die

Tasche und holte einen kostbaren Ring hervor, dessen Steine funkelten, und streifte ihn ihr über den Finger. Wie gebannt starrte sie das Kleinod an. Ihr Mund wurde trocken.
»Muß ich ihn tragen?« fragte sie verstört.
»Ich fürchte, ja. Er gehört zur Familientradition. Du bist die vierte Generation, die ihn trägt.«
»Das Spiel geht zu weit«, flüsterte sie.
»Ein Ring hat nur soviel Bedeutung, wie seine Trägerin ihm zubilligt, Catherine.«
»Aber wie kann ich ihn tragen, wenn er schon seit Generationen in deiner Familie ist?«
»Tu einfach so, als hättest du ihn auf dem Jahrmarkt gewonnen«, meinte er obenhin.
»Clay, dieser Ring ist Tausende von Dollar wert. Ich habe kein Recht, ihn zu tragen.«
»Du mußt es. Außerdem sind die Forresters seit Jahrzehnten im Schmuckgeschäft. Mein Vater war der erste, der mit der Familientradition brach und Anwalt wurde. Großmutter Forrester betätigt sich noch immer sehr erfolgreich in dieser Branche. Sie führt das Unternehmen nach dem Tod ihres Mannes weiter. Wo dieser Ring herstammt, gibt es noch Hunderte davon.«
»Aber keinen mit dieser Bedeutung.«
»Mach doch einer alten Dame die Freude«, sagte Clay lächelnd.
Sie hatte keine andere Wahl. Sie mußte es auch zulassen, daß er sie – mit der ihm eigenen lässigen Art – in den Salon führte.
Sie näherten sich zuerst einem verblühten alten Paar, das auf einem Sofa saß. Der Mann trug einen schwarzen Anzug und sah wie ein Dirigent aus. Die Frau an seiner Seite war in violette Spitze gehüllt; sie lächelte. Clay umfaßte das Gesicht der kleinen alten Frau mit beiden Händen und gab ihr einen schmatzenden Kuß auf den Mund.

»Hallo, Herzchen«, sagte er respektlos. Catherine hätte schwören können, daß sie errötete, als sie Clay ansah. Dann zwinkerte sie ihm zu und drohte ihm mit ihrem arthritischen Zeigefinger. Das war ihre ganze Begrüßung.

»Hallo, Sonny«, sagte dann der Großvater. »Mit diesem einzigen Wort bringst du das Blut deiner Großmutter mehr in Wallung, als ich es jemals konnte.«

Clay lachte.

»Dann bist du also eifersüchtig, Großvater«, sagte er und umarmte den Alten.

»Ich möchte euch Catherine vorstellen.« Clay drehte sich um und nahm ihre Hand. »Catherine, dies sind Großmutter und Großvater Elgin, die wir jedoch immer Sophie und Granddad nennen.«

»Guten Abend«, sagte Catherine lächelnd und gab beiden die Hand. Sophie und Granddad erwiderten ihr Lächeln.

Dann steuerte Clay sie am Ellbogen zu einer alten Dame, die in königlicher Pose auf ihrem Sessel wie auf einem Thron saß. Doch diese Attitüde war nicht allein Pose, eine eisige, alles beherrschende Aura der Dominanz umgab sie.

Die alte Dame durchbohrte ihren Enkel mit einem amüsierten, spöttischen Blick.

»Mit mir brauchst du nicht zu flirten, junger Mann. Ich bin keine Närrin wie deine Großmutter Sophie.«

»Wie könnte ich es wagen, Großmutter?« sagte Clay mit einem schelmischen Grinsen. Dann hob er eine ihrer juwelengeschmückten Hände und küßte sie wie ein vollendeter Gentleman.

Dieses Katz-und-Maus-Spiel amüsierte Catherine. Die alte Dame konnte sich nur mühsam ein Grinsen verkneifen.

»Darf ich dir Catherine vorstellen?« sagte Clay und ließ ihre Hand los, doch er lächelte noch immer. »Catherine, das ist meine Großmutter Forrester. Aus einem bestimmten Grund nennen wir sie nie bei ihrem Vornamen.«

»Mrs. Forrester«, sagte Catherine und gab ihr die Hand.
»Mein Enkel ist ein frühreifer Snob. Deshalb sollten Sie auf der Hut sein, junge Dame.«
»Das bin ich, Ma'am«, entgegnete Catherine und fragte sich, was die alte Dame von ihr denken würde, wenn sie wüßte, was geschehen war.
Mrs. Forrester hob ihren Spazierstock mit dem Griff aus Elfenbein, berührte leicht Catherines Schulter und sah sie prüfend aus grauen Augen unter spöttisch gehobenen Brauen an.
»Das gefällt mir. Ich hätte wohl genauso geantwortet.« Sie senkte den Spazierstock wieder, kreuzte die Hände über einem aus Elfenbein geschnitzten Elefanten mit Augen aus Saphiren und fragte ihren Enkel amüsiert: »Wo hast du diese scharfsichtige junge Dame gefunden?«
Clay streichelte Catherines Ellbogen, sah sie an und antwortete: »Ich fand sie nicht, sondern sie mich.« Dann glitt seine Hand zu ihrer und umschloß sie. Elizabeth Forrester bemerkte die Geste und registrierte, daß die junge Frau den Händedruck nicht erwiderte. Darauf ging das Paar zu Angela und Claiborne, die Portwein ausschenkten. Im selben Augenblick brachte Inella ein silbernes Tablett mit Appetithäppchen herein.
Clay legte Inella eine Hand auf die Schulter, als sie das Tablett abstellte: »Und mit welch köstlichen Speisen verwöhnst du uns heute abend, Inella? Weißt du nicht, daß Vater auf seine Linie achten muß?«
Alle lachten.
»Ach was, köstliche Speisen«, brummte das Mädchen, aber es lächelte dabei geschmeichelt. Dann umarmte Clay seine Eltern. Auch Catherine wurde warmherzig begrüßt.
»Kommen Sie, junge Frau, und setzen Sie sich zu mir«, befahl Elizabeth Forrester.

Catherine blieb nichts anderes übrig, als dem Befehl zu folgen. Sie nahm auf einem Sofa Platz, das im rechten Winkel zum Stuhl der alten Dame stand, und war dankbar, daß Clay sich neben sie setzte. Seine Gegenwart gab ihr irgendwie Kraft. Während Elizabeth Forrester Konversation machte, ruhten ihre Adleraugen unablässig auf Catherine.

»Catherine ...« murmelte sie, »was für ein altmodischer und schöner Name. Nicht so oberflächlich und modisch wie die Vornamen heutzutage. Die meisten finde ich widerwärtig. Doch wir beide tragen die Namen englischer Königinnen, denn ich heiße Elizabeth, müssen Sie wissen.«

Catherine war zu klug, um das als eine Aufforderung zu betrachten, Clays Großmutter bei ihrem Vornamen zu nennen. Mit dieser Bemerkung wollte die alte Dame sie sicher nur auf die Probe stellen.

»Ich glaube, Mrs. Forrester, der Name ›Elizabeth‹ bedeutet ›die Gottgeweihte‹.«

Eine königliche Braue hob sich erstaunt. Das Mädchen ist klug, dachte Elizabeth Forrester. »Ja, das stimmt. Und Catherine stammt aus dem Griechischen und bedeutet ›rein‹.«

Catherine spürte einen Druck im Magen. *Weiß* sie es, oder *will* sie es wissen, fragte Catherine sich. Nur mit Mühe bewahrte sie ihre Fassung.

»Dann sind Sie also die nächste in der Generation der Forresters«, bemerkte sie.

Der Druck in Catherines Magen wurde stärker. Doch Clay schwieg. Er kam ihr nicht zu Hilfe, sondern preßte seine Hüfte gegen ihre und sah seine Großmutter unverwandt an. Schließlich bequemte er sich zu sagen: »Ja, das ist sie. Aber ich mußte sie erst dazu überreden. Wir sind nicht auf die gleiche Weise aufgewachsen, und ich hatte einige Mühe, ihr klarzumachen, daß das bei unserer Verbindung, verdammt noch mal, keine Rolle spielt.«

Mein Gott, dachte Catherine, er wirft ihr einfach den Fehdehandschuh hin!
Elizabeth Forrester verstand die Kampfansage wohl, aber sie entgegnete nur tadelnd: »Dein Großvater gebrauchte nie Schimpfwörter.«
Clay grinste. »Die Sitten haben sich heutzutage geändert.«
Sie runzelte nur spöttisch die Brauen.
»Vater«, rief Clay, »bring deiner Mutter ein Glas Portwein. Sie ist heute abend gereizt. Und du weißt, daß Portwein immer ihre Stimmung bessert. Catherine, möchtest du Portwein?«
»Ich weiß nicht.«
Elizabeth Forrester entging kein einziges Wort.
»Dann eben Weißwein«, schlug er vor. Die Reaktion des Mädchens war merkwürdig. Sie versuchte, den Körperkontakt mit ihm zu vermeiden. Doch Clay wartete Catherines Antwort nicht ab, sondern stand auf, um den Wein zu holen.
»Wie lange kennen Sie Clay schon?« fragte da Großmutter Sophie und beugte sich wie ein neugieriger kleiner Vogel vor.
»Seit diesem Sommer.«
»Angela sagt, Sie nähen sich Ihr Hochzeitskleid selbst.«
»Ja, aber ich habe viel Hilfe dabei«, antwortete Catherine und merkte zu spät, daß ihre Antwort eine Einladung für weitere Fragen war.
»Wie schön. Ich kann nicht nähen. Hilft Ihre Mutter Ihnen?«
Sophie war das Gegenteil von Elizabeth, schüchtern und verhuscht. Trotzdem kam sich Catherine wie bei einem Verhör vor.
»Nein, ein paar Freundinnen helfen mir. Ich nähe auch, um mir etwas zum Studium dazuzuverdienen.«
»Clay hat mir gar nicht gesagt, daß Sie studieren.«
Da kam er und rettete sie. Er hatte ein Glas Weißwein mitgebracht und reichte es ihr. Als sie danach griff, glitzerten

die Steine ihres Rings mit dem geschliffenen Kristallglas um die Wette.
»Ja, das tut sie. Sie ist ein kluges Mädchen und hat auch das Kleid geschneidert, das sie jetzt trägt. Ist sie nicht geschickt mit den Händen, Großmutter?«
Catherine wäre am liebsten in den Boden versunken. Schnell sagte sie: »Ich tippe auch Dissertationen.«
»Wirklich? Wie tüchtig«, bemerkte Großmutter Sophie geistlos.
»Siehst du, Großmutter, sie wird alle meine Examensarbeiten tippen. Aus diesem Grund heirate ich sie eigentlich«, sagte er schelmisch.
»Mutter«, mischte sich Angela ein, »Clay redet wie üblich Unsinn. Achte nicht auf ihn.«
Das Geplauder ging weiter. Clay hatte wieder seine Hüfte gegen die Catherines gepreßt und schien sich außerordentlich wohl zu fühlen, da er und seine Braut im Mittelpunkt des allgemeinen Interesses standen.
Als schließlich zu Tisch gebeten wurde, war Catherine fast am Ende ihrer Kräfte. Sie war es nicht gewöhnt, Clay so nahe zu sein und soviel Aufmerksamkeit zu erregen. Auch bei Tisch saß er neben ihr, hatte einen Arm vertraulich auf die Lehne ihres Stuhl gelegt und redete mit der ihm eigenen Selbstsicherheit. Die beiden Großmütter sahen sich über ihre Teller mit frischem Lachs verständnisvoll an, da ihr Enkel so offensichtlich in dieses hübsche Mädchen verliebt war. Catherine hatte Magenschmerzen und aß nur mit Widerwillen. Und als Elizabeth Forrester dann auf das Familienerbstück – den Ring – zu sprechen kam, wußte Catherine nicht, ob sie die Mahlzeit durchstehen würde.
»Wie ich sehe, hat Angela Ihnen den Diamantring geschenkt. Wie gut er an Catherines Hand paßt, Angela, nicht wahr? Was hat Ihre Familie dazu gesagt, Liebes?«

»Sie hat den Ring noch nicht gesehen«, antwortete sie wahrheitsgemäß. Sie hatte das Spiel durchschaut und war entschlossen, der alten Dame keinen Grund zur Kritik zu geben.
»Er sieht fantastisch an ihren schlanken Fingern aus. Findest du nicht, Clay?«
Clay griff nach Catherines Hand, nahm ihr die Gabel weg, küßte die Hand, gab ihr die Gabel wieder und sagte: »Wunderschön.«
»Sie würden meinen Enkel gern mit der Gabel stechen, nicht wahr, Catherine, damit etwas von dieser aufgeblasenen Selbstzufriedenheit aus ihm entweicht? Deine Zärtlichkeiten scheinen Catherine beim Essen zu stören, Clay.«
Aber Catherine störte in dieser Umgebung einfach alles, nicht nur der Ring.
Clay lachte nur und aß weiter. »Großmutter, muß ich wieder eine gewisse Gereiztheit an dir feststellen? Niemand hat von dir verlangt, daß du den Ring Mutter überlassen solltest. Möchtest du ihn wiederhaben?«
»Sei nicht albern, Clay. Als deine Braut soll und muß Catherine den Ring tragen. Dein Großvater wäre entzückt, ihn an einer so schönen Frau, wie sie es ist, zu sehen.«
»Ich gebe mich geschlagen. Dem habe ich nichts entgegenzusetzen, denn du hast recht.«
Elizabeth Forrester wußte noch immer nicht, ob ihr Verdacht stimmte. Der Junge scharwenzelte ständig um das Mädchen herum. Nun, die Zeit würde sie schon bald darüber aufklären.

Auf dem Rückweg im Auto kämpfte Catherine verzweifelt gegen eine immer größer werdende Übelkeit. Auf halbem Weg sagt sie plötzlich: »Halt an!«
Clay sah sie an. Ihre Augen waren geschlossen, und sie schluckte krampfhaft.
»Was ist los?«

»Halt an ... *bitte.*«
»Geht's dir nicht gut?«
»Ich muß mich erbrechen.«
Er fuhr an den Straßenrand und dann in einen Feldweg und trat auf die Bremse. Catherine stieg hastig aus. Er hörte sie würgen und dann speien.
Clay brach der Schweiß aus. Ihm wurde selber übel; er stieg aus und wußte nicht, wie er ihr helfen konnte.
»Geht's wieder, Catherine?«
»Hast du ein Papiertaschentuch?« fragte sie zittrig.
Er trat hinter sie und hielt ihr sein Taschentuch hin.
»Das ... ist .. dein ... Taschentuch. Das kann ... ich ... nicht ... nehmen.«
»Himmel, nimm es. Geht es dir jetzt besser?«
»Ich weiß nicht.« Sie rang nach Luft.
»Verdammt noch mal, nimm jetzt dieses Taschentuch!«
Trotz ihrer Übelkeit dämmerte es Catherine, daß Clay immer fluchte, wenn er Angst hatte. Sie wischte sich den Mund ab.
»Passiert das öfter?« fragte er besorgt.
Sie schüttelte den Kopf. »Ich glaube, der Fisch und deine Großmütter sind daran schuld.« Sie lächelte kläglich.
»Das tut mir leid, Catherine. Ich wußte nicht, daß der Abend für dich so unerträglich war.«
Sie atmete tief durch und wischte sich die schweißnasse Stirn ab.
»Wird das so weitergehen, wenn wir verheiratet sind?« fragte er neckend.
»Falls es so ist, wasche ich die Taschentücher. Das ist mir noch nie passiert. Es tut mir leid, daß ich dir Mühe gemacht habe.«
»Du hast mir keine Mühe gemacht. Ich hatte nur Angst.«
Allmählich fühlte sich Catherine besser. »Clay, deine Großmutter Forrester weiß Bescheid«, sagte sie.

»Und?«
»Ja, sie ist doch so ... so ...«
»Was? Gebieterisch? Du kennst sie nicht richtig. Sie mag dich, weißt du?«
»Mag mich? *Mich*?«
»Sie ist ein gerissenes altes Mädchen, und ihr entgeht so leicht nichts. Ich kann ihr nichts vormachen. Ja, sie weiß Bescheid. Aber sie akzeptiert dich.«
»Sie hat eine seltsame Art, das zu zeigen.«
»Jeder ist anders, Catherine. Sie ist ganz anders als die Eltern meiner Mutter, aber wenn sie nicht mit dir einverstanden gewesen wäre, hätte sie nicht in dieser Weise über den Ring geredet.«
»Dann war der Ring also ein Test? Sollte ich ihn deshalb heute abend tragen?«
»Ja. Aber das ist Familientradition. Ich muß meiner zukünftigen Frau diesen Ring an den Finger stecken. Das wurde schon so gehandhabt, ehe ich geboren war.«
»Clay, ich ... ich hatte Angst. Es war nicht nur der Ring. Ich fühlte mich unsicher und ...«
Er unterbrach sie lachend. »Was macht das schon? Du hat dem alten Mädchen einen Strich durch die Rechnung gemacht. Weißt du das nicht? Und sie schätzt es, wenn man ihr die Stirn bietet. Warum deswegen Angst haben?«
»Ich fühlte mich im Kreis deiner Familie als nicht zugehörig. Ich komme mir deplaziert vor.«
»Dir fehlt es beträchtlich an Selbstvertrauen hinter deiner so gelassen zu Schau gestellten Kühle.«
»Clay, wir machen einen Fehler.«
»Du hast nur einen Fehler gemacht, als du Inellas Lachs gegessen hast.« Er berührte leicht ihre Schulter. »Catherine, das alles geht vorüber. Du wirst lernen. Ich lerne ebenso.«
»Du lernst?«

»Ja, wie man mit einer schwangeren jungen Dame umgeht.« Er führte sie zum Wagen. »Komm. Ich glaube, jetzt bist du wieder in Ordnung. Steig ein, und ich fahre dich wie ein ganz braver Junge nach Hause.«

Während der Fahrt erzählte Clay von Sophie und Granddad, die sehr liebevolle Menschen waren. Jetzt wußte Catherine auch, warum Angela eine solch liebevolle Frau war. Sie genoß Clays Erzählungen aus seiner Kindheit. Überall hatten sie ihren Enkel mit hingenommen, sogar in eine Ballettaufführung.

»Ins Ballett?« fragte sie überrascht.

»Ja.«

»Wie glücklich du gewesen sein mußt.«

»Hast du denn nie eins gesehen?«

»Nein. Ich habe nur davon geträumt.«

»Ich dachte, du wärst dort gewesen, weil du einmal davon gesprochen hast, daß du gern Ballerina geworden wärst.«

Jetzt bereute es Catherine, davon geredet zu haben, ihm eines ihrer Geheimnisse enthüllt zu haben. »Mein Dad trank immer soviel, daß wir nie Geld für Theaterkarten hatten.«

Das hätte ich nicht sagen sollen, dachte Catherine und wartete ängstlich auf Clays Reaktion. Sie wollte nicht sein Mitleid erregen. Doch er sah sie nur kurz an und meinte: »Wir sind da.«

14

Während der wenigen Wochen vor der Hochzeit waren Catherine und Clay täglich zusammen, denn es gab viel zu erledigen. Und es trat das ein, was Catherine am meisten gefürchtet hatte: Sie gewöhnte sich an das Beisammensein mit Clay – ja, sie genoß es sogar.

Jede seiner Gesten und sein Geruch wurden ihr vertraut; sie lernte seine Vorlieben und Abneigungen kennen, wußte, welche Musik er mochte.

Dann, eines Tages, bot er ihr an, seinen Wagen zu benutzen, damit sie ihre Besorgungen schneller und bequemer erledigen konnte. Er hielt ihr die Schlüssel hin, auf die sie mit großen blauen Augen sprachlos starrte.

»Zum Teufel, es ist doch nur ein Auto«, sagte er lässig.

Aber das war es nicht! Nicht für Clay. Er pflegte es sorgfältig und war sehr stolz darauf. Daß er es ihr anvertraute, schuf eine weitere Bindung zwischen ihnen. Das alles wußte sie und starrte die Schlüssel noch immer an.

Trotzdem akzeptierte sie sein Angebot. Dieser Luxus war einfach zu verführerisch und würde ihr das Gefühl ungewohnter Freiheit vermitteln. »Nur dies eine Mal«, sagte sie zu ihm, »weil ich wirklich viel zu erledigen habe und es mit dem Wagen viel einfacher als mit dem Bus ist.«

Doch als sie die Corvette fuhr, hatte sie das Gefühl, als wäre sie widerrechtlich in Clays Welt eingedrungen, so sehr war der Wagen Teil seiner selbst. Trotzdem genoß sie das Gefühl, die Hände auf das Lenkrad zu legen, wo gewöhnlich *seine* Hände ruhten. Sie empfand dieses Gefühl als sehr intim. Sie kam sich frei und überlegen vor, als die Männer ihr im Vorbeifahren bewundernde und die Frauen verächtliche Blikke zuwarfen. Einmal hupte sie sogar, obwohl es nicht nötig war. Die Corvette war zwar nur ein oberflächliches Statussymbol, aber das kümmerte sie jetzt nicht. Lächelnd brauste sie durch die Straßen und fuhr erst mit Marie, dann mit Bobbi einkaufen.

Diesen einen – diesen wundervollen Tag tat Catherine so, als wäre das alles Wirklichkeit. Und nur an diesem Tag genoß sie ihre Hochzeitsvorbereitungen.

Das Schneidern ihres Hochzeitskleides wurde im *Horizons* zu einer »Familienangelegenheit«, an der fast alle Mädchen teilhatten. Am Tag, ehe das Kleid fertig wurde, bekam Little Bit ihr Baby. Es war ein Mädchen, aber da Little Bit das Kind zur Adoption freigegeben hatte, sprach niemand darüber.

Danach merkte Catherine bei den Mädchen eine gewisse Wehmütigkeit, wenn sie ihr Kleid berührten. Es war ein schönes Modell aus hellem Samt mit langen Ärmeln, im Empirestil. Als sie es vor dem Spiegel anprobierte und sich betrachtete, konnte sie nicht umhin, sich zu fragen, was die kommenden Monate bringen würden.

Catherine und Clay mußten sich – ob sie wollten oder nicht – eine Wohnung suchen und sie einrichten. Wieder einmal kam sie sich wie im Märchen vor, als Clay verkündete, sein Vater besäße mehrere Häuser, von denen drei leerstünden. Und ob Catherine sie sich ansehen wolle?

Er fuhr sie in einen Vorort, das Golden Valley, wo mehrere Stadthäuser standen. Catherine beobachtete Clay, der die Tür aufschloß, mit einem seltsamen Gefühl der Erwartung. Die Tür schwang auf, sie trat ein und stand im Flur eines anderthalbgeschossigen Hauses. Eine mit einem braunen Teppich bespannte Treppe führte sowohl nach oben als auch nach unten. Schweigend gingen sie hinauf und betraten einen großen Raum, der an einem Ende von deckenhohen Glasschiebetüren begrenzt wurde. Links führte eine Tür in die Küche, rechts eine in das Schlafzimmer. Einen solchen Luxus hatte sie nicht erwartet.

»Oh, Clay«, war alles, was Catherine sagen konnte.

»Ich weiß bereits, was du denkst.«

»Habe ich nicht recht? Das ist alles viel zu großartig.«

»Gefällt's dir nicht? Wir können uns die anderen Häuser anschauen.«

»Ich kann mit dir nicht hier leben. Ich komme mir wie eine Betrügerin vor.«

»Okay. Dann gehen wir eben.«

»Nein, warte.« Sie hielt ihn am Ärmel zurück, denn er hatte sich bereits abgewandt. »Diese Entscheidung kann ich schließlich nicht alleine treffen.«

Er schwieg, doch sie merkte, daß er wütend war.

»Clay, was sollen wir denn hier nur reinstellen?«

»Möbel. Aber nur das, was wir brauchen.«

»Und wie bekommen wir die?«

»Mein Gott! Wir kaufen sie. Auf diese Weise kommt man normalerweise zu Möbeln.« Gewöhnlich sprach er nicht in diesem gereizten Ton mit ihr.

»Du möchtest gern hier wohnen, nicht wahr?«

»Mir hat dieses Haus immer gefallen, aber das ist unwichtig. Es gibt andere.«

»Ja. Das hast du bereits gesagt.« Sie sah, wie verärgert er war, und fügte hinzu: »Zeig mir das ganze Haus.«

Er führte sie zuerst in ein geräumiges Bad mit zwei Waschbecken, einer Badewanne aus Marmor und vergoldeten Wasserhähnen. Die Wände waren beige-braun gekachelt. Noch nie hatte sie einen solchen Luxus gesehen.

»Die Farbe der Kacheln kann man ändern«, sagte er.
»Das ist nicht nötig. Ich weiß, daß du es so liebst – alle diese Brauntöne.«
Dann folgte sie ihm in ein kleines Zimmer. Auch dieser Raum war in Beige-Braun gehalten und offenbar als Arbeitszimmer gedacht. Er wirkte in seiner Farbgebung eher maskulin.
Das Schlafzimmer war sehr groß, man hätte es leicht in zwei Räume unterteilen können. Clay durchquerte es und öffnete die Türen eines begehbaren Wandschranks, der ebenfalls mit Schubladen versehen war.
»Clay, was wird denn die Miete kosten?«
»Das spielt doch keine Rolle. Ich kann sie mir leisten.«
»Darum geht es nicht, und das weißt du.«
»Worum geht es denn, Catherine?«
Als Antwort blickte sie nur zu der Stelle, wo das Bett stehen würde. Er tat dasselbe, und dann wandten sie sich schnell voneinander ab. Sie drehte sich abrupt um und ging in die Küche hinunter.
Natürlich war sie perfekt und mit allen technischen Geräten ausgestattet. Nichts fehlte, weder der Geschirrspüler noch die Gefriertruhe.
Catherine dachte daran, wie es wäre, hier zu kochen. Clay würde an dem Tresen, der ein Halbrund bildete, seinen Kaffee trinken, während sie die Frühstückseier briet. Aber sie hatte noch nie mit ihm gefrühstückt und wußte nicht einmal, ob er morgens Kaffee und Eier mochte. Und außerdem durfte sie sich solchen sehnsuchtsvollen Vorstellungen nicht hingeben.
»Catherine?«
Sie schrak zusammen. Er stand im Türrahmen und sah sie an. Ihr Mund wurde bei seinem Anblick trocken. Worauf ließ sie sich nur ein?
»Wir haben nur noch eine Woche Zeit«, sagte er.
»Ich weiß.« Sie ging zum Herd und knipste das Licht darüber

an, weil sie ihm auf diese Weise den Rücken zuwenden konnte.
»Wenn du hier wohnen möchtest, Clay, tun wir es. Ich weiß, daß die Farben dir gefallen.«
»Möchtest du dir etwas anderes ansehen?« Er war nicht mehr wütend. Seine Stimme klang sanft.
»Mir gefällt es, Clay. Ich denke nur, daß wir ... daß ich ...«
»Es nicht verdienen?« beendete er ihren Satz.
»Ja. Irgendwie schon.«
»Sollen wir denn in einer schäbigen Hütte wohnen? Denkst du das?«
»Ja!« platzte sie heraus. »Nein ... Ach, mein Gott, ich weiß überhaupt nichts mehr. Ich hätte nicht einmal im Traum geglaubt, jemals in einem solchen Haus zu leben, das ist alles. Ich bin ziemlich überwältigt.«
»Weißt du, manchmal kann ich dir nicht glauben.«
»Ich dir auch nicht.« Sie breitete die Hände aus, in einer alles umfassenden Geste. »Und jetzt auch noch die Möbel!«
»Ich sagte, wir kaufen nur das Notwendige.«
»Ich kann mir vorstellen, was du unter ›Notwendigem‹ verstehst.«
»Wenn es dich glücklich macht, können wir das Haus mit Sperrmüll möblieren. Wie würde dir das gefallen?«
Er grinste unverschämt; er war unwiderstehlich.
Natürlich neckte er sie. Dann er fing glucksend leise zu lachen an, bis er in schallendes Gelächter ausbrach. Ihr blieb nichts anderes übrig, als in sein Lachen einzustimmen.

Bald darauf überschlugen sich die Ereignisse nahezu.
Steve rief an und sagte, er würde am Donnerstag, dem dreizehnten, kommen.
Ada rief an und sagte, sie habe ihr Kleid fertig.
Das Möbelgeschäft rief an und bat um einen Liefertermin.

Bobbi rief an und sagte, die Magnussons würden zur Hochzeit kommen.
Die Arztpraxis rief an und sagte, Catherine habe zu wenig rote Blutkörperchen.
Angela rief an und erklärte in entschuldigendem Ton, Claiborne habe eine Klage gegen Herb Anderson angestrengt und ihr Vater sei wegen Hausfriedensbruch und tätlichem Angriff zu neunzig Tagen Arbeitshaus verurteilt worden.
Und als Catherine dann eines Abends ins *Horizons* kam, warteten nicht nur alle Mädchen auf sie, sondern auch ihre Mutter und Angela, nebeneinander auf einem Sofa sitzend. Da bedeckte Catherine ihr Gesicht mit beiden Händen und brach in Tränen aus. Sie weinte das erste Mal, seit diese Farce begonnen hatte.

15

Als Clay ins *Horizons* kam, weil er mit Catherine Steve vom Flughafen abholen wollte, überraschte sie sein Anblick.
Er trug verwaschene Jeans, ein abgetragenes Flanellhemd und eine alte Lederjacke.
Catherine stand wie versteinert mit offenem Mund da. Clay entging ihre Reaktion natürlich nicht, und er sagte nur: »Hallo. Ich bin mit dem Bronco gekommen. Ich dachte, darin haben wir mehr Platz.« Er war bereits an der Tür, als er merkte, daß sie ihm nicht folgte. »Was ist los? Oh, hätte ich mich besser anziehen sollen? Ich habe die Corvette gewaschen und die Zeit darüber vergessen. Entschuldige.«
»Nein, nein. Es ist alles okay. Aber du siehst … so anders aus.«
»Du hast mich doch schon in Jeans gesehen.«
Das hatte sie – am Tag ihres Kennenlernens. Aber sie hätte nicht gedacht, daß er sich daran erinnern würde.
Schließlich folgte sie ihm zum Auto. Für November war es kalt, und sie fror. Trotzdem stieg sie nicht gleich ein, sondern betrachtete ihn mit einem merkwürdigen Blick. Erinnerungen an jenen fatalen Juliabend stiegen in ihr auf.
»Beeil dich. Steig ein«, schimpfte er lächelnd, »sonst kommen wir zu spät.«
»Gehört das Auto deinem Vater?«
»Ja.«

Auf dem Weg zur Air Force Base in Bloomington sprachen sie nicht. Catherine versuchte, ihre Erinnerungen zu verdrängen, und Clay wußte nur zu gut, was ihre Gedanken beschäftigte.

Als sie auf das Gebäude zugingen, berührte Clay Catherines Arm nicht. Wieder stand diese unsichtbare Barriere zwischen ihnen.

Ein junger blonder Mann in Zivil unterbrach seine Unterhaltung mit einem Uniformierten und drehte sich zu ihnen um, als er ihre Schritte hörte. Er zögerte. Dann lächelte er und lief auf das schlanke blonde Mädchen zu, das ebenfalls zu laufen begonnen hatte. Sie fielen sich wie lang getrennte Liebende in die Arme, und Clay sah überrascht, daß Catherine zum ersten Mal wirkliche Zuneigung zeigte. Fast gierig grub sie die Finger in das Jackett ihres Bruders. Clay war leicht peinlich berührt; er wollte nicht Zeuge dieser Szene sein. Steve wirbelte Catherine im Kreis herum und stellte sie dann wieder auf ihre Füße.

»Cathy ... oh, Cathy, bist du's wirkich?«

Ihre Lippen bebten. Sie klammerte sich an ihn. Sie weinte.

Für Clay war ihre Reaktion eine Offenbarung. Denselben Gesichtsausdruck hatte sie an jenem Abend nach dem Ferngespräch gehabt.

Schließlich ließ Steve sie los und sagte: »Wenn das da drüben Clay ist, wollen wir ihn nicht länger warten lassen.« Er hakte Catherine unter, und als er Clay die Hand schüttelte, hielt sie mit beiden Armen seine Taille umfaßt.

Clay spürte einen Stich der Eifersucht.

»Sie sind also der Glückliche.« Steves Händedruck war fest und vertrauenerweckend.

»Ja.«

Clay nahm Steves Gepäck. Dann gingen die drei zum Park-

platz. Catherine und Steve schwatzten unaufhörlich und tauschten Neuigkeiten aus. Sie kletterten in den Bronco.
»Wohin?« fragte Clay.
»Ich hab in der Stadt ein Hotelzimmer reserviert.«
»Aber dann können wir überhaupt nicht mehr zusammen reden«, jammerte Catherine.
»Hört mal zu, ihr beiden. Wie wär's, wenn ich nach Hause fahre und euch dann den Wagen überlasse?«
»Oh, wirklich, Clay?« Catherines Augen strahlten vor Freude.
»Wir haben noch mehr Autos in der Garage. Mehr, als wir brauchen.«
»Das ist verdammt nett von Ihnen«, bedankte sich Steve.
»Schon gut. Ich kann meinen zukünftigen Schwager doch nicht in der Stadt ohne fahrbaren Untersatz lassen, oder?«
Steve lächelte.
»Dann ist es also abgemacht.«
Während der ganzen Fahrt zu den Forresters redeten Catherine und Steve. Als sie ankamen, warf Steve einen Blick auf das luxuriöse Anwesen und sagte nur: »O Mann! O Mann!«
»Hier findet die Hochzeit statt«, sagte Catherine mit ein ganz klein wenig Stolz.
»Cathy, ich freue mich so für dich.«
Clay hielt und legte den Leerlauf ein. Er wollte gerade aussteigen, als Catherine ihm ihre Hand auf den Arm legte.
»Clay?«
Er sah sie über die Schulter an.
»Ich weiß nicht, was ich sagen soll.«
Er wußte es auch nicht. Er sah sie nur an, sah dieses weiche, Wärme ausstrahlende Gesicht an. Sie war heute so anders; so hatte er sie noch nie kennengelernt. Ich habe mich immer gefragt, ob sie so sein kann, dachte er.
»Danke«, sagte sie aufrichtig.

»Schon gut.«
»Trotzdem – danke.« Impulsiv küßte sie ihn flüchtig auf die Wange.
»Amüsiert euch gut. Aber geht nicht zu spät ins Bett.«
»Versprochen.«
»Ich sehe dich dann morgen abend.«
Sie nickte.
Er senkte die Stimme und sagte leise: »Ich mag ihn«, was Catherine unendlich freute.
Ihre Antwort bestand aus einem strahlenden Lächeln. Dann schwang sich Clay aus dem Auto. Steve stand da und wollte sich von ihm verabschieden. Clay sagte: »Meine Familie können Sie morgen kennenlernen. Ich weiß, daß Sie mit Catherine gern allein sein möchten.«
Steve streckte ihm die Hand hin. »Vielen Dank.« Er ließ seinen Blick über das Anwesen schweifen und fügte ruhig hinzu: »Für alles.«
Zwischen beiden Männern herrschte sofort ein spontanes Verstehen, eine Sympathie, wie sie nur selten zwischen zwei Menschen vorkommt, die sich gerade kennenlernen.
Seltsam, dachte Clay, das ist der erste Mensch aus Catherines Familie, zu dem ich mich spontan hingezogen fühle, außer ihr natürlich.
Er hatte in Steve eine jüngere Ausgabe ihres Vaters erwartet. Statt dessen war dieser junge Mann intelligent. Er ähnelte Catherine, nur war er weicher. Vielleicht hatten die Jahre fern vom Elternhaus Steve Anderson wieder lachen gelehrt, was Catherine noch nicht konnte. In dem Gesicht ihres Bruders entdeckte Clay das, was Catherine einmal werden könnte, wenn sie sich nicht ständig abkapseln würde. Und vielleicht mochte Clay Steve nur deswegen, weil er allein in der Lage zu sein schien, Catherine aus ihrer Reserve zu locken und ihre Gefühle zeigen zu lassen.

Als es zur Mittagspause läutete und Ada Anderson die Arbeit an der Nähmaschine niederlegte, trat ein Ausdruck von Lebensfreude in ihre Augen wie schon seit Jahren nicht mehr. Sie strahlten vor ungeduldiger Vorfreude. Ihre Bewegungen waren lebhafter, und sie hatte sich sogar etwas geschminkt.

»Ada?«

Beim Klang der Stimme der Vorarbeiterin blieb sie ungeduldig stehen.

»Ich hab's eilig, Gladys. Mein Junge kommt heute nach Hause.«

»Ja, ich weiß. Ich hab deine Leistungen dieser Woche überprüft. Sie waren gut. Warum nimmst du dir nicht den Nachmittag frei, Ada?«

»Soll ich das wirklich, Gladys?«

»Natürlich. Dein Junge kommt doch nicht jeden Tag nach Hause.«

Ada lächelte. »Das ist furchtbar nett von dir, Gladys. Ich werde mich dafür erkenntlich zeigen.«

»Ist schon recht, Ada. Du mußt jetzt gehen.«

»Vielen Dank, Gladys.«

Gladys sah Ada hinterher und fragte sich, wie jemand so abgestumpft sein konnte, nicht mal einen Tag freizunehmen, wenn der Sohn zum ersten Mal seit sechs Jahren heimkam. Zum Glück hatte sie davon gehört. Und jetzt freute sie sich darüber, wie glücklich die alte Frau war.

Draußen spähte Ada ungeduldig die Straße entlang. Ihr Herz klopfte vor Aufregung. Ein kalter Wind zerrte an ihrem abgetragenen Mantel und zerzauste ihr graues strähniges Haar. Der Verkehr dröhnte unablässig vorbei. Ihr Hoffnungen sanken.

Doch dann hielt ein Wagen mit quietschenden Reifen neben ihr an der Bordsteinkante. Ein junger Mann stieg aus und rief: »Mom! Mom!« Ada erwachte zu neuem Leben. Tränen

liefen ihr über die Wangen. Und als sie in Steves Armen lag, wunderte sie sich, wie groß und breit er geworden war.
»O mein Gott, Mom ...«
»Laß mich los, Steve, damit ich dich anschauen kann.«
Er tat es, aber dann sah er sie auch zum ersten Mal seit langer Zeit aus der Nähe.
Sie war so alt geworden und wirkte so traurig. Er umarmte sie wieder.
»Komm, Mom. Cathy ist im Wagen. Wir wollen alle drei zum Essen gehen.«

16

Es war Catherines Hochzeitstag, der letzte Tag, den sie mit den Mädchen im *Horizons* verbringen würde. Deshalb ließ sie alles mit sich geschehen, ließ sich von ihnen verwöhnen, schminken und frisieren. Alle tanzten um sie herum, als würden sie mit ihren Puppen Hochzeit spielen.

Doch für Catherine war das alles nur eine Qual, die sie aber geduldig ertrug, denn sie merkte, daß sie diese Mädchen liebte.

Mrs. Tollefson kam.

»Catherine, wir sind alle so glücklich für Sie. Durch Ihre Anwesenheit hier haben die Mädchen einen Traum gelebt und auch Hoffnung geschöpft. Stimmt das nicht, Mädchen?«

Tolly nahm sie zum Abschied in die Arme. Catherine schloß die Augen, um ihre Tränen zurückzuhalten.

»Ich ... ich liebe euch alle«, sagte sie mühsam. Solche Worte sprach sie gewöhnlich nicht aus, doch jetzt wurde sie von ihren Gefühlen überwältigt. Und es stimmte, was sie gesagt hatte.

Doch diese Phase ihres Lebens war vorüber. Jetzt mußte sie hinaus, in diesen Novembernachmittag, wo ein feiner Schnee vom Himmel fiel und sich wie glitzernder Staub auf ihr Haar legte. Der Himmel war fahl, mit tief dahintreibenden Wolken, die Schatten auf ihren Hochzeitstag warfen. Die Bäume reckten ihre schwarzen, kahlen Arme in die Luft. Sie starrte wie verloren aus dem Fenster, seufzte und schloß die Augen. Sie stellte sich das Forrester-Haus vor, die Gäste, die bald eintreffen würden. Und irgendwo wartete ... Clay.

Clay.

Oh, Clay, dachte sie, was haben wir getan? Wie kann das alles nur geschehen? Ich komme zu dir, eine Braut, mit deinem Ring an meinem Finger, und kann die hungrigen Blicke der Mädchen nicht vergessen, von denen ich gerade Abschied genommen habe. Und deine Familie wartet und will mich willkommen heißen. Und Gäste kommen und bringen Geschenke, und ...

»Halt an!«

»Was?« fragte Steve überrascht.

»Halt an. Ich kann nicht mehr.« Sie barg ihr Gesicht in den Händen.

»Was ist los, Cathy?«

»Oh, Steve, was soll ich nur tun?«

»Fang nicht an zu weinen. Nicht heute. Das ist nur die Aufregung.« Er hob ihr Kinn und sah sie an. »Cathy, wenn ich mir einen Schwager aussuchen könnte, würde meine Wahl sicher auf Clay Forrester fallen, ganz zu schweigen von seiner Familie. Man wird dich lieben und umsorgen, dein ganzes Leben lang.«

»Das ist es ja gerade. Es ist nicht fürs Leben.«

»Aber ...«

»Clay und ich heiraten nur, weil wir heiraten müssen. Nach der Geburt des Babys lassen wir uns scheiden. Sobald Clay sein Examen gemacht hat.«

Steve lehnte sich zurück und dachte über das Gesagte nach. Er runzelte die Stirn.

»Schau mich nicht so an! Und frag mich nicht, wie es dazu kommen konnte, denn das weiß ich selbst nicht. Ich komme mir wie eine Betrügerin vor und kann dieses Spiel nicht mehr mitmachen. Ich dachte, ich könnte es, aber ich schaffe es nicht.«

Steve starrte auf die Scheibenwischer und ihre rhythmischen Bewegungen. Sein Blick war leer. »Und das weiß niemand?«

»Ach, Steve, ich hätte dir das nicht sagen dürfen, aber ich mußte es mir einfach von der Seele reden.«

»Nun, dann hör gut zu, was ich dir zu sagen habe. Du *sollst* dir auch wie eine Betrügerin vorkommen. Das ist eine verdammt schäbige Komödie, die du diesen anständigen Leuten da vorspielst. Da du aber schon so weit gegangen bist, mußt du sie auch zu Ende spielen. Denn wenn du dich jetzt weigerst, würdest du nur noch mehr Unheil anrichten. Sie sind mehr als anständig zu dir gewesen, Catherine, und haben dich in jeder Hinsicht unterstützt. Ich frage mich, wie ich anstelle der Forresters reagiert hätte. Sie müssen großherzige Menschen sein. Du bist es ihnen einfach schuldig, diese Hochzeit durchzustehen. Und hinterher mußt du versuchen, aus deiner Ehe das Beste zu machen.«

»Steve, du verstehst mich nicht. Clay und ich, wir lieben uns nicht.«

»Und das sagst du kurz vor deiner Trauung, verdammt noch mal? Ich will es nicht hören! Versuch wenigstens, ihn zu lieben!«

Noch nie hatte sie Steve so wütend gesehen. Auch sie hob die Stimme, als sie entgegnete: »Ich *will* nicht versuchen, ihn zu lieben! Ich will es einfach nicht!«

»Hör mir zu. Ich weiß, wie dickköpfig du sein kannst. Wenn du etwas nicht willst, benimmst du dich wie ein störrisches Kind. Du willst also nicht, daß diese Ehe klappt. Habe ich recht?«

»Das hört sich an, als wäre alles meine Schuld. Das stimmt nicht. Diese Ehe und Scheidung, das war Clays Idee, und ich habe zugestimmt.«

»Ja, ja. Du willst doch nur wissen, ob er sein Versprechen hält. Und wer bekommt nach der Scheidung das Kind?«

»Er sagte, ich«, erwiderte Catherine plötzlich ängstlich. »Er sagte, er würde keinen Anspruch darauf erheben.«

»Sicher. Du behältst das Kind. Du gehst deine Wege, er geht seine Wege. Was ist das für eine idiotische Abmachung?«

»Du bist wütend auf mich.«

»Ja, das bin ich.«

»Das kann ich dir nicht übelnehmen.«

Er fühlte sich betrogen, betrogen, weil er seine kleine Schwester nicht mehr in demselben strahlenden Licht wie früher sehen konnte. Er hämmerte frustriert mit den Fäusten auf das Lenkrad.

»Ich mag ihn, verdammt noch mal!« brüllte er. »Ich war so glücklich, daß du einen Mann wie ihn gefunden hast.« Dann starrte Steve lange durchs Seitenfenster.

»Steve.« Sie rückte neben ihn und berührte seine Schulter. »Ach, Steve, es tut mir so leid. Ich habe schon so vielen Menschen wehgetan. Die meisten wissen es nur noch nicht. Du bist der erste, der es weiß. Und schau, wie dir zumute ist. Und wenn Mom und seine Familie es erfahren ... Jetzt weißt du, warum ich nicht bis zum Ende gehen kann.«

»Wenn du jetzt einen Rückzieher machst, wird es Mom das Herz brechen. Mein Gott, in diesem Augenblick wartet sie zu Hause in ihrem selbstgenähten Kleid und ist wahrscheinlich furchtbar nervös und glücklich zugleich. Das darfst du ihr nicht antun, Cathy!«

»Und was ist mit mir?«

»Schließlich hast du das alles angefangen, und jetzt beklagst du dich. Das ist egoistisch. Du solltest etwas mehr an die Reaktionen der anderen denken.«

»Das habe ich doch! Jeden Tag habe ich das! Glaubst du, es war einfach, mit diesen schwangeren Teenagern im *Horizons* zusammenzuleben, die mich für Schneewittchen hielten und wie die Zwerge um mich herumtanzten?«

Er schwieg.

Schließlich sagte sie: »Ich hatte keine Ahnung, daß durch diese Heirat das Leben so vieler Menschen beeinflußt werden würde. Jedenfalls zu Anfang nicht. Es schien, als würde diese Entscheidung nur Clay, mich und das Kind betreffen. Aber irgendwie glitt uns alles aus den Händen. Erst richtete Angela diese große Hochzeit aus. Die Mädchen halfen mir, mein Brautkleid zu nähen. Mom glaubt, daß ich nun ein schönes Leben führen werde. Und selbst du bist nach Hause gekommen. Weißt du eigentlich, was mir das bedeutet und wie ich es gehaßt habe, dir die Wahrheit zu sagen? Ich stecke jetzt tiefer in der Geschichte, als ich jemals wollte. Versuch doch, mich zu verstehen, Steve.«

»Ich weiß nur, was du den anderen antun würdest, wenn du jetzt einen Rückzieher machst.«

»Ich soll also heiraten? Nach allem, was ich dir gesagt habe?«

»Ich weiß nicht ... Was für ein Dilemma.« Doch dann sah er sie hoffnungsvoll an und sagte: »Und wenn du dir nun wirklich Mühe geben würdest?«

»Du meinst, mit Clay?«

»Ja, mit Clay. Was fühlst du für ihn?«

Das war eine schwierige Frage. Catherine dachte nach, ehe sie antwortete. »Ich weiß es ehrlich nicht. Er ... er kann das alles viel leichter akzeptieren als ich. Das Seltsamste ist, daß er mich nie für diese Situation verantwortlich gemacht hat, nachdem er den ersten Schock überwunden hatte. Die meisten Männer würden doch eine solche Frau sitzenlassen, weil sie alle ihre Pläne ruiniert hat. Er sagt, er will das Beste daraus machen, führt mich aus und stellt mich seiner Familie vor, so als würde er mich wirklich lieben. Trotzdem weiß ich, daß das alles nur ein Spiel ist. Doch seine Familie hat mich akzeptiert, und ich achte sie auch. Ach, Steve ... das alles ist entsetzlich. Es ist mir nur zu bewußt. Und ich habe Angst, diese Menschen in ein paar Monaten wieder verlieren zu müssen.«

»Gut und schön, aber meine Frage hast du damit noch nicht beantwortet.«

»Wie kann ich das? Ich kenne ihn gar nicht richtig.«

»Du fühltest dich aber doch zu ihm sehr hingezogen. Das ist die Wahrheit, nicht wahr?«

»Wir lernten uns durch Freunde rein zufällig kennen. Und in jener ersten Nacht passierte es.«

»Liebt er denn jemand anderen?«

»Darüber redet er nie.«

»He, Cathy«, sagte Steve sanft, »ich weiß nicht, was ich sagen soll. Nur eins: Vielleicht ist es Clay wert, daß du um ihn kämpfst.«

»Steve, ich möchte um keinen Preis eine Ehe wie Mom und Dad führen. Ich will nicht in der Ehe *überleben*, sondern *leben*.«

»Gib ihm eine Chance.«

»Ja, ich will's versuchen. Du sollst auch wissen, daß für das Kind für den Rest seines Lebens gesorgt ist. Und außerdem wird mir Clay helfen, damit ich zu Ende studieren kann.«

»Ihr habt einen Vertrag geschlossen, und er war sehr großzügig, wie? Da kannst du jetzt nicht aussteigen.«

Sie seufzte. »Du hast recht. Ich kann es nicht, und ich wußte es die ganze Zeit, selbst als ich sagte, du sollst anhalten.«

Er sah sie eine Weile prüfend an, ehe er sagte: »Ich wette, kleine Schwester, daß du keine so platonische Ehe führen wirst, wie du dir das jetzt vorstellst. Wieviel willst du wetten?«

»Das ist vielleicht ein wünschenswerter Gedanke. Aber ich komme noch zu meiner eigenen Hochzeit zu spät, wenn du nicht gleich losfährst.«

»Okay.« Er startete den Motor und reihte sich in den Verkehr ein.

Nach ein paar Minuten berührte Catherine Steves Arm und lächelte ihn an. »Danke, daß ich mich bei dir aussprechen durfte. Jetzt geht es mir viel besser.«

Er zwinkerte ihr zu. »In vieler Hinsicht bist du überhaupt noch nicht erwachsen«, sagte er und legte seine Hand auf ihre. Er hoffte, daß auch Clay Forrester diese Tatsache erkennen würde.

17

Die Fenster der Villa waren alle erleuchtet und warfen goldene Lichter auf die schneebedeckte Rasenfläche. Der Aufgang und das Portal waren mit üppigen Blumengestecken geschmückt.

Catherine wußte, daß Angela diese geschmackvollen Arrangements veranlaßt hatte, und fragte sich, welche Überraschungen sie noch im Haus erwarten würden. Sie kämpfte gegen ein überwältigendes Gefühl des Heimkommens und gegen ihre freudige Erwartung an. Dieser Tag war unwirklich. Doch der Geruch der Gardenien war Wirklichkeit, genauso wie der Diamantring an ihrer Hand. Catherine lebte in einer Art Traum. Als ein Butler ihr die Tür öffnete, glaubte sie, gerade einer vierspännigen Kutsche entstiegen zu sein.

Die Halle bot ein gleichermaßen prächtiges Bild: überall Blumen. Angela erschien mit Ada im Schlepptau und flüsterte: »Schnell, geh nach oben, damit dich niemand sieht.«

»Aber Steve ...«

»Kümmere dich nicht um Steve. Für ihn wird gesorgt.«

Wieder hatte Catherine die Vision eines Traums, als sie in ein bezauberndes Schlafzimmer, ganz in Rosa gehalten, geführt wurde.

Als sich die Tür hinter ihnen schloß, ergriff Angela Catherines Hände. »Verzeih einer altmodischen Mutter ihre Marotten, meine Liebe, aber ich wollte nicht, daß du Clay unten in der Halle begegnest. Du siehst bezaubernd aus, Catherine. Einfach bezaubernd. Bist du aufgeregt?«

»Ich ... ja ...« Sie warf einen Blick zur Tür. »Alle diese Blumen ... und ein Butler!«

»Ist es nicht herrlich? Noch nie habe ich soviel Spaß beim Ausrichten eines Festes gehabt. Ich glaube, ich bin auch etwas außer Atem. Kann ich dir ein Geheimnis anvertrauen?« Sie lächelte verschwörerisch und drehte sich dann zu Ada um. »Nicht wahr, Liebe, Clay ist ebenso aufgeregt.«

Diese Tatsache schien Catherine absurd, trotzdem fragte sie: »Ist er das wirklich?«

»Ach! Er hat uns den ganzen Tag verrückt gemacht und wollte wissen, ob der Champagner auch ausreiche, wann die Blumen einträfen und ob wir Tante Gerties Familie eingeladen hätten. Er hat sich wie ein typischer Bräutigam aufgeführt. Doch nun lassen wir dich kurz allein. Ich möchte deiner Mutter die Geschenke zeigen. Alles, was du brauchst, ist im Bad dort drüben, und sollte trotzdem etwas fehlen, frag nur eins der Mädchen. Kommen Sie, Ada. Ich glaube, wir haben zur Beruhigung unserer Nerven jetzt ein kleines Glas Sherry verdient.«

Doch ehe die beiden gingen, stürmte eine völlig atemlose Bobbi ins Zimmer. Nach einer herzlichen Begrüßung sagte Angela: »Bis später, Catherine. Und bleib hier, bis ich komme und dich hole.«

»Nur keine Sorge«, meinte Bobbi. »Ich passe auf sie auf.«

Als die beiden allein waren, umarmten sie sich noch einmal, dann rief Bobbi: »Hast du gesehen, was da unten los ist?«

Catherine geriet wieder in Panik. »Das brauchst du mir nicht zu sagen. Ich bin schrecklich nervös. Ich kann das alles gar nicht fassen.«

Wie immer sich Catherine ihre Hochzeit auch vorgestellt hatte, einen solchen Prunk hatte sie nicht erwartet. Die

Wirklichkeit übertraf bei weitem alle Träume, die sie und Bobbi als Kinder gehabt hatten. Ständig klopfte es an der Tür. Ein Mädchen fragte, ob sie ihre Kleider bügeln lassen wollten. Ein anderes brachte die Buketts für Braut und Brautjungfer. Sie legten die eingepackten Sträuße aufs Bett und wickelten sie aus. Catherines Strauß bestand aus weißen Gardenien und aprikosenfarbenen Rosen. Catherine stand stumm und unbeweglich da.

»Oh, Cathy, sind die Blumen schön!«

Schließlich nahm Catherine den Strauß und atmete tief den betäubenden Duft ein. Als sie aufblickte, stammelte sie: »Ich ... ich verdiene das alles nicht.«

»Natürlich verdienst du das. Es ist doch jetzt alles gut geworden. Viel besser, als wir je zu hoffen gewagt hätten.«

»Sag das nicht.«

»Genieße doch diese schönen Stunden, Cathy.«

»Ja, sicher. Aber du weißt nicht ...«

»Ich weiß es. Glaube mir. Ich weiß, welche Zweifel dich beherrschen. Daran darfst du heute nicht denken.«

»Du wolltest immer, daß ich Clay heirate, nicht wahr, Bobbi?«

»Ich wollte, daß dir etwas Gutes widerfährt. Und wenn das Gute Clay ist, ja, dann wollte ich es.«

»Du hast ihn immer gemocht.«

»Das habe ich wohl. Und ich weiß, wenn ich mit diesem Bukett neben ihm stehen würde, wäre ich im siebten Himmel und nicht bedrückt.«

»Ich bin nicht bedrückt. Aber das alles ist mehr, als ich mir je träumen ließ. Und es kam so schnell.«

»Kannst du es denn nicht akzeptieren, daß es dir einmal gutgeht, Cathy? Komm, lächle! Schließlich hat er um deine Hand angehalten, weil er dich heiraten will. Es wird schon klappen. Clay ist einer der nettesten Männer, die ich kenne.«

Catherine lächelte endlich.
»So, jetzt mußt du dich umziehen.«
Sie entfernten die schützende Plastikhülle von dem Kleid, sahen sich in Erinnerung an ihre Kleinmädchenspiele noch einmal bedeutungsvoll an, dann hob Catherine die Arme. Als sie halb im Kleid steckte, ertönten von unten Harfenklänge.
»Was ist das?« fragte Bobbi lauschend.
»Ich kann nichts hören«, kam Catherines erstickte Stimme unter dem Kleid hervor.
»Dann streck die Ohren raus!«
Als Catherine durch den Ausschnitt schlüpfte, standen die beiden wie zwei Amseln da, die auf das Geräusch von Regenwürmern in der Erde lauschten. Sie sahen sich ungläubig an.
»Das hört sich wie eine Harfe an.«
»Eine Harfe?«
Sie lauschten wieder.
»Mein Gott, es ist eine Harfe!«
Dann brachen sie in Gelächter aus. Catherine fing an zu zittern. Ihre Hände waren feucht, aber sie wagte nicht, sie an dem Samt abzuwischen.
»Bobbi, ich habe entsetzliche Angst!«
»Warum denn? Du bist die Hauptattraktion, und so siehst du auch aus. Sei stolz!«
Bobbi zupfte an dem Kleid herum, damit die Falten richtig fielen und sich die kleine Schleppe ausbreiten konnte. Catherine betrachtete sich im Spiegel, preßte die Hände auf ihren Bauch und fragte: »Sieht man es schon?«
Bobbi hob die Hände in gespielter Verzweiflung. »Um Himmels willen, hörst du endlich auf?« Dann hatte sie eine Idee und gab Catherine das Bukett. »Hier. Halt es davor, wenn du gar nicht anders kannst.«
Catherine nahm eine so lächerliche Pose ein, daß beide lachen mußten. Sie legte das Bukett wieder aufs Bett. Jetzt wurden

die Geräusche im Haus beträchtlich leiser. Zwischen den Tönen der Musik war nur noch gedämpftes Gemurmel zu hören.
Es klopfte, und Inella stand in der Tür, eine kleine eingewikkelte Schachtel in der Hand.
»Oh, wie schön Sie aussehen«, sagte Inella strahlend. »Ihr Bräutigam bat mich, Ihnen das zu geben.« Sie hielt Catherine die Schachtel hin. Zögernd griff Catherine danach.
»Was ist darin?«
»Ich weiß es nicht. Warum machen Sie sie nicht auf und sehen nach?«
»Aber wenn es nun ...« Sie unterbrach sich gerade noch rechtzeitig, ehe sie das Wort »teuer« ausgesprochen hatte. Dann streifte sie die Umhüllung ab und öffnete die kleine Schachtel. Ihr Herz klopfte wie rasend, und ihre Kehle war plötzlich trocken. Darin glitzerte kein Ring, kein Schmuckstück, sondern ein Schlüssel. Ein Brief lag nicht dabei.
»Wofür ist dieser Schlüssel?«
»Ich weiß es nicht, Miss Catherine.«
»Aber ...« Da klopfte es, und Angela trat ins Zimmer.
»Es wird Zeit«, mahnte sie.
»Sehen Sie«, Catherine zeigte ihr den Schlüssel. »Er ist von Clay. Wissen Sie, wofür er ist?«
»Ich habe keine Ahnung. Du wirst bis nach der Trauung warten müssen. Dann kannst du ihn fragen.«
Catherine steckte den Schlüssel in ihr Strumpfband.
»Geht es Mutter gut?«
»Ja, mach dir keine Sorgen«, beruhigte Angela sie.
Inella küßte Catherine auf die Wange und sagte: »Sie sehen bezaubernd aus, Miss Catherine.« Dann ging sie nach unten. Bobbi gab Catherine das Bukett und streichelte ihre Wange. Die Tür wurde weit geöffnet. Draußen auf dem Flur reichte Claiborne Angela den Arm. Stu kam herein, lächelte Catherine aufmunternd zu und führte Bobbi hinaus.

Dann erschien Steve, ihr geliebter Steve, im Türrahmen. Er sah fantastisch aus in seinem Smoking und streckte ihr beide Hände entgegen. Catherine wußte, sie mußte dort hinaus gehen, aber sie blieb wie angewurzelt stehen. Steve spürte ihre Nervosität, verbeugte sich tief und hielt ihr seinen Arm hin. Catherine wurde plötzlich bewußt, daß die Gäste unten in der Halle auf sie warteten.

Sie legte ihre Hand auf Steves Arm und ließ sich mit pochendem Herzen zur Treppe führen. Bei ihrem Anblick erhob sich bewunderndes Gemurmel, und Catherine wich unwillkürlich einen Schritt zurück. Die Gesichter unten in der Halle verschwammen vor ihren Augen, und sie umklammerte in panischer Angst Steves Arm. Er legte seine Hand über ihre Finger und führte sie die Treppe hinunter in den Salon. Wie in Trance glitt sie durch die lächelnden Gesichter auf Clay zu. Unzählige Kerzen tauchten das Foyer und den Salon in goldenes Licht, und die üppige Blumenpracht verströmte betörende Düfte.

Catherine sah ihre Mutter inmitten anderer Gäste im Erker stehen. Doch dann hatte sie nur noch Augen für Clay, der sie mit angespanntem Gesichtsausdruck erwartete.

Gott helfe mir, dachte Catherine, als ihre Blicke sich begegneten. Gott helfe mir.

Er sah in seinem Smoking atemberaubend aus. Bei ihrem Anblick ließ er die Hände sinken und befeuchtete sich die Lippen. Als er an ihre Seite trat, nahm sie ihn nur wie eine Vision wahr. Sie spürte seine bewundernden Blicke und errötete. Im Hintergrund spielten Klavier und Harfe.

Das Schauspiel konnte beginnen. Catherine verlor den Bezug zur Wirklichkeit und war wieder das kleine Mädchen, das mit Bobbi Hochzeit spielte.

Clay nahm Steves Platz ein, reichte ihr den Arm und führte sie vor den Geistlichen. Er begann mit samtener Stimme zu sprechen. Seine Worte schienen nur Clay und ihr zu gelten. Catherine heftete ihren Blick auf die Lippen des Geistlichen, als er das Brautpaar an die Bedeutung der Worte Geduld, Liebe und Treue erinnerte. Catherine spürte, wie sich Clays Armmuskeln anspannten. Der Geistliche bat alle anwesenden Ehepaare, sich die Hände zu reichen und gemeinsam mit dem Brautpaar stumm ihre Ehegelübde zu wiederholen. Innerlich schrie Catherine auf: Nein! Nein! Es ist alles nur Theater!

Sie suchte wieder Zuflucht in den Spielen ihrer Kindheit.

Der Geistliche bat Clay und Catherine, sich die Hände zu reichen. Zögernd hob sie den Blick und sah Clay an. Wie sehr er meinem kindlichen Traum von einem zukünftigen Ehemann ähnelt, dachte sie verwirrt.

Was tun wir hier? wollte sie schreien. Sieh mich nicht so an. Deine Augen versprechen etwas, das du nicht halten wirst. Diese Komödie wird nur für die Gäste veranstaltet. Kannst du denn nicht verstehen, daß vor dir ein Mädchen steht, für das heute ein Kindheitstraum in Erfüllung gehen sollte? Bitte, Clay, brich mir nicht das Herz. Ich habe zu lange ohne Liebe gelebt. Du bist nur eine Illusion, und ich darf mich nicht in dir verlieren.

Doch Clay sah sie unverwandt an und hielt ihre Hände fest. Sie konnte seinen Blick nicht länger ertragen und schaute zu Boden. Stu trat vor, gab Clay einen Ring, und er streifte ihn ihr über den Finger, wobei er sagte: »Ich, Clay, nehme dich, Catherine ...«

Während er sprach, wünschte sich Catherine plötzlich, die Worte würden ihm etwas bedeuten. Aber alles spielte sich nur in ihrer Fantasie ab.

Erschreckt zuckte sie zusammen, als Angela ihr einen Ring in die Hand drückte. Sie hatte wirklich an alles gedacht.

»Ich, Catherine, nehme dich, Clay ...« Ihre Stimme zitterte vor unterdrückten Tränen und verlorenen Träumen.

Wie aus weiter Ferne hörte Catherine die Stimme des Geistlichen, der sie zu Mann und Frau erklärte.
»Möget ihr ein langes und glückliches Leben führen«, wünschte er ihnen abschließend und konnte nicht ahnen, wie diese Worte an Catherines Nerven zerrten. »Und jetzt dürft ihr euer Ehegelübde mit dem ersten Kuß als Mr. und Mrs. Forrester besiegeln.«
Catherine wäre am liebsten in den Boden versunken. Clay drehte sie sacht zu sich, und sie hob ihm ihr Gesicht entgegen. Sie erwartete, daß er nur flüchtig ihre Lippen berühren würde. Doch Clay legte die Arme um sie und gab ihr einen langen, liebevollen Kuß. Er spielt seine Rolle wirklich überzeugend, dachte sie.
Die Gäste klatschten begeistert in die Hände und ließen das Brautpaar hochleben. Dann sah Clay ihr tief in die Augen, mit diesem Blick, von dem sie ihr ganzes Leben geträumt hatte, und sie war gezwungen, ihn strahlend anzulächeln. Er legte ihre Hand auf seinen Arm, und beide wandten sich den Gästen zu.
Während der ganzen Feier behielt Catherine ihr aufgesetztes Lächeln bei. Sie wurde umarmt, geküßt und bedankte sich für die Glückwünsche. Als Steve sie fest und beschützend in die Arme nahm und »Kopf hoch« in ihr Ohr flüsterte, ließ sie ihre Maske kurz fallen und seufzte: »Ach, Steve.« Er wußte, wie es in ihr aussah.
»Psst, Baby, ihr macht das wundervoll. Ich wünschte, du könntest dich zusammen mit Clay sehen.«
Clays Vater umarmte sie herzlich und gab ihr einen Kuß. Die erste zärtliche Geste von ihm, mit der sie im Familienkreis willkommen geheißen wurde. Über seine Schulter hinweg sah Catherine, wie Clay Ada umarmte. Grandma und Grandpa Elgin gratulierten ihr. Elizabeth Forrester hauchte einen königlichen Kuß auf ihre Wange, klopfte ihr mit dem Spa-

zierstock auf die Schulter und konstatierte: »Du bist eine schöne junge Frau. Ich erwarte schöne Kinder von dir.« Catherine wurde herumgereicht wie eine Glücksbringerin, von unzähligen Lippen geküßt, bis sie schließlich wieder in Clays Armen landete, der dem ganzen Schauspiel die Krone aufsetzte, indem er sie mit einem unverschämten Grinsen aufhob und wie eine Marionette herumwirbelte. Dabei küßte er sie leidenschaftlich, und Catherine ließ alles willenlos mit sich geschehen, gestattete sich sekundenlang die Illusion, wirklich seine geliebte und begehrte Ehefrau zu sein. Der Applaus der Hochzeitsgäste brachte sie auf grausame Weise wieder in die Wirklichkeit zurück. Mit hochroten Wangen löste sie sich aus Clays Armen. Sein Kuß hatte sie in einen Taumel der Gefühle versetzt; nur mühsam gewann sie ihre Fassung zurück. Atemlos bahnte sie sich einen Weg durch die Menge und suchte Zuflucht bei den Mädchen aus dem *Horizons*. Zum erstenmal an diesem Tag empfand sie echte Freude, als sie Marie, Francie, Grover und Vicky begrüßte. Clay war ihr gefolgt, legte den Arm um ihre Taille und drückte sie an sich. Catherine wußte, jetzt spielte er ihren Freundinnen Theater vor, indem er den glücklichen Ehemann mimte.

»Sieht sie nicht bezaubernd aus?« fragte Francie ihn. Und Clay gab ihr pflichtbewußt einen Kuß auf die Wange.

»Ja, sie ist meine bezaubernde kleine Frau.« Catherine wagte nicht, Clay anzusehen.

»Wie gefällt dir unser Hochzeitskleid?« fragte Marie.

Bewundernd berührte er den Spitzenbesatz an Catherines Dekolleté und murmelte: »Es ist einfach großartig.« Dann fügte er hinzu: »Wer von euch wird es als nächste tragen?«

»Nun, das hängt davon ab, wer sich einen tollen Kerl wie dich angeln kann. Warum gönnst du deiner Frau nicht eine Ruhepause und uns das Vergnügen, dir zu gratulieren?«

Marie drängte sich zwischen Clay und Catherine. Er verdrehte in gespielter Verzweiflung die Augen und gab Marie einen schmatzenden Kuß. Jetzt war Clay an der Reihe, herumgereicht zu werden, und Catherine konnte sich ein Lächeln nicht verkneifen. Er küßte sie alle, gab ihnen eine Ahnung von dem, wonach sie sich sehnten. Dann legte er seinen Arm wieder besitzergreifend um Catherine.

Aber Catherine war ihm für das liebevolle Verständnis dankbar, das er ihren Freundinnen entgegengebracht hatte.

Clay und Catherine tauchten wieder in der Menge unter. Angela hatte zwar nur von einer Familienfeier gesprochen, aber daraus war ein gesellschaftliches Ereignis geworden, an dem unzählige Freunde und Verwandte der Forresters sowie Geschäftsleute und weitläufige Bekannte teilnahmen.

18

Im Arbeitszimmer unterzeichneten Catherine und Clay im Beisein des Geistlichen die Heiratsurkunde. Nur ihre zitternden Hände verrieten ihre Aufregung, während der Fotograf Aufnahmen machte, als sie sich über die Urkunde beugten. Dann ging es zurück in den Salon, und die beiden posierten zusammen mit den Hochzeitsgästen für weitere Fotos im Erkerzimmer. Während der ganzen Zeremonie gab sich Catherine ungezwungen und fröhlich, wie es von einer Braut erwartet wurde. Nie war sie um eine witzige Antwort verlegen, und allmählich verlor sie auch jede Scheu vor Clays Berührungen.

Champagner wurde sprudelnd in ihre Gläser gegossen, und der Fotograf hielt den Augenblick für die Ewigkeit fest, als sie auf ihre Zukunft anstießen. Dann posierte Catherine auf der Treppe, und sie warf ihr Bukett über das Geländer. Es wurde von einem jungen Mädchen aufgefangen, das Catherine nicht kannte.

Angela überwachte unauffällig, aber effizient die Vorbereitungen für das Hochzeitsdiner. Als Catherine schließlich neben Clay am Kopf der Tafel saß, war ihre Bewunderung für Clays Mutter immens gestiegen. Es war mehr als Geld erforderlich, wurde ihr bewußt, eine Festlichkeit wie diese zu arrangieren.

Den Gästen wurde auf dekorativ verzierten Platten Hühnchenbrust, gefüllt mit köstlichem wilden Reis, garniert mit knusprigem Brokkoli und gewürzten Pfirsichhälften, serviert. Allein der Anblick dieser Platten war eine Augenweide. Die Hochzeitsfeier versprach ein großartiger Erfolg zu werden. Angela saß neben Clay, und als Catherine ihre Bewunderung und ihren Dank zum Ausdruck bringen wollte, winkte diese nur nonchalant ab und versicherte Catherine, daß sie jede Minute der Vorbereitungen genossen habe. Dann drückte sie leicht Catherines Hand.

Während des Diners erinnerte sich Catherine plötzlich an den Schlüssel. »Clay, ich habe dein Geschenk bekommen. Inella brachte es vor der Zeremonie nach oben. Aber ich weiß nicht, wofür der Schlüssel ist.«

»Rate mal.«

»Für das Stadthaus?« sagte sie, aber ihre Worte gingen in der lauten Unterhaltung unter. Clay beugte sich näher zu ihr und fragte: »Was?«

»Das Stadthaus, sagte ich.«

Er lächelte verschmitzt und schüttelte den Kopf. Sie sah, wie er die Lippen bewegte, konnte aber seine Worte nicht verstehen. Gerade als ihr Kopf ganz nahe an seinem Gesicht war, verstummten plötzlich die Stimmen, und nur noch das Klingen der Gläser war zu hören, als die Hochzeitsgäste leicht mit Löffeln dagegen schlugen.

Überrascht blickte sie auf und sah, daß alle Blicke auf ihr ruhten. Dann spürte sie Clays Hand in ihrem Nacken. Lächelnd stand er auf, und sie ahnte, daß von dem Brautpaar eine weitere Demonstration seiner Liebe erwartet wurde.

Clay trat hinter ihren Stuhl und flüsterte ihr ins Ohr: »Anscheinend geben sich die Gäste nicht mit den flüchtigen Küssen zufrieden, die wir ausgetauscht haben.«

Flüchtiger Kuß, dachte sie. Nannte er den Kuß von vorhin *flüchtig*?

Es war ein alter Brauch, den Catherine allerdings vergessen hatte. Der erste Kuß hatte zur Zeremonie gehört. Auf den zweiten war sie nicht vorbereitet gewesen. Doch dieser dritte Kuß mußte die Gäste überzeugen.
»Mrs. Forrester?« hörte sie Clays einladende Stimme hinter ihrem Rücken. Es blieb ihr keine Wahl, also stieß sie ein kleines nervöses Lachen aus und stand auf. Dieses Mal zog Clay eine überwältigende Schau ab und ließ keinen Zweifel an der Echtheit seiner Gefühle aufkommen. Er nahm sie in die Arme, preßte seine Lippen auf ihren Mund und beugte dabei ihren Oberkörper so weit nach hinten, daß sie fürchtete, zusammen mit ihm auf den Boden zu stürzen. Um das Gleichgewicht zu halten, krallte sie ihre Finger in den Stoff seiner Jacke. Und während er sie leidenschaftlich küßte, pfiffen und klatschten die Hochzeitsgäste begeistert, bis Catherine dachte, ihr würden vor Qual oder Ekstase die Sinne schwinden. Er tut es nur, um die Gäste zu überzeugen, wehrte sie sich verzweifelt gegen den Ansturm der Gefühle, den dieser Kuß in ihr weckte. Als er sie schließlich losließ und seinen Arm leicht um ihre Taille legte, konnte sie sich die spöttische Bemerkung nicht verkneifen: »Valentino hätte es nicht besser gekonnt«, und lächelte ihn an.
»Sie lieben es«, antwortete er unter tosendem Beifall. Die Gäste sahen in ihnen das typische, verliebte Hochzeitspaar, und er drückte sie noch einmal fest an sich.
Catherines Magen krampfte sich zusammen, doch ihr blieb keine Zeit, dieser Schwäche nachzugeben, denn der Fotograf wollte jetzt eine Aufnahme von ihnen machen, wie sie sich gegenseitig fütterten. Clays Lippen, seine Zunge – die gerade so leidenschaftlich ihren Mund erforscht hatte – so nahe vor sich zu sehen, verwirrte Catherine derart, daß sie keinen Bissen hinunterbekam. Clay goß Champagner in ihr Glas, und sie leerte es in einem Zug. Ihr Kopf wurde davon leicht,

und ihre Gedanken verschwammen zu einem konfusen Wirrwarr.
Als Clay sie wieder küßte, fiel es ihr leichter, seinen Kuß zu ertragen, und sie dachte beschwipst: Warum, zum Teufel, sollen die Gäste nicht ihr Schauspiel genießen? Sie öffnete sogar leicht die Lippen und erwiderte Clays Kuß.
Danach sagte Clay lachend zu ihr: »Gut gemacht, Mrs. Forrester.«
»Sie waren auch nicht schlecht, Mr. Forrester.« Dabei war sie sich seiner beunruhigenden Nähe allzu bewußt, spürte seine Hüfte, die sich gegen ihr Samtkleid drängte. »Aber ich halte es für besser, wenn du mein Glas nicht mehr füllst.«
»Warum sollte ich mir dieses Vergnügen nicht gönnen?« antwortete er mit einem verschmitzten Lächeln. Seine Hand glitt sanft über ihren Rücken. Er war wirklich ein guter Schauspieler – und tat alles, um die Hochzeitsgäste von ihrem Glück zu überzeugen.
Der Hochzeitskuchen wurde auf einem Glastisch hereingetragen. Er war ein imposantes Gebilde, von einem turtelnden Taubenpärchen gekrönt, und wurde von den Gästen mit bewundernden Ausrufen begrüßt. Clay und Catherine schnitten den Kuchen gemeinsam an, und unter einem wahren Feuerwerk von Blitzlichtern mußte die Braut dem Bräutigam ein Stück Kuchen in den Mund stecken. Dabei schleckte Clay ihr den Zuckerguß von den Fingern, während seine grauen Augen vor Übermut funkelten. Ein erregendes Gefühl durchströmte Catherine, und sie wich diesem irritierenden Blick aus.
»Mmm ... wie süß«, sagte er anzüglich.
»Schlecht für deine Zähne«, entgegnete sie lächelnd.
Er lachte schallend, und sie setzten sich wieder an die Hochzeitstafel.
»Jetzt füttert der Bräutigam die Braut«, verlangte der Fotograf.

»Wie viele Aufnahmen will er denn noch machen?« fragte Catherine nervös, fand aber allmählich Gefallen an dem Spiel.
»Hast du keinen Spaß daran?« fragte Clay mit diesem teuflischen Glitzern in den Augen, das sie so verwirrte. Er hielt ihr ein Stückchen Kuchen an die Lippen, sie schluckte es, aber er streckte ihr weiterhin seinen Zeigefinger hin, der ganz mit Zucker verklebt war.
Mit einem zuckersüßen Lächeln sagte er: »Das wird allmählich anstößig«, und ihr blieb nichts anderes übrig, als seine Fingerspitze abzuschlecken.
»Unsere Gäste finden es amüsant.«
»*Ihnen* macht es Spaß, Mr. Forrester«, entgegnete sie spitz, fing aber in diesem Augenblick Elizabeth Forresters wissenden Blick auf und fragte sich, was das alte Mädchen wohl dachte.
Da stand Claiborne auf, um Catherine offiziell willkommen zu heißen. Er kam zu ihr, nahm sie in die Arme und küßte sie, damit alle sehen konnten, daß er mit seiner Schwiegertochter einverstanden war. Catherine war sich der Bedeutung dieses Moments voll bewußt und spürte, daß es keine leere Geste war.
Um ihre Rührung zu verbergen, sagte Catherine zu Clay: »Jetzt könnte ich doch noch ein Glas Champagner vertragen. Und lächle, denn Großmutter Forrester beobachtet uns mit Argusaugen.«
»Dann ist der für sie und für Mutter und Vater«, sagte er, legte ihr einen Finger unters Kinn, hob ihren Kopf und küßte sie leicht auf den Mund. Er goß Champagner in ihr Glas. Aber seine übermütige Stimmung war verflogen, und er blieb ernst und nachdenklich.
Nach dem Diner wurde getanzt. Dabei lernte Catherine weitere Angehörige der Familie kennen, und sie tauschten die

üblichen Höflichkeitsfloskeln aus. Endlich fand sie die Zeit, sich zu ihrer Mutter, Onkel Frank und Tante Ella zu gesellen. Der Abend näherte sich allmählich dem Ende. Mit jeder Minute, die verstrich, wuchs Catherines Nervosität.

Catherine plauderte gerade mit Bobbi im Salon, als sie Clay in der Eingangshalle sah. Er unterhielt sich mit einer bemerkenswert schönen, jungen Frau, deren kastanienbraunes Haar über den Rücken herabfiel. Ihre Finger umschlossen ein Champagnerglas, als wäre sie damit geboren worden. Sie warf den Kopf in den Nacken und blickte lächelnd zu Clay hoch. Dann legte sie ihm die Hand, in der sie das Champagnerglas hielt, um den Nacken und küßte ihn auf die Lippen.

Catherine bemerkte Clays ernsten Gesichtsausdruck, als er mit der Frau sprach, dann den Blick senkte und sie wieder mit schuldbewußter Miene ansah. Catherine konnte nicht leugnen, daß die leichte Geste, mit der Clay den Arm des Mädchens berührte, ein Streicheln war. Während er mit der jungen Frau sprach, sah er ihr in die Augen, drückte ihren Arm und küßte sie auf die Wange.

Catherine wandte ihnen abrupt den Rücken zu. Ihre Kehle war wie zugeschnürt, und sie trank einen Schluck Champagner.

»Wer ist das Mädchen, mit dem sich Clay unterhält?«

Bobbi warf einen Blick in die Halle, und ihr Lächeln schwand.

»Sie ist es, nicht wahr?« fragte Catherine. »Es ist Jill Magnusson.«

Auch Bobbi wandte dem Paar schnell den Rücken zu. »Ja, sie ist es. Na und?«

»Ach, nichts.«

Doch Catherine konnte der Versuchung nicht widerstehen und schaute wieder zu Clay hinüber. Er stand jetzt ganz entspannt da, eine Hand in der Hosentasche, während Jills Hand in seiner Armbeuge lag. Es entging Catherine nicht, daß ihre Brust leicht Clays Arm berührte. Bei ihr wirkte diese Geste völlig natürlich. Ihre Vornehmheit nahm der provokativen Haltung jede Unschicklichkeit. Ein älterer Mann war hinzugetreten, und Jill Magnusson beugte sich vor – ohne ihre besitzergreifende Hand von Clay zu lösen – und küßte den Mann auf die Wange.

»Und wer ist das?« fragte Catherine, sorgfältig darauf bedacht, den eisigen Unterton in ihrer Stimme zu unterdrükken.

»Das ist Jills Vater.«

Catherines Magen krampfte sich schmerzhaft zusammen. Sie wünschte sich, sie hätte nicht gesehen, mit welcher Ungezwungenheit sich Jill in Gegenwart ihres Vaters gegen Clay lehnte, ihm einen Arm um den Hals legte und ihn küßte. Aber Catherine sollte noch eine Überraschung erleben. Jetzt näherte sich Elizabeth Forrester den dreien, und es war unübersehbar, daß Jill Magnusson dem alten Adler mit derselben Ungezwungenheit begegnete, die sie im Umgang mit Catherines frisch angetrautem Mann gezeigt hatte. Die unnahbare alte Frau schüchterte Jill keineswegs ein – sie hakte sich sogar bei ihr unter und lachte anmutig über eine Bemerkung, die Clays Großmutter gemacht hatte. Und – es war unglaublich – der alte Adler lachte ebenfalls.

Catherine konnte den Anblick nicht länger ertragen und wandte sich ab.

In diesem Augenblick blickte Clay herüber, sah, daß Bobbi sie beobachtete, zog die Hand aus der Tasche, entschuldigte sich und kam zu ihr und Catherine.

»Jill und ihre Eltern haben sich gerade verabschiedet«, erklärte er unnötigerweise.

»Catherine wurde den Magnussons nicht vorgestellt«, sagte Bobbi.

»Oh ... das tut mir leid, Catherine. Darum hätte ich mich

kümmern müssen.« Er blickte unsicher von Catherine zur Haustür. Aber Angela und Mrs. Magnusson umarmten sich bereits liebevoll, während sich die beiden Männer die Hände schüttelten. Jill warf einen letzten Blick durch die Halle, die sie von Clay trennte, und dann gingen alle.
»Catherine ...« begann Clay, hielt aber inne, als er Bobbis neugierige Blicke bemerkte. »Entschuldige uns bitte, Bobbi«, sagte er, umfaßte Catherines Ellbogen und zog sie außer Hörweite. »Ich glaube, es ist Zeit für uns zu gehen.«
Natürlich, jetzt, da Jill Magnusson gegangen war, dachte Catherine. »Sollten wir uns nicht vorher bei deinen Eltern bedanken?«
»Das habe ich schon getan. Man erwartet von uns, daß wir ganz unauffällig verschwinden.«
»Aber was ist mit den Geschenken?« Sie klammerte sich an jeden Strohhalm.
»Die bleiben hier. Man erwartet nicht von uns, daß wir uns bei jedem Hochzeitsgast persönlich bedanken. Wir brauchen nur von hier zu verschwinden.«
»Mom wird sich fragen ...« wandte sie lahm ein.
»Wirklich?« Clay spürte Catherines Nervosität. »Steve ist bei ihr. Er wird sie nach Hause bringen.«
Catherine sah, daß sich Ada angeregt mit Bobbis Eltern und Steve unterhielt. Sie hob das Champagnerglas an ihre Lippen, aber es war leer. Clay nahm es ihr aus der Hand und sagte: »Geh nach oben und hol deinen Mantel. Ich warte auf dich an der Seitentür. Und vergiß den Schlüssel nicht.«

Oben, in dem rosafarbenen Schlafzimmer, konnte sich Catherine endlich gehenlassen. Sie sank auf die Bettkante, lehnte sich zurück und schloß die Augen. Sie wünschte, es wäre ihr eigenes Zimmer, in dem sie sich verkriechen und am Morgen in dem Bewußtsein aufwachen könnte, daß diese

Hochzeit nicht stattgefunden hatte. Dann stand sie auf und betrachtete sich im Spiegel. Sie strich ihr Kleid über ihrem Leib glatt und fragte sich, wie sie in ein paar Wochen aussehen würde. Mit den Fingerspitzen berührte sie ihre Wangen, ließ sie dann leicht über ihre Lippen gleiten und betrachtete mißmutig ihr Gesicht, in dem sie unzählige Mängel feststellte.

»Jill Magnusson«, wisperte sie, drehte sich um und warf sich ihren Mantel locker über die Schultern.

Draußen war die Welt in fahles Mondlicht getaucht. Warmer Lichtschimmer aus den Fenstern fiel auf die gefrorene Schneedecke, und vereinzelte Schneeflocken tanzten sanft im Nachthimmel. Die zarten Blüten der Gardenie in Catherines Haar erfroren in der frostigen Luft.

Catherine schlang ihren Mantel enger um die Schultern, hob das Gesicht empor und atmete tief die kalte, anregende Luft ein. Dann eilte sie durch die Schatten zum Ende des Hauses, wo die Garagen lagen. Es war still. Sie genoß diese erholsame Stille, die ihre angespannten Nerven beruhigte.

»Tut mir leid, daß es so lange gedauert hat.«

Clays Stimme ließ sie zusammenzucken. Er trat aus der Dunkelheit, war nur ein großer Schatten in einem Mantel mit hochgeschlagenem Kragen. »Ich wurde von ein paar Hochzeitsgästen aufgehalten und konnte nicht früher kommen.«

»Das macht nichts.« Sie versteckte ihr Gesicht im Mantelkragen.

»Du frierst ja«, sagte er besorgt, legte die Hand auf ihren Rücken und führte sie zu dem wartenden Auto. Sogar in der Dunkelheit konnte sie sehen, daß es mit bunten Papierschlangen geschmückt war. Er öffnete die Wagentür.

»Hast du den Schlüssel?«

»Den Schlüssel?« fragte sie verständnislos.

»Ja, den Schlüssel«, antwortete er mit einem halben Lächeln. »Heute fahre ich, aber morgen gehört das Auto dir.«

»M ... mir?« stammelte sie und schaute verwirrt zuerst ihn und dann das Auto an.

»Alles Gute zum Hochzeitstag, Catherine«, sagte er einfach.

»Dafür war der Schlüssel?«

»Ich dachte, du hättest vielleicht gern ein Auto – zum Einkaufen und so.«

»Aber, Clay ...« Sie zitterte jetzt vor Kälte.

»Hast du den Schlüssel?«

»Clay, das ist nicht fair«, protestierte sie.

»In der Liebe und im Krieg ist alles erlaubt.«

»Aber wir lieben uns nicht, noch sind wir im Krieg. Ich kann doch nicht einfach sagen: ›Danke, Mr. Forrester‹, und in einem brandneuen Auto davonfahren, als hätte ich einen Anspruch darauf.«

»Hast du das nicht?«

»Nein! Du weißt, daß ich dieses Geschenk nicht annehmen kann.«

»Die Corvette ist als Familienauto nicht gerade geeignet«, argumentierte er. »Wir könnten damit nicht einmal die Hochzeitsgeschenke ins Stadthaus transportieren.«

»Nun, gut ... dann tausch den Wagen gegen ein anderes Auto um oder leih dir noch einmal den Bronco, aber servier mir die Welt nicht auf einem Silbertablett.«

Seine Stimme klang ziemlich gekränkt, als er antwortete: »Es ist ein Geschenk. Warum machst du so ein Tamtam darum? Ich kann es mir leisten, und es wird unser Leben wesentlich erleichtern, wenn wir zwei Autos haben. Außerdem ist Tom Magnusson Autohändler, und wir bekommen für jedes Auto, das wir bei ihm kaufen, einen enormen Rabatt.«

Die Kälte schien ihren gesunden Menschenverstand zu wekken. »Nun, wenn es so ist ... danke.«

Catherine stieg ein und rutschte auf den Beifahrersitz. Sie holte den Schlüssel aus ihrer Manteltasche und gab ihn ihm. Er lag warm in seiner Handfläche.
Als er den Motor anließ, räusperte er sich verlegen. »Catherine, ich weiß nicht, wie ich es dir sagen soll. Auch ich habe heute abend einen Schlüssel bekommen.«
»Von wem?«
»Von meinen Eltern.«
Mit zitterndem Herzen wartete sie.
»Er ist für die Hochzeitssuite im *Regency*.«
Sie atmete keuchend aus und stöhnte dann: »O mein Gott.«
»Ja, o mein Gott«, stimmte er zu und lachte nervös.
»Was sollen wir tun?« fragte sie.
»Was schlägst du vor?«
»Ich möchte im Stadthaus übernachten.«
»Damit morgen vom *Regency* ein Anruf kommt und man sich erkundigt, warum die Braut und der Bräutigam nicht gekommen sind?«
Schweigend und zitternd saß sie da.
»Catherine?«
»Nun, könnten wir ... könnten wir nicht einfach ...« sie schluckte krampfhaft, » ...einchecken, heimlich verschwinden und ins Stadthaus fahren?«
»Dort gibt es weder Leintücher noch Decken.«
Er hatte recht. Sie saßen in der Falle.
»Catherine, das ist kindisch. Wir haben gerade geheiratet und beschlossen, die nächsten Monate zusammenzuleben. Dir ist doch wohl bewußt, daß wir während dieser Zeit irgendwie miteinander auskommen müssen, nicht wahr?«
»Ja, aber nicht in der Hochzeitssuite im *Regency*.«
»Catherine, was, zum Teufel, sollte ich tun? Meinem Vater den Schlüssel in die Hand drücken und sagen: ›Benütze ihn selbst!‹?«

Es war sinnlos, darüber zu streiten. Clay legte den Rückwärtsgang ein und fuhr aus dem Schatten der Garage.
»Clay, ich habe meinen Koffer vergessen!« rief sie.
»Er liegt im Kofferraum«, sagte er.
Schweigend fuhren sie durch die Straßen. Catherine hatte den Mantelkragen noch immer hochgeschlagen, obwohl es jetzt im Auto warm war. Mit jeder Meile verkrampfte sie sich mehr.
Schließlich sagte sie: »Warum passieren die wichtigen Dinge zwischen uns immer im Auto?«
»Weil es der einzige Ort ist, wo wir je alleine sind.«
»Nun, dafür haben wohl deine Eltern gesorgt, nicht wahr?«
Clay riß das Lenkrad herum, der Wagen rutschte an den Straßenrand und blieb stehen.
Aufgeschreckt fragte sie: »Was machst du?«
Er blickte in den Rückspiegel und wendete den Wagen. »Du willst ins Stadthaus, also fahren wir ins Stadthaus«, sagte er gereizt.
Sie umklammerte seinen Arm. »Nein«, sagte sie. »Nein, nicht heute nacht.«
Er trat auf die Bremse.
»Ich habe mich geirrt, okay?« lenkte sie ein. »Also dreh jetzt bitte nicht durch, nicht heute nacht. Ich weiß, sie haben es nur gut gemeint, indem sie die Hochzeitssuite für uns reservierten. Du hast recht. Was für einen Unterschied macht es schon, wo wir schlafen?« Sie zog ihre Hand zurück. »Bitte, versuch, mich zu verstehen. Es war ein nervenaufreibender Abend. Ich bin diesen Luxus nicht gewohnt.«
»Du solltest dich daran gewöhnen. Meine Eltern machen nie halbe Sachen.«
Er fuhr langsam wieder an.
»Was hat dieses Fest sie wohl gekostet?«
»Zerbrich dir darüber nicht den Kopf. Meine Mutter hat es

genossen. Ich habe dir erzählt, daß sie in ihrem Element ist, wenn sie Festivitäten arrangieren kann. Hast du nicht bemerkt, wie sie aufgeblüht ist, weil das Fest ein Erfolg war?«

»Soll das mein Gewissen beschwichtigen?« fragte sie.

»Catherine, willst du mir jedesmal eine Szene machen, wenn sie uns etwas schenken? Warum machst du dir das Leben so schwer? Ist dir je in den Sinn gekommen, daß unser Arrangement nicht nur dir zum Vorteil gereicht? Vielleicht überrascht es dich zu erfahren, daß ich ganz glücklich darüber bin, endlich zu Hause ausziehen zu können. Ich hätte es schon vor Jahren tun sollen, aber es war bequemer zu bleiben. Es ist ganz angenehm, verhätschelt und umsorgt zu werden. Aber ich bin es leid, mit ihnen zu leben. Vielleicht sind auch meine Eltern erleichtert, mich endlich aus dem Haus zu haben.

Und was das Fest betrifft – meine Eltern lieben gesellschaftliche Ereignisse. Meine Mutter arrangiert mehrmals im Jahr aufsehenerregende Galaabende.

Ich will damit sagen, daß es ihr Lebenstil ist. Dazu gehört auch die Nacht im *Regency*. Das ist in ihrem Bekanntenkreis so üblich, und ...«

»Und was?« Sie sah ihn scharf an.

»Und indem sie uns den Start ins gemeinsame Leben erleichtern, wiegen sie sich in Sicherheit. Es hilft ihnen zu glauben, daß unsere Ehe glücklich wird.«

»Und du hast keine Schuldgefühle, das alles zu akzeptieren?«

»Ja, verdammt noch mal!« platzte er heraus. »Aber ich lasse mir deswegen keine grauen Haare wachsen, verstehst du mich?«

Seine Aggressivität schüchterte sie ein. In angespanntem Schweigen kamen sie vor dem *Regency* an. Als Catherine ihre Tür öffnen wollte, befahl Clay: »Warte, bis ich die Koffer herausgeholt habe!«

Er ging ums Auto herum und riß die Papierschlangen ab. Der Eingang des Hotels war hell erleuchtet. Er öffnete den Kofferraumdeckel und stopfte raschelnd die Papierschlangen hinein.
Als er ihr die Tür öffnete und sie ausstieg, griff er nach ihrem Arm und sagte: »Catherine, es tut mir leid, daß ich dich angeschrien habe. Ich bin auch nervös.«
Das Neonlicht verfärbte sein Gesicht auf merkwürdige Weise. Sie sah ihn an, wußte aber nicht, was sie sagen sollte.

19

Catherine war von der luxuriösen Ausstattung der Suite überwältigt. Der Raum war elegant und geschmackvoll in den Farben Austernweiß und Wedgwoodblau gehalten. Das kühle Blau der Wände schmückten perlenförmige Verzierungen, die sich in der Mitte zu einem bezaubernden Pflanzenornament vereinigten. Das Muster wiederholte sich auf den beiden Doppeltüren, die in den Wandschrank und ins Bad führten. Die alabasterfarbenen französischen Möbel hoben sich dekorativ von dem blauen Plüschteppich ab. Neben dem enormen Bett standen zwei Stühle und ein Tisch im Louis-XVI-Stil mit zierlich geschwungenen Beinen und einer ovalen Marmorplatte. Auf dem Tisch stand ein üppiges Bukett weißer Rosen, deren Duft schwer in der Luft hing.

Catherine ging zu dem Blumenstrauß, sah den grünen Umschlag darin und warf Clay einen fragenden Blick zu.

»Ich weiß nicht, von wem er ist. Öffne ihn«, sagte er.

Auf der Karte stand nur: »Mit unserer ganzen Liebe, Mutter und Vater.«

»Er ist von deinen Eltern.« Sie gab ihm die Karte.

»Wie nett«, murmelte er und steckte die Karte wieder in die Rosen. Dann knöpfte er seine Smokingjacke auf, stemmte die Hände in die Hüften und betrachtete den Raum. »Hübsch«, sagte er nur.

»Mehr als hübsch«, widersprach sie, »eher überwältigend.«

Auf der Frisierkommode standen ein Korb mit Früchten und ein Eiskübel mit einer grünen Flasche. Clay nahm die Flasche, las das Etikett und stellte sie wieder zurück. Dann lockerte er den Knoten seiner Smokingschleife und öffnete den obersten Hemdknopf. Sie wandte den Blick ab.

»Kann ich deinen Mantel aufhängen?« fragte er.

»Oh ... oh, natürlich«, stammelte sie, denn ihr war völlig entgangen, daß sie ihren Mantel noch immer krampfhaft festhielt.

Als er die Hand danach ausstreckte, wich sie einen Schritt zurück.

»Sei nicht so ängstlich«, sagte er lakonisch. »Ich will nur deinen Mantel aufhängen.«

»Ich bin nicht ängstlich. Ich weiß nur nicht, wie ich mich verhalten soll.«

Er öffnete den Wandschrank und hängte ihren Mantel und seine Jacke hinein. »Du bist nervös. Vielleicht hilft dir ein Glas Champagner darüber hinweg.«

»Das glaube ich nicht.« Sie ging zur Frisierkommode und betrachtete den Korb mit Früchten und die Flasche. »Von wem sind die Früchte?«

»Ein Geschenk des Hotels. Möchtest du eine Frucht?« Er stand jetzt neben ihr und griff nach einer Birne.

»Nein, nein, auch keine Birne. Ich bin nicht hungrig.«

Als sie ihm wieder auswich, warf er die Frucht ein paarmal in die Luft, hielt sie dann in seiner Hand, während er Catherine ansah.

»Kein Champagner, keine Frucht ... wie willst du dir nur die Zeit vertreiben?«

Sie stand mitten im Raum, als hätte sie Angst, auch nur mit einem Möbelstück in Berührung zu kommen, und sah ihn verständnislos an. Er seufzte, legte die Frucht in den Korb zurück und trug ihre Koffer zum Bett.

»Da wir nun einmal hier sind, sollten wir das Beste daraus machen.«
Er knipste das Licht im Bad an und machte eine einladende Handbewegung.
»Bitte, nach Ihnen.«
Da begann Catherine plötzlich zu lachen. Es begann als lautloses Kichern tief in ihrer Kehle, und ehe sie diesen Impuls unterdrücken konnte, prustete sie schallend los. Clay stand noch immer vor der Badezimmertür, reagierte zunächst mit einem hilflosen Schulterzucken auf diesen unvermuteten Heiterkeitsausbruch und stimmte dann in ihr Lachen ein.
»Na, komm schon, Weib! Ich versuche galant zu sein, was mir von Minute zu Minute schwerer fällt.«
Die angespannte Atmosphäre zwischen ihnen hatte sich gelöst.
»Oh, Clay, wenn dein Vater uns sehen könnte, würde er sein Geld zurückverlangen. Sind wir wirklich in der Hochzeitssuite des *Regency*?«
»Ich denke schon.« Er schaute sich belustigt um.
»Und hast du uns eben als Mr. und Mrs. Clay Forrester am Empfang eingetragen?«
»Ich denke schon.«
Sie warf einen Blick zur Decke, als würde sie den Himmel anflehen. »Hilfe, ich werde verrückt!«
»Das solltest du öfter tun«, sagte er lächelnd.
»Was? Verrückt werden?« Sie kicherte und drehte sich einmal im Kreis.
»Nein, lachen. Oder nur lächeln. Ich hatte schon befürchtet, du würdest die ganze Nacht keine Miene verziehen.«
»Habe ich keine Miene verzogen?« fragte sie und schnitt eine Grimasse.
»Dein Gesicht war ausdruckslos und undurchdringlich. Du versteckst dich hinter dieser Miene manchmal wie hinter einem Schutzschild.«

»Tue ich das?«
»Ja. Vor allem, wenn wir allein sind.«
»Du hättest es also lieber, wenn ich öfter lächeln würde?«
Er zuckte die Schultern. »Ja, natürlich. Ich mag fröhliche Menschen.«
»Ich werde es versuchen.« Sie wurde wieder ernst. »Clay, was du vorhin im Auto gesagt hast – auch mir tut es leid.«
»Nein, ich hätte dich nicht so anfahren dürfen. Es war wirklich nicht der geeignete Zeitpunkt.«
»Nein, es war teilweise meine Schuld. Ich möchte nicht dauernd mit dir streiten, solange wir verheiratet sind. Davon hatte ich in meinem Leben schon genug. Ich möchte ... nun, ich möchte, daß *Frieden* zwischen uns herrscht. Ich weiß, es klingt töricht, aber ich fühle mich schon viel besser, nur weil wir uns eingestanden haben, daß wir beide nervös sind. Du sollst wissen, daß ich meinen Teil dazu beitragen werde, eine Art Status quo zwischen uns aufrechtzuerhalten.«
»Schön. Darum werde ich mich auch bemühen. Wir sind in Freud und Leid aneinander gebunden, also laß uns versuchen, daß die Freude überwiegt.«
Lächelnd antwortete sie: »Einverstanden. Also gehe ich zuerst?«
Sie blickten beide auf die Badezimmertür.
»Ja.«
Zum Teufel, dachte sie, es ist nur ein gewöhnliches Badezimmer. Und ich ersticke in diesem Kleid. Ich möchte mir etwas Bequemeres anziehen.
Aber im Bad war sie sich seiner Anwesenheit allzusehr bewußt. Sie drehte die Wasserhähne auf, um die intimen Geräusche zu übertönen. Dann stellte sie sich vor den Spiegel, betrachtete sich und sagte: »Mrs. Clay Forrester, wie? Mach dir keine falschen Hoffnungen. Er hat dir einmal gesagt, daß du für alles bezahlen mußt, und er hat recht. Also

zieh dein Nachthemd an, geh da raus und klettere mit ihm ins Bett. Falls dir dabei nicht ganz wohl ist, dann kannst du nur dir selber die Schuld daran geben.«

Mit zitternden Fingern zog sie sich aus. Zuerst das Samtkleid, dann den Schlüpfer und den Büstenhalter, der rote Striemen auf ihrer Haut hinterlassen hatte, weil ihre Brust in den letzten Wochen voller geworden war.

Unwillkürlich mußte sie denken, daß der Mann, der vor der Tür auf sie wartete, die Veränderungen in ihrem Körper bewirkt hatte.

Sie verdrängte den Gedanken, putzte sich die Zähne und beschloß, sich nicht abzuschminken, weil ihr Gesicht dann vorteilhafter aussah.

Sie schlüpfte in ihr Nachthemd und zog den Morgenrock darüber, den sie am Hals zuband. Das neue Négligé, das Ada ihr geschenkt hatte, kam ihr jetzt etwas aufreizend vor. Der Morgenrock verhüllte ihren leicht gewölbten Leib, und sie strich mit einer Hand darüber. Sie schloß die Augen, schluckte krampfhaft und fühlte ein Zittern in ihrem Bauch.

Plötzlich mußte sie an Jill Magnusson denken und daß diese, wäre sie jetzt an ihrer Stelle, Clay ohne mädchenhafte Scheu entgegengeeilt wäre.

Sie vermutete, daß Clay sich gerade in diesem Augenblick wünschte, sie *wäre* Jill Magnusson. Sie unterdrückte einen Anflug von Selbstmitleid. Sie erinnerte sich an den letzten langen Blick voller Bedauern, den Jill quer durchs Foyer Clay zugeworfen hatte, ehe sie ging.

Catherine dachte wehmütig: Ich trage sein Kind. Aber sie sollte es sein, nicht ich.

Geräuschlos öffnete sie die Tür. Clay stand mit dem Rücken zu ihr und schaute in ihren geöffneten Koffer. In einer Hand hielt er die Smokingschleife, in der anderen eine Zahnbürste.

»Du bist dran«, sagte sie und erwartete, er würde schuldbewußt zusammenzucken. Aber er drehte sich nur lächelnd um und ließ den Blick über ihren gelben Morgenrock gleiten.

»Fühlst du dich besser?«

Er hatte das Hemd aus der Hose gezogen und stand in Strümpfen da.

»Ja, viel besser.«

Clay ging ins Bad, ließ aber die Tür offen, während er sich nur die Zähne putzte. Catherine bemerkte, daß eine Ecke ihres Tagebuches zwischen den gefalteten Kleidern in ihrem Koffer sichtbar war. Sie versteckte es und ließ den Koffer zuschnappen.

»Bist du müde?« fragte er und kam aus dem Bad.

»Kein bißchen.«

»Macht es dir etwas aus, wenn ich die Champagnerflasche anbreche?«

»Nein. Ein Glas hebt vielleicht die Stimmung.«

Als er ihr den Rücken zuwandte, zerrte sie an ihrem Ausschnitt, der zwar nicht verführerisch, aber auch nicht zu sittsam war. Dann knallte der Korken, und er kam mit der Flasche in der einen und zwei Gläsern in der anderen Hand zu ihr. Sie hielt die Gläser, während er eingoß. Unter dem aufgeknöpften Hemd sah sie seine gebräunte Brust. Verlegen senkte sie den Blick und reichte ihm ein Glas.

»Auf dein Glück«, sagte er freundlich, und sie überlegte, was sie wohl in diesem Augenblick glücklich machen könnte.

»Und auf deins.«

Sie tranken, während sie mitten im Raum standen. Als sie schluckte, spürte sie den Kloß in ihrer Kehle. Sie starrte in ihr Glas.

»Clay, ich möchte nicht, daß wir uns gegenseitig etwas vormachen. Wir wissen beide, in welcher Situation wir uns befinden und ...« Ihre Stimme versagte. Sie legte eine Hand an ihre Schläfe.

»Na, komm, Catherine, setzen wir uns.«
Er stellte die Flasche auf den Tisch, ließ sich auf einen Stuhl sinken, streckte die Beine aus und lehnte sich lässig zurück. Sie setzte sich mit untergezogenen Beinen auf den zweiten Stuhl, und er sah ihre nackten Zehen, ehe sie sie unter ihrem Nachthemd versteckte. Sie tranken wieder einen Schluck und betrachteten sich über die Ränder der Gläser hinweg.
»Sind wir etwa dabei, uns zu betrinken?« fragte sie lächelnd.
»Vielleicht.«
»Das wäre nicht sehr sinnvoll, nicht wahr?«
»Kein bißchen.«
»Es würde nichts ändern.«
»Nein.«
»Warum tun wir es dann?«
»Weil es uns dann leichter fällt, gemeinsam ins Bett zu kriechen.«
»Wenn du meinst.«
Sie spielte mit ihrem Glas, lehnte sich zurück und fragte: »Weißt du, was für mich heute abend der schlimmste Augenblick war?« Er saß ganz entspannt in seinem Stuhl.
»Was?« fragte er mit geschlossenen Augen.
»Als dein Vater mich beim Diner offiziell willkommen hieß. Das hat mich sehr gerührt.«
Clay sah sie unter halbgesenkten Lidern an und antwortete: »Weißt du, ich glaube, mein Vater mag dich.«
Mit einer Fingerspitze fuhr sie über den Rand ihres Glases. »Er flößt mir Angst ein.«
»Auf Fremde wirkt er leicht furchterregend. Er und Großmutter Forrester besitzen eine Ausstrahlung, die zunächst beängstigend wirkt. Aber wenn du sie näher kennenlernst, wirst du sehen, daß sie gar nicht so schrecklich sind.«
»Ich habe nicht vor, sie näher kennenzulernen.«
»Warum nicht?«

Sie sah ihn ausdruckslos an und senkte den Blick, als sie sagte: »Weil ich das für besser halte.«

»Warum?«

Er ließ den Kopf auf die Lehne sinken, doch sie hielt diese entspannte Pose für vorgetäuscht. Um Zeit zu gewinnen, nahm sie eine Rose aus dem Bukett und schnupperte daran. »Weil ich sie vielleicht doch noch sympathisch finden könnte.«

Er schien darüber nachzudenken, trank aber nur stumm einen Schluck Champagner.

»Weißt du, was Großmutter Forrester heute abend zu mir gesagt hat?«

»Was?«

»Sie sagte: ›Du bist eine wunderschöne Braut. Ich erwarte von dir wunderschöne Enkelkinder.‹ Es klang wie ein Befehl, als würde sie keine häßlichen Kinder dulden, die ihren Namen tragen.«

Clay lachte anerkennend und betrachtete Catherine unter gesenkten Lidern. »Großmutter hat für gewöhnlich recht ... und du warst es.«

»Was?« fragte sie verwirrt.

»Eine wunderschöne Braut.«

Sofort versteckte Catherine ihr Gesicht wieder hinter der Rose.

»Ich wußte nicht, ob ich es dir sagen sollte oder nicht, aber ... verdammt noch mal, du warst heute abend fantastisch.«

»Ich wollte kein Kompliment von dir hören.«

»Weißt du, das wird allmählich zur Gewohnheit.«

»Was?«

»Daß du jede Art von Anerkennung, die von mir kommt, zurückweist.«

»Ich hab sie doch nicht zurückgewiesen, oder?«

»Du hast sie aber auch nicht akzeptiert. Ich habe doch nur

gesagt, daß du eine wunderschöne Braut warst. Fühlst du dich dadurch bedroht?«

»Ich ... ich weiß nicht, was du meinst.«

»Dann vergiß es.«

»Nein, du hast davon angefangen, also laß es uns auch beenden. Warum sollte ich mich bedroht fühlen?«

»Diese Frage mußt du beantworten.«

»Aber ich fühle mich kein bißchen *bedroht*.« Sie schwenkte die Rose lässig durch die Luft. »Du warst ein fantastisch aussehender Bräutigam. Na, siehst du? Klingt das, als würde ich mich von dir bedroht fühlen?«

Aber ihre Stimme hörte sich wie die eines Kindes an, das ängstlich behauptet: ›Ich habe keine Angst vorm bösen Mann‹, und dann eiligst davonläuft.

»He, was soll das?« meinte er beschwichtigend. »Wollen wir uns gegenseitig mit Komplimenten überschütten?«

Da mußte sie lächeln und lehnte sich entspannt zurück, als würde sie der Champagner schläfrig machen.

»Weißt du, was deine Mutter zu mir gesagt hat?« fragte Clay.

»Was?«

Er zögerte einen Augenblick, richtete sich dann auf und goß Champagner in sein Glas. »Sie sagte: ›Catherine und Bobbi spielten immer Hochzeit, als sie noch klein waren. Und immer stritten sie darum, wer die Braut sein durfte.‹« Dann lehnte er sich wieder zurück, stützte einen Ellbogen auf die Stuhllehne, legte die Fingerspitzen an seine Schläfe und fragte träge: »Stimmt das?«

»Was spielt das für eine Rolle?«

»Ich habe mich nur gewundert, mehr nicht.«

»Nun, wundere dich nicht weiter darüber. Es spielt keine Rolle.«

»Wirklich nicht?«

Doch sie wechselte abrupt das Thema. »Einer deiner Onkel

erwähnte, daß du zu dieser Jahreszeit gewöhnlich zur Jagd gehst, wegen der Hochzeitsvorbereitungen aber bisher keine Zeit dafür hattest.«

»Das hat wohl Onkel Arnold gesagt.«

»Du kannst jederzeit gehen, weißt du?«

»Danke, das werde ich.«

»Ich meine, wir sind nicht aneinander *gebunden*. Du brauchst deine Lebensgewohnheiten nicht meinetwegen zu ändern. Wir können getrennte Wege gehen, unsere Freunde behalten – wie zuvor.«

»Großartig. Stu und ich werden auf die Jagd gehen.«

»Dabei habe ich eigentlich nicht an Stu gedacht.«

»Ach?« Er hob fragend eine Braue.

»Ich habe von ihr gesprochen.«

»Von wem?«

»Von Jill.«

Clays Blick wurde stahlhart, dann sprang er auf, stapfte wütend zur Kommode und stellte klirrend sein Glas ab. »Was hat Jill damit zu tun?«

»Ich habe euch im Foyer zusammen gesehen. Ich sah, wie ihr euch geküßt habt. Deswegen schließe ich sie mit ein, wenn ich sage, daß du in keiner Weise an mich gebunden bist.«

Er starrte sie mit finsterer Miene an. »Hör mal, unsere Familien sind seit Jahren befreundet. Wir waren ...« Er verstummte, ehe ihm der Ausdruck *ein Liebespaar* über die Lippen kam. »Wir haben uns schon als Kinder gekannt. Außerdem waren doch ihr Vater und Großmutter Forrester bei uns. Was soll das, um Himmels willen?«

»Clay«, entgegnete Catherine mit samtweicher Stimme, »ich sagte doch, es ist in Ordnung.«

Er starrte sie stumm an, drehte ihr dann den Rücken zu und ging zu seinem Koffer. Unterwegs zog er sein Hemd aus, warf es nachlässig aufs Bett und verschwand im Bad.

Als Clay zurückkam, saß Catherine auf der Bettkante. Die verwelkte Gardenie lag auf dem Nachttisch, und sie bürstete ihr Haar. Sein Blick schweifte über das weiße Satinlaken zu ihrem Morgenrock, der am Fußende des Bettes lag. Wortlos legte er sich hin und verschränkte die Hände hinter dem Kopf. Er hörte, wie sie die Haarbürste weglegte. Dann knipste sie ihre Nachttischlampe aus, und es wurde dunkel im Raum. Die Matratze senkte sich leicht, als sie unter die Decke schlüpfte. Er wußte, daß sie mit dem Rücken zu ihm zusammengerollt dalag.

Nur ihr Atmen war zu hören. Die Dunkelheit schuf eine intime Atmosphäre. Clay lag so starr da, daß seine Schultern zu schmerzen begannen. Catherine rollte sich ein wie eine Schnecke und war sich seiner Nähe nur allzu bewußt. Sie zitterte und zog die Decke fester um ihren Körper.

Ein kaum hörbares Rascheln, und dann fühlte sie seinen Blick, der sich in ihren Rücken bohrte.

»Catherine«, sagte er leise, »du hast wirklich eine schlechte Meinung von mir, nicht wahr?«

»Das braucht dich nicht zu kränken. Dafür gibt es keinen Grund. Wir wollen nur eins klarstellen: Sie hätte heute die Braut sein sollen. Glaubst du, ich weiß das nicht? Glaubst du, ich habe nicht gemerkt, wie sie *dazugehört*? Ich fühlte mich völlig fehl am Platz. Euch beide zusammen zu sehen hat mich in die Wirklichkeit zurückgebracht. Dieses ganze aufwendige Drum und Dran hätte mich beinahe den Boden unter den Füßen verlieren lassen. Jetzt will ich dir auch deine Frage beantworten: Ja, Bobbi und ich haben als Kinder Hochzeit gespielt. In dieser Rolle bin ich sozusagen ein Profi, also bin ich heute abend völlig in dem Schauspiel aufgegangen. Aber jetzt mache ich mir nichts mehr vor. Ich sehe die Dinge wieder so, wie sie sind, okay?«

Verdammt, dachte Clay, ich sollte ihr dankbar sein, daß sie

mir meine Freiheit läßt, aber statt dessen bin ich wütend. Verdammt, ich sollte nicht das Gefühl haben, einer Frau treu sein zu müssen, aber ich habe es.

Catherine spürte, wie sich die Matratze bewegte, als er sich umdrehte.

Das Bett war sehr groß. Es gab keinen physischen Kontakt zwischen ihnen, nur ihre Atemzüge verbanden sie in der Dunkelheit. Doch die feindselige Atmosphäre war beinahe greifbar. Stunden schienen verstrichen zu sein, und Catherine glaubte, daß Clay endlich schliefe. Aber dann warf er sich auf den Rücken und stieß einen tiefen Seufzer aus. Steif und reglos verharrte sie in ihrer unbequemen Position, bis ihre Schultern so verkrampft waren, daß sie endlich nachgab und sich auch auf den Rücken legte.

»Wollen wir uns jedesmal in die Haare kriegen, wenn es Zeit ist, ins Bett zu gehen?« fragte er kalt.

»Ich wollte dir die Stimmung nicht verderben.«

»Ach, zum Teufel! Wir wollen doch wenigstens ehrlich zueinander sein. Du wolltest eine dritte Person mit ins Bett nehmen, und es ist dir gelungen. Aber vergiß nicht, wenn sie hier ist, dann deinetwegen, nicht meinetwegen.«

»Warum bist du dann so wütend?«

»Weil es sich verheerend auf meinen Schlaf auswirkt. Wenn ich das ein Jahr lang durchhalten soll, bin ich nur noch ein ausgebranntes Wrack.«

»Und was glaubst du, wie ich damit fertig werde?«

Die ganze Zeit, während Clay grübelnd dagelegen hatte, hatte er Catherine während der Hochzeitsfeier vor sich gesehen. Wie sie ausgesehen hatte, als sie ihr Ehegelübde ablegte; als sie die Mädchen von *Horizons* entdeckte; als er sie küßte. Er erinnerte sich an das Gefühl ihres leicht gewölbten Leibes an seinem Körper. Das war die verdammteste Sache, die er je erlebt hatte: Mit einer Frau ins Bett zu gehen, die er nicht

berühren durfte. Es war um so absurder, weil es zum ersten Mal legal wäre. Und da lag er starr und steif auf seiner Seite des Bettes. Verdammt, dachte er, ich hätte nicht soviel Champagner trinken dürfen. Champagner macht mich geil.
Schließlich kam er zu dem Schluß, daß sie sich sehr kindisch benahmen. Sie waren ein Ehepaar und hatten im Verlauf des Abends ziemlich erotische Küsse ausgetauscht. Jetzt versuchten sie beide zu verdrängen, warum sie keinen Schlaf fanden.
Ach, zum Teufel, dachte er, schlimmer kann es nicht werden.
»Catherine, willst du es noch einmal mit mir versuchen? Ich verspreche dir, es sind keine Bedingungen damit verknüpft. Aber vielleicht könnten wir dann etwas Schlaf finden?«
Die Muskeln in ihrem Leib krampften sich zusammen, und ein Zittern überlief ihren Körper. Sie rutschte noch weiter an die Bettkante und drehte ihm wieder den Rücken zu.
»Der Champagner ist dir zu Kopf gestiegen«, sagte sie nur.
»Nun, verdammt noch mal, du kannst es mir nicht übelnehmen, daß ich es versucht habe.«
Ihr Herz pochte so heftig, daß es ihre Brust zu zersprengen drohte. Sie war wütend auf sich, weil sie sich wünschte, diese Nacht würde anders verlaufen. Sie war wütend auf ihn, weil er diesen Vorschlag gemacht hatte. Vielleicht sollte sie sich an ihm rächen und seine Einladung annehmen?
Aber sie blieb eingerollt auf ihrer Seite liegen. In den folgenden Stunden, ehe sie endlich einschlief, fragte sie sich immer wieder, ob er einen Pyjama anhatte.

20

Catherine wachte auf, als Clay die Vorhänge zurückzog. Wie vom Donner gerührt setzte sie sich im Bett auf. Clay stand im Sonnenlicht vor dem Fenster und lachte.

»Wachst du immer so auf?«

Sie kniff die Augen zusammen, blinzelte in die Sonne und ließ sich aufs Kissen zurücksinken.

»O Gott, du *hattest* einen Pyjama an.«

Er lachte wieder, fröhlich und unbefangen, und sah zum Fenster hinaus.

»Heißt das ›guten Morgen‹?«

»Damit will ich sagen, daß ich mir die halbe Nacht den Kopf darüber zerbrochen habe, ob du einen Pyjama trägst.«

»Das nächste Mal fragst du mich einfach.«

Sie sprang plötzlich aus dem Bett, lief ins Bad und knallte die Tür hinter sich zu.

»Hör weg!« befahl sie.

Clay stützte sich mit den Ellbogen auf den Fenstersims, lachte leise in sich hinein und dachte über die unerwarteten Freuden des Ehelebens nach.

Verlegen lächelnd kam sie aus dem Bad und schlüpfte in ihren Morgenmantel.

»Es tut mir leid, daß ich so plötzlich verschwinden mußte, aber dieser kleine Kerl in mir bewirkt verschiedene Veränderungen, und das war eine davon. Ich habe mich noch immer nicht daran gewöhnt.«

»Willst du mir mit dieser vertraulichen Mitteilung sagen, daß du mir nicht mehr böse bist?«
»War ich dir böse? Daran kann ich mich nicht erinnern.« Sie knöpfte ihren Morgenmantel zu.
»Ja«, sagte er und kam auf sie zu. »Ich habe dir einen Vorschlag gemacht, den du mir übelnahmst.«
»Vergiß es. Laß uns Freunde sein. Ich streite nicht gern, nicht einmal mit dir.«
Mit nackter Brust stand er vor ihr und betrachtete sie. Befangen fuhr sie sich durch ihr zerzaustes Haar.
»Hör mal«, sagte sie, »morgens bin ich nicht in bester Form.«
»Wer ist das schon?« entgegnete er und rieb sich das Kinn. Dann ging er zu seinem Koffer, kramte darin herum und pfiff dabei leise durch die Zähne. Sie war daran gewöhnt, morgens ihre Mutter mit leidvollem Gesicht durchs Haus gehen zu sehen, als würde der Tag enden und nicht beginnen. Ihr Alter schlurfte rülpsend und fluchend umher.
Das war etwas Neues: Ein Mann, der vor dem Frühstück fröhlich vor sich hinpfiff.
Vor der Badezimmertür blieb er stehen. In einer Hand hielt er einen Kulturbeutel aus Leder.
»Wollen wir uns anziehen, frühstücken und dann zum Haus fahren, um die Geschenke abzuholen?«
»Ich bin am Verhungern. Gestern abend habe ich kaum etwas gegessen.«
»Und du bist nicht die einzige, die hungrig ist.« Er warf einen Blick auf ihren Bauch, den sie mit beiden Händen umfaßt hielt.
»Nein, ich bin nicht die einzige.«
»Dann darf ich euch beide zum Frühstück einladen.«
Sie errötete und wandte sich ab. Ihr gefiel, wie Clay morgens war.
Als er unter der Dusche stand, legte sie sich wieder aufs Bett

und genoß die warmen Sonnenstrahlen. Wie anders Clay doch heute morgen ist, dachte sie. Ihr gefielen sogar seine Neckereien. Sie sah seine nackte Brust vor sich, die feine Linie rotgoldener Haare über seiner Pyjamahose. Stöhnend rollte sie sich auf den Bauch, drückte ihr Gesicht ins Kissen, während die Sonnenstrahlen wärmend über ihren Rücken glitten – und schlief ein.

Er kam aus dem Bad, trug nur noch seine Pyjamahose und hatte ein Handtuch um den Hals geschlungen. Lächelnd betrachtete er den Anblick, der sich ihm bot: Ausgestreckt lag sie auf dem Bett, hatte ein Bein leicht angewinkelt, und unter ihrem Morgenrock zeichneten sich die Konturen ihrer Schultern, ihres Rückens und ihres Hinterns ab.

Am Tag ist sie liebenswürdiger, dachte er.

Er nahm eine Rose aus dem Bukett und kitzelte ihre Fußsohle damit. Sie krümmte die Zehen und wackelte irritiert mit dem Fuß. Dann trat sie ihn gegen das Knie und lachte ins Kopfkissen.

»Hör auf«, schalt sie. »Ich sagte dir doch, daß ich morgens nicht in bester Form bin.«

»Dabei habe ich dich vorhin so nett gefunden.«

»Ich bin ein Brummbär.«

»Warum liegst du noch im Bett? Willst du dich nicht anziehen und mit mir frühstücken?«

»Ich habe noch schnell ein Nickerchen gemacht.«

»Ein Nickerchen? Nachdem du gerade aufgestanden warst?«

»Nun ja, du bist schuld daran.«

»Ach? Wie das?«

»Dummkopf. Schwangere Frauen schlafen viel. Das sagte ich dir schon.« Sie streckte ihm die Hand hin und sagte: »Gib sie mir.«

Er reichte ihr die Rose, und sie roch daran – sog tief den berauschenden Duft ein. Dann stand sie auf, verschwand wortlos im Bad und zog sich an.

Catherine erkannte, daß ihr der neue, ungewohnte Tagesablauf die größten Probleme bereitete. Clay schien sein Leben wie bisher weiterzuführen, als wäre ihre Ehe nichts Ungewöhnliches, während für sie die alltäglichsten Verrichtungen ungewohnt und fremd waren. Dieser erste Tag ließ sie ahnen, wie ein Leben mit Clay verlaufen könnte, wenn ihre Ehe unter anderen Voraussetzungen geschlossen worden wäre.

Am frühen Nachmittag an diesem sonnigen Novembertag fuhren beide ins Haus der Forresters, um ihre Hochzeitsgeschenke abzuholen. Zusammen mit Angela und Claiborne öffneten sie die meisten Pakete und ergötzten sich an den teilweise absonderlichen Geschenken. Während sie zusammen mit Clay inmitten eines Haufen Packpapiers saß, fühlte Catherine zum erstenmal ein Gefühl der Sicherheit, das ihr dieses Familienleben gab.

Am späten Nachmittag verstauten sie die Sachen im Auto und fuhren zu ihrem Stadthaus, das nun ihr Zuhause sein würde. Die Arme mit Päckchen beladen, standen sie vor der Haustür. Clay legte die Sachen auf den Boden, zog den Schlüssel aus der Hosentasche und sperrte auf.

Er stieß die Tür auf, und ehe sie sich versehen konnte, nahm er sie auf die Arme und trug sie über die Schwelle.

»*Clay!*«

»Ich weiß, ich weiß. Laß mich runter, nicht wahr?«

Aber sie konnte nur lachen, denn er tat so, als würde er unter ihrer Last zusammenbrechen, ließ sich auf die Treppe sinken und hielt sie auf seinem Schoß.

»Im Kino haben die Ehefrauen nie dicke Bäuche«, neckte er sie und stützte die Ellbogen auf die darüberliegende Stufe.

Sie zog eine Grimasse und warf ihm ein Schimpfwort an den Kopf. Dann schob er sie von seinem Schoß und sagte: »Du erdrückst mich, Dicke.«

Die hereinbrechende Dämmerung schuf in den stillen Räu-

men eine intime Atmosphäre – alles schien nur darauf zu warten, von ihnen in Besitz genommen zu werden. Die neuen Möbel steckten teilweise noch in Schutzhüllen. Der Lampenständer lag auf der Bettcouch, der Schirm davor auf dem Boden. Barhocker und Stühle standen in einer Ecke. Neben der Matratze lehnte der Bettrahmen an der Wand. Schachteln und Koffer bildeten ein heilloses Durcheinander.
Beiden war die Bedeutung dieses Augenblicks bewußt, und ihr Übermut wich Nachdenklichkeit. Die dämmrigen Schatten des beginnenden Abends verstärkten den Eindruck der Unwirklichkeit. Catherine fühlte Clays Hand auf ihrer Schulter.
»Gib mir deinen Mantel«, sagte er, und als sie ihn anblickte, glaubte sie, einen schmerzlichen Zug um seinen Mund zu sehen. Dachte er an Jill Magnusson?
Sie zogen Blue jeans und Sweatshirts an und begannen aufzuräumen – sie in der Küche und er im Wohnzimmer. Wieder hatte Catherine das Gefühl, nur die Rolle einer Frau zu spielen, die ihr Haus einrichtete. Wie in Trance verstaute sie die Hochzeitsgeschenke in den Schränken und hörte, wie Clay Möbelstücke verrückte. Während sie arbeiteten und der Abend hereinbrach, wich allmählich dieses Gefühl der Unwirklichkeit.

»Komm und sag mir, wo die Couch stehen soll«, rief Clay. Sie ging zu ihm ins Wohnzimmer, und sie überlegten gemeinsam, wie die Möbelstücke plaziert werden sollten.

Und einmal ging sie lachend zu ihm und fragte: »Was, um alles in der Welt, soll dieses Ding darstellen?« Sie zeigte ihm ein merkwürdig aussehendes Stück Stahl, das entweder eine Skulptur oder ein Fleischwolf sein konnte. Lachend einigten sie sich darauf, daß es eine Skulptur von einem Fleischwolf war, und versteckten es im hintersten Winkel eines Küchenschranks.

Dann kam er in die Küche und fragte: »Weißt du, wo die Glühbirnen sind?«
»Schieb den Karton hierher. Ich glaube, das sind Sachen fürs Bad.«
Sie fanden Glühbirnen. Gleich darauf sah sie, wie Licht durch die Tür zum Wohnzimmer fiel, hörte ihn murmeln: »So, das gefällt mir schon besser.«

In der Küche war sie mit der Arbeit fertig und legte die Böden des Wäscheschrankes aus, als er mit einem Seitenteil des Bettes durch den Flur kam.
»Paß auf die Wände auf!« rief sie warnend ... zu spät. Eine Ecke schlug gegen den Türrahmen. Er zuckte nur die Schultern und verschwand mit seiner Last im Schlafzimmer. Dann schleppte er den Kopfteil hinein und holte den Werkzeugkasten aus einer Truhe. Sie packte Bettwäsche aus und lauschte auf die Geräusche im Schlafzimmer. Sie hängte neue Handtücher im Bad auf, als er rief: »Catherine, kannst du mal kommen?«
Er kniete auf dem Boden und versuchte, Kopf- und Seitenteile des Bettes zusammenzuschrauben.
»Halt das bitte im rechten Winkel.«
Das Haar fiel ihm zerzaust in die Stirn, als er sich über den Bettrahmen beugte und die Schrauben anzog.
Dann stand er auf und sagte: »Kannst du mir helfen, die Matratze die Treppe hochzutragen?«
»Natürlich«, antwortete sie beklommen.
Als sie die sperrige Matratze die Treppe hochschleppten, warnte Clay sie: »Halt sie nur aufrecht, heb sie nicht an.«
Sie wollte sagen, sei nicht so fürsorglich, biß sich aber auf die Zunge.

Und dann war das Bett fertig, und es wurde still im Raum. Sie sahen sich an. Sein Haar war zerzaust, und aus ihrer Frisur hatten sich einige Locken gelöst, die sie nachlässig hinter die Ohren zurückgestrichen hatte. Er hatte Schweißflecken unter den Armen, und sie hatte einen Schmutzfleck auf der rechten Brust. Sein Blick glitt flüchtig darüber.

»So«, verkündete er, »jetzt kannst du weitermachen, okay?«

Der Anblick dieser neuen Matratze bereitete ihnen Unbehagen.

»Natürlich«, sagte sie mit gespielter Fröhlichkeit, »welche Bettwäsche möchtest du haben? Rosarote mit weißen Gänseblümchen oder beige mit braunen Streifen, oder ...«

»Das spielt keine Rolle«, unterbrach er sie, bückte sich nach einem Schraubenzieher und warf ihn in seinen Werkzeugkasten. »Folge ganz deinem Geschmack. Ich werde auf der Couch im Wohnzimmer schlafen.«

Catherine rieb ihre Handflächen aneinander. Zwischen ihnen herrschte plötzlich lähmendes Schweigen. Dann ging er aus dem Zimmer. Sie blieb eine Weile reglos stehen und versetzte dem brandneuen Bett schließlich einen wütenden Tritt. Aus dem Wohnzimmer erklang leise Musik, als er die Stereoanlage einschaltete. Sie ließ sich auf die Bettkante sinken, barg ihr Gesicht in den Händen und hätte am liebsten geweint. Mit einem tiefen Seufzer stand sie auf, unterdrückte ihre trübselige Stimmung und überzog das Bett. Dann beschloß sie, ihre Kleider in den Schrank zu räumen. Den Arm voller Pullover blieb sie davor stehen und rief: »Clay?«

Aber er hörte sie nicht.

Leise ging sie über den mit Teppich ausgelegten Flur, die paar Stufen zum Wohnzimmer hinunter, und sah ihn mit gespreizten Beinen, die Hände in den Taschen vergraben, vor der Schiebetür stehen und hinausstarren.

»Clay?«

Er zuckte zusammen und drehte sich um. »Was ist?«
»Bist du einverstanden, wenn ich den Schrank nehme und du deine Sachen in der Kommode unterbringst?«
»Natürlich«, sagte er tonlos, »mach, was du willst.« Dann schaute er wieder zum Fenster hinaus.
Die Schubladen rochen würzig nach Holz. Alles in diesem Haus war neu und unberührt, so anders als die Umgebung, an die Catherine gewöhnt war. Wieder wurde sie von einem Gefühl der Unwirklichkeit überwältigt. Irgendwie kam ihr völlig sinnlos vor, was sie tat. Catherine ließ ihren Blick durch das Zimmer schweifen und hatte plötzlich das starke Empfinden, sich widerrechtlich etwas angeeignet zu haben, das einer anderen Frau gehörte. Wieder sah sie Jill vor sich.
Clay kam ins Schlafzimmer und begann, seine Sachen in die Kommode zu räumen. Schweigend gingen beide ihren Beschäftigungen nach. Als sie das Licht im Wandschrank anknipste, sah sie, daß Clays Anzüge schon darin hingen. Er hatte sie wohl in der vergangenen Woche hierhergebracht.
Sein Geruch hing im Wandschrank. Sie knipste das Licht wieder aus und sagte zu ihm: »Ich nehme den Schrank im anderen Schlafzimmer, wenn du damit einverstanden bist.«
»Ich kann meine Sachen zusammenschieben.«
»Nein, nein, das ist nicht nötig. Der andere Schrank ist sowieso leer.«
Als sie im Zimmer auf der anderen Seite des Flurs verschwand, starrte er eine Weile nachdenklich in die Schublade der Kommode, die er gerade füllen wollte.
Später begegneten sie sich wieder im Wohnzimmer. Clay ordnete seine Tonbänder.
»Hör mal«, sagte Catherine. »Hast du Hunger? Wir haben seit dem Frühstück nichts mehr gegessen.« Jetzt war es kurz vor zehn Uhr abends.
»Ja, ein wenig«, antwortete Clay ohne aufzublicken.

»Aber ... aber wir haben nichts im Haus«, stammelte sie. »Wir könnten ...«
»Dann vergiß es. Ich bin wirklich nicht sehr hungrig.«
»Nein. Wir könnten doch ausgehen und einen Hamburger essen.«
Er warf einen Blick auf ihren Bauch. »Oh, du hast wahrscheinlich Hunger.«
»Mir geht's gut.«
Er seufzte und ließ ein Tonband in den Karton zurückfallen. Die Hände auf die Knie gestützt, starrte er kopfschüttelnd darauf und sagte: »Werden wir nicht einmal zusammen essen?«
»Du hast gesagt, du wärst hungrig, und hast meinen Vorschlag abgelehnt.«
Er blickte zu ihr auf. »Willst du einen Hamburger?«
Mit einem zaghaften Lächeln strich sie über ihren Bauch. »Ja, ich bin am Verhungern.«
»Dann laß uns doch aufhören, Katz und Maus miteinander zu spielen. Wir gehen aus und essen etwas.«
»Einverstanden.«
»Das restliche Zeug können wir morgen abend wegräumen.«
»Gern. Und morgen kaufe ich Lebensmittel ein.«
Und alles schien in Ordnung zu sein.

Die Illusion währte, bis es Zeit war, ins Bett zu gehen. Dann fingen sie wieder an, sich wie auf Eierschalen zu bewegen. Nachdem sie von ihrem späten Abendessen zurückgekehrt waren, zog sie schnell ihren Mantel aus und hängte ihn auf. Sie wollte jede Berührung mit ihm vermeiden. Er folgte ihr ins Wohnzimmer.
»Fühlst du dich jetzt besser?« fragte er.
»Ja. Ich wußte gar nicht, wie hungrig ich war. Wir haben heute eine Menge Arbeit erledigt.«

Dann wußten sie nicht, worüber sie sprechen sollten. Clay streckte sich und gähnte demonstrativ.
Panik überfiel sie, und ihr Magen krampfte sich zusammen. Sollte sie einfach ins Schlafzimmer gehen oder ihm dabei helfen, sein Bett herzurichten?
Beide begannen gleichzeitig zu sprechen.
»Nun, wir müssen früh auf ...«
»Soll ich dein ...«
Sie wedelte nervös mit den Händen und bedeutete ihm, weiterzusprechen, während er dasselbe von ihr erwartete.
»Ich hole dein Bettzeug«, brachte sie schließlich heraus.
»Zeig mir nur, wo es ist, dann hole ich es selbst.«
Sie wich seinem Blick aus und ging ihm voran, die Treppe hinauf, zum Wäscheschrank. Als sie sich zum obersten Fach hochreckte, sagte er schnell: »Warte, ich hol's runter.«
Er trat so hastig hinter sie, daß er gegen sie stieß. Als er nach der Steppdecke griff und sie herauszog, wäre sie ihr beinahe auf den Kopf gefallen. Catherine nahm Leintücher und Kissenbezüge und legte sie oben auf die Steppdecke, die er auf den Armen balancierte.
»Ich habe dir die beigefarbene Bettwäsche mit den braunen Streifen gelassen.«
Ihre Blicke begegneten sich flüchtig über dem Bettzeug.
»Danke.«
»Ich hole dein Kissen.« Sie floh ins Schlafzimmer.
Nachdem sie ihm geholfen hatte, sein Bett auf der Couch herzurichten, ging sie zurück ins Schlafzimmer, schloß die Tür und begann sich auszuziehen. Da klopfte er leise und bat, seinen Pyjama holen zu dürfen.
Als sie endlich ihr Nachthemd übergestreift hatte, fühlte sich ihr Magen an wie ein einziger schmerzhafter Knoten.
Sie setzte sich auf die Bettkante und wartete darauf, daß er zuerst ins Bad ginge. Aber anscheinend saß er unten im

Wohnzimmer und wartete darauf, daß sie ging. Natürlich beschlossen beide gleichzeitig, ins Bad zu gehen. Auf halbem Weg dorthin begegneten sie sich, und Catherine blieb wie erstarrt stehen. Clay drehte sich einfach um und ging die Stufen wieder hinunter. Nachher floh sie wieder in die Sicherheit des Schlafzimmers, kroch in das riesige Bett und lauschte auf die Geräusche, die durch die Wände drangen. Sie stellte sich Clay mit nackter Brust, nur mit der Pyjamahose bekleidet, vor, so wie sie ihn heute morgen gesehen hatte.
Sie hörte, wie er das Licht im Bad ausknipste. Dann klopfte er leise an ihre Tür.
»Catherine?«
Mit wild schlagendem Herzen antwortete sie: »Was ist?«
»Wann stehst du gewöhnlich auf?«
»Um halb sieben.«
»Hast du den Wecker gestellt?«
»Nein, ich habe keinen.«
»Dann wecke ich dich um halb sieben.«
»Danke.«
Sie starrte in der Dunkelheit zur Tür.
»Gute Nacht«, sagte er schließlich.
»Gute Nacht.«
Er legte ein Tonband ein. Musik klang durch die geschlossene Tür, während sie reglos im Bett lag und versuchte, alle Gedanken an ihn zu verdrängen und einzuschlafen.
Als das Band zu Ende war, lag sie noch immer hellwach da. Und auch noch Stunden später, als sie Clay in die Küche gehen und ein Glas Wasser holen hörte.

21

Die Reihenfolge, in der sie ihre täglichen Verrichtungen zum erstenmal taten, wurde allmählich zur Routine. Clay ging morgens als erster ins Bad, sie am Abend. Er zog sich im Schlafzimmer an, während sie duschte, und sie kleidete sich an, während er sein Bettzeug wegräumte. Er ging zuerst aus dem Haus, also öffnete er die Garagentür, und Catherine schloß sie.

Ehe er an diesem Montag morgen aus dem Haus ging, fragte er: »Wann kommst du nach Hause?«

»Gegen halb drei.«

»Ich komme ungefähr eine Stunde später. Wenn du auf mich wartest, gehe ich mit dir einkaufen.«

Sie konnte ihre Überraschung nicht verbergen – nie hätte sie geglaubt, daß ihm etwas daran lag, mit ihr gemeinsam einkaufen zu gehen! Er stand im Foyer und blickte zu ihr hoch. Er legte eine Hand auf den Türknauf, lächelte kurz, hob grüßend die Hand und sagte: »Nun, ich wünsche dir einen schönen Tag.«

»Ich dir auch.«

Als er fort war, starrte sie eine Weile die geschlossene Tür an, erinnerte sich an sein Lächeln und den freundlichen Abschiedsgruß. Unwillkürlich sah sie ihren Vater vor sich, der jeden Morgen mißmutig in die Küche geschlurft kam, sich den Bauch kratzte und brüllte: »Wo, zum Teufel, ist Ada?

Muß sich ein Mann in diesem Dreckloch auch noch selber seinen Kaffee kochen?«
Catherine mußte die ganze Zeit daran denken, als sie in ihrem eigenen Auto zur Schule fuhr.

Es war ein merkwürdiger Ort, um sich zu verlieben – mitten im Supermarkt – aber genau dort passierte es Catherine. Sie war noch immer völlig fassungslos darüber, daß Clay sie tatsächlich begleitet hatte. Wieder versuchte sie, sich ihren Vater in dieser Situation vorzustellen, aber es war zu grotesk. Noch verblüffter war sie über die Fröhlichkeit, die oft an Albernheit grenzte, mit der Clay und sie einkauften. Es hatte damit angefangen, daß sie ihre unterschiedlichen Vorlieben für Lebensmittel entdeckten, und endete in ausgelassenem Gelächter.
»Magst du Obst?« fragte Clay.
»Orangen, ich vergehe vor Sehnsucht nach Orangen.«
»Dann kaufen wir Orangen!« proklamierte er dramatisch und schwang ein Netz voller Orangen durch die Luft.
»He, schau erst nach, was sie kosten.«
»Das spielt keine Rolle. Die hier sehen gut aus.«
»Natürlich sehen sie gut aus«, schalt sie und betrachtete den Preis. »Du hast die teuersten im ganzen Supermarkt ausgewählt.«
Aber als sie die Früchte gegen billigere eintauschen wollte, drohte er ihr mit dem Finger und sagte, bei Lebensmitteln spiele der Preis keine Rolle. Und sie legte das Netz zurück in den Einkaufswagen.
Bei den Molkereiprodukten griff sie nach einer Margarine.
»Wofür brauchst du die?«
»Was glaubst denn du? Jedenfalls nicht für eine Ölkur für mein Haar.«
»Und auch nicht, um mich damit zu füttern«, sagte er

grinsend und nahm ihr die Margarine aus der Hand. »Ich mag nur Butter.«
»Aber die kostet dreimal soviel!« protestierte sie, griff nach der Margarine und legte seine Butter zurück.
Er tauschte die beiden Pakete sofort wieder aus.
»Von Butter wird man dick«, belehrte sie ihn, »und ich muß auf mein Gewicht achten.« Er verneigte sich mit übertriebener Höflichkeit vor ihr und legte die Margarine neben seine Butter in den Wagen.
Sie entdeckte in einem Regal eine Fünf-Liter-Flasche Ketch-up, und als er ihr den Rücken zukehrte, hievte sie das unhandliche Ding herunter, preßte es gegen ihren Bauch und schleppte es zum Wagen.
»Da«, keuchte sie, »die sollte dir bis nächste Woche reichen.« Er drehte sich um und lachte schallend. Dann nahm er ihr schnell die enorme Flasche ab.
»He, willst du etwa mein Kind zerquetschen?«
»Ich weiß doch, wie sehr du Ketch-up auf deinen Hamburgern liebst«, sagte sie scheinheilig und stimmte in sein Gelächter ein.
Gemeinsam schoben sie ihren vollbeladenen Wagen weiter, und an der Tiefkühltheke wählte sie Orangensaft und er Ananassaft. Wie zwei Pokerspieler, die ihre Karten ausspielten, legten sie einen Gegenstand nach dem anderen in den Wagen.
Sie griff nach Maiskolben.
Er nahm eine Packung Spinat.
»Was ist denn das?« rief sie angeekelt.
»Spinat.«
»Spinat! Igitt!«
»Was hast du gegen Spinat? Ich liebe ihn!«
»Ich hasse ihn.«
Als sie in die Fleischabteilung kamen, kicherten sie nur noch, und die Leute starrten sie verwundert an.

»Magst du Steak?« fragte sie.

»Ich liebe es. Magst du Hackbraten?«

»Ich liebe ihn.«

»Nun, ich hasse ihn. Wage ja nicht, mir Hackbraten zu kredenzen!«

Spielerisch fuhr sie mit den Fingern über eine Packung Hamburger. Er warf ihr aus den Augenwinkeln einen drohenden Blick zu.

In herrischem Ton befahl er: »Nimm die Schweinekoteletts, sonst . . .«

»Sonst was?« fragte sie mit finsterer Miene.

Er lächelte boshaft und hielt ihr eine Packung vors Gesicht.

» . . . sonst essen wir Leber.«

Sie stemmte die Fäuste in die Hüften, hob angriffslustig ihr Kinn und knurrte: »Großartig! Ich esse sie nämlich roh!«

Er hob spöttisch die Brauen.

»Wahrscheinlich weißt du nicht, wie man sie zubereitet.«

»Die Pest soll dich holen – ich kann kochen.«

»Welch ein Glück für dich, Weib, weil ich es *nicht* kann.«

Und wieder brachen sie in albernes Gekicher aus.

Catherine hatte nicht gewußt, daß sie Humor besaß. Aber ihr gefiel diese spontane, leichtfertige Art und Weise, wie sie miteinander umgingen. Und sie mußte sich eingestehen, daß Clay Charme besaß – einen sehr betörenden Charme, dem sie sich nicht entziehen konnte. Er hatte auch Humor, war zuvorkommend und ausgeglichen. Zum ersten Mal in ihrem Leben hatte sie keine Angst vor Wutausbrüchen. Für Catherine war es eine ungeheure Erkenntnis, daß es möglich war, mit einem Mann in Harmonie zu leben.

Auch das Stadthaus verzauberte Catherine mit seinem Charme. Während sie mit irgendwelchen Hausarbeiten beschäftigt war, mußte sie sich manchmal kneifen, damit sie nicht vergaß, daß ihr Glück zeitlich begrenzt war. Clay beteiligte sich auch an der Hausarbeit, was Catherine über die Maßen erstaunte. Vielleicht hatte es an jenem Abend begonnen, als sie gemeinsam die Waschmaschine anschlossen. Sie lasen die Gebrauchsanweisung und steckten dann das erste Bündel schmutziger Wäsche hinein. Danach kümmerten sie sich abwechselnd um die Wäsche.

Eines Tages kam sie nach Hause und fand ihn beim Staubsaugen im Wohnzimmer. Verblüfft starrte sie ihn an und konnte sich ein Grinsen nicht verkneifen. Als er sie sah, stellte er den Staubsauger ab.

»He, warum lächelst du?«

»Ich habe gerade versucht, mir meinen Alten dabei vorzustellen.«

»Soll das ein Angriff auf meine Männlichkeit sein oder was?«

Lächelnd entgegnete sie: »Ganz im Gegenteil.«

Dann ging sie aus dem Raum. Er stellte den Staubsauger wieder an und überlegte, was sie mit dieser Bemerkung gemeint haben mochte.

Es war unvermeidbar, daß sie durch völlig belanglose Dinge enger miteinander verbunden wurden. Das Telephon wurde installiert, und ihre Nummer stand unter den Namen: Forrester, Clay. Am Küchenschrank befestigten sie eine Einkaufsliste, und jeder trug seine Wünsche darauf ein. Sie kaufte sich ein Tonband von *The Lettermen* und spielte es auf seinem Stereogerät. Briefe waren an Mr. und Mrs. Forrester adressiert. Ihm ging das Shampoo aus, und er benutzte ihres, worauf auch er ihre Marke kaufte, denn sie gefiel ihm besser. Manchmal benutzten sie sogar dasselbe Handtuch.

Aber jeden Abend holte er seine Steppdecke und machte sein Bett auf der Couch. Dann legte er ein Tonband ein, und sie lagen getrennt in der Dunkelheit und lauschten der Musik.

Da sie nun daran gewohnt war, zu den Klängen dieser Musik einzuschlafen, ließ sie die Schlafzimmertür offen, um sie besser hören zu können.

Der *Thanksgiving Day* wurde für Catherine ein wundervolles Erlebnis. Angela hatte neben Clays Großeltern, einigen Tanten, Onkeln und Cousinen auch Steve und Ada eingeladen. Das erste Mal seit sechs Jahren waren Catherine, Ada und Steve an einem Feiertag zusammen. Catherine wurde von Dankbarkeit für die Forresters überwältigt, weil sie ihr diese Möglichkeit geboten hatten. Der Tag wurde auf traditionelle Weise gefeiert. Nach einem üppigen Essen versammelte sich die ganze Familie im Salon vor dem Kaminfeuer. Dann spielten die Männer Billard im Keller, und Catherine konnte ihr Gelächter hören. Sie verdrängte den Gedanken daran, daß dieses Glück nicht von Dauer sein würde, und genoß die vertrauliche Atmosphäre in der Geborgenheit dieser Familie. Auch ihre Mutter verlor ihre Befangenheit und beteiligte sich angeregt an der Unterhaltung. Es war erstaunlich, wie gut sich Steve und Clay verstanden.

Wie kann für die Forresters das alles selbstverständlich sein, dachte Catherine und betrachtete die zufriedenen Gesichter und lauschte auf das fröhliche Geplauder. Was ist aus meiner Abneigung gegen die verkommenen Reichen geworden? In diesem Augenblick begegneten sich ihre und Clairbornes Blikke. In seinen Augen lag eine beunruhigende Sanftheit, als hätte er ihre Gedanken erraten. Schnell senkte sie den Blick, wehrte sich gegen die Zuneigung, die sie für Clays Vater zu empfinden begann.

Am Nachmittag erhielt Catherine ihre erste Lektion im Poolbillard. War es Zufall oder Absicht, daß Clay seinen Körper eng an ihren Rücken preßte, als er ihr zeigte, wie man den Stock anlegte? Ihr schien, daß seine Hand unnötig lange auf ihren Fingern lag, während er den Stock in Position brachte.

Später sahen sie sich ein Footballspiel im Fernsehen an.

Catherine saß bequem eingekuschelt zwischen Clay und Steve, und sie erhielt eine zweite Lektion in Sachen Sport.
Claiborne und Angela verabschiedeten sie an der Haustür, und während Claiborne ihr den Mantel hinhielt, fragte Angela: »Wie fühlst du dich?«
Catherine war einen Augenblick sprachlos über diese fürsorgliche Frage, denn es war das erste Mal nach der Hochzeit, daß irgend jemand eine Andeutung über ihre Schwangerschaft machte.
»Dick«, antwortete sie lächelnd.
»Aber du siehst wundervoll aus«, versicherte ihr Claiborne.
»Ja, und laß dich nicht von deiner weiblichen Eitelkeit unterkriegen«, fügte Angela hinzu. »Es ist nur vorübergehend, weißt du.«
Auf der Fahrt nach Hause dachte Catherine an die fürsorgliche Art von Clays Eltern, an ihre warme Anteilnahme an ihrem Wohlbefinden, und diese Fürsorge ängstigte sie mehr, als sie sich eingestehen wollte.
»Du bist so ruhig«, sagte Clay.
»Ich habe nachgedacht.«
»Worüber?«
Sie schwieg eine Weile und sagte dann mit einem tiefen Seufzer: »Über den ganzen Tag – wie er verlief. Für deine Familie ist es selbstverständlich ... ich meine, ich habe noch nie einen *Thanksgiving Day* auf diese Weise gefeiert.«
»Es war doch ein ganz gewöhnlicher Feiertag.«
»Ach, Clay, du kannst es nicht verstehen.«
»Was soll ich verstehen?«
Nein, er konnte es nicht verstehen und würde es auch niemals. Aber sie versuchte, es ihm zu erklären. »Bei mir zu Hause war ein Feiertag für meinen Alten nur eine willkommene Entschuldigung, sich noch mehr als gewöhnlich zu betrinken. Beim Mittagessen war er schon stockbesoffen,

ganz gleich, ob wir bei Onkel Frank oder zu Hause waren. Ich kann mich an keinen Feiertag erinnern, den er nicht durch sein Trinken verdorben hätte. Ständig herrschte eine ungeheure Anspannung, denn jeder versuchte trotzdem fröhlich zu sein. Ich wünschte mir immer ...« Ihre Stimme verlor sich. Sie konnte nicht aussprechen, daß sie sich immer gewünscht hatte, einmal einen Feiertag so wie heute zu verbringen.

»Das tut mir leid«, sagte er sanft und berührte leicht ihren Nacken. »Laß dir von diesen schlimmen Erinnerungen nicht den Tag verderben.«

»Dein Vater war heute sehr nett zu mir.«

»Deine Mutter war sehr nett zu mir.«

»Clay, ich ...« Wieder verstummte sie, wußte nicht, wie sie ihre Beklommenheit ausdrücken sollte. Catherine glaubte nicht, daß er verstehen würde, daß dieser Tag einfach zu schön gewesen war.

»Was?«

»Nichts.«

Aber dieses *Nichts* lag ihr wie ein Kloß im Magen, war etwas Gutes und Lebendiges und Wachsendes, das – dessen war sie sicher – ein bittersüßes Ende finden würde.

Es war wenige Tage später, als Clay eines Abends mit einer Vierpfundpackung Popcorn nach Hause kam.

»Vier Pfund!« rief sie entgeistert.

»Nun, ich esse das Zeug entsetzlich gern.«

»Dann genieße es«, sagte sie lachend und warf ihm die Packung zu.

An diesem Abend saßen sie nebeneinander auf der Couch, hatten eine Schüssel mit Popcorn zwischen sich und lernten. Plötzlich warf Catherine eine Handvoll Popcorn in die Schüssel zurück. Mit weitaufgerissenen Augen ließ sie ihr Buch fallen.

»Clay!« flüsterte sie.
Erschreckt lehnte er sich über sie. »Was ist los?«
»O Gott ...« flüsterte sie und umfaßte mit beiden Armen ihren Bauch.
»Catherine, was hast du?« fragte er besorgt.
Sie schloß die Augen. »Ohhh ...« keuchte sie und überlegte, wo sie die Nummer des Arztes aufgeschrieben hatte, damit er sie schnell finden konnte.
»Um Himmels willen, was hast du?«
»Etwas ... etwas ...« Ihre Augen blieben geschlossen, während ihm der Schweiß ausbrach. Dann öffnete sie die Augen und sagte mit einem zittrigen Lächeln: »Etwas hat sich da drin bewegt.«
Er starrte auf ihren Bauch. Catherine hielt ihn fest umklammert. Er holte tief Luft.
»Da ist es wieder«, verkündete sie und schloß die Augen, als wäre sie in Ekstase. »Noch einmal ... noch einmal ... bitte«, flüsterte sie flehend.
»Bewegt es sich noch?« wisperte er.
»Ja ... nein! Warte!«
»Kann ich es fühlen?«
»Das weiß ich nicht. Warte, da ist es wieder ... nein, es ist vorbei.«
Während der ganzen Zeit hatte er ein paarmal zögernd die Hand nach ihr ausgestreckt.
»Da ist es wieder.«
Er legte die Hand sanft auf ihren Leib. Wie hypnotisiert saßen sie da und warteten. Nichts geschah. Ihre Blicke begegneten sich. Die Wärme seiner Hand strömte durch ihren Körper, aber in ihrem Leib regte sich nichts mehr.
»Ich habe nichts gespürt«, sagte er und fühlte sich betrogen.
»Es ist vorbei.«
»Da, was war das?«

»Nein, das war's nicht. Du hast wohl nur meinen Herzschlag gespürt.«

»Ach.« Aber er ließ seine Hand liegen. »Wie hat es sich angefühlt?«

»Ich weiß nicht. Wie ... wie wenn man ein Kätzchen in der Hand hält und sein Schnurren durch den Pelz spürt. Aber es hat jedesmal nur Sekunden gedauert.«

Clays Gesicht war heiß. Seine Kopfhaut prickelte. Er weigerte sich, seine Hand von ihrem Leib zu nehmen, ohne etwas gespürt zu haben.

Es tut gut, sie zu berühren, dachte er.

»Clay, es wird nicht mehr geschehen. Jetzt jedenfalls nicht, denke ich.«

»Schade.« Enttäuscht zog er seine Hand zurück und hinterließ auf ihrer grünen Bluse fünf Fettflecke, wo seine Finger gelegen hatten.

»Du hast mich markiert«, sagte sie scherzend und deutete auf ihre Bluse.

»Ja, fürs Leben«, sagte er obenhin, hatte aber plötzlich Sehnsucht, sie zu küssen. »Versprich mir, daß ich es fühlen darf, wenn es sich wieder rührt.«

Aber sie versprach es nicht. Statt dessen stand sie auf, murmelte etwas von Fettflecken, die sie entfernen müsse, und verschwand im Bad.

Als sie zurückkam, trug sie einen rosa Hauskittel. Es fiel ihm schwer, sich wieder auf seine Bücher zu konzentrieren, als sie erneut auf der Couch Platz nahm.

Mittlerweile wußte Catherine, daß Clay seinen Morgenkaffee gern an der Theke trank. Dort saß er, auf seinem gewohnten Platz, als Catherine ein paar Tage später die Treppe herunterkam. Er führte gerade die Tasse an die Lippen, warf ihr einen Blick über den Zeitungsrand hinweg zu, da erstarrte seine Hand mitten in der Bewegung.

»Na, na, na ... sieh dir das an«, sagte er.
Sie errötete und beschäftigte sich eingehend mit dem Toaster.
»Dreh dich um und laß dich anschauen.«
»Es ist nur ein Umstandskleid«, sagte sie zum Toaster.
»Warum bist du dann so verlegen?«
»Um Himmels willen, ich bin nicht verlegen!« Sie drehte sich um. »Es ist nur ungewohnt.«
»Du siehst richtig niedlich darin aus.«
»Niedlich«, murmelte sie verächtlich. »Wie Jumbo, der Elefant.«
»Nun, jedenfalls ist es bequemer als die engen Röcke und Blusen.«
Er legte die Zeitung beiseite, kam hinter die Theke und goß sich eine zweite Tasse Kaffee ein. »Ärgere dich doch nicht, Catherine.«
Einem Impuls folgend, trat er hinter sie, legte beide Arme um ihre Taille und bedeckte mit den Händen ihren Leib.
»Hat sich da drin wieder etwas gerührt?« fragte er.
Er spürte, wie sie sich versteifte und mit Mühe ein Stück Toast hinunterschluckte.
»Rühr mich nicht an, Clay«, sagte sie mit gepreßter Stimme und blieb wie erstarrt stehen. Jeder Muskel in seinem Körper verkrampfte sich.
»Warum nicht? Du bist meine Fr ...«
»Ich kann es nicht ertragen!« fauchte sie ihn an und klatschte die Scheibe Toast auf die Theke. »Ich kann es nicht ertragen.«
Er fühlte, wie ihm bei ihrem unerwarteten Ausbruch das Blut in den Kopf stieg.
»Nun, dann bitte ich dich, verdammt noch mal, um Verzeihung. Ich werde dich nicht wieder belästigen!«
Er knallte die Tasse auf die Theke und stürmte aus dem Haus.
Als die Tür hinter ihm ins Schloß fiel, stützte Catherine beide Ellbogen auf die Theke und verbarg ihr Gesicht in den

Händen. Sie wollte rufen: Komm zurück, komm zurück! Ich habe es nicht so gemeint, Clay. Ich brauche deine Berührungen so dringend. Komm zurück, damit ich dir zeigen kann, wie sehr ich dich brauche, obwohl ich mit dir streite. Ich brauche dich so sehr, Clay. Streichle mich, tröste mich, berühre mich, Clay.

Es war ein trübseliger Tag für sie.
Sie bereitete das Abendessen zu und wartete. Aber Clay kam nicht. Schließlich aß sie allein, starrte auf den leeren Hocker neben ihrem. Das Essen schmeckte wie Pappe. Mit Mühe bekam sie ein paar Bissen hinunter.
Sie legte eines seiner Lieblingstonbänder ein, weil sie die Stille im Haus nicht mehr ertragen konnte. Aber die Musik machte sie noch trübsinniger, denn sie wurde dabei daran erinnert, wie er wütend die Tür hinter sich zugeschlagen hatte. Dann legte sie ihr Lieblings-Tonband ein, und bald ertönte das Lied, bei dem sie immer an ihn denken mußte: *You're Just Too Good To Be True.* Das machte sie noch deprimierter, und sie beschloß, in der Stille auf ihn zu warten. Um elf Uhr gab sie auf und ging zu Bett.
Um zwei Uhr morgens wachte sie auf, schlich leise den Flur entlang ins Wohnzimmer hinunter. In der Dunkelheit war nichts zu erkennen. Sie näherte sich vorsichtig der Couch, streckte die Hand aus – kein Bettzeug, kein Clay.
Um fünf Uhr schlief sie schließlich wieder ein und wurde eineinhalb Stunden später vom Wecker aus ihrem unruhigen Schlaf gerissen. Noch ehe sie hinunterging, wußte Catherine, daß er nicht da war.

22

An diesem Tag bemühte sich Catherine vergeblich, dem Unterricht zu folgen. Immer wieder kehrten ihre Gedanken zu jenem Abend zurück, als Clay seine Hand auf ihren Leib gelegt und mit leuchtenden Augen gefragt hatte: »Kann ich es fühlen? Ich spüre nichts, Catherine. Wie hat es sich angefühlt?«

Sie zitterte innerlich bei dem Gedanken, daß er die ganze Nacht fortgeblieben war. Sie würde seine Eltern anrufen müssen, wenn er bei ihrer Rückkehr nicht zu Hause war. Schon bei der Vorstellung, er könnte auch an diesem Abend nicht kommen, wurde ihr übel, und um nicht allein in dem stillen Haus zu sein, besuchte sie nach dem Unterricht die Mädchen im *Horizons*. Dort erfuhr sie, daß Maries Wehen gegen zehn Uhr morgens eingesetzt hatten, und alle warteten auf Neuigkeiten aus dem Krankenhaus. Ohne zu überlegen, fuhr Catherine zum Metro Medical Center und bekam die Erlaubnis, im Wartezimmer für die werdenden Väter zu warten. Als ihr die erfreuliche Nachricht endlich überbracht wurde, war es neun Uhr abends. Man erlaubte Catherine nicht, Marie zu sehen, also fuhr sie schließlich nach Hause.

Im Wohnzimmer brannte Licht. Bei diesem Anblick machte Catherines Herz einen Sprung. Leise öffnete sie die Haustür, hängte ihren Mantel auf und wollte die Treppe hinaufgehen. Clay stand in der Wohnzimmertür. Sein Hemd war zerknit-

tert, sein Gesicht unrasiert und zerfurcht von einer schlaflosen Nacht.
»Wo, zum Teufel, warst du?« brüllte er.
»Im Krankenhaus.«
Sein Zorn verflog sofort. Besorgt starrte er auf ihren Bauch. »Stimmt etwas nicht?«
»Marie hat eine Tochter bekommen.« Sie machte auf dem Absatz kehrt, wollte die Treppe hinaufgehen, wurde aber grob am Ellbogen herumgerissen.
Die Sorge um Catherine hatte ihn noch wütender gemacht, so daß er sie wieder anbrüllte: »Du hättest wenigstens anrufen können!«
»Ich!« schrie sie zurück. »Ich hätte anrufen sollen? Und was ist mit dir?«
»Ich bin rausgeworfen worden, vergiß das nicht!«
»Ich habe dich nicht rausgeworfen!«
»Du hast es mir, verdammt noch mal, nicht leichtgemacht, wieder zurückzukommen.«
»Die Entscheidung lag bei Ihnen, Mister Forrester. Ich bin sicher, Sie haben nicht unter der Kälte draußen gelitten.«
»Nein, ganz bestimmt nicht.«
»Durftest du die ganze Nacht ihren niedlichen, flachen Bauch betätscheln?«
»Was geht dich das an? Du hast mir die Erlaubnis erteilt, sie zu betatschen, wo immer ich will, nicht wahr?«
»Ganz recht«, fauchte sie. »Wo immer du willst!«
»Catherine, laß uns nicht streiten, okay? Ich bin hundemüde, und ich ...«
»Ach, du bist hundemüde! Armer Junge. Ich habe letzte Nacht kaum zwei Stunden geschlafen, weil ich mir Sorgen machte, du würdest in deiner Wut mit der Corvette gegen einen Baum rasen. Dabei warst du die ganze Zeit bei ihr. Und jetzt kommst du nach Hause und beklagst dich, daß du müde bist! Verschone mich mit deinem Gejammer!«

»Ich habe nicht gesagt, daß ich bei ihr war. Das vermutest du nur.«
»Es kümmert mich einen Dreck, ob du bei ihr warst oder nicht! Wenn ich dich dadurch vom Hals habe, schön! Verbring soviel Zeit, wie du willst, mit Jill Magnusson. Tu mir nur einen Gefallen, und sage mir vorher, wenn du die Nacht nicht nach Hause kommst, damit ich nicht für dich zu kochen brauche.«
»Und wer, glaubst du, hat heute für dich das Abendessen gekocht?«
Ihr Blick wanderte zur Küche. Er hatte tatsächlich das Essen vorbereitet. Catherine verschlug es die Sprache.
Er schimpfte weiter. »Was, glaubst du, habe ich gedacht, als du nicht nach Hause kamst?«
»Ich weiß, was du nicht gedacht hast – daß ich mit einem alten Freund ausgegangen bin!«
Er fuhr sich mit den Fingern durchs Haar, als wollte er seinen Zorn wegwischen.
»Ruf lieber deine Mutter an. Sie ist krank vor Sorge um dich.«
»Meine Mutter? Was hat sie damit zu tun?«
»Ich dachte, du wärst zu ihr gegangen, deswegen rief ich sie an.«
»Ach, wie schön! Ich habe *deine* Mutter nicht angerufen, um herauszufinden, wo du bist.«
»Vielleicht hättest du das tun sollen, denn ich war dort.«
Er stapfte durchs Wohnzimmer und ließ sich auf die Couch fallen. »Gott«, sagte er zum Fenster, »was ist nur gestern morgen in dich gefahren? Ich habe dich doch nur berührt, Catherine. Mehr nicht. War das so schlimm? Was glaubst du wohl, wie sich ein Mann fühlt, der so wie ich behandelt wird?« Er stand auf und ging rastlos im Zimmer umher. »Ich lebe doch wie ein verdammter Mönch! Sieh mich nicht an!

Rühr mich nicht an! Achte auf deine Worte! Ich schlafe auf dieser Couch wie ein Eunuch! Unser Zusammenleben ist völlig unnatürlich!«
»Wessen Idee war es denn?«
»Ja, gut, meine. Aber bleib fair, hm?«
Ihre Stimme wurde höhnisch. »Was bin ich denn für dich, Clay? Eine weitere Eroberung? Bist du darauf aus? Dafür kannst du dir doch was Besseres suchen, nicht eine schwangere, dickbäuchige Verliererin wie mich. Mir liegt nur daran, diese Ehe ohne weitere Demütigungen hinter mich zu bringen. Ich habe genug gelitten. Deswegen will ich nichts mehr mit dir zu tun haben, verstehst du das? Laß mich einfach nur in Ruhe!«
Plötzlich stürmte Clay durchs Zimmer, packte ihren Arm, hob außer sich vor Wut die Hand und schrie: »Verdammt, Catherine, ich bin dein Mann!«
Instinktiv riß sie sich los, hielt beide Hände über den Kopf, krümmte sich zusammen und wartete auf den Schlag.
Bei diesem Anblick wich seine Wut unendlichem Mitleid, das ihn mehr schmerzte als die Tatsache, daß sie nicht von ihm berührt werden wollte.
Er fiel neben ihr aufs Knie.
»Cat«, sagte er heiser. »Mein Gott, Cat! Ich wollte dich nicht schlagen.«
Aber sie blieb in ihrer gebückten Haltung, gefangen in einer Angst, die er nicht verstehen konnte. Er streckte die Hand aus, um ihr Haar zu streicheln. »He, Liebling, ich bin's, Clay. Ich würde dich niemals schlagen, weißt du das denn nicht?«
Er dachte, sie weinte, denn ihr ganzer Körper zitterte. Es ist gut, daß sie weint, dachte er, das hätte sie schon vor Wochen tun sollen. Er sah, wie sie ihre geballten Fäuste im Nacken vergrub. Sanft berührte er ihren Arm. »Komm, Cat. Es war nur ein alberner Streit. Alles ist wieder gut.« Er strich ihr

eine Haarlocke aus der Stirn und beugte sich nieder, um sie anzusehen. Aber sie wich wie in panischer Angst vor ihm zurück.

»Cat, es tut mir leid. Hab keine Angst, bitte ... Niemand wird dir weh tun, Cat. Liebling, es tut mir leid ...« Ein Schluchzen preßte ihm die Kehle zu. »Darf ich dich zu Bett bringen?« Sie schien in die Wirklichkeit zurückzukehren, hob den Kopf und warf ihm einen argwöhnischen Blick zu. Mit unendlicher Sanftheit versprach er: »Ich werde dich nicht berühren. Ich will dich nur ins Bett bringen. Komm jetzt.« Sie hatte nicht geweint. Langsam richtete sie sich auf, warf ihr Haar zurück und starrte ihn nur weiterhin argwöhnisch an. Ihr Gesicht war völlig ausdruckslos.

»Das kann ich alleine.« Ihre Stimme klang zu beherrscht. »Ich brauche deine Hilfe nicht.«

Steif wie eine Marionette ging sie aus dem Zimmer und ließ ihn dort auf Knien und mit wehem Herzen zurück.

Danach verbrachte Catherine ihre Abende in dem bisher ungenutzten Zimmer. Sie nähte entweder Umstandskleider oder erledigte Schreibarbeiten auf einem Tisch, den sie dort aufgestellt hatte. Wie ein Einsiedlerkrebs verkroch sie sich in ihrem Schneckenhaus.

Nachdem sie mehrere Abende an der Schreibmaschine verbracht hatte, kam Clay zu ihr ins Zimmer und sagte: »Du schreibst viel in letzter Zeit. Brauchst du das alles für den Unterricht?«

Sie drehte sich nicht einmal um. »Ich tippe Manuskripte ab.«

»Wenn du Geld brauchst, warum sagst du es mir nicht?« fragte er ungehalten.

»Ich möchte meine Schreibmaschinenkenntnisse verbessern.«

»Aber du hast genug mit dem Studium und dem Haushalt hier zu tun. Warum halst du dir noch mehr Arbeit auf?«

Sie warf ihm einen Blick über die Schulter zu und sagte: »Ich dachte, wir hätten vereinbart, uns nicht in das Privatleben des anderen einzumischen.«
Er preßte die Lippen zu einer schmalen, harten Linie zusammen, und sie arbeitete weiter.
Als sie am folgenden Abend wieder an der Schreibmaschine saß, hörte sie die Haustür zuknallen. Ihre Finger blieben reglos auf den Tasten liegen, während sie angestrengt lauschte. Schließlich stand sie auf, suchte ihn im Wohnzimmer und in der Küche – er war fort. Mit einem Seufzer kehrte sie in ihr Zimmer zurück.
Aber sie fühlte die Leere und Einsamkeit im Haus.
Er kam gegen zehn Uhr zurück, erzählte Catherine nicht, wo er gewesen war, und sie stellte keine Fragen. Danach ging er regelmäßig aus, weil er ihre Gleichgültigkeit und die Einsamkeit im Wohnzimmer nicht mehr ertragen konnte, während oben die Nähmaschine surrte oder die Schreibmaschine klapperte.
Eines Abends kam er früher als gewöhnlich nach Hause, trat in ihr Zimmer und legte ein Scheckbuch auf den Tisch.
»Was ist das?« fragte sie.
Sein Gesicht lag im Schatten. »Ich hatte keine Schecks mehr und ließ neue drucken.«
Sie starrte auf die schwarze Plastikhülle, öffnete sie und sah ihren Namen neben dem seinen auf dem Scheck.
»Wir hatten eine Vereinbarung«, sagte Clay. »Ich komme für deinen Lebensunterhalt auf.«
Die beiden Namen auf dem Scheck erinnerten Catherine aus irgendeinem Grund an ihre Hochzeitseinladungen. Sie blickte zu ihm auf. Sein Gesicht war ausdruckslos.
»Aber nicht für immer«, sagte sie. »Im nächsten Sommer werde ich Geld brauchen und Referenzen von zufriedenen Kunden. Deswegen nehme ich diese Jobs an.«

Er steckte eine Hand in die Hosentasche und sagte mit einem frostigen Unterton in der Stimme: »Und ich möchte, daß du die Abende wieder im Wohnzimmer verbringst.«
»Ich muß arbeiten, Clay«, entgegnete sie ablehnend. Sie fing wieder zu tippen an. Clay ging verärgert aus dem Zimmer.
Nachdem er sie verlassen hatte, stützte sie beide Ellbogen auf die Schreibmaschine und bedeckte ihr Gesicht mit den Händen. Sein Verhalten verwirrte sie, doch am meisten hatte sie Angst davor, ihren Gefühlen für ihn nachzugeben. Sie dachte an den nächsten Sommer, an die unvermeidbare Trennung und tippte entschlossen weiter.
In dem Zimmer häuften sich bald ihre Sachen. Schreibmaschinenpapier und Manuskripte lagen neben Schnittmustern und Stoffresten auf dem Boden. In einer Ecke bewahrte sie ihre Lehrbücher, Studienhefte und eine Einkaufstasche auf.
Die Weihnachtsferien verbrachte sie größtenteils in ihrem Zimmer, während er sich tagelang in der juristischen Bibliothek in der Universität aufhielt, die täglich rund um die Uhr geöffnet hatte.
Eines Abends kam er nach Hause, müde vom Studieren und gelangweilt von der nüchternen Atmosphäre in der Bibliothek und den trockenen Gesetzestexten. Während er seinen Mantel aufhängte, lauschte er auf ein Geräusch von oben. Aber alles war still; das Klappern der Schreibmaschine war verstummt. Er ging die Treppe hinauf und fand Catherines Zimmer leer und dunkel vor. Hastig lief er wieder nach unten und fand eine Nachricht auf dem Wohnzimmertisch.
»Schlechte Neuigkeiten. Grovers Baby wurde zu früh geboren. Bin im *Horizons.* Bis später.« Sie hatte nur mit einem »C« unterzeichnet.
Das Haus kam ihm ohne sie still und leblos wie ein Grab vor. Er machte sich ein Sandwich und starrte durch die Schiebetür in das Schneetreiben hinaus. Er wünschte, sie hätten einen

Weihnachtsbaum, aber sie hatte mit dem Hinweis abgelehnt, daß sie keinen Baumschmuck besäßen. Er dachte über ihre kalte, ablehnende Haltung ihm gegenüber nach und fragte sich, wie ein Mensch sich so in die Isolation verkriechen konnte, wie sie es tat. Er war daran gewöhnt, in einer Umgebung zu leben, in der die Menschen am Abend gemeinsam beim Dinner saßen, miteinander sprachen oder im selben Zimmer in freundschaftlichem Schweigen lasen oder sich anderweitig beschäftigten. Er vermißte die harmonische Atmosphäre seines Elternhauses sehr, stellte sich den riesigen Weihnachtsbaum vor, der jetzt dort im Salon stand; das anheimelnde Knistern des Kaminfeuers; die Besuche der Tanten und Onkel, die Geschenke brachten. Zum ersten Mal in seinem Leben wünschte er sich, Weihnachten würde schnell vergehen.

Dann schlenderte er müßig nach oben und zog seinen Jogginganzug an, in dem er es sich auf der Couch bequem machen wollte. Vor der Tür zu Catherines Zimmer blieb er stehen, ging hinein und knipste die Schreibtischlampe an. Mit den Fingerspitzen fuhr er über die Tasten der Maschine, las ein paar Sätze des getippten Textes und ließ den Blick über die Bücher und Papierstöße auf dem Tisch schweifen.

Plötzlich blieb sein Blick auf der Ecke eines aufgeschlagenen Buches haften, das unter einem Papierstoß hervorlugte. Er zog es hervor und sah Catherines Handschrift, die eine halbe Seite bedeckte.

»Clay ist heute abend wieder ausgegangen ...« stand da. Hastig schob er das Buch zurück, denn er hatte das Gefühl, bei einer Missetat ertappt worden zu sein. Doch dann konnte er der Versuchung nicht widerstehen und legte das Tagebuch auf die Schreibmaschine.

»Clay ist heute abend wieder ausgegangen, kam aber früher als das letzte Mal zurück. Ich versuche, nicht daran zu denken, wohin er geht, kann aber die Gedanken nicht verdrängen. Ich fühle mich im Haus sehr einsam ohne ihn, aber ich darf mich nicht daran gewöhnen, ihn um mich zu haben. Heute machte er den Vorschlag, einen Weihnachtsbaum zu kaufen, aber wie sehr ich mich auch danach sehnte – wozu soll es gut sein? Es ist nur ein weiterer Brauch, den wir nächstes Jahr nicht mehr teilen werden. Heute trug er sein braunes Samtjackett, das er damals anhatte ...«

Hier endete ihre Eintragung.

Er ließ sich auf ihren Stuhl sinken, starrte noch immer auf die Worte und las die Zeilen noch einmal, obwohl er Gewissensbisse hatte, auf diese Weise in ihre Intimsphäre einzudringen. Dabei sah er sie vor sich, wie sie sich vor ihm in diesem Zimmer verkroch und ihre geheimsten Gefühle dem Tagebuch anvertraute, anstatt mit ihm darüber zu reden. »Heute trug er sein braunes Samtjacket, das er damals anhatte ...« und fragte sich, wie sie den Satz beendet hätte. Ihm gegenüber hatte sie nie seine Kleidung erwähnt. Er hatte nicht einmal geglaubt, daß sie überhaupt wahrnahm, was er trug. Aber dieser Satz ...

Er schloß die Augen, erinnerte sich daran, wie sie zu ihm gesagt hatte, daß sie es nicht ertragen konnte, von ihm berührt zu werden. Verband sie angenehme Erinnerungen mit dem braunen Jackett? Er dachte an den Streit, den sie wegen Jill gehabt hatten. Noch einmal las er: »Ich fühle mich im Haus sehr einsam ohne ihn.«

Verwirrt und betroffen schob er das Tagebuch wieder unter den Papierstoß, knipste die Lampe aus, ging ins Wohnzimmer und schaltete den Fernseher ein. Blicklos starrte er auf den Fernsehschirm, ließ drei Werbespots an sich vorbeiflimmern, den Anfang einer Fernsehshow, ehe er wieder hinaufging und das Tagebuch noch einmal hervorholte.

Er blätterte zurück zur Eintragung vom vierten Juli.

»Heute war ein Tag der Entdeckungen.
Zum ersten Mal wollte die Familie gemeinsam zum Picknick am Lake Independence fahren. Doch wie gewöhnlich betrank sich Daddy sinnlos und ruinierte alles. Mom und ich hatten den Picknickkorb schon gepackt, als sie ihre Meinung änderte und Onkel Frank anrief, um ihm zu sagen, daß wir nicht kommen würden. Eins führte zum anderen, und Daddy beschimpfte Mom, bis ich dazwischentrat. Dann ließ er seine Wut an mir aus, schleuderte mir wie gewöhnlich die übelsten Schimpfwörter ins Gesicht, und ich floh in mein Zimmer. Dort grübelte ich über die Ungerechtigkeit des Lebens nach.
Am späten Nachmittag rief Bobbi an und erzählte mir, daß sie und Stu zum Powderhorn fahren wollten, um das Feuerwerk zu sehen. Sie fragte mich, ob ich nicht Lust hätte, sie gemeinsam mit einem Freund Stus zu begleiten. Wäre der Tag nicht so trübsinnig verlaufen, hätte ich vielleicht nicht zugestimmt. Aber ich fühlte mich miserabel, also fuhr ich mit, und jetzt weiß ich nicht, ob es richtig war.
Sein Name ist Clay Forrester, und als ich ihn sah, habe ich mich wohl wie eine Närrin benommen und ihn einfach angestarrt. Was für ein Gesicht! Was für Haare! Was für ein Mann! Er hat graue Augen und wirkte zuerst etwas mürrisch, aber mit der Zeit wurde er fröhlicher. Er hat die Angewohnheit, eine Braue leicht spöttisch zu heben, und am Kinn hat er ein Grübchen. Sein Haar hat die Farbe von Herbstblättern – es ist nicht rot, nicht gelb – eher goldrot wie Ahornblätter.
Als Stu uns miteinander bekanntmachte, stand Clay nur da, hatte die Daumen in seine Jeanstaschen gehakt und sagte lächelnd ›Hallo‹. Mein Herz machte einen Sprung, und ich fragte mich, ob er mir meine Aufregung ansah.
Was danach passierte, ist einfach verrückt. Ich kann es selbst nicht glauben. Mit einer großen Flasche Wein schlenderten wir um das Powderhorn herum und warteten darauf, daß es

dunkel wurde. Bobbi und Stu gingen Hand in Hand vor uns, und als Clays Arm meine Schulter berührte, überlief mich ein prickelnder Schauder. Als das Feuerwerk begann, waren wir beinahe so high wie die Lichter am Himmel.

Bobbi und Stu holten eine Decke aus dem Auto und verschwanden in der Dunkelheit. Ich sehe noch Clay vor mir, wie er mit der Weinflasche in der Hand vor dem Auto stand und mich fragte, ob ich im Wagen sitzen und das Feuerwerk betrachten wolle oder ob er die andere Decke nehmen solle. Und ich antwortete doch tatsächlich: ›Laß uns die andere Decke nehmen.‹

Wir saßen unter einem riesigen Baum. Clay zog mit den Zähnen den Korken aus der Weinflasche und spuckte ihn in die Luft. Wir kicherten albern, und ich dachte, wieviel angenehmer es doch ist, selbst betrunken zu werden, als anderen dabei zuzusehen.

Clay lehnte sich zurück, stützte sich auf einen Ellbogen, legte eine Hand in meinen Nacken und küßte mich. ›Feuerwerk‹, flüsterte er mir dann ins Ohr und zog mich in seine Arme. Willenlos ließ ich es geschehen, erinnerte mich an die Schimpfworte, die Daddy mir an diesem Morgen an den Kopf geworfen hatte, und dachte mir, vielleicht will ich ihm beweisen, daß er recht hat.

Clay ließ sich Zeit. Ich hatte schon vor ihm Jungen geküßt, aber seine Küsse waren anders. Bei ihm geschah alles völlig zwanglos, seine Berührungen waren kein unbeholfenes, plumpes Drängen, das mich immer abgestoßen hatte. Seine Küsse waren wie ein Fragen, dem ich nicht widerstehen konnte. Ich erinnere mich an die Wärme seiner Lippen, den Weingeschmack unserer beiden Münder. Als seine Zunge meinen Mund erforschte, fühlte ich Wogen der Wärme und Leichtigkeit durch meinen Körper strömen. Dann ließ er sich auf die Decke zurücksinken und legte den Arm über seine Augen.

Er sagte etwas wie: ›Puh, wie du küssen kannst.‹ Und ich antwortete wohl: ›Und du erst.‹ Jedenfalls war ich zu der Zeit schon ganz wirr im Kopf. Mein Herz klopfte zum Zerspringen, und ich sehnte mich mit jeder Faser meines Körpers nach seiner Berührung.

Ich sagte: ›Ich glaube, ich brauche noch einen Schluck Wein‹, worauf er antwortete: ›Mir ist er schon zu Kopf gestiegen‹, und wir lachten beide ausgelassen darüber und tranken Wein. Dann stellte er die Flasche ins Gras und zog mich auf sich. Jetzt waren seine Küsse leidenschaftlicher, und unsere Körper drückten ihr Begehren aus. Er rollte mich auf den Rücken, und während ich in seinen Armen lag, mußte ich denken, wie geborgen ich mich fühlte, von jemandem so gehalten zu werden. Es schien den Schmerz zu lindern, den ich bei Daddys Beschimpfungen empfand. Es war schöner als die heißesten Liebesszenen, die ich je im Kino gesehen hatte. Clays Körper lag auf mir, und er begann sich zu bewegen, während er mein Gesicht und meinen Hals küßte und meine Brüste unter der Bluse streichelte. Einmal löste er sich von mir und stöhnte: ›O mein Gott‹, aber ich wollte nicht, daß er aufhörte, und zog ihn wieder auf mich.

›He, hör mal, ich glaube, wir sind beide betrunken‹, sagte er und rollte sich auf die Seite. Aber ich griff nach der Flasche Wein und antwortete: ›Noch nicht.‹ Ich nahm einen Schluck, beugte mich über ihn, küßte ihn und ließ den Wein in seinen Mund tröpfeln. Dann machte er dasselbe mit mir, und wir prusteten beide vor Lachen. Plötzlich packte er mein Haar, drückte meinen Kopf zurück und goß mir Wein über den Hals, den er dann ableckte.

Verrückt! dachte ich. Wir sind verrückt! Aber ich hatte das Gefühl, als würden sich alle meine Poren zum ersten Mal in meinem Leben öffnen und jede seiner Berührungen voller Verlangen aufsaugen. Er schob seine Hand unter meinen

Rücken, hob mich hoch und zerrte meine Bluse aus den Jeans. Dann goß er etwas Wein in meinen Nabel und leckte ihn kichernd auf. Lachend rollten wir uns auf der Decke herum, bis unsere Lippen wieder in einem leidenschaftlichen Kuß verschmolzen. Seine Finger glitten über meine Brüste zu meinen Hüften hinunter, und er schob seine Hand in meine Jeans. Ich wußte, was passieren würde, wenn ich ihn nicht aufhielt. Aber seine Küsse, sein zärtliches Streicheln ließen mich alle Schimpfnamen vergessen, die Daddy je zu mir gesagt hatte, und ich hatte plötzlich das Gefühl, ein Recht zu haben, hier bei ihm zu liegen und seine menschliche Wärme zu genießen.

Er preßte ein Knie zwischen meine Schenkel und flüsterte mir dabei ins Ohr: ›Willst du es wirklich tun? Es ist eigentlich nicht meine Art, ein Mädchen sofort zu verführen‹, aber ich verschloß ihm die Lippen mit einem Kuß und gab ihm mit meinem Körper zu verstehen, daß ich mich nach seiner Umarmung sehnte, wie ich mich nie zuvor nach etwas gesehnt hatte. Und als Clay den Reißverschluß meiner Jeans öffnete, schloß ich die Augen und bildete mir ein, endlich von jemandem geliebt zu werden. Wer war ich in diesem Augenblick? Die Hauptdarstellerin in einem der Liebesfilme, die ich in meiner Kindheit gesehen hatte, oder war ich ich selbst, das Mädchen, das nie in ihrem Leben Zuneigung empfangen hatte? Irgendwie hatte ich das Gefühl, neunzehn Jahre lang auf diesen Augenblick gewartet zu haben, auf diesen Mann, der mir zeigte, daß es nicht nur Haß, sondern auch Liebe auf dieser Welt gab. ›Cat‹, nannte er mich, als er mich an meiner intimsten Stelle berührte, ›Cat, du fühlst dich wunderbar an‹, und ich war mir sicher, er spürte mein Verlangen. Ich wollte ihm sagen, daß ich noch nie zuvor etwas Ähnliches gefühlt hatte, aber ich schwieg. Mit geschlossenen Augen überließ ich mich den Wellen der Erregung, die seine Berührung in mir

hervorriefen, und mein Leib bäumte sich ihm entgegen, als er in mich eindrang.
Ich hatte mich immer davor gefürchtet, daß es das erste Mal unangenehm und widerwärtig sein würde. Aber mit Clay hatte ich das Gefühl, mich in einem anmutigen, leichten Tanz zu verlieren. Mein Körper reagierte ganz natürlich auf seine rhythmischen Bewegungen, die sich zu einer völligen Harmonie steigerten, und als mir vor Lust die Sinne zu schwinden drohten, wußte ich plötzlich, warum ich es tat. Ich wollte mich an Daddy und vielleicht auch an Mom rächen.
Da verebbte jede Leidenschaft in mir, und ich ließ Clay nur noch willenlos gewähren. Am liebsten hätte ich laut geschrien: ›Warum habt ihr mich nicht geliebt? Warum habt ihr mich nie umarmt? Warum habt ihr mich einem Fremden in die Arme getrieben? Seht ihr denn nicht: Es gibt Zärtlichkeit und Liebe. Warum muß ein Fremder diese Gefühle in mir wecken? Ein Lächeln, eine Umarmung, ein Kuß von Zeit zu Zeit hätte mir genügt. Warum habt ihr mir nie gezeigt, daß ihr mich mögt?‹ Ich unterdrückte ein Schluchzen und klammerte mich an Clay, wobei ich innerlich schrie: ›Ich zeig's ihnen! Ich zeig's ihnen allen!‹«

Im Lichtkreis der Schreibtischlampe saß Clay wie gelähmt da, und die Buchstaben verschwammen vor seinen Augen. Mit zitternder Hand schob er das Tagebuch unter den Papierstoß zurück. Er stützte seine Ellbogen auf die Schreibmaschine und preßte die Hände gegen seinen Mund. Mit geschlossenen Augen versuchte er den Kloß in seiner Kehle hinunterzuschlucken. Wie konnte ein Vater seine Tochter so behandeln? Wie konnte er diesen Schrei nach Liebe nicht hören? Seine Gedanken wanderten zu dem Abend zurück, an dem er erfahren hatte, daß Catherine sein Kind erwartete. Jetzt erst konnte er verstehen, warum sie sich so starrsinnig geweigert hatte, etwas von ihm anzunehmen. Und jetzt verstand er auch ihre überzeugende Haltung während der Hochzeit und dem anschließenden Empfang. *Ich zeig's ihnen! Ich zeig's ihnen allen!* Plötzlich empfand er ein neues und erdrückendes Gewicht von Verantwortung, das er bisher nicht gekannt hatte. Er erinnerte sich an ihre Aversion gegen seine Berührungen, ihre abwehrende Haltung und erkannte, warum sie diese Barriere um sich herum aufbauen mußte. Er stellte sich ihr Gesicht in den wenigen Augenblicken vor, als sie wirklich glücklich gewesen war, verstand die Gründe für ihre abrupten Stimmungswechsel und warum sie so hart darum kämpfte, unabhängig von ihm zu bleiben.

Seine Ellbogen schmerzten. Es wurde ihm bewußt, daß er lange reglos an ihrem Schreibtisch gesessen hatte. Er öffnete die Augen und blinzelte in das helle Licht. Schwerfällig stand er auf, knipste die Lampe aus, ging ins Schlafzimmer und ließ sich auf ihr Bett fallen. Dort lag er und wartete auf ihre Rückkehr.

Clay hörte sie hereinkommen, setzte sich auf und fragte sich, wie er sich ihr gegenüber verhalten sollte. Ein seltsames Gefühl, denn jetzt galt seine Fürsorge ausschließlich ihr und nicht mehr ihm. Als er ins Wohnzimmer trat, saß sie noch im Mantel auf der Couch. Ihr Kopf ruhte mit geschlossenen Augen an der Rücklehne.

»Hallo«, sagte er und blieb in der Tür stehen.

»Hallo«, antwortete sie, ohne die Augen zu öffnen.

»Ist etwas passiert?« Ihr Haar war vom Wind zerzaust. Sie hüllte sich fest in ihren Mantel und preßte ihr Kinn in den Kragen.

»Das Baby ist gestorben.«

Wortlos durchquerte er das Zimmer, setzte sich neben sie auf die Couch und legte seine Hand leicht in ihren Nacken.

Schweigend duldete sie die Berührung, unterdrückte jedoch den Kummer und die Angst, die in ihr brodelten. Sanft streichelten seine Finger ihren Hals. Es war eine Geste der wortlosen Kommunikation mit ihr. Sie schluckte krampfhaft. Er wünschte sich verzweifelt, vor ihr niederzuknien, seinen Kopf in ihren Schoß zu legen und sein Gesicht gegen ihren Leib zu drücken. Statt dessen flüsterte er nur: »Das tut mir leid.«

»Sie sagten, die Lungen wären unterentwickelt gewesen, und bei einer Frühgeburt besteht immer die Gefahr ...« Der Satz blieb unbeendet. Ihre Augen weiteten sich, sie starrte gebannt zur Decke, aber kein Schluchzen linderte ihr stummes Leid. Er umfaßte ihren Nacken mit sanftem Druck, eine Einladung, ihren Kummer mit ihm zu teilen. Er spürte, wie sehr sie Halt und Trost brauchte, aber sie überwand ihre Schwäche, sprang auf und riß sich wütend den Mantel vom Körper.

Er trat hinter sie, umfaßte ihre Oberarme und erwartete, daß sie sich von ihm losreißen würde. Aber sie tat es nicht. Ihr Kopf fiel nach vorn, als hätte sie plötzlich nicht mehr die Kraft, ihn hochzuhalten.

»Es bedeutet nicht, daß unser Kind in Gefahr ist«, versicherte er ihr. »Reg dich nicht auf, Catherine.«

Jetzt riß sie sich los und drehte sich zu ihm um. »Ich soll mich nicht aufregen? Wofür hältst du mich eigentlich? Wie kann ich ruhig bleiben, wenn ich eben Grover gesehen habe, die um ein ungewolltes Kind weinte! Weißt du überhaupt, wie sie schwanger wurde? Nun, dann will ich es dir erzählen. Ein Junge von der High-School hat sie verführt, weil er eine Wette abgeschlossen hatte, daß er sie rumkriegen würde. So passierte es! Und sie dachte, sie hasse das Ding, das in ihr wuchs, und jetzt weint sie darum, als wolle sie selbst sterben. Da sagst du, ich soll mich nicht aufregen. Ich verstehe einfach nicht, wie die Welt so schlecht sein kann!«

Ehe sie wieder vor ihm davonlaufen und ihr Leid hinter einer Maske aus Zorn verbergen konnte, legte er schnell die Arme um sie und drückte sie fest an sich. Er drückte ihren Kopf gegen seinen Hals, bis ihr Zittern aufhörte und sie endlich nachgab. Sie legte ihre Arme um ihn und grub ihre Fingernägel in seinen Sweater. Dann trommelte sie voller Verzweiflung mit ihren Fäusten auf seinen Rücken, aber sie versuchte nicht mehr, vor ihm zu fliehen. Nur diese kläglichen Schläge waren Ausdruck ihres unsäglichen Leids.

»Catherine«, flüsterte er, »die Stärke, die du zeigst, ist unmenschlich. Gestehe auch dir Schwächen zu.«

»O Gott, Clay, es war ein Junge. Ich habe ihn im Brutkasten gesehen. Er war so hübsch und zart.«

»Ich weiß, ich weiß.«

»Ihre Eltern sind nicht gekommen. Clay, sie sind nicht gekommen!« Ihre Fäuste trommelten weiter auf seinen Rükken.

Laß sie weinen, dachte er. Wenn sie doch endlich weinen würde. »Aber deine Mom wird kommen und meine.«

»Was willst du mir eigentlich antun?« Sie wich plötzlich vor ihm zurück und preßte jetzt beide Fäuste gegen seine Brust.

»Catherine, vertrau mir.«

»Nein, nein! Laß mich gehen! Das ist schlimm genug. Ich kann nicht noch mehr Verwirrung vertragen.«

Dann lief sie die Treppe hinauf, nahm die ganzen Jahre ihres aufgestauten Leids mit sich. Aber er wußte jetzt, daß Sanftmut und Zärtlichkeit ihre Mauer durchbrechen würden. Viel Zeit und Geduld würden erforderlich sein, aber schließlich würde sie nachgeben.

23

Am Nachmittag des Heiligabends begann es zu schneien. Scheinbar schwerelos schwebten die Schneeflocken herab und zauberten eine weiße Decke über die Stadt. Die Lichter brachen sich glitzernd in den Schneekristallen und erhellten den Abendhimmel mit sanftem Schimmer.

Catherine trug einen neuen, selbstgenähten Trägerrock aus weichem, rostfarbenem Wollstoff, der von einer Schleife unter ihren Brüsten gerafft wurde. Sie hatte beschlossen, sich diesmal nicht von Elizabeth Forrester einschüchtern zu lassen. Doch als beide vor der Haustür standen, schwand Catherines Mut bei dem Gedanken, der alten Dame mit ihrem provokativ gewölbten Leib gegenübertreten zu müssen.

»Ob sie wohl schon hier ist?« fragte sie Clay ängstlich.

»Bestimmt. Tu, was ich dir sagte: Begegne ihr offen und direkt. Das bewundert sie.«

Catherine zwang sich zu einem Lächeln, das aber schwand, als sie eintraten und Elizabeth Forrester die breite Treppe herunterkam. Dabei stützte sie sich auf ihren Spazierstock, der überraschenderweise mit einem Weihnachtssträußchen und einer roten Schleife geschmückt war.

»Nun, es wird aber auch Zeit, Kinder!« schalt sie herrisch.

»Fröhliche Weihnachten, Großmutter«, begrüßte Clay sie und nahm ihren Arm.

»Ja, man gab mir zu verstehen, daß es ein fröhliches Fest

wird. Bitte, Clay, noch kann ich allein die Treppe hinuntergehen. Wenn du jemanden verhätscheln willst, so bedarf doch deine schwangere Frau deiner Fürsorge. Ist es nicht so, meine Liebe?« Sie richtete ihre Habichtsaugen auf Catherine.
»Wohl kaum. Ich bin gesund wie ein Pferd«, entgegnete Catherine, reichte Clay ihren Mantel und präsentierte ihren dicken Bauch.
Um Elizabeth Forresters Lippen spielte ein leichtes Lächeln. Ihre Augen glitzerten, wobei sie es ostentativ vermied, Catherines gewölbten Bauch anzusehen. Dann hob sie spöttisch eine Braue und sagte zu Clay: »Weißt du, ich mag die Art dieser jungen Frau. Sie ist meiner nicht ganz unähnlich, möchte ich hinzufügen.« Mit der Elfenbeinspitze ihres Spazierstockes stupste sie Catherine leicht in den Bauch und wiederholte ihre matriarchalische Anordnung: »Wie ich bereits sagte, erwarte ich, daß er schön und intelligent wird. Fröhliche Weihnachten, meine Liebe.« Sie legte ihre Wange flüchtig gegen Catherines und hauchte einen Kuß in die Luft. Dann stolzierte sie hocherhobenen Hauptes in den Salon.
Catherine starrte Clay mit offenem Mund an.
»Ist das alles?« flüsterte sie erleichtert.
»Alles?« wiederholte er lächelnd. »Schön *und* intelligent? Das ist ein ziemlich hoher Anspruch.«
Catherine entgegnete lächelnd: »Aber wenn *sie* nur *niedlich* und von *durchschnittlicher Intelligenz* ist?«
Clay warf ihr einen schockierten Blick zu. »Das würdest du nicht wagen!«
»Nein, wahrscheinlich nicht.«
Lächelnd sahen sie einander an, die Begegnung mit Elizabeth Forrester war bereits vergessen. Während Catherine Clays Gesicht betrachtete, das charmante Lächeln um seinen anziehenden Mund und die leicht gehobene linke Braue, fühlte sie ihre Selbstbeherrschung schwinden. Plötzlich wurde ihr be-

wußt, daß sie einander schon eine Weile in die Augen sahen, und sie dachte, das muß an diesem Haus liegen. Was geschieht mit mir, wenn ich mit ihm zusammen hier bin? Catherine brach den Bann und ließ ihre Blicke durch die prächtig geschmückte Halle schweifen. Verlegen suchte sie nach Worten.

»Ich kann mir richtig vorstellen, wie Herren mit schwarzen Capes und Damen in Pelzmänteln in Pferdeschlitten vor dem Haus vorfahren.«

»Ja, Mutter hat sich wieder einmal selbst übertroffen.«

Dann gingen sie in den Salon zu den anderen.

Die gewohnt herzliche Atmosphäre in dem Haus hatte jetzt zur Weihnachtszeit einen zusätzlichen Zauber. Tannenzweige schmückten das Geländer der Treppe, und ihr würziger Duft vermischte sich mit dem köstlichen Aroma, das aus der Küche kam. Rote Kerzen in Stechpalmengestecken zierten die Tische und den Kaminsims im Arbeitszimmer. Im Erker des Salons stand ein riesiger Weihnachtsbaum, dessen bunte Lichter hell funkelten. Unter dem Baum häuften sich die Geschenke. Stimmengewirr und fröhliches Gelächter schwirrten durch den Salon. Angelas perlendes Lachen ertönte aus dem Speisezimmer, wo sie Eierflip ausschenkte. In ihrem lavendelfarbenen Velourskleid sah sie selbst aus wie ein schön verpacktes Weihnachtsgeschenk.

»Catherine, Liebling!« rief sie erfreut und kam sofort zu ihnen. »Und Clay!« Ihre melodische Stimme vibrierte im Überschwang ihrer Gefühle, aber Clay machte ein verletztes Gesicht.

»Früher hieß es zuerst ›Clay, Liebling‹ und dann ›Catherine, Liebling‹. Ich scheine in deiner Gunst gesunken zu sein.«

Angela gab ihm einen spielerischen Klaps auf die Wange, küßte jedoch Catherine zuerst und dann ihn mitten auf den Mund.

»Da. Hast du darauf gewartet?«
Sie warf einen bedeutsamen Blick auf den Mistelzweig, der über ihren Köpfen hing. »Als ob du das nicht wüßtest«, neckte ihn Angela. »Er hängt jedes Jahr da.«
Clay ging auf ihr Spiel ein und wich scheinbar erschreckt zurück, während Angela lachend Catherines Arm nahm und sie zum Tisch mit dem Eierflip führte. Dort wurde sie von Claiborne herzlich willkommen geheißen.
Es läutete unaufhörlich an der Tür, bis der Salon von Menschen wimmelte. Catherine blickte zur Decke und sah überall Mistelzweige hängen. Jemand gratulierte ihr zur Schwangerschaft, und sie verdrängte den Gedanken an die Mistelzweige. Aber alle anderen machten davon ausgiebig Gebrauch. Sie war von Menschen umgeben, die einander bei jeder Gelegenheit küßten, was die ausgelassene Stimmung noch steigerte. Aber Catherine mied diese Zweige beharrlich.
Das Dinner war auf einem langen Büffet angerichtet und bestand aus dem obligatorischen Plumpudding, der auf einem Silbertablett aus der Küche hereingetragen wurde. In diesem Augenblick erwischte Großvater Elgin Inella unter dem Mistelzweig der Küchentür und küßte sie herzhaft. Catherine sah lachend zu, wie der kleine, vogelähnliche Großvater Elgin das Dienstmädchen umarmte. Da fühlte Catherine jemanden hinter ihrem Rücken, und als sie sich umdrehte, blickte sie in Clays lächelndes Gesicht. Er hob die Augen bedeutungsvoll zur Decke über ihrem Kopf, wo ebenfalls ein Mistelzweig hing.
»Sei auf der Hut. Du wirst Großvater Elgins nächstes Opfer sein.«
Schnell trat sie beiseite. »Von deinem Großvater hätte ich das nicht erwartet«, sagte sie amüsiert.
»Weihnachten spielen hier alle ein wenig verrückt. So war es schon immer.«

»Das kann man wohl sagen«, bestätigte Clays Vater, der gerade hinzukam. »Hast du etwas dagegen, Mister Forrester Junior, wenn Mister Forrester Senior deine Frau küßt, solange sie an diesem vorteilhaften Platz unter dem Mistelzweig steht?«
Catherine stand zwar nicht mehr darunter, wich aber noch einen Schritt zurück. »Ich habe nicht ...«
»Keineswegs, Mrs. Forrester.«
Claiborne gab ihr einen herzhaften Kuß, hielt sie dann auf Armeslänge von sich und sagte: »Heute abend bist du noch hübscher als gewöhnlich, meine Liebe.« Er legte einen Arm um ihre Schultern und den anderen um Clays und sagte: »Ich kann mich an kein glücklicheres Weihnachtsfest erinnern.«
»Wird es nicht ein wenig vom Genuß des Eierflips vergoldet?« neckte Clay seinen Vater.
»Mag sein«, gab dieser mit einem fröhlichen Augenzwinkern zu.
Catherine und Clay fanden eine Ecke, in der sie ihren Plumpudding verspeisten. Sie hatten einander wenig zu sagen, obwohl sie des öfteren Clays Blicke auf sich ruhen fühlte.
Bald scharte Angela ihre Gäste um sich im Salon und begann auf dem Klavier Weihnachtslieder zu spielen, die von den Kindern mehr oder weniger mißtönend gesungen wurden. In das abschließende Lied »Stille Nacht, Heilige Nacht« stimmten alle ein. Claiborne stand hinter Angela. Als sie aufhörte zu spielen, küßte sie liebevoll seine Hand, die auf ihrer Schulter lag.
»Du hast nicht mitgesungen«, sagte Clay hinter Catherine.
»Ich bin wohl ein wenig befangen«, antwortete sie und versuchte, ihre Rührung zu verbergen.
Er war ihr so nahe, daß er den Duft ihres Haars riechen konnte. Er dachte an das, was er in ihrem Tagebuch gelesen hatte. Seitdem sehnte er sich nach ihr. »Die Gäste brechen bald auf. Ich will sie verabschieden.«

»Und ich gehe Inella beim Aufräumen zur Hand. Der Abend ist für sie sicher sehr anstrengend gewesen.«

Es war nach Mitternacht. Clay und Catherine hatten die letzten Gäste zur Tür begleitet, denn Angela und Claiborne waren verschwunden. Die gedämpfte Beleuchtung in der Halle verbreitete eine intime Atmosphäre, und Catherine ging langsam in den Salon zurück. Clay folgte ihr. Er war den ganzen Abend kaum von ihrer Seite gewichen.

In der Tür blieb Catherine abrupt stehen. Neben dem Weihnachtsbaum standen die schattenhaften Gestalten, die sich umarmten und mit einer Leidenschaft küßten, die Catherine bei Menschen ihres Alters nicht vermutet hätte. Über Claibornes Schulter lag ein Geschirrtuch, und Angela hatte keine Schuhe an. Seine Hand glitt über Angelas Rücken und streichelte dann ihre Brust. Catherine kam sich wie ein Eindringling vor und trat schnell zurück, wobei sie gegen Clay stieß. Er hielt sie fest, legte seinen Zeigefinger auf den Mund und deutete dann auf den Mistelzweig über ihren Köpfen. Die Lichter vom Weihnachtsbaum ließen seine Augen funkeln, als er die Hand unter ihr Kinn legte und ihr Gesicht emporhob. Ihre Augen weiteten sich, und sie unterdrückte einen erstickten Aufschrei. Sie legte ihre Hände gegen seine Brust, um ihn wegzudrücken, aber er umfaßte ihre Arme und legte sie um seinen Hals.

»Jetzt bin ich dran«, flüsterte er.

Dann preßte er die Lippen auf ihren leicht geöffneten Mund, den sie ihm überraschenderweise willig überließ. Er wußte, es war nicht fair, sie derart zu überrumpeln, während seine Eltern in einer liebevollen Umarmung dastanden. Aber er hatte sich den ganzen Abend danach gesehnt und schob nun alle Bedenken von sich, während er sich in einem leidenschaftlichen Kuß verlor. Er erinnerte sich an ihre Worte im

Tagebuch und vermied es sorgfältig, Catherine zu bedrängen. Seine Lippen sprachen nur eine verlockende Einladung aus, und mit der Zunge verführte er sie dazu, seinen Kuß zu erwidern. Erst als ihre Finger seinen Nacken streichelten, drückte er sie fester an sich.

Seit der Hochzeit war sie beträchtlich dicker geworden, deshalb konnte er seine Hüften nicht gegen ihre pressen. Aber er streichelte verlangend ihren Rücken und wünschte sich, das Baby würde strampeln – nur einmal –, damit er es fühlen könnte.

Widerstrebend löste er die Lippen von ihrem Mund.

»Fröhliche Weihnachten«, flüsterte er nahe an ihrem Gesicht.

»Fröhliche Weihnachten«, entgegnete sie ebenfalls flüsternd, ihre Lippen so nah, daß er den Hauch ihres Atems spürte. Im Salon herrschte absolute Stille. Ihre Blicke verloren sich ineinander, und dann fand er wieder ihre warmen, willigen Lippen, und sie preßte ihren Leib gegen seine Hüften. Sie wünschte sich, dieser Augenblick würde nie enden, doch der Wunsch allein erinnerte sie daran, daß es nicht möglich war, und sie wich zurück. Aber er verschränkte die Finger hinter ihrem Rücken und wiegte sie leicht hin und her, während er lächelnd auf sie hinuntersah.

Sie wußte, sie durfte der Verlockung dieser Umarmung nicht nachgeben, aber er war so verführerisch, so gutaussehend in dem matten Lichtschimmer, der sein Haar wie Feuer aufleuchten ließ. Sie wandten ihre Gesichter dem Weihnachtsbaum zu, und eingehüllt in diese friedvolle Atmosphäre legte sie ihre Schläfe gegen seine Wange. Im Schatten neben dem Weihnachtsbaum standen Claiborne und Angela und betrachteten das junge Paar.

»Ich habe eine wunderbare Idee«, sagte Angela sanft.

Catherine zuckte leicht zusammen, wollte sich von Clay lösen, der sie aber festhielt.

»Warum bleibt ihr nicht über Nacht, dann können wir morgen früh wie gewohnt die Treppe hinunterhuschen und die Geschenke auspacken.«

Clay spürte, wie sich Catherine versteifte.

»Einverstanden«, sagte er und drückte sie leicht an sich.

»Aber ich habe kein Nachthemd dabei«, protestierte Catherine erschreckt.

»Ganz bestimmt werde ich eins für dich finden, und auch eine Zahnbürste dürfte aufzutreiben sein. Ihr könntet im rosa Zimmer schlafen.«

Catherine suchte verzweifelt nach einer Ausrede und platzte heraus: »Aber morgen früh müssen wir meine Mutter abholen.«

»Ach ja, stimmt.«

Clays Hoffnungen schwanden.

»Nun«, sagte Angela nachdenklich, »jedenfalls war es eine gute Idee. Aber versprecht, ganz früh und ausgeschlafen herzukommen.«

Zu Hause angelangt, holte Clay wie gewohnt sein Bettzeug und verschwand anschließend im Bad. Dann trödelte er oben auf dem Flur herum, stellte sich in die Tür zum Schlafzimmer und sah ihr zu, wie sie die Ohrringe ablegte und die Schuhe auszog. »Möchtest du noch ein Glas Wasser?« fragte er.

»Nein, danke.«

»Ich bin noch nicht müde. Du?«

»Ich bin erledigt.«

Er knöpfte sein Hemd auf. »Das war wohl zu erwarten, wie?«

»Ja, je schwerer ich werde, um so träger werde ich auch.«

»Wie lange willst du noch auf die Uni gehen?« Er trat ins Zimmer, ging zur Kommode und leerte seine Hosentaschen.

»Vielleicht bis zum Ende des zweiten Semesters.«

Er beobachtete sie, während sie im Zimmer umherging und

völlig unwichtige Dinge tat, nur um den Anschein zu erwekken, beschäftigt zu sein. Sie öffnete eine Schublade und beugte sich darüber. Er spürte einen Druck in der Brust, der ihn zu ersticken drohte. Mit sanfter Stimme fragte er leise: »Wie lange kann eine schwangere Frau Geschlechtsverkehr haben?«

Catherines Hände erstarrten mitten in der Bewegung. Ihr Kopf schnellte hoch, und sie begegnete seinem Blick im Spiegel. Die Muskeln in ihrem Leib verkrampften sich, als sie langsam das Kleidungsstück in die Schublade zurücklegte. Clay stand reglos gegen den Türrahmen gelehnt da und hatte eine Hand lässig in die Hosentasche gesteckt. Verzweifelt suchte sie nach einer Antwort.

»Ich möchte mit dir schlafen, weißt du«, sagte er mit derselben sanften Stimme, die jedes Haar in ihrem Nacken prickeln ließ. »Und da du schon schwanger bist, kann doch nichts mehr passieren, oder?« Sie starrte ihn nur an. »Ich begehre dich schon seit Wochen und habe es dir auf jede erdenkliche Art und Weise zu verstehen geben – nur ausgesprochen habe ich den Wunsch nicht. Heute abend, als wir uns unter dem Mistelzweig küßten, beschloß ich, es dir zu sagen. Du bist eine sehr begehrenswerte Frau, Catherine. Weißt du das?«

Schließlich fand sie ihre Stimme wieder und sagte bebend: »Ich bin eine sehr schwangere Frau.«

»Ja, aber deswegen bist du nicht weniger begehrenswert. Zumal das Kind von mir ist.«

»Sprich nicht weiter, Clay«, warnte sie.

»Hab keine Angst vor mir, Catherine. Es ist nur ein Vorschlag, den du annehmen oder ablehnen kannst.«

»Ich habe keine Angst vor dir, und die Antwort lautet nein.« Wütend knallte sie die Schublade zu.

»Warum?«

Mit dem Rücken zu ihm blieb sie vor der Kommode stehen

und preßte sich wie haltsuchend dagegen. Im Spiegel konnte er ihr Gesicht sehen.
»Warum verdirbst du mir diesen schönen Tag?«
»Wie ich bereits sagte, möchte ich mit dir schlafen. Ist das für dich so bedrohlich? Oder hat der Arzt es verboten?«
»Bei meinen Arztbesuchen wurde dieses Thema nie erörtert.«
Eine Weile herrschte zwischen ihnen Schweigen, bis Clay mit einschmeichelnder Stimme sagte: »Ich habe es satt, auf dieser Couch zu schlafen, während hier ein bequemes Bett steht, in dem eine verführerische Frau liegt, an die ich mich schmiegen möchte. Und ich glaube, ihr würde es auch gefallen, wenn sie es nur zuließe. Was meinst du, Catherine? Schließlich ist Weihnachten.«
»Laß das, Clay. Du hast es versprochen.«
»Ich breche mein Versprechen«, sagte er und stieß sich vom Türrahmen ab.
»Clay«, sagte sie warnend, drehte sich um und hob abwehrend die Hände.
»Wie kannst du so küssen und dabei nicht erregt werden?«
»Bleib mir vom Leib.«
»Das habe ich lange genug getan. Es steigert nur mein Verlangen.« Langsam kam er näher.
»Ich gehe nicht mit dir ins Bett, also vergiß es!«
»Überzeug mich«, sagte er leise und kam immer näher.
»Weißt du, wo dein Problem liegt? Es ist dein Ego. Du kannst einfach nicht glauben, daß ich mit dir leben kann, ohne deinem umwerfenden Charme zu erliegen.«
Mit samtweicher Stimme antwortete er: »Cat, du bist eine verdammte Lügnerin. Dein Kuß vorhin hat dich verraten. Was hast du dagegen einzuwenden – schließlich sind wir verheiratet. Wovor fürchtest du dich?«
Er war nur noch eine Armeslänge von ihr entfernt, und in

seinen Augen lag ein so liebevoller Ausdruck, wie sie ihn nie zuvor gesehen hatte. Unbewußt legte sie die Hände auf ihren Bauch.

»Warum tust du das? Warum versteckst du dich vor mir? Immer hältst du mich auf Distanz und vermeidest es sogar, im selben Zimmer mit mir zu sein. Warum bist du nicht öfter so wie heute abend? Warum sprichst du nicht mit mir, erzählst mir, wie du dich fühlst oder was dich bedrückt? Ich brauche menschlichen Konakt, Cat. Ich bin nicht daran gewöhnt, allein zu leben.«

»Nenn mich nicht Cat.«

»Warum nicht? Sag es mir.«

»Nein.« Sie wollte sich abwenden, aber er hielt sie fest.

»Weich mir nicht aus – sprich mit mir!«

»Oh, Clay, bitte! Es war so ein wunderschöner Abend. Verdirb ihn mir nicht. Ich bin müde und glücklicher als je zuvor in meinem Leben. Können wir den Kuß nicht vergessen und wieder Freunde sein?«

Er wollte ihr Problem bei der Wurzel anpacken, ihr sagen, daß sie das nicht zur Hure machen würde – wie ihr Vater sie genannt hatte –, wenn sie mit ihm schlief. Aber dafür war sie noch nicht bereit, und außerdem mußte sie die Wahrheit selbst ergründen. Er wußte, wenn er sie dazu zwang, mit ihm zu schlafen, ehe sie die Wahrheit erkannte, würde er unheilbaren Schaden anrichten.

»Nun gut. Wenn du mir versprichst, mir in Zukunft wenigstens Freundschaft entgegenzubringen, haben wir zumindest eine Ausgangsbasis für unsere Beziehung. Aber erwarte nicht von mir, daß ich diesen Kuß vergessen kann oder glaube, daß du ihn vergessen kannst.«

»Es lag an der Atmosphäre in deinem Elternhaus. Es verändert mich irgendwie. Immer wenn ich dort bin, tue ich verrückte Dinge.«

»Indem du dich von deinem Mann unter dem Mistelzweig küssen läßt?«

Sie kämpfte mit Gefühlen, die sie nicht kontrollieren konnte – ihrer Sehnsucht nach ihm und der Angst vor dem Leid, das er ihr zufügen konnte. Er umfaßte ihren Nacken und zog sie an sich, obwohl sie sich widerstrebend versteifte.

»Du fürchtest dich vor mir, Catherine. Aber das brauchst du nicht. Die Entscheidung liegt allein bei dir.«

Dann küßte er sie leicht auf den Mund, flüsterte: »Gute Nacht, Catherine«, und ging.

Ihr Widerstand Clay gegenüber wurde weiter geschwächt, als sie am Weihnachtsmorgen ein kleines Päckchen von ihm öffnete und darin zwei Eintrittskarten für *Schwanensee* fand. Überrascht sah sie ihn an, aber er war damit beschäftigt, ein Geschenk von seiner Mutter zu öffnen, und beachtete sie nicht. Catherine beugte sich vor und legte ihm leicht die Hand auf den Arm. Er blickte auf.

»Du hast dich daran erinnert«, sagte sie, und ein Gefühl der Wärme durchströmte sie. »Ich ... nun, danke, Clay. Es tut mir leid, daß ich kein Geschenk für dich habe.«

»Ich war lange Zeit nicht mehr in einer Ballettaufführung«, sagte er.

Ihre Blicke verloren sich ineinander. Doch um die Intensität dieses emotionalen Augenblicks zu mildern, neckte sie ihn: »Wer hat dich denn eingeladen?«

Aber gleichzeitig schenkte ihm Catherines eines ihrer seltenen Lächeln.

24

In der darauffolgenden Woche bat Clay Catherine, mit ihm einkaufen zu gehen. Er brauchte einen neuen Anzug für den Sylvesterball, den sie zusammen mit Claiborne und Angela im Country-Club feiern wollten. Aber Catherine lehnte ab, denn sie hielt es für das Beste, ihr Zusammenleben auf das Wesentliche zu beschränken.

Eines Abends kam Clay mit zwei Kleidungsstücken in Plastikhüllen über dem Arm nach Hause. Eine legte er beiläufig über die Lehne eines Sessels im Wohnzimmer. »Da. Ich dachte, wir beide könnten etwas Neues zum Anziehen gebrauchen.«

»Du hast etwas für *mich* gekauft?« fragte sie aus der Küche.

»Ganz recht. Du hast dich ja so starrsinnig geweigert, mich zu begleiten, daß ich es tun mußte. Der Ball im Club ist ein gesellschaftliches Ereignis, es geht dabei ziemlich formell zu.«

Dann stapfte er mit seiner Kleiderhülle die Treppe hinauf. Sie wischte sich die Hände an einem Geschirrtuch ab, ging ins Wohnzimmer und packte ihr Kleid aus.

Als Clay wieder herunterkam, stand sie mitten im Zimmer und hielt sich das schwarze Seidenkleid vor den Körper.

»Clay, das war nicht nötig.«

»Gefällt es dir?«

»Ja, aber es ist so unpraktisch. Ich werde es wohl nur einmal tragen.«

»Ich möchte, daß du so elegant aussiehst wie die anderen Frauen dort.«

»Aber das bin ich nicht. Noch nie in meinem Leben habe ich ein solches Kleid besessen. Ich werde mir darin komisch vorkommen.« Niedergeschlagen blickte sie an sich herunter, aber er sah, daß ihr das Kleid gefiel.

»Hör mal, Catherine, du bist meine Frau und hast wie jeder andere das Recht, dich im Club aufzuhalten. Verstehst du mich?«

»Ja, aber ...«

»Kein *Aber*. Mir geht es allein darum, ob das Kleid dir paßt. Schließlich habe ich zum ersten Mal ein Umstandskleid gekauft.«

Sie mußte kichern. »Hast du gesagt, du brauchst ein Kleid für eine Frau, die rund wie eine Tonne ist?«

Er rieb sich lachend das Kinn, während er mit den Augen Maß nahm. »Ja, das kommt ungefähr hin.«

»Ich werde darin aussehen wie ein Zirkuszelt, aber es gefällt mir ... wirklich.«

»Du bist schrecklich empfindlich, was deine Figur betrifft. Kannst du sie nicht endlich akzeptieren? Mich stört sie nicht.«

»Ein Mann kann das leicht sagen. Er geht nicht auf wie ein Luftballon und muß nachher wieder das Übergewicht loswerden. Wenn ich nicht auf meine Figur achte, wird mich im nächsten Sommer kein Mann mehr ansehen.«

Catherine spürte sofort Clays Betroffenheit über ihre Worte. Seine gute Laune war verflogen, als er sagte: »Ach, dann hast du also vor, dir einen Mann zu angeln?«

»So habe ich das nicht gemeint. Aber mein Liebesleben wird schließlich nicht mit meiner Ehe enden.«

Clays Freude, ihr das Kleid geschenkt zu haben, wich ärgerlichem Unmut. Er war verletzt. Wie konnte sie eine derartige

Bemerkung machen, während sie ihm nicht einmal erlaubte, sie zu berühren? Er hatte ihr ein schönes Zuhause gegeben und alle die Dinge, die ihr das Leben erleichterten. Er hatte seinen Teil der Hausarbeit übernommen, ihr die Freiheit gelassen, nach Belieben zu kommen und zu gehen, ertrug ihr nervtötendes Schreibmaschinengeklapper – das ihn manchmal so aufregte, daß er die Maschine am liebsten zum Fenster hinausgeworfen hätte. Er hatte ihr eine unendliche Geduld entgegengebracht, selbst dann noch, als sie ihm nicht die Zuneigung schenkte, die er von ihr erwartet hatte. Und wie vergalt sie ihm seine Fürsorge? Indem sie ihn kalt und ablehnend behandelte und sich jetzt darüber beklagte, daß kein Mann sie mehr ansehen würde, wenn sie nicht auf ihre Figur achtete. Was dachte sie sich eigentlich dabei, ihn auf diese Weise zu behandeln?

Während sich beide für den Silvesterball ankleideten, war Clay noch immer verbittert. Das dauerte jetzt schon drei Tage, seit er ihr das Kleid geschenkt hatte. Catherine hatte mittlerweile erfahren, welches Gefühl der Einsamkeit eine derart frostige Ablehnung verbreitete.

Sie legte letzte Hand an ihre Frisur, als Clay ins Schlafzimmer kam und eine Krawattennadel aus der Kommode nahm. In seinem neuen, rauchblauen Anzug sah er umwerfend aus.

Clay drehte sich um und bemerkte, daß sie ihn betrachtete.

»Ich bin beinahe fertig. Entschuldige bitte«, sagte er und ging an ihr vorbei.

»Das sehe ich. Ist das dein neuer Anzug?«

Er gab ihr keine Antwort, sondern trat nur vor den Spiegel und befestigte die Nadel an der neuen, gestreiften Krawatte.

»Du siehst immer aus wie die Männer in den Modemagazinen«, sagte sie und versuchte, ein Gespräch in Gang zu bringen.

»Danke«, entgegnete er schroff.
»Das Kleid paßt mir, siehst du?«
»Schön.«
Sie ärgerte sich über seine Gleichgültigkeit. »Clay, du hast während der ganzen Woche kaum mit mir gesprochen. Was habe ich denn verkehrt gemacht?«
»Wenn du nicht weißt, was, ist jeder Atemzug wohl verschwendet, dir den Grund dafür zu erklären.«
Sie wußte genau, warum er verstimmt war, aber es fiel ihr schwer, sich zu entschuldigen.
Er stach sich mit der Nadel in den Finger und murmelte: »Verdammt.«
»Clay, ich weiß, ich benehme mich manchmal undankbar, aber das bin ich nicht. Wir beide haben vor unserer Hochzeit eine Vereinbarung getroffen.«
»Ja, sicher! Warum machst du mir dann plötzlich Komplimente über mein gutes Aussehen?«
»Weil es stimmt.«
»Catherine, laß das, okay? Ich weiß nicht mehr, wie ich dich behandeln soll. Seit Wochen gehst du mir aus dem Weg und lehnst jeden meiner Annäherungsversuche ab. Dann beschließt du plötzlich, mit mir zu reden, und erzählst mir, daß du dir Sorgen um deine Figur machst, weil das deine Chancen bei den Männern beeinträchtigen könnte. Was ich dabei empfinde, interessiert dich nicht, denn wenn ich mich dir nähere, greifst du sofort nach dem Keuschheitsgürtel.«
»Ach, um Himmels willen, was ist denn mit dir los?«
»Willst du das wirklich wissen?« schrie er sie an. »Mein Problem ist seit Wochen dasselbe – ich bin geil! Das ist los mit mir! Du wolltest doch die Wahrheit hören, Lady! Seit Wochen zeigst du mir die kalte Schulter, also fang jetzt nicht an, mir Komplimente über mein gutes Aussehen zu machen. Ich habe schon gut ausgesehen, als du mich geheiratet hast. Weißt du, was du bist?«

Sie hatte Clay noch nie so wütend gesehen.
»Sie, Mrs. Forrester sind eine ...« Aber selbst im Zorn konnte er es nicht aussprechen.
»Was bin ich?« schrie sie. »Sag es!«
Doch schon hatte er sich wieder unter Kontrolle und wandte sich ab.
»Meine Mutter hat mich gelehrt, Frauen mit Respekt zu behandeln, also werde ich es umschreiben: Du bist eine Frau, die alles verspricht, aber nichts hält.«
»Wie kannst du es wagen, du Bastard!«
Er warf ihr einen unverschämten Blick zu. »Sieh doch nur, was passiert, wenn ich dich ein paar Tage ignoriere. Du schmeichelst mir mit Komplimenten, damit ich wieder hinter dem Köder herschwimme, wie? Weißt du eigentlich, wie oft du mir gerade so weit entgegenkommst, daß ich das Interesse nicht verliere? Du hast mich beschuldigt, daß ich deine Aufmerksamkeit nur brauche, um mein Ego aufzuplustern. Aber ich glaube, daß dasselbe für dich zutrifft.«
»Das ist nicht wahr! Ich habe dir nie etwas vorgemacht!«
»Catherine, sei wenigstens ehrlich. Es hat in unserer Hochzeitsnacht angefangen. Ich habe offen gesagt, daß ich mit dir schlafen möchte. Aber was tust du? Du weichst aus, du fliehst vor mir und läßt mich nur in deine Nähe, wenn es dir paßt. Dein Problem ist, daß du vergessen willst, daß du eine Frau bist, doch das geht nicht. Es gefällt dir, begehrt zu werden. Du hast aber Angst davor, deinen Widerstand aufzugeben und dich lieben zu lassen. Denn dann wärst du ja das, was dein Vater immer von dir behauptet hat. Dir ist wohl nicht bewußt, daß deine Haltung ebenso krankhaft ist wie die deines Alten!«
»Du Bastard!«
»Mach nur weiter, beschimpf mich. Dann brauchst du dir selbst nicht ins Gesicht zu sehen.«

»Als du mich batest, dich zu heiraten, hast du gesagt: ›Kein Sex!‹«

»Du hast es erreicht. Ich werde dich nicht länger belästigen. Schlaf weiter in deinem schönen großen Bett allein. Aber hören wir auf, uns tagsüber eine Komödie vorzuspielen, okay? Ich erwarte von dir keine Zuneigung, und du verschonst mich mit deinen niedlichen Komplimenten, die du nicht ehrlich meinst. Wir wollen uns bis Juli möglichst aus dem Weg gehen, so wie es vereinbart war.«

Was hätte sie darum gegeben, an diesem Abend nicht in den Club gehen zu müssen! Die Situation wurde noch unerträglicher, als kurz nach ihnen Jill Magnusson mit Begleiter und Familie eintrafen.

Clay spielte die Rolle des fürsorglichen Ehemannes perfekt. Er brachte ihr Getränke und leistete ihr Gesellschaft, wenn die anderen Damen tanzten, aber Catherine sah ihn unzählige Male mit Jill auf der Tanzfläche. Zwei Minuten vor Mitternacht holte Clay seine Frau zum Tanz, und als er sie zum Beginn des neuen Jahres küßte, streiften seine Lippen nur flüchtig ihren Mund. Außerdem hatte er sie geschickt in die Nähe von Jill und deren Begleiter manövriert, so daß es ganz natürlich wirkte, als sie die ersten Paare waren, die die Partner tauschten. Catherine fand sich in den Armen eines stämmigen, schwarzhaarigen Mannes wieder, der sorgfältig darauf achtete, die schwangere Frau nicht zu fest an sich zu drücken. Und als der Mann sie küßte, beobachtete sie, wie Jill und Clay bedeutungsvolle Blicke austauschten, ehe sie sich auf eine schmerzlich vertraute Weise umarmten. Clays Hand streichelte Jills nackten Rücken, glitt über ihre Schulter und verschwand unter ihrem Haar im Nacken. Catherine sah, daß Clays Hüften provozierend gegen Jills Leib gepreßt waren. Unfähig, den Blick abzuwenden, sah Catherine, wie sich Jills

rotlackierte Nägel in Clays Haaren vergruben, während ihre geöffneten Lippen in einem leidenschaftlichen Kuß verschmolzen.
Glücklicherweise kam in diesem Augenblick Stu, der merkte, wie Catherine mit den Tränen kämpfte. Er flüsterte ihr zu: »Denk dir nichts dabei. Schon als Kinder haben wir einander geküßt, ohne zu wissen, was es bedeutet.«
Dann trennte Stu Clay und Jill und holte sich einen Kuß von ihr. Aber Catherine bemerkte, daß dieser Kuß nur eine freundschaftliche Geste war und daß sie *ihm* nicht mit den Fingern durchs Haar fuhr.
Kurz darauf waren Jill und Clay auf mysteriöse Weise verschwunden. Niemand außer Catherine schien es zu bemerken, die während der zwanzig Minuten, die sie fort waren, wohl zwanzigmal auf die Uhr geschaut hatte. Dann kamen sie durch zwei gegenüberliegende Türen zurück, damit niemand Verdacht schöpfte. Aber Clays Krawatte saß schief, und sie sah, daß er sich das Haar gekämmt hatte.

Der Januar war trübe, brachte Schnee und Kälte und wenig Erfreuliches, um die Menschen aufzuheitern. Clay ging wieder abends aus, obwohl er nie über Nacht fortblieb. Er und Catherine beschränkten sich auf den höflichen Umgangston zweier Menschen, die zufällig im selben Haus wohnen. Wenn sie gleichzeitig zu Hause waren, aßen sie selten gemeinsam und vermieden es sogar, sich im selben Zimmer aufzuhalten. Da Herb noch im Arbeitshaus war, besuchte Catherine ihre Mutter öfter, und Clay verlangte keine Erklärung, wenn sie später als er nach Hause kam. Am Abend vor der Ballettaufführung erinnerte sie ihn daran, aber er hob nicht einmal den Kopf, als er sagte, sie solle Bobbi oder ihre Mutter mitnehmen, weil er keine Zeit habe. Catherine ging mit Bobbi ins Theater, aber das Ballett hatte seinen Reiz verloren.

Clay verbrachte diesen Abend zu Hause. Gelegentlich wanderten seine Gedanken zu Catherine, und er erinnerte sich an ihre Freude, als er ihr die Eintrittskarten geschenkt hatte. Aber die meiste Zeit, wenn er allein war, versuchte er, nicht an sie zu denken. Während des vergangenen Monats hatte es oft Augenblicke gegeben, in denen er auf das leiseste Anzeichen des Entgegenkommens ihrerseits hin bereitwillig auf die Pose der Gleichgültigkeit und Ablehnung verzichtet hätte, hinter der er sich versteckte. Aber er hatte zu oft unter ihrer Zurückweisung gelitten, um noch einmal einen Annäherungsversuch zu wagen. Jeder Mann konnte Ablehnung nur bis zu einem gewissen Punkt ertragen, ehe er auf Distanz ging oder – noch besser – dorthin ging, wo er mit einer positiven Resonanz auf seine Annäherungsversuche rechnen konnte.

Als Catherine nach Hause kam, war Clay auf der Couch über einem Buch eingedöst. Er gähnte, setzte sich auf und fuhr sich mit der Hand durchs Haar. Seit langem hatten sie kein freundliches Wort mehr miteinander gewechselt, und er dachte, vielleicht ...

»Wie war das Ballett?« erkundigte er sich.

Sie betrachtete sein zerzaustes Haar, fragte sich, warum er sich die Mühe gab, den Anschein zu erwecken, den ganzen Abend zu Hause gewesen zu sein, wenn sie doch nicht den geringsten Zweifel daran hatte, mit wem er die Stunden verbracht hatte. Mit ausdrucksloser Stimme antwortete sie: »Es war eine schöne Aufführung.«

Clay zog sich noch weiter hinter seinen Schutzpanzer zurück.

Der Februar mit seinen grauen Tagen deprimierte sogar die fröhlichsten Gemüter. Catherine beschloß, bis zum Semesterende Mitte März die Universität zu besuchen, aber mit jedem

Tag, den sie unförmiger und lustloser wurde, fiel es ihr schwerer, ihren Aufgaben und Pflichten nachzukommen. In dem Stadthaus im Golden Valley sprachen Mann und Frau kein Wort mehr miteinander.

25

Herb Anderson wurde an einem eiskalten, windigen Tag aus dem Hennepin-County-Arbeitshaus entlassen. Mit hochgeschlagenem Mantelkragen und in leichten Straßenschuhen stapfte er fluchend durch den geforenen Schneematsch und fuhr per Anhalter nach Minneapolis und dann mit dem Bus in sein Wohnviertel.

Verdammt, ein Drink ist jetzt das Richtige, dachte er. Monatelang habe ich auf dem trockenen gesessen. Aber der gute alte Herb gibt sich nicht geschlagen. Niemand kann den freien Willen eines Mannes brechen. Ich kann jederzeit mit dem Trinken aufhören, aber wer gibt diesen Hurensöhnen das Recht, mich dazu zu zwingen? Denen werd' ich's zeigen, schimpfte er lautlos vor sich hin.

In *Haley's Bar* waren alle seine alten Saufkumpane versammelt.

»Schaut mal, wer da ist! Wir haben einen Stuhl für dich warm gehalten, Herb.«

Bereitwillig machten ihm die Kumpel Platz und schlugen ihm lachend auf den Rücken.

»Der erste Drink geht auf mich. He, Georgie, bring Herb ein Glas. Er muß ja völlig ausgetrocknet sein.«

Hah, dachte Herb, genau das braucht ein Mann. Freunde, die seine Sprache sprechen.

Mit einem zufriedenen Seufzer stützte er die Ellbogen auf

den Tresen, sog gierig die verräucherte Luft ein und lauschte voll Sentimentalität den Country-Songs über verratene Liebe und gebrochene Herzen, die Salz in seine Wunden streuten. Herb leerte sein Glas, ließ es wieder vollgießen und genoß es, Mittelpunkt zu sein.
Und der Alkohol begann zu wirken, verdoppelte Herb Andersons Wut über die Ungerechtigkeit, die ihm widerfahren war.

Ada erstarrte und preßte zitternd ihre Hände gegen den Mund, als sie jemanden am Türschloß herumfummeln hörte. Der Schlüssel drehte sich im Schloß, die Tür flog krachend gegen die Wand, und Herb Anderson stand schwankend vor ihr.
»So, so, so ... da ist ja die liebe Ada in der warmen Stube«, sagte er lallend.
»Herb«, stammelte sie verängstigt, »du bist draußen?«
»Ganz recht. Was ich nicht dir zu verdanken habe.«
»Herb, du hättest mich wissen lassen sollen, daß du nach Hause kommst.«
»Damit du mich gebührend empfangen kannst, wie?«
»Mach die Tür zu, Herb. Es kommt kalt herein.«
Mit glasigem Blick starrte er sie an. »Was glaubst du, wie kalt es im Gefängnis war!« Er knallte die Tür so hart zu, daß sie wieder aufsprang. Ada quetschte sich vorsichtig an ihm vorbei und schloß die Tür. Er beobachtete sie argwöhnisch.
»W ... wie geht es dir, Herb?«
Finster starrte er sie an. »Was, zum Teufel, soll diese plötzliche Besorgnis? Im November hat es dich keinen Deut geschert, wie es mir geht. Von einer Frau wird erwartet, daß sie ihrem Mann beisteht.«
»Man sagte mir, es wäre nicht nötig, daß ich käme. Außerdem war Steve zu Hause.«
»Das habe ich gehört. Aber ihr habt ja dafür gesorgt, daß ich mein eigenes Kind nicht sehen durfte.«

»Er war nur kurze Zeit hier.«

»Ada, er ist, verdammt noch mal, mein einziges Kind. Ich habe ein Recht, ihn zu sehen!«

Sie senkte den Blick und rang nervös die Hände.

»Weißt du, worüber ein Mann im Gefängnis nachdenkt, Ada?«

»Du warst nicht im Gefängnis, sondern im Arbeits ...«

»Es ist wie Gefängnis, das weißt du!« brüllte er.

Ada wandte sich ab, doch er riß sie am Arm herum. »Warum, zum Teufel, hast du mir das angetan? Warum!« Sein Atem stank, und Ada wandte den Kopf ab. Er packte sie am Kittel und zerrte sie hoch, so daß ihr Gesicht direkt vor seinem war. »Wer war er? Nach all den Jahren habe ich es verdient, die Wahrheit zu erfahren.«

»Bitte, Herb.« Sie versuchte, seine Fäuste von ihrem Kittel zu lösen, aber er packte nur noch fester zu.

»Wer! Als ich in dem stinkenden Loch saß, habe ich mir vorgenommen, die Wahrheit aus dir herauszuprügeln.«

»Es spielt keine Rolle. Ich bin doch bei dir geblieben, nicht wahr?«

»Du bist geblieben, weil ich dich und deinen Liebhaber sonst umgebracht hätte!« Er versetzte ihr einen Stoß, der sie auf das Sofa schleuderte. »Genauso wie ich diese Hure, deine Tochter, umbringen möchte, die du empfangen hast, während ich in Vietnam gekämpft habe. Wie konntest du mir das antun? Wie? Jeder, der uns zusammen sieht, denkt doch: Arme kleine Ada! Muß mit diesem Dreckskerl Herb leben! Du hast sie alle zum Narren gehalten. Aber nicht mich! Nicht mich! Ich habe nie vergessen, was du mir angetan hast, während ich im Krieg den Kopf für dich hingehalten habe. Jedesmal, wenn ich ihr blondes Haar und ihr Bastardgesicht sah, mußte ich daran denken. Und ich habe mir geschworen, eines Tages mit euch beiden abzurechnen. Schließlich habe ich eine Chance gekriegt, als sich diese kleine Nutte von einem reichen Hurensohn schwängern ließ, und dachte, jetzt wird der alte Herb endlich dafür belohnt, daß er sein Maul gehalten hat. Diese verhurte Schlampe sollte mich für alles entschädigen ... eine Hure, wie ihre Mutter!« Herbs Augen waren blutunterlaufen vor Zorn. »Du bist es mir schuldig, Ada! Ihr beide seid es mir schuldig! Aber was hast du getan? Du hast dafür gesorgt, daß ich wieder mit leeren Händen dastehe!«

»Ich habe nie ...«

»Halt's Maul!« brüllte er und beugte sich drohend über sie. »Neunzehn Jahre habe ich zugesehen, wie du und dein Bastard mein eigen Fleisch und Blut gegen mich aufgehetzt habt, bis er aus dem Haus ging. Und als er zum ersten Mal wieder nach Hause kommt, schlägst du dich auf ihre Seite und läßt zu, daß sie mich ins Gefängnis stecken. Und deinen Bastard – mein Faustpfand! – verheiratest du mit diesem Hurensohn! Verdammt, Ada, ich habe von der Hochzeit durch die Zeitung erfahren! Du hast mich absichtlich aus dem Weg schaffen lassen, damit ich Steve nicht zu Gesicht bekomme!«

»Ich hatte damit nichts zu tun ...«

Er riß Ada auf die Füße.

»Belüg mich nicht, du Schlampe! Neunzehn Jahre mußte ich deine Lügen ertragen und bin dafür sogar ins Gefängnis gegangen!«

Er holte aus und schlug Ada ins Gesicht.

»Die ganze Zeit warst du auf ihrer Seite, und ihr habt euch gegen mich verbündet!«

Der nächste Schlag traf Adas Kinn und schleuderte sie zu Boden.

»Das war *die* Chance, meine Schäfchen ins trockene zu bringen, und du wußtest es.«

Ein brutaler Fußtritt riß Ada hoch, dann plumpste sie wieder zu Boden.
In seinem Wahn ließ Herb Anderson die jahrelang aufgestaute Wut an Ada aus. Der Alkohol steigerte seinen Zorn bis zur Raserei. Er schlug mit den Fäusten auf Ada ein, bis sie reglos dalag. Er starrte auf den zusammengekrümmten Körper, wischte sich den Speichel vom Mund, sah das Blut an seiner Hand und lief aus dem Haus. Am nächsten Tag floh er aus der Stadt.

Catherine tippte, als das Telefon unten läutete. Einen Augenblick später polterte Clay die Treppe hoch.
»Catherine?«
Er sah, wie sie die Hände hob und ihre schmerzenden Nakkenmuskeln rieb.
»Cat?« fragte er sanft.
Dieses Wort ließ sie herumfahren. Sie blickte in Clays besorgtes Gesicht.
»Was ist passiert?«
»Das war Mrs. Sullivan, die Nachbarin deiner Mutter.«
»Mutter?« Sie stand erschreckt auf. »Was ist passiert?«
Clay sah ihr vor Angst verzerrtes Gesicht. Instinktiv trat er zu ihr und legte ihr die Hand auf die Schulter. »Deine Mutter liegt im Krankenhaus. Wir sollen sofort hinkommen.«
»Aber was ist passiert?«
»Komm jetzt. Wir sprechen unterwegs darüber.«
»Clay, sag's mir!«
»Catherine, keine Panik, okay?« Er nahm ihre Hand und führte sie hinunter. »In deinem Zustand ist das nicht gut. Da, zieh deinen Mantel an. Ich hole den Wagen aus der Garage.«
Sie riß ihm beinahe den Ärmel aus der Jacke, um ihn zurückzuhalten. »Clay, ich will wissen, was passiert ist!«
Er nahm ihre Hand in seine und drückte sie fest. »Cat, dein

Vater wurde aus dem Arbeitshaus entlassen. Er hat sich betrunken und ist dann nach Hause gegangen.«
»O nein«, heulte sie auf.
Angst überfiel Clay, aber nicht wegen Catherines Mutter, sondern ihretwegen.
»Komm jetzt, Cat. Wir müssen uns beeilen«, sagte er sanft.
Zum ersten Mal begrüßte Catherine Clays Hang zur Raserei. Er steuerte den Wagen mit Höchstgeschwindigkeit durch die Straßen, während Catherine wie erstarrt neben ihm saß. Am Krankenhaus angekommen, schoß sie wie der Blitz aus dem Wagen, und Clay konnte kaum mit ihr Schritt halten. Vor der Notaufnahme kam ihnen eine Frau mit ausgestreckten Händen entgegen.
»Cathy, es tut mir so leid.«
»Wie geht es ihr, Mrs. Sullivan?«
Die Frau warf Clay einen besorgten Blick zu. Er nickte.
»Die Ärzte sind noch bei ihr. Ich weiß es nicht. Oh, Mädchen, was dieser Mann ihr angetan hat ...« Mrs. Sullivan begann zu schluchzen. Clay führte Catherine zu einem Stuhl und hielt ihre eiskalte Hand in der seinen.
»Sie hat es noch zum Telefon geschafft und mich angerufen«, sagte Mrs. Sullivan mit erstickter Stimme.
Clay kam sich völlig hilflos vor. Er konnte nur einen Stuhl neben Catherine rücken und an ihrer Seite bleiben, während sie regungslos vor sich hinstarrte. Schließlich kam eine Krankenschwester und sagte ihnen, daß sie jetzt den Arzt sprechen könnten. Clay hielt Catherine zurück.
»Laß mich gehen.«
»Nein!« widersprach sie heftig und riß sich los. »Sie ist meine Mutter. Ich gehe.«
»Dann komme ich mit.«
Der Arzt stellte sich vor und warf einen Blick auf Catherines gewölbten Leib.

»Mrs. Forrester, Ihre Mutter schwebt nicht in Lebensgefahr, verstehen Sie?«
»Ja.« Aber Catherines Blick war auf die Tür geheftet, hinter der ihre Mutter lag.
»Sie wurde schlimm geschlagen und hat Blutergüsse und Quetschungen im Gesicht und am ganzen Körper. Ich habe ihr ein Beruhigungsmittel gegeben. Sie schläft jetzt. Es hat keinen Sinn, wenn Sie jetzt zu ihr hineingehen.«
»Sie besteht darauf«, sagte Clay.
Der Arzt holte tief Luft und seufzte.
»Na gut, aber ich warne Sie. Ihr Anblick wird ein Schock für Sie sein. Das ist in Ihrem Zustand gefährlich. Lassen Sie sich bitte nicht durch die Apparaturen erschrecken – es sieht komplizierter aus, als es ist. Ihre Mutter hat ein gebrochenes Nasenbein und zwei gebrochene Rippen. Das erschwert das Atmen, deshalb haben wir einen Luftröhrenschnitt gemacht, und sie wird vorübergehend künstlich beatmet und ernährt. Bestehen Sie noch immer darauf, Ihre Mutter zu sehen?«
Er wünschte sich, die junge Frau würde sich diesen Anblick ersparen. Aber Catherine nickte entschlossen, und der Arzt führte sie ins Krankenzimmer.
Die Frau auf dem Bett hatte keine Ähnlichkeit mit Ada. Ihre Nase war eingedrückt. Ihre Stirn war mit blauroten Beulen übersät. Ihre Lippen waren aufgeplatzt und geschwollen. Über ihrem Bett hingen mehrere Flaschen, deren Schläuche an Adas Körper befestigt waren. Ihre Hände lagen wie leblos auf der Bettdecke, der kleine Finger ihrer linken Hand war geschient.
Clay schluckte bei diesem erbarmungswürdigen Anblick mehrere Male krampfhaft. Er umklammerte Catherines Hand und spürte, wie sie zitterte. Ihre Gefühle verbarg sie wie gewohnt hinter einem ausdruckslosen Gesicht und einer unnatürlich starren Haltung. Clay drückte ihren Arm leicht

an sich, und nach einer Weile drängte der Arzt sie aus dem Zimmer. Catherine ging steif wie eine Schlafwandlerin zum Auto.

Clay öffnete ihr die Tür und half ihr fürsorglich hinein. Er wünschte, der Arzt hätte ihr ein Beruhigungsmittel gegeben, aber das war wohl in ihrem Zustand nicht ratsam. Clay fürchtete um Catherine und das Baby. Er startete den Motor und fuhr los. Mit trockenen Augen starrte Catherine durch die Windschutzscheibe. Er fand keine tröstenden Worte für sie. Er umklammerte nur fest ihre Hand und hoffte, daß diese Geste ihr ein wenig helfen würde.

Während er durch die Dunkelheit fuhr, durchlebte er sämtliche Qualen der Hilflosigkeit, die er angesichts ihrer stummen Verzweiflung empfand. Ihre Hand lag leblos in seiner. Sie reagierte mit keiner Bewegung, mit keinem Wort auf seine Besorgnis. Er dachte an das Leid, das Kinder um ihrer Eltern willen erleben, und hoffte, daß sein Kind niemals diese Qual empfinden würde, die Catherine jetzt durchlebte.

Zu Hause half er ihr aus dem Mantel und sah ihr nach, wie sie mit schleppenden Schritten die Treppe hinaufging.

»Catherine, kann ich etwas für dich tun? Möchtest du etwas trinken?«

Sie blieb stehen, als wüßte sie nicht, wo sie war. Er trat hinter sie, die Hände in den Hosentaschen, und wünschte sich, sie würde sagen: »Mach mir einen Kakao, reib mir den Rücken, leg Musik auf, halte mich ...« Aber sie schloß ihn aus, verkroch sich in ihrer Einsamkeit.

»Nein, nichts. Ich bin sehr müde, Clay. Ich will nur ins Bett.«

Steif ging sie hinauf, direkt in ihr Schlafzimmer, und schloß die Tür vor der Fürsorge, die er ihr anbot.

Lange stand er mitten im Wohnzimmer und starrte vor sich hin. Dann ließ er sich schwer auf die Couch sinken und bedeckte sein Gesicht mit den Händen. Er wußte nicht, wieviel Zeit verstrichen war, als er schließlich aufstand und seinen Vater anrief. Dann machte er sein Bett auf der Couch, zog Hemd und Hose aus, legte sich aber nicht hin, sondern stellte sich vor die Schiebetür und starrte in die Nacht hinaus. In diesem Augenblick brauchte er die Frau oben im Schlafzimmer ebenso nötig wie sie ihn.

Ein leises, gedämpftes Geräusch durchdrang die Stille, daraufhin wandte er sich vom Fenster ab. Angestrengt lauschte er – wie das entfernte Heulen des Windes drang ein hohes, gequältes Wimmern an sein Ohr. In der Dunkelheit ging er leise die Treppe hoch. Vor ihrer Schlafzimmertür blieb er stehen und lauschte wieder. Er lehnte die Stirn gegen die Tür, und als er das unterdrückte Klagen nicht länger hören konnte, öffnete er beinahe geräuschlos die Tür und trat ein. In dem dämmrigen Licht sah er die Umrisse ihrer zusammengekrümmten Gestalt unter der Bettdecke. Zart strich er mit der Hand über Catherines Schulter, während sein Herz vor Mitgefühl zu bersten drohte. Wie ein verwundetes Tier kauerte sie unter der Decke und versuchte, ihr Wimmern zu ersticken. Er zog sanft an der Decke, aber Catherine wickelte sich nur noch fester darin ein.

»Catherine«, sagte er mit erstickter Stimme.

Endlich gelang es ihm, ihre verkrampften Finger zu lösen, hob die Bettdecke und legte sich hinter ihren zusammengekrümmten Körper. Er versuchte, sie in die Arme zu ziehen, aber sie rollte sich noch enger zusammen. Ihr Wimmern trieb Clay die Tränen in die Augen.

Mit bebender Stimme flüsterte er: »Cat, o Cat, laß mich dir helfen.«

Er löste ihre geballte Faust aus ihrem Haar und streichelte sanft ihren Arm. Er preßte sich an ihren Rücken, bis er es nicht länger ertragen konnte. Dann stützte er sich auf einen Ellbogen, lehnte sich über die eingerollte Kugel, strich ihr das

Haar aus dem Gesicht und murmelte heiser: »Ich bin hier, Cat. Ich bin hier. Du bist nicht allein. Laß mich dir helfen.«
»Mamaaaa ...« heulte sie erbärmlich. »Mamaaaa ...«
»Bitte, Cat, bitte«, flehte Clay und umfaßte ihre Fäuste, die sie zwischen die Knie gepreßt hatte.
»Mama«, heulte sie wieder.
Er legte die Arme um sie und drückte sie fest an sich.
»Liebling, ich bin's, Clay. Bitte, quäl dich nicht so. Laß mich dir helfen ... laß dich von mir halten, bitte. Dreh dich um, Catherine. Ich bin bei dir.«
»Mama, das wollte ich nicht«, heulte sie mit dieser kindlichen Stimme, die Clay erschreckte. Er streichelte ihr Haar, ihre Schultern, legte seine Wange an ihren Kopf und wartete auf ein Zeichen von ihr, daß sie ihn verstand.
»Bitte, Catherine ... schließ mich nicht aus.«
Dann fühlte er ihr unterdrücktes Schluchzen und drehte sie sanft, wie eine gebrochene Feder, zu sich um. Laut schluchzend warf sie sich in seine Arme.
»Halt mich fest, Clay! Halt mich, halt mich«, flehte sie und klammerte sich an ihn wie eine Ertrinkende, während endlich heiße Tränen über ihre Wangen strömten.
»Catherine, mein Gott, es tut mir so leid«, murmelte er heiser in ihr Haar.
»Mama, Mama, es ist meine Schuld.«
»Nein, Cat, nein«, flüsterte er und preßte ihren Körper fest an sich, wünschte, er könnte ihr Leid in sich aufnehmen. »Es ist nicht deine Schuld«, murmelte er beschwichtigend und küßte ihren Kopf, während sie ihre ganzen aufgestauten Schuldgefühle herausschrie.
»Es ist meine Schuld, nur meine Schuld ...«
Er preßte ihren Mund gegen seine Brust, um sie zum Schweigen zu bringen.
»Nein, Cat, quäl dich nicht mit falschen Schuldgefühlen. Das lasse ich nicht zu.«

»Aber es ist wahr. Weil ich schwanger bin. Ich wußte, daß er Geld wollte ... dafür schreckte er vor nichts zurück. Ich hasse ihn! Ich hasse ihn. Warum hat er das getan? Halt mich fest, Clay ... Ich konnte ihn nicht länger ertragen. Ich mußte fortgehen ... deswegen wurde ich das, was er mich immer genannt hat. Aber es war mir egal. Du bist so warm ... Sie haben mich nie umarmt, nie geküßt. Ich war immer brav, bis auf das eine Mal mit dir. Aber er hätte sie nicht dafür büßen lassen dürfen.«

Clays Herz schmerzte vor Mitgefühl. Wie von Sinnen redete sie weiter.

»Ich hätte sie nicht verlassen dürfen. Ich hätte bleiben müssen, aber als Steve ging, war es so schrecklich bei ihnen. Er war der einzige, der ...«

Mit einem qualvollen Schluchzen klammerte sich Catherine an Clay. Sanft ermutigte er sie, weiterzusprechen.

»Der was?«

»Der mich je geliebt hat. Nicht einmal Mama konnte mich lieben, was ich nie verstand. Steve liebte mich, und nachdem er fort war, hatte ich niemanden mehr, und ich redete mir ein, wenn ich ein Baby hätte, würde mich jemand lieben. Dann wäre ich nie mehr allein.«

Als sie sich endlich die Wahrheit eingestanden hatte, verstummte sie.

Clay wurde von Mitleid überwältigt. Er hatte nur noch den Wunsch, dieses Elend zu lindern. Er wollte sie beschützen und ihr die Liebe geben, die sie nie empfangen hatte. Er kämpfte gegen seine aufsteigenden Tränen an und drückte sie fest an sich. In dieser innigen Umarmung fanden sie Wärme und Trost, bis sich das Kind in Catherines Leib plötzlich bewegte. Ein wildes Gefühl der Erregung durchströmte Clay, und alles, was an diesem Tag geschehen war – Catherines Leid, das wachsende Leben in ihrem Leib, dessen Bewegung

er zum ersten Mal spürte, und ihr verzweifeltes Schreien nach Liebe –, schienen sein Tun zu rechtfertigen. Seine Hand glitt über ihren Körper, streichelte ihren Rücken, ihre Hüfte und umfaßte mit sanftem Druck ihre Brust. Warm und nachgiebig schmiegte sie sich an ihn, und er flüsterte heiser in ihr Ohr: »Cat, o Cat, warum hast du so lange gewartet? Warum mußte so viel passieren?«
Mit einer Hand umfaßte er ihren Nacken und preßte seinen Mund auf ihre geöffneten Lippen. Ihr Kuß war voller Verlangen, und es spielte keine Rolle, daß nur die Verzweiflung sie in seine Arme getrieben hatte. Es war auch unwichtig, daß sie ihn vielleicht später beschuldigen würde, ihre Schwäche ausgenützt zu haben. Seine Finger glitten fordernd von ihrer vollen Brust über ihren straff gespannten Leib und wieder fühlte er die Bewegungen seines Kindes. Clay ließ seine Hand eine Weile darauf ruhen, dann schob er Catherines weiten Rock nach oben, um das warme Fleisch ihres Körpers zu spüren. Wie oft hatte er sich danach gesehnt, zu fühlen, wie ihr Körper sich durch die Schwangerschaft – deren Verursacher er schließlich war – verändert hatte. Er betastete ihre vollen Brüste, ihren runden Leib, und was als zärtliches Streicheln begonnen hatte, wurde allmählich sinnliches Verlangen.
Clays Hand glitt tiefer und verlor sich in der erregten Wärme zwischen ihren Oberschenkeln. Ihr sexuelles Verlangen, ihre Schwangerschaft und das Wissen, daß er seine Begierde nicht befriedigen durfte, ließen ihn nur zärtlich ihren Körper erforschen.
Er legte seine Hand wieder auf ihren Leib.
»Oh, Cat«, flüsterte er, »dein Bauch ist so hart. Tut er weh?«
Verwundert über seine Naivität schüttelte sie nur den Kopf.
»Ich habe gefühlt, wie sich das Baby bewegt«, sagte er aufgeregt. Er spreizte die Finger auf ihrem Leib, damit ihm

keine weitere Regung darin entging, als aber nichts passierte, suchte er wieder die Wärme zwischen ihren Schenkeln.
Catherine schloß die Augen und ließ ihn gewähren ... verlor sich in einer Myriade von Emotionen, die sie sich so lange verwehrt hatte, und sprach stumm zu ihrem Kind: Es ist dein Vater.
»Es ist zu spät, Clay«, murmelte sie einmal.
»Ich weiß.« Er küßte ihren Bauch und legte dann seinen Kopf darauf. Das Kind strampelte an seinem Ohr.
Catherine fühlte das erregte Pulsieren in ihrem Körper, genoß die Geborgenheit, die ihr Clays Zärtlichkeit und Leidenschaft gaben. Nur widerstrebend kehrte sie in die Wirklichkeit zurück.
»Hör auf, Clay«, flüsterte sie sanft.
»Ich will dich nur berühren, mehr nicht.«
»Hör auf. Es darf nicht sein.«
»Ich gehe nicht weiter. Laß mich dich nur berühren«, murmelte er.
»Nein, hör auf«, beharrte sie und versteifte sich.
»Entzieh dich mir nicht ... bleib bei mir.«
Aber sie entzog sich ihm.
Er versuchte, sie wieder in die Arme zu nehmen, und fragte: »Warum wehrst du dich plötzlich gegen mich?«
»Weil es mir nicht richtig erscheint, was wir tun, während meine Mutter im Krankenhaus liegt.«
»Das glaube ich dir nicht. Noch vor einer Minute hattest du deine Mutter völlig vergessen. Warum wendest du dich von mir ab?«
Sie wußte es nicht.
Sehr sanft sagte er: »Catherine, ich bin nicht dein Vater. Er hat dich beschimpft, und seinetwegen hast du Schuldgefühle. Du wendest dich nicht wegen deiner Mutter von mir ab, sondern wegen deines Vaters. Ist es nicht so?«

Ein Zittern überlief ihren Körper.
»Wenn du dich jetzt von mir abwendest, hat er dich ebenso geschlagen wie deine Mutter. Nur werden deine Wunden nicht heilen, so wie ihre. Begreifst du das denn nicht?«
»Es ist meine Schuld, daß er sie geschlagen hat, weil ich dir einmal nachgegeben habe. Und jetzt tue ich es wieder ... ich ... du ...« Sie verstummte verwirrt und verängstigt.
»Er macht aus dir einen seelischen Krüppel, Catherine. Siehst du das nicht?«
»Das bin ich nicht! Ich habe Gefühle, Bedürfnisse und Wünsche wie jeder andere Mensch!«
»Warum zeigst du sie dann nicht und gibst ihnen nach?«
»Das habe ich eben getan.«
»Aber was mußte da erst alles geschehen«, sagte er gequält.
»Nimm deine Hände von mir«, flehte sie. Sie weinte wieder, aber er hielt sie fest. »Warum? Wovor hast du Angst, Catherine?«
»Ich habe keine Angst!« widersprach sie mit erstickter Stimme.
Er drückte sie sanft in die Kissen, wollte, daß sie sich eingestand, warum sie so lange ihre Gefühle unterdrückt hatte, und hatte gleichzeitig Angst, daß diese Erkenntnis sie noch mehr verletzen könnte.
»Hast du Angst vor den Schimpfnamen, die er dir gegeben hat?«
Er hielt sie fest, während in ihr ungewollt die Erinnerung an die häßlichen Szenen aufstieg, von denen sie sich nicht befreien konnte. Clays warmer Atem auf ihrem Gesicht brachte sie in die Wirklichkeit zurück; zurück zu diesem Mann, den sie liebte, ihrer Angst vor dieser Liebe und ihrer Angst, ihn zu verlieren.
»N ... nein«, stammelte sie verzweifelt, während Clay spürte, wie sie am ganzen Körper bebte. »Nein, ich bin

nicht ... ich bin nicht ...« wiederholte sie schluchzend.

Clay lockerte seinen Griff und drängte sanft: »Was bist du nicht? Sag es, sag es und befreie dich davon. Was bist du nicht?« Sie wehrte sich nicht mehr gegen ihn, und als er sie losließ, warf sie einen Arm über ihre Augen und schluchzte herzerweichend. Mit unendlicher Zärtlichkeit streichelte er ihre Brüste, ihren Bauch und flüsterte drängend: »Was bist du nicht, Catherine? Sag es, sag es!«

»Ich bin nicht ...« begann sie wieder, brachte die Worte aber nicht über ihre Lippen.

»Nein, du bist es nicht. Glaube mir. Sag es, Catherine. Was bist du nicht?«

Endlich sprudelte es wie ein Sturzbach hervor, während sie die Hände vors Gesicht schlug.

»Ich bin nicht schlecht ... ich bin keine Schlampe ... ich bin keine Hure ... ich bin es nicht! Ich bin es nicht.«

Er zog sie beschützend in die Arme, schloß gequält die Augen, als sie sich mit aller Kraft an ihn klammerte. Sie zitterte am ganzen Körper, und er flüsterte zärtlich in ihr Haar: »Nein, das warst du nie, ganz gleich, wie oft er es zu dir gesagt hat.«

»Warum hat er es dann zu mir gesagt, Clay? Warum?«

»Das weiß ich nicht ... Psst ... Das einzig Wichtige ist, daß du ihm nicht glaubst, daß du ihm nicht mehr erlaubst, dir weh zu tun.«

Endlich fanden sie Ruhe und lagen erschöpft und schweigend aneinandergeschmiegt da. Vor dem Einschlafen dachte Catherine an ihre Mutter, und ihr wurde bewußt, daß sie nahe daran gewesen war, eine ebenso verschlossene und lieblose Frau wie sie zu werden.

Und zum ersten Mal in ihrem Leben hatte Catherine das Gefühl, Herb Anderson geschlagen zu haben.

26

Ada öffnete ihr geschwollenes Auge.
»Mom?« flüsterte Catherine.
»Cathy?« Ada bewegte mühsam ihre aufgeplatzten Lippen. »Du hast lange geschlafen.«
»Tatsächlich?«
»Psst. Beweg dich nicht. Versuch zu ruhen. Du hast ein paar gebrochene Rippen. Jede Bewegung muß dir weh tun.«
»Ich bin so müde«, hauchte die alte Frau und schloß ihr Auge. Aber selbst in ihrem benommenen Zustand hatte sie etwas bemerkt, was sie aus ihrer Apathie riß. Ihr Auge öffnete sich wieder.
»Du hast geweint«, flüsterte sie undeutlich. Das Sprechen fiel ihr schwer.
»Ein bißchen. Mach dir um mich keine Sorgen, kümmere dich nur ...« Aber in Catherines Augen brannten Tränen. Ada sah es und streckte ihrer Tochter ihre zitternde Hand entgegen. Catherine nahm sie, fühlte die zerbrechlichen Knochen und wie schwach ihre Mutter war.
»Ich habe dich nicht weinen sehen, seit du ein kleines Mädchen warst«, wisperte Ada.
»Ich habe vor langer Zeit damit aufgehört, sonst hätte ich dauernd geweint.«
»Es ist nicht gut aufzugeben.«
»Nein ... nein, das ist es nicht.« Catherine schluckte krampfhaft. »Mom, du mußt nicht sprechen.«

»Seltsam ... du sagst zu mir, ich muß nicht sprechen, und ich sage zu dir, du mußt nicht weinen. Aber wir müssen es wohl tun.«

»Warum wartest du nicht, bis du wieder kräftiger bist?«

»Ich habe neunzehn Jahre darauf gewartet, endlich diese Kraft aufzubringen.«

»Mom, bitte ...«

Ein sanfter Händedruck brachte Catherine zum Schweigen.

»Es ist Zeit, daß ich es dir sage. Hör mir nur zu. Ich bin eine schwache Frau, war es immer, aber jetzt habe ich dafür gebüßt. Weißt du, Herb war früher gut zu mir, am Anfang unserer Ehe. Als Steve geboren wurde, hättest du ihn sehen müssen. Damals war er ein ganz anderer Mann. Als seine Einheit nach Vietnam verlegt wurde, dachten wir, er würde bald zurückkommen, aber es dauerte zwei Jahre. Während dieser Zeit hat er schreckliche Dinge erlebt und zu trinken angefangen. Die Kriegserlebnisse hätte er vielleicht überwunden, aber er ist nie damit fertig geworden, daß ich bei seiner Rückkehr schwanger war.«

Catherine glaubte, nicht richtig gehört zu haben, denn Ada sprach sehr undeutlich.

»Schwanger?«

Im Zimmer war es sehr still. Ada starrte zur Decke.

»Ja, ich erwartete ein Kind. Das warst natürlich du.«

»Ich?«

»Ich sagte dir, daß ich eine schwache Frau bin.« Adas Auge tränte.

»Ich bin nicht sein Kind?«

Ada bewegte nur verneinend ihren schmerzenden Kopf. Catherine spürte, wie ein ungeheuer befreiendes Gefühl ihren Körper durchströmte.

»Du siehst also, Cathy, es war nicht allein seine Schuld. Ich habe ihm das angetan, und er hat es weder mir noch dir je verziehen.«

»Ich konnte es nie verstehen.«

»Ich hatte solche Angst, es dir zu sagen.«

»Warum hast du es mir verschwiegen?« Catherine beugte sich über ihre Mutter, damit diese ihr Gesicht sehen konnte. »Mom, bitte, ich gebe dir keine Schuld. Ich muß es nur wissen. Warum hast du nie zu mir gehalten? Ich dachte, du ...« Catherine verstummte. Sie wich dem Blick ihrer Mutter aus.

»Ich liebte dich nicht? Ich weiß, was du sagen wolltest. Es ist zwar keine Entschuldigung, aber Herb hat nur darauf gewartet, daß ich dich in irgendeiner Weise bevorzuge. Er ist bei jeder Kleinigkeit ausfallend geworden. Ich hatte Angst vor ihm, Cathy.«

»Warum hast du ihn nicht verlassen?«

»Ich dachte, ich wäre es ihm schuldig, bei ihm zu bleiben. Außerdem – wo hätte ich hingehen sollen?«

»Wohin gehst du denn jetzt? Doch bestimmt nicht zu ihm zurück.«

»Nein. Das brauche ich jetzt nicht mehr. Du und Steve, ihr seid erwachsen. Ich muß mich nur noch um mich kümmern. Steve ist glücklich in der Armee, und du hast Clay. Um euch brauche ich mir keine Sorgen mehr zu machen.«

Catherine senkte schuldbewußt den Kopf. Geistesabwesend streichelte sie die Hand ihrer Mutter, sah ihr dann ins Gesicht und fragte: »Wer ist mein Vater, Mom?«

Ein verzerrtes Lächeln umspielte Adas geschwollene Lippen. »Es spielt keine Rolle, wer er ist, sondern was er ist. Er ist ein vornehmer Mann. Das Beste, was mir je im Leben widerfahren ist. Ich würde die Jahre der Hölle mit Herb noch einmal durchmachen, nur um die Tage mit deinem Vater noch einmal zu erleben.«

»Du hast ihn also geliebt?«

»Ja ... oh, wie sehr.«

»Warum hast du dann Da ... Herb nicht verlassen und ihn geheiratet?«
»Er war schon verheiratet.«
Bei diesem Geständnis wurde Catherine bewußt, daß in Ada eine Frau schlummerte, die sie nie gekannt hatte.
»Lebt er noch?« fragte Catherine und wollte plötzlich alles über ihren Vater wissen.
»Er lebt hier in der Stadt. Deswegen ist es besser, wenn du nicht weißt, wer er ist.«
»Wirst du es mir eines Tages sagen?«
»Das kann ich dir nicht versprechen. Weißt du, er ist ein sehr angesehener Mann. Du brauchst dich nicht zu schämen, einen Vater wie ihn zu haben. Mein ... mein Mund ist ganz trocken. Kann ich etwas Wasser haben?«
Catherine half ihrer Mutter beim Trinken und hörte, wie sie sich mit einem tiefen Seufzer ins Kissen zurücksinken ließ.
»Mom, ich muß dir auch ein Geständnis machen.«
»Du, Cathy?« Als Catherine die Überraschung in Adas Stimme hörte, wurde ihr bewußt, daß ihre Mutter sie weitaus mehr schätzte, als sie je vermutet hatte. In ihrer verzweifelten Sehnsucht nach Liebesbeweisen hatte sie vielleicht Adas tiefe, verborgene Liebe nicht erkannt.
»Mom, ich hab's absichtlich gemacht ... ich wollte schwanger werden. Das glaube ich jedenfalls jetzt. Ich wollte mich an Herb rächen, weil er mich dauernd beschimpft hat. Und ich wollte von euch beiden fort, weg aus diesem Haus, in dem es nur Streit und betrunkene Wutanfälle gab. Ich habe wohl unbewußt angenommen, daß ein Kind mich da rausbringen und mir Liebe geben würde. Ich habe nicht damit gerechnet, daß er seine Wut an dir auslassen würde.«
»Nein, nein, du bist nicht daran schuld, Cathy. Auf diesen Ausbruch habe ich lange gewartet. Er hat mir vorgeworfen, daß ich bei seiner Gerichtsverhandlung nicht dabei war und

daß es meine Schuld sei, daß er aus Clay kein Geld herauspressen konnte. Aber der wahre Grund ist, daß du nicht sein Kind bist. Ich mache mir da nichts vor und möchte nicht, daß du dich dafür verantwortlich fühlst.«

»Aber er hat dich nur meinetwegen geschlagen.«

»Nein, Liebes. Schlag dir das endgültig aus dem Kopf. Du hast Clay und erwartest sein Kind. Bei diesem Vater wird es dein Kind gut haben.«

»Mom, Clay und ich ...« Aber Catherine brachte es nicht übers Herz, von ihrer Zukunft mit Clay zu reden.

»Was?«

»Wir haben uns überlegt, ob du nach der Geburt des Kindes – und falls du dich kräftig genug fühlst – nicht eine Weile bei uns leben möchtest.«

Catherine fühlte einen schmerzhaften Stich in ihrem Herzen, als sie sah, wie Ada ein gequältes Lächeln zustande brachte und mit einem zufriedenen Seufzer die Augen schloß.

Es war der Tag, nachdem Clay und Catherine die Nacht gemeinsam verbracht hatten. Morgens war er leise aufgestanden und hatte sie weiterschlafen lassen. Als er am Nachmittag nach Hause kam, konnte er es kaum erwarten, sie zu sehen. Sie hörte, wie die Tür ins Schloß fiel. Ihre Hände erstarrten mitten in der Bewegung, dann ließ sie das Messer sinken, mit dem sie eine Stange Sellerie unter dem fließenden Wasser im Spülstein geputzt hatte. Er kam sofort in die Küche und legte ihr leicht die Hand auf die Schulter.

»Wie ging es deiner Mutter heute?«

Bei seiner Berührung durchströmte eine Woge der Wärme ihren Körper. Sie wollte sich umdrehen, seine Hand nehmen, sie küssen, auf ihre Brust legen und zu ihm sagen: Wie ging es dir heute? Wie ging es mir? Waren wir glücklicher wegen der Dinge, die letzte Nacht zwischen uns geschehen sind?

»Sie hat Schmerzen und konnte kaum sprechen.«
Clay drückte ihre Schulter und wartete darauf, daß sie sich umdrehen und ihn wieder brauchen würde, wie letzte Nacht. Er betrachtete ihre Hände, die grüne, faserige Streifen von der Selleriestange zogen.
Warum dreht sie sich nicht um, dachte er. Versteht sie denn nicht, was meine Berührung ausdrückt? Sie muß doch wissen, daß auch ich Angst habe, etwas verkehrt zu machen.
Catherine schälte eine weitere Selleriestange, die sie gar nicht brauchte. Sie sehnte sich danach, ihm in die Augen zu sehen und zu fragen: »Was bedeute ich dir, Clay?« Und wenn er sie liebte, hätte er es doch sicher einmal gesagt.
Letzte Nacht hatte sie ihre Verzweiflung zueinander geführt. Aber er hatte nicht gesagt, daß er sie liebe. Während der ganzen Monate, die sie nun zusammenlebten, hatte er nie auch nur eine Andeutung gemacht, daß er sie liebe.
Sie fühlten ihre gegenseitige Nähe mit allen Sinnen. Clay sah, wie Catherine die Hände sinken ließ. Er streichelte ihren Nacken. Catherine ließ es mit geschlossenen Augen geschehen.
»Catherine«, sagte er heiser.
»Clay, was letzte Nacht passiert ist, hätte nicht geschehen dürfen«, brachte sie mühsam über die Lippen.
Enttäuschung überwältigte ihn. »Warum?« Er nahm ihr das Messer aus der Hand, warf es ins Becken und drehte das Wasser ab. Dann zwang er sie, ihn anzusehen, und fragte wieder: »Warum?«
»Weil es aus den verkehrten Gründen geschah. Es genügt nicht, daß meine Mutter Schwierigkeiten hat und ich von dir schwanger bin. Verstehst du das nicht?«
»Aber wir brauchen einander, Catherine. Wir sind verheiratet, ich möchte ...«
Sie umfaßte plötzlich mit ihren nassen Händen seine Wangen

und fiel ihm ins Wort. »Beruhige dich, Clay. Was letzte Nacht geschah, wird nie wieder passieren.«

»Verdammt, ich verstehe dich einfach nicht!« sagte er ärgerlich, nahm ihre Hände von seinem Gesicht und hielt sie an den Oberarmen fest.

»Du liebst mich nicht, Clay«, sagte sie mit ruhiger Würde. »Verstehst du mich jetzt?«

Er durchbohrte sie mit dem Blick seiner stahlgrauen Augen und wünschte sich, er könnte ihr widersprechen. Wie leicht es ihm fiel, sich in ihren verführerischen Augen, in der Wärme ihres verlockenden Körpers, dem Anblick ihres schönen Gesichts, das ihm so vertraut war, zu verlieren. Wenn er sie nur aus der Ferne betrachtete, sehnte er sich danach, ihre Brüste zu streicheln, ihre Lippen zu küssen und ihren ganzen Körper zu berühren. Aber konnte er sagen, daß er sie liebte?

Ganz bewußt umfaßte er mit beiden Händen ihre Brüste, als wolle er damit beweisen, daß mehr nicht nötig war. Durch ihr Kleid hindurch konnte er spüren, wie ihre Brustwarzen hart wurden. Sie atmete schneller und schwerer.

»Du willst es auch«, sagte er, denn ihr Körper verriet ihm die Wahrheit.

»Du verwechselst Lust mit Liebe.«

»Ich dachte, letzte Nacht hättest du endlich eingesehen, daß es ganz natürlich und gesund ist, einander zu berühren.«

»Ist das richtig, was du jetzt tust?«

»Ja, verdammt noch mal. Fühlst du nicht, was mit dir geschieht?«

Gleichmütig ertrug sie seine Berührung, und obwohl sie ihren Körper nicht daran hindern konnte, darauf zu reagieren, verweigerte sie ihm die Befriedigung, ihre Erregung zu zeigen. »Ich fühle es. O ja, ich fühle es. Stärkt es deine Männlichkeit zu wissen, daß du mich erregst?«

Er ließ abrupt die Hände sinken. »Catherine, ich kann mit

deiner Kälte nicht leben. Ich brauche mehr, als du mir in unserer Beziehung zugestehst.«

»Und ich kann ohne Liebe nicht mehr geben. Also befinden wir uns in einem Teufelskreis, nicht wahr, Clay?« Sie sah ihm direkt in die Augen und achtete ihn dafür, daß er nicht gelogen hatte. »Clay, ich bin nur realistisch, weil ich nicht verletzt werden will. Es wäre die ganzen Monate so leicht gewesen, mich von dir verführen zu lassen, jedesmal, wenn du Lust auf Sex hattest. Du brauchst mich nur anzusehen, dann schmelze ich dahin. Ich hätte mir einreden können, daß du mich liebst. Aber es ist nicht wahr.«

»Um geliebt zu werden, muß man liebenswert sein, Catherine. Verstehst du das nicht? Du hast es nicht einmal versucht. Du versteckst dich dauernd hinter deinem Panzer. Du kannst kein Lächeln, keine Berührung erwidern, oder ...«

»Clay, das habe ich nicht gelernt!« verteidigte sie sich. »Glaubst du, diese Dinge kommen von Natur aus? Glaubst du etwa, damit wird man geboren, wie mit der Haar- oder Augenfarbe der Eltern? Nun, das stimmt nicht. Liebe muß man lernen. Sie wird einem von klein auf beigebracht, ob du dir dessen bewußt bist oder nicht. Du zählst zu den Glücklichen, die mit Liebe aufgewachsen sind. Du hast nie danach verlangt, weil du sie nie vermißt hast. Wenn du hinfielst und dich verletzt hast, wurdest du geküßt und gestreichelt. Wenn du fort warst und zurückkamst, wurdest du umarmt und willkommen geheißen. Wenn dir etwas mißglückt ist, sagte man dir, es spiele keine Rolle, und deine Eltern waren trotzdem stolz auf dich, richtig? Wenn du böse warst und bestraft wurdest, gaben sie dir zu verstehen, daß sie dich trotzdem lieben. Meine Lektionen sahen anders aus. Du nimmst jedes Zeichen der Zuneigung zu leicht; dir ist die Bedeutung nicht bewußt. Für mich ist das anders. Ich kann nicht ... oh, wie soll ich mich dir verständlich machen? Je seltener etwas ist, um so wertvoller wird es. So ist es bei mir, Clay. Ich bin noch nie von jemandem nett behandelt worden, deswegen sind für mich jede deiner Gesten, deine Berührungen, deine Annäherungsversuche viel bedeutungsvoller. Und ich weiß ganz genau, wenn ich lerne, sie zu akzeptieren, dich zu akzeptieren, werde ich mehr als du leiden, wenn wir uns wieder trennen. Deshalb habe ich mir geschworen, von dir nicht abhängig zu werden – in emotionaler Hinsicht.«

»Damit sagst du eigentlich, daß wir wieder da sind, wo wir gestern abend angefangen haben.«

»Nicht ganz.« Catherine blickte auf ihre Hände.

»Wo ist der Unterschied?«

Sie sah auf und straffte leicht die Schultern. »Meine Mutter hat mir heute gesagt, daß Herb nicht mein Vater ist. Das befreit mich von ihm – befreit mich endgültig von ihm. Mir ist auch klargeworden, was geschieht, wenn zwei Menschen aus den verkehrten Gründen in einer lieblosen Ehe zusammenleben. Ich will nicht so enden wie meine Mutter. Niemals!«

Während der folgenden Wochen dachte Clay darüber nach, was Catherine über die Liebe gesagt hatte. Denn er hatte sich noch nie Gedanken über die vielfältigen Ausdrucksmöglichkeiten der Zuneigung seiner Eltern gemacht. Catherine hatte recht: Er hatte ihre Liebe immer als selbstverständlich hingenommen. Ihre Anerkennung hatte ihm Geborgenheit und ihre Liebe Sicherheit gegeben. Er mußte sich auch eingestehen, daß er physischen Kontakten weniger Bedeutung beimaß als Catherine. Er versuchte, es von ihrem Blickwinkel aus zu betrachten, und stellte fest, daß er tatsächlich leichtfertiger mit Gesten, die Zuneigung ausdrückten, umging. Er begann ihr Bedürfnis, emotional von ihm unabhängig zu bleiben, zu verstehen und begriff, welche Bedrohung es für sie wäre, sich in ihn zu verlieben, da ihre Scheidung nach der

Geburt des Kindes bevorstand. Er analysierte seine Gefühle für Catherine und mußte sich eingestehen, daß er wirklich nicht glaubte, sie zu lieben. Er fand sie physisch begehrenswert, aber da sie ihm in dieser Hinsicht nie entgegengekommen war, konnte er sich nicht vorstellen, sie je zu lieben. Er wünschte sich eine Frau, die fähig war, sich ihm spontan hinzugeben. Er wollte begehrt werden und begehren. Er bezweifelte, daß Catherine je diese Frau sein würde, die dieses Bedürfnis stillen konnte.

Sie kauften ein Kinderbett und eine dazu passende Wickelkommode. Er stellte beides in das ungenutzte Schlafzimmer, dessen Wände noch immer mit einer für ein Kinderzimmer völlig ungeeigneten, braunen Tapete bedeckt waren.

Aber wer würde nach der Geburt des Kindes in diesem Zimmer bleiben, wer würde gehen?

Catherine stellte ihren fertig gepackten Koffer bereit. Als er ihn zum ersten Mal in ihrem Schlafzimmer stehen sah, ließ er sich auf die Bettkante sinken, schlug die Hände vors Gesicht und fühlte sich absolut miserabel. Er dachte an Jill – sehnte sich nach Jill, die seine Bedürfnisse so gut verstand, und wünschte sich, *sie* würde sein Kind erwarten. Aber Jill wollte keine Kinder haben.

Der erste April war ein strahlend schöner Frühlingstag. Angela schenkte Catherine eine Babybadewanne, und die Vorfreude ihrer Schwiegermutter auf die Ankunft ihres ersten Enkelkindes versetzte Catherine einen schmerzhaften Stich.

Claiborne überraschte Catherine eines Nachmittags mit einer Wippschaukel für das Baby, in dem es erst sitzen können würde, wenn sie und Clay sich längst getrennt hatten.

Ada war wieder zu Hause und erkundigte sich täglich nach Catherines Wohlbefinden und erhielt stets die gleichmütige

Antwort: »Gut, gut, gut«, bis Catherine eines Tages den Hörer auflegte und in Tränen ausbrach, weil sie überhaupt nicht mehr wußte, wie ihr Leben weitergehen sollte.

Catherine weckte Clay mitten in der Nacht.
»Was ist?« fragte er und setzte sich schlaftrunken auf.
»Die Wehen haben eingesetzt. Sie kommen jetzt in einem Abstand von zehn Minuten.«
Er warf die Bettdecke zurück, griff nach ihrer Hand und zog sie auf die Couch. »Setz dich.«
Sie gehorchte, stand aber schnell wieder auf. »Der Arzt hat gesagt, daß ich mich bewegen soll.«
»Der Arzt? Hast du ihn etwa schon angerufen?«
»Ja, vor ein paar Stunden.«
»Warum hast du mich nicht geweckt?«
»Ich ...« Sie wußte es nicht. »Clay, ich glaube, du solltest mich ins Krankenhaus bringen, aber du brauchst nicht bei mir zu bleiben. Ich würde selbst fahren, doch der Arzt hat mir davon abgeraten.«
Ihre Worte verletzten ihn zutiefst. Dann wurde er ärgerlich. »Du kannst mich nicht ausschließen, Catherine. Ich bin der Vater des Kindes.«
Sie antwortete nur: »Wir sollten keine Zeit mit Streitereien vergeuden. Tu, was du willst, wenn wir im Krankenhaus angekommen sind.«
In der Entbindungsstation wurden sie von einer jungen Krankenschwester empfangen, auf deren Namensschild Christine Flemming stand. Sie nahm selbstverständlich an, daß Clay bei seiner Frau bleiben wollte, und führte die beiden in ein Zimmer, in dem ein Bett stand. Als Catherine vom Bluttest zurückkam, setzten wieder die Wehen ein, und Miss Flemming gab ihrer Patientin Anweisung, ruhig zu atmen und sich zu entspannen. Als die Wehe vorbei war, sagte sie zu

Clay: »Ihre Aufgabe ist es jetzt, Ihrer Frau zu helfen, richtig zu atmen und sich zu entspannen.« Also sparte sich Clay jede Erklärung und befolgte den Rat der Krankenschwester. Er setzte sich an Catherines Bett und hielt ihre Hand.

Bald darauf kam Miss Flemming zurück und sagte zu Catherine: »Jetzt wollen wir mal sehen, wie weit Sie sind. Entspannen Sie sich, und sagen Sie mir, ob eine Wehe kommt, während ich Sie untersuche.« Es geschah so schnell, daß Clay keine Zeit blieb, sich abzuwenden oder hinauszugehen. Anscheinend wurde von ihm erwartet, dabeizubleiben und Catherines Hand zu halten, während die Krankenschwester ihren Leib abtastete. Er staunte, auf welch natürliche Weise er in den Geburtsvorgang mit einbezogen wurde. Als die Untersuchung vorbei war, zog die Krankenschwester Catherine das Hemd wieder über den Bauch und streichelte sanft darüber.

»Hier kommt die nächste Wehe, Catherine. Entspann dich und zähle – eins, zwei, drei ...« Catherines Finger umklammerten Clays Hand mit schmerzhaftem Griff. Ihre Stirn war mit Schweiß bedeckt. Sie schloß die Augen und preßte die Lippen aufeinander.

Er sagte sanft zu ihr: »Öffne den Mund, Catherine. Atme tief durch.«

Und trotz der Schmerzen war Catherine glücklich, daß Clay bei ihr war. Seine Stimme besänftigte und tröstete sie in diesen Augenblicken der Angst.

Nachdem der Schmerz verebbt war, öffnete Catherine die Augen und fragte Miss Flemming: »Wieso wußten Sie, daß die nächste Wehe kommt?«

»Das kann man fühlen. Geben Sie mir Ihre Hand, Catherine.« Sie legte Catherines Hand auf den Bauch. »Mr. Forrester«, sagte sie, »legen Sie Ihre Hand auf die andere Seite. Warten Sie – Sie können es fühlen, wenn die nächste Wehe kommt. Die Muskeln verkrampfen sich, der Bauch verändert seine Form ... Jetzt, fühlen Sie es? Es wird ungefähr eineinhalb Minuten dauern, bis der Höhepunkt überschritten ist. Dann entspannen sich die Muskeln wieder.«

Catherines und Clays Fingerspitzen berührten sich über ihrem gewölbten Leib. Gemeinsam spürten sie die Bewegungen in Catherines Körper. Für Clay wurden dadurch ihre Schmerzen greifbar. Mit großen Augen starrte er auf das Wunder, das unter seiner Hand geschah. Als sich die Wehe dem Höhepunkt näherte, verkrallte Catherine ihre Hände im Kopfkissen, und Clay sah ihr schmerzverzerrtes Gesicht. Er beugte sich vor, strich ihr das Haar aus der schweißbedeckten Stirn. Als sie seine Hand spürte, entspannte sie sich und begann ruhiger zu atmen. Besänftigend sprach er auf sie ein und empfand ein merkwürdig befriedigendes Gefühl, da er die Macht hatte, ihre Schmerzen zu lindern.

In diesen Augenblicken innigsten Beisammenseins begann Clay Dinge zu verstehen, die so tief und immerwährend waren wie das Leben, das in Catherines Leib heranwuchs. Er begriff, daß die Schmerzen der Geburt Mann und Frau eine Nähe vermittelten wie kein anderes gemeinsames Erlebnis.

Als Catherine in den Kreißsaal gebracht wurde, fühlte sich Clay entsetzlich einsam, so als hätte ein Fremder seinen Platz eingenommen. Aber als er gefragt wurde, ob er an dem Vorbereitungskurs für werdende Väter – Voraussetzung dafür, bei der Geburt dabeisein zu dürfen – teilgenommen hatte, mußte er verneinen.

Catherine und Clay Forresters Kind wurde eine halbe Stunde später geboren, und Catherine wußte – ehe sie erschöpft in einen erholsamen Schlaf glitt –, daß es ein Mädchen war.

Catherine öffnete die Augen und sah Clay in einem Stuhl neben dem Bett sitzen. Er hatte den Kopf in eine Hand gestützt und döste vor sich hin. Sein Haar war zerzaust, und er hatte sich nicht rasiert. Er sieht fantastisch aus, dachte sie, vom Schlaf noch leicht benebelt – und ich liebe ihn noch immer.

»Clay?« flüsterte sie seinen Namen.

Er riß die Augen auf und beugte sich sofort über sie. »Cat«, sagte er sanft, »du bist wach.«

Ihre Lider senkten sich. »Kaum. Ich habe wieder etwas verkehrt gemacht, nicht wahr, Clay?« Sie spürte, wie er ihre Hand nahm und sie gegen seine Lippen preßte.

»Du meinst, weil es ein Mädchen ist?«

Sie nickte kaum merklich.

»Das wirst du nicht denken, wenn du sie erst mal siehst.«

Catherine lächelte leicht.

»Clay?«

»Ich bin bei dir.«

»Danke für deine Hilfe.«

Sie schlief wieder ein. Ihr Atem ging schwer und gleichmäßig. Die Ellbogen auf die Knie gestützt, saß er neben ihrem Bett und hielt ihre Hand. Mit einem tiefen Seufzer legte er seine Stirn auf ihre Finger und schloß die Augen.

Großmutter Forresters Gehstock kündete von ihrer unmittelbar bevorstehenden Ankunft. Kaum stand sie in der Tür, sagte sie: »Junge Dame, ich bin achtundsiebzig Jahre alt. Als nächstes erwarte ich von dir einen Jungen.« Aber dann humpelte sie zum Bett und küßte ihre Großenkelin.

Marie platzte fröhlich wie immer herein und verkündete, daß sie und Joe endlich heiraten würden, sobald er in ein paar Monaten mit der High-School fertig war. Sie fügte hinzu, daß sie zu diesem Schritt durch ihre erfolgreiche Ehe mit Clay inspiriert worden seien.

Claiborne und Angela kamen täglich und niemals mit leeren

Händen. Sie brachten Kleider, die so mit Rüschen besetzt waren, daß sich das Baby darin verlieren würde; ausgestopfte Puppen, die größer waren als das Baby und eine Spieldose, die »Edelweiß« spielte. Beide waren in Melissa vernarrt, doch Clabornes Zuneigung war direkt rührend. Er konnte sich kaum von seiner Enkelin trennen und machte ihr leise Versprechen wie: »Wenn du alt genug bist, um ein Dreirad zu fahren, schenkt dir Opa das größte, das es in der Stadt gibt.« Oder: »Wartet nur, bis sie laufen kann ...« Oder: »Du und Clay, ihr müßt bald mal ein Wochenende allein verbringen. Dann könnt ihr Melissa bei uns lassen.«

Auch Bobbi kam. Sie stand vor dem Fenster zum Kinderzimmer, hatte ihre Daumen in die Gesäßtaschen ihrer Jeans gehakt und murmelte gerührt: »Sieht sie nicht süß aus? Und wenn ich bedenke, daß ich daran beteiligt war ...«

Ada kam regelmäßig zu Besuch und versprach, nach Catherines Rückkehr in ihre Wohnung, ein paar Tage bei ihr zu bleiben. Herb war verschwunden.

Steve schickte ein riesiges Bukett rosa Nelken und ein Glückwunschtelegramm.

Und natürlich war Clay immer da.

Zu jeder Tageszeit tauchte er vor Catherines Bett auf, stand da und wußte nichts zu sagen. Clay, der die Rolle des liebenden Vaters spielte, wenn andere anwesend waren. Der herzhaft lachte, wenn jemand von den Schwierigkeiten mit heranwachsenden Töchtern sprach. Der sich gemeinsam mit Catherine über die Flut von Geschenken freute. Der aber lange allein vor dem Fenster zum Kinderzimmer stand und vergeblich versuchte, den Kloß hinunterzuschlucken, der in seiner Kehle steckte.

Ada kam wie versprochen und half Catherine drei Tage lang nach ihrer Rückkehr aus dem Krankenhaus. Während dieser

Zeit schlief Ada auf der Couch im Wohnzimmer. Für Clay war es die Hölle, neben Catherine liegen zu müssen. Während der Nacht hörte er die leisen schmatzenden Geräusche, wenn Catherine Melissa stillte, und wünschte sich sehnlichst, das Licht anzuknipsen und sie dabei beobachten zu dürfen. Aber er wußte, daß es Catherine stören würde, also blieb er still liegen und gab vor zu schlafen. Wie überrascht er gewesen war, als Catherine angefangen hatte, das Kind zu stillen! Zunächst dachte er, es geschähe nur aus reinem Pflichtgefühl, doch mit jedem Tag, der verging, mußte er feststellen, daß alles, was Catherine für Melissa tat, aus tiefer Mutterliebe heraus geschah.

Catherine begann sich zu verändern.

Manchmal überraschte er sie dabei, wie sie ihr Gesicht an Melissas kleinen Körper preßte und leise, zärtliche Worte murmelte. Einmal sah er, wie sie Melissas winzige Zehen mit den Lippen liebkoste. Wenn sie das Baby badete, plauderte und lachte sie unaufhörlich dabei. Wenn das Baby zu lange schlief, wartete Catherine schon ungeduldig darauf, ihm wieder die Brust geben zu können. Catherine sang jetzt oft fröhlich vor sich hin, zuerst nur für Melissa und dann auch, während sie ihre Hausarbeiten erledigte. Sie schien ihre Fröhlichkeit wiedergefunden zu haben, und auch Clay wurde jedesmal mit einem Lächeln begrüßt, wenn er nach Hause kam.

Doch in dem Maße, wie Catherines Zufriedenheit wuchs, schwand Clays Ausgeglichenheit. Er weigerte sich halsstarrig, von dem Baby Notiz zu nehmen, obwohl Melissas Anwesenheit ihn zunehmend beeinflußte. Beim geringsten Anlaß bekam er einen Wutanfall, den weder Catherine noch Melissa zur Kenntnis nahmen. Melissa war ein ruhiges, zufriedenes Baby, das prächtig gedieh. Clay entschuldigte seine Nervosität und schlechte Laune mit dem bevorstehenden Examen.

Angela rief an und bat ihn um Erlaubnis, eine kleine Examensfeier für ihn ausrichten zu dürfen. Als sie sagte, daß Catherine schon damit einverstanden sei, bellte Clay ins Telefon: »Nachdem ihr beide die ganze Sache ja schon beschlossen habt, warum fragt ihr mich überhaupt noch?«
Worauf er etwas Mühe hatte, seiner Mutter diesen Wutanfall zu erklären.
Clay bestand sein Examen an der Juristischen Fakultät der Universität von Minnesota mit Auszeichnung, als Melissa zwei Monate alt war. Jetzt hatte er die Urkunde in den Händen, aber seine Tochter hatte er noch nie auf dem Arm gehabt.

27

Die Examensfeier fand an einem herrlichen Junitag statt. Der ausgedehnte Garten hinter dem Forrester-Haus erstrahlte in voller Blütenpracht. Die Terrasse schmückten Blumen und Ziersträucher in elegant geformten Behältern. Der Rosengarten stand in voller Blüte und verströmte einen betörenden Duft. Breitkronige Ahornbäume und hohe Linden spendeten wohltuenden Schatten. Die Idylle erinnerte an Bilder der Impressionisten: Damen in duftigen Kleidern promenierten über den Rasen; Herren in hellen Sommeranzügen unterhielten sich auf der Terrasse.

Catherine saß ihm Gras, als ein Schatten über sie fiel. Sie blickte hoch, blinzelte und konnte gegen die Sonne nicht erkennen, wer da stand.

»So ganz allein?« erklang Jill Magnussons volltönende Stimme. »Darf ich Ihnen Gesellschaft leisten?«

Catherine bedeckte die Augen mit ihrem Unterarm. »Natürlich. Nehmen Sie sich einen Stuhl.«

Jill ließ sich mit einer anmutigen Bewegung ins Gras sinken. Wie die Ballerina im *Schwanensee,* dachte Catherine. Jill warf ihre üppige Haarmähne in den Nacken und schenkte Catherine ihr bezauberndstes Lächeln.

»Ich sollte mich wohl entschuldigen, daß ich Ihnen zur Geburt Ihres Kindes kein Geschenk schickte. Aber Sie wissen ja, wie es ist.«

»Ach, tatsächlich?« entgegnete Catherine liebenswürdig – etwas zu liebenswürdig.
Jill betrachtete Catherine von Kopf bis Fuß, ehe sie antwortete: »Nun, wissen Sie's nicht?«
»Ich weiß nicht, worauf Sie hinauswollen.«
»Das wissen Sie sehr genau – und ich bin keine Heuchlerin. Ich bin wahnsinnig eifersüchtig auf Ihr und Clays Kind. Nicht, daß ich eins haben möchte, verstehen Sie mich nicht falsch, aber eigentlich sollte es mein Kind sein.«
Catherine unterdrückte den Impuls, Jill zu ohrfeigen. »Es sollte Ihres sein? Was für eine taktlose Bemerkung.«
»Taktlos – vielleicht. Aber wir beide wissen, daß es wahr ist. Jetzt habe ich beschlossen, mit offenen Karten zu spielen. Ich will Clay haben. So einfach ist das.«
Ihr Stolz ließ Catherine antworten: »Ich fürchte, er ist nicht mehr zu haben.«
»Sie haben ihn reingelegt. Er hat mir erzählt, welche Beziehung zwischen Ihnen und ihm besteht. Warum wollen Sie einen Mann behalten, den Sie nicht lieben und der Sie nicht liebt?«
»Vielleicht, damit meine Tochter einen Vater hat?«
»Kein überzeugender Grund, wie Sie zugeben müssen.«
»Ich bin Ihnen keine Rechenschaft schuldig, Jill.«
»Nun gut – dann lassen Sie's. Aber vielleicht sollten Sie sich fragen, warum Clay mich gebeten hat, auf ihn zu warten, bis er aus diesem Schlamassel heraus ist.« Jills Stimme klang jetzt wie das Schnurren einer Katze. »Ach, wie ich sehe, ist Ihnen das neu. Wußten Sie denn nicht, daß Clay mich bat, ihn zu heiraten, kurz nachdem er erfuhr, daß Sie schwanger sind? Nun, er hat es getan. Aber mein törichter Stolz war verletzt, und ich beging den Fehler, ihn abzuweisen. Doch jetzt habe ich meine Meinung geändert.«
»Und was sagt Clay dazu?«

»Taten sind überzeugender als Worte. Sicherlich wissen Sie, wo er im letzten Winter eine warme Schulter fand, als Sie ihm Ihre kalte zeigten.«

»Was wollen Sie eigentlich von mir?« fragte sie kalt.

»Ich möchte, daß Sie das Richtige tun und Clay freigeben, ehe er sich in seine Tochter verliebt und aus den falschen Gründen bei Ihnen bleibt.«

»Er hat mich Ihnen vorgezogen. Das können Sie nicht verkraften, nicht wahr?«

Jill warf den Kopf in den Nacken. »Meine Kleine, mich konnten Sie mit dieser Farce von Hochzeitsfeier nicht täuschen. Ich war *dabei*, und es war keineswegs eine Halluzination, daß Clay mich viel leidenschaftlicher küßte, als es von einem Bräutigam erwartet wird.« Jill legte eine dramatische Pause ein. »Und er sagte mir, daß er mich noch immer liebt. Ein merkwürdiges Geständnis von einem Mann in seiner Hochzeitsnacht, wie?«

Catherine konnte sich nur zu lebhaft an jenen Abend erinnern, aber sie verbarg ihren Ärger hinter einer Maske der Gleichgültigkeit. Sie blickte zu Clay, der sich auf der Terrasse mit Jills Vater unterhielt.

Jill sprach weiter. »Es besteht kein Zweifel, daß, wenn dieses ... Versehen«, die kleine Pause unterstrich das Wort, »nicht passiert wäre, Clay und ich jetzt unsere Hochzeit vorbereiten würden. Wir haben schon als Kinder nackt im Swimming-pool gebadet. Es war immer eine unumstößliche Tatsache, daß wir eines Tages heiraten würden. Als er mich im Oktober bat, ihn zu heiraten, gab er zu, daß Sie für ihn nicht mehr als ein tragischer Fehler seien. Warum tun Sie ihm nicht den Gefallen und verschwinden aus seinem Leben?«

Es war offensichtlich, daß Jill Magnusson gewöhnlich bekam, was sie haben wollte und dafür auch vor keiner Gemeinheit zurückschreckte. Ihr Benehmen war unverschämt.

Sie ist so kalt wie Inellas Tomatenaspik dort oben auf dem Eis, dachte Catherine. Und sie konnte Tomatenaspik nicht ausstehen.

»Sie sind sehr anmaßend, Jill«, sagte Catherine mit frostiger Stimme.

»Ich bin nicht anmaßend. Ich weiß gewisse Dinge, die Clay mir anvertraut hat. Ich weiß, daß Sie ihn aus seinem eigenen Bett vertrieben haben, daß Sie ihn dazu ermutigt haben, sein Leben so weiterzuführen wie zuvor – mit seinen alten Freunden. Das Kind ist jetzt auf der Welt, es hat einen Namen, und Clay ist dazu verpflichtet, es finanziell zu unterstützen. Sie haben von ihm bekommen, was Sie haben wollten. Warum geben Sie ihn nicht frei?«

Catherine stand auf, strich über ihren Rock und hob die Hand, um Clay demonstrativ zuzuwinken, der die Geste erwiderte. Ohne Jill anzusehen, sagte sie: »Er ist ein großer Junge. Wenn er frei sein möchte, würde er mich dann nicht darum bitten?«

Catherine entfernte sich in Richtung Terrasse, aber Jill feuerte noch einen Schuß ab, der ins Mark traf. »Wo, glauben Sie, war Clay, während Sie im Krankenhaus sein Kind entbunden haben?«

Verrückte Gedanken voller Rachsucht schossen Catherine durch den Kopf. Sie wünschte, Inellas Tomatenaspik wäre aus Jills Blut. Sie wollte Jills Haar abrasieren, ihren nackten Körper in giftigem Efeu wälzen, ihr Rizinusöl einflößen. Diese Gedanken kamen Catherine keineswegs kindisch vor. Sie war verletzt und gedemütigt worden. Sie wollte sich rächen und wußte nicht wie.

Und Clay! Am liebsten hätte sie eine Handvoll Eisstücke genommen und sie ihm ins Gesicht geschleudert. Sie wollte laut herausschreien, was für ein Lügner und Wüstling er war! Wie konnte er das nur tun! Wie konnte er es wagen! Es war schlimm genug, daß er seine sexuelle Beziehung zu Jill fortführte, doch der Gedanke, daß er ihr die intimsten Dinge ihrer Ehe anvertraut hatte, verletzte Catherine tiefer, als sie je für möglich gehalten hätte. Quälende Erinnerungen kamen zurück, drängten sich ihr mit grausamer Deutlichkeit auf: der Silvesterball. Clay küßt Jill, während er ihre nackten Schultern streichelt. Die Nacht, als er nicht nach Hause gekommen war. Und jetzt das Schlimmste – die vier Nächte, die sie im Krankenhaus verbracht hatte.

Mehrere Tage waren seit der Examensfeier vergangen.
Catherine hatte ihre Wut unterdrückt, bis sie ihr wie bittere Galle auf der Zunge brannte, die ausgespuckt werden mußte. Clay hatte gespürt, daß sie innerlich vor Zorn kochte und irgendwann explodieren würde. Aber er konnte nicht wissen, was die Explosion auslösen würde.
Er stand vor dem Kinderbett und betrachtete die schlafende Melissa. Plötzlich fauchte Catherine hinter seinem Rücken: »Was tust du da? Laß sie in Ruhe!«
Verblüfft über ihre Vehemenz drehte er sich zu ihr um und flüsterte: »Ich hab sie nicht geweckt.«
»Ich weiß, was du denkst, während du da stehst und sie ansiehst, aber das kannst du dir aus dem Kopf schlagen, Clay Forrester. Das wird dir nicht gelingen! Du wirst mir Melissa nicht wegnehmen!«
Mit einem flüchtigen Blick vergewisserte er sich, daß Melissa nicht aufgewacht war, und ging ins Wohnzimmer.
»Catherine, das bildest du dir ein. Ich habe dir gesagt, ich ...«
»Du hast mir viel erzählt, was du nicht tun würdest – wie, zum Beispiel, deine Affäre mit Jill Magnusson weiterzuführen. Nun, darüber hat sie mich gründlich aufgeklärt. Niemand hält dich zurück, wenn du sie haben willst!«
»Was hat Jill dir am Sonntag erzählt?«

»Genug, um zu wünschen, du würdest dieses Haus verlassen – je früher, desto besser.«

»Was hat sie gesagt?«

»Muß ich es wiederholen? Willst du es mir unter die Nase reiben? Na gut!« Catherine marschierte ins Schlafzimmer, zog die Schubladen seiner Kommode heraus und schleuderte seine Kleider auf den Boden. »Du hast die ganze Zeit mit ihr geschlafen und mich belogen. Warum ziehst du also nicht ganz zu ihr? Jeder konnte auf unserem Hochzeitsempfang sehen, wie du sie geküßt hat, und sich einen Reim darauf machen. Hast du deiner Mutter gesagt, du müßtest frische Luft schnappen, als du beim Silvesterball mit Jill verschwunden bist? Für wie blöde hältst du mich eigentlich, Clay? Warum hängst du hier noch herum wie ein streunender Straßenköter? Ich werde dich nicht aufnehmen, dich füttern und dich fragen, ob du mit mir leben willst, weil ich diese Kommödie gründlich satt habe. Du gehst mir auf die Nerven mit deiner gönnerhaften Art und deiner selbstgeschneiderten Psychoanalyse, daß ich ein emotionaler Krüppel sei! Ich will nicht, daß du um *meine* Tochter herumscharwenzelst – die ich geboren habe, während du die Nächte bei Jill verbrachtest. Ich will von dir nur, was wir vereinbart haben: Unterstützung für Melissa und Finanzierung meines Studiums. Und ich will, daß du von hier verschwindest – raus! –, damit ich mein Leben weiterführen kann!«

Seine Kleider lagen zwischen ihnen auf dem Boden.

»Sie hat dir einen Haufen Lügen erzählt, Catherine.«

»Hör auf ... mach es nicht noch schlimmer, als es schon ist«, sagte sie mit gepreßter Stimme.

»Wenn sie gesagt hat, daß ich mit ihr geschlafen habe, so ist das eine verdammte Lüge. Ich habe mich mit ihr getroffen, ja, aber ich habe nicht mit ihr geschlafen, wie ich dir gesagt habe.«

»Warum streiten wir noch? Wir wußten doch beide, daß es soweit kommen würde. Willst du, daß ich gehe, damit du bleiben kannst? Okay ...« Sie begann, seine Sachen wieder in die Schubladen zu werfen. »Gut, dann gehe ich. Ich kann jetzt nach Hause zurückkehren, da Herb verschwunden ist.« Sie zog die Schubladen ihrer Kommode auf.

»Catherine, du benimmst dich kindisch. Hör damit auf! Ich möchte nicht, daß du gehst. Glaubst du etwa, ich würde dich und Melissa rauswerfen?«

»Ach, dann willst also du gehen?«

Sie stapfte wieder zu seiner Kommode und begann eigensinnig, die Schubladen erneut zu leeren. Er packte sie am Arm und riß sie herum.

»Du bist jetzt erwachsen, Catherine. Benimm dich gefälligst wie eine erwachsene Frau.«

»Ich ... will ... Schluß ... damit ... machen!« sagte sie und betonte jedes einzelne Wort. »Ich möchte, daß deine Eltern die Wahrheit erfahren, weil ich es nicht länger ertragen kann, wie dein Vater davon schwatzt, daß Melissa bei ihnen bleibt, während wir ein vergnügliches Wochenende allein verbringen. Wenn deine Mutter mit den Vierzig-Dollar-Kleidchen für Melissa ankommt, fühle ich mich schuldig. Es widert mich an, dich vor ihrem Bettchen stehen zu sehen, während du deine Pläne schmiedest, wie du sie mir wegnehmen könntest. Jill will sie nicht haben. Verstehst du das nicht, Clay? Sie will nur dich! Und da du sie haben willst, laß uns doch endlich mit dieser ganzen Scheiße Schluß machen, damit die kleine Jill kriegt, was sie will!«

Catherine schämte sich über ihre Grobheit, ihre Gossensprache, die der Ausdrucksweise ihres Vaters ähnelte, aber sie konnte sich nicht beherrschen. Der Drang, Clay so zu verletzen, wie er sie verletzt hatte, war zu übermächtig.

»Wie ich sehe, hat dich Jill ganz schön eingewickelt. Sie kann sehr gut mit Worten umgehen, aber hat sie wirklich gesagt, daß ich mit ihr geschlafen habe, oder hat sie es nur angedeutet?«

»Du hast es ihr erzählt!« wütete Catherine weiter. »Du hast ihr erzählt, daß ich dich aus deinem Bett vertrieben habe, dabei hast du es vorgezogen, auf der Couch zu schlafen. Du hattest kein Recht, ihr die intimsten Dinge über unsere Ehe zu erzählen!«

»Ich habe ihr nur erzählt, daß wir Probleme haben. Den Rest hat sie wohl erraten.«

»Wozu nicht viel Scharfsinn gehört, nicht wahr? Nicht, wenn ein Mann mit einer anderen Frau schläft, während die eigene im Krankenhaus liegt.«

Clay fuhr sich mit der Hand durchs Haar und fluchte finster: »Verdammte Jill!« Dann streckte er bittend die Hand aus. »Catherine, es ist nicht wahr. Ich habe sie am zweiten Abend, als du im Krankenhaus warst, gesehen. Als ich nach Hause kam, wartete sie im Auto und folgte mir ins Haus.«

»Sie war *hier*?« Catherines Stimme steigerte sich zu einem schrillen Kreischen. »Hier, in *meinem* Haus?«

»Ja. Sie sagte, sie müsse mit mir sprechen. Sonst haben wir nichts getan.«

Aber Catherine war es müde, weiter mit ihm zu diskutieren. »Wenn du gehen willst, dann geh. Wenn nicht, dann packe ich. Wofür entscheidest du dich?«

Während sie auf Clays Antwort wartete, mahnte eine leise Stimme in Catherines Herz: »Warum tust du ihm das an? Warum behandelst du ihn so, wenn du ihn liebst? Warum kannst du ihm nicht verzeihen? Warum kannst du ihm nicht entgegenkommen und ihn bitten, gemeinsam mit dir neu anzufangen? Ist das Leid, das du auf seinem Gesicht siehst? Wenn du dich nicht überwindest und ihn fragst, wird er gehen, und du wirst die Wahrheit nie erfahren.« Sie stand vor

ihm, sehnte sich danach, von ihm geliebt zu werden, konnte aber in ihrer übergroßen Liebe zu ihm den Gedanken nicht ertragen, von ihm eines Tages verlassen zu werden.
»Mein Anwalt wird dir die Scheidungspapiere zuschicken«, war alles, was er sagte. Dann holte er seine Koffer aus dem Schrank.
Catherine versteckte sich in der Küche, während Clay packte und die Koffer ins Auto trug. Um die aufsteigende Übelkeit zu unterdrücken, preßte sie ihren Magen fest gegen die Kante der Theke. Sie hörte, wie Clay ein letztes Mal zu Melissa hineinging. Sie sah ihn vor sich, wie er sich über das Kinderbettchen beugte, und kam sich herzlos und grausam vor. Sie schluckte die Tränen hinunter und preßte sich so fest gegen die Theke, daß ihre Hüftknochen schmerzten.
Er kam zur Küchentür und sagte: »Im Auto haben nicht alle meine Sachen Platz. Ich muß den Rest ein andermal holen.«
Mit dem Rücken zu ihm nickte sie nur.
»Auf Wiedersehen, Catherine«, sagte er sanft.
Sie hob die Hand und hoffte, daß er nicht merkte, wie schwer es ihr fiel, die Tränen zurückzuhalten.
Gleich darauf fiel die Haustür hinter ihm ins Schloß.

Er brauchte zwei Tage, um alle seine Sachen zu holen. Zwei Tage später erhielt sie die Scheidungspapiere. Nach einer Woche rief Angela an, die offensichtlich sehr betrübt über ihre Trennung war. Catherine brauchte eineinhalb Wochen, ehe sie den Mut aufbrachte, Ada zu besuchen und es ihr zu erzählen.
Aber es dauerte weniger als eine halbe Stunde, da vermißte Catherine ihn bereits.
Die Tage, die folgten, waren die schlimmsten in Catherines Leben. Voller Schuldgefühle wanderte sie oft stundenlang durchs Haus, das mehr ihm als ihr gehörte. Sosehr sie einmal

Angst gehabt hatte, es zu verlassen, so sehr fürchtete sie sich jetzt davor zu bleiben. Überall spürte sie Clays Gegenwart, hörte seine Stimme und wurde auf Schritt und Tritt an seine Abwesenheit erinnert. Sie dachte daran, wieviel Spaß sie gehabt hatten, miteinander einzukaufen und die Mahlzeiten in der perfekt eingerichteten Küche zuzubereiten. Sie hatte keine Lust mehr zum Kochen. Wenn sie morgens ihre Tasse Kaffee trank, sah sie Clay dasitzen und Zeitung lesen. Wie oft hatte er mit irgendeiner witzigen Bemerkung versucht, sie aus ihrer Morgenmuffeligkeit zu holen. Sie mußte sich eingestehen, daß es sehr schwierig gewesen sein mußte, mit ihr auszukommen, und konnte im nachhinein nur Clays Geduld und Freundlichkeit bewundern, mit der er ihre morgendliche schlechte Laune ertragen hatte.

Ada die Neuigkeit überbringen zu müssen war für Catherine eine Qual. Ihre Mutter sank in sich zusammen, als wäre sie geschlagen worden.

»Mom, bitte nimm's nicht so schwer. Es ist nicht das Ende der Welt.«

»Aber, Cathy, warum willst du dich von einem Mann wie Clay scheiden lassen? Er ist ... er ist ... perfekt.«

»Nein, Mutter, weder er ist perfekt, noch bin ich es.«

»Aber die schöne Hochzeit, die sie dir ausgerichtet haben, und das wunderbare Haus ... und Clay gab dir doch alles, was du haben wolltest.«

»Mutter, bitte verstehe mich. Es war ein Fehler, daß wir überhaupt geheiratet haben.«

»Aber wenn Melissa seine ...« Ada legte ihre zitternden Finger an ihre Lippen und wisperte: »Sie ist doch sein Kind, nicht wahr?«

»Ja, Mutter. Sie ist seine Tochter.«

»Ja, natürlich«, überlegte Ada laut. »Sie hat seine Nase und sein Kinn. Warum habt ihr euch getrennt?«

»Wir haben um Melissas willen versucht, die Ehe weiterzuführen, aber es hat einfach nicht geklappt. Gerade du solltest verstehen, daß ich nicht bei einem Mann bleiben will, der mich nicht liebt.«

»Nein ... nein, du hast wohl recht. Liebes, es bricht mir das Herz, daß du dieses schöne Leben aufgeben willst. Ich war so glücklich, dich wohlversorgt zu wissen. Du hattest alles, was ich nie hatte. Immer hatte ich gehofft, daß es meinem kleinen Mädchen einmal bessergehen würde ...« Ada begann zu weinen. Wie verloren saß sie in ihrem alten, schäbigen Wohnzimmersessel.

»Mom, du kannst mich und Melissa jederzeit besuchen. Und Clay kommt für unseren Lebensunterhalt auf, damit ich im Frühjahr mein Studium wiederaufnehmen kann.«

»Und das ist dir lieber, als mit ihm verheiratet zu sein?« fragte Ada traurig.

»Mutter, darum geht es nicht. Für unsere Scheidung gibt es viele Gründe. Und wenn du ehrlich bist, mußt du zugeben, daß ich nie wirklich in seine Familie gepaßt habe.«

»Nun, ich denke schon, daß du in seine Kreise paßt. Angela scheint dich wirklich zu mögen, und ...«

»Mutter, bitte.« Catherine drückte ihre Hand gegen die Schläfe und wandte sich ab. Der Gedanke an Angela schmerzte sie beinahe ebenso wie der Gedanke an Clay.

»Ist ja gut, Liebes. Es tut mir leid. Es kam nur so plötzlich, und ich muß mich erst daran gewöhnen, nachdem ich mich so wohl gefühlt hatte, weil du versorgt warst.«

Danach machte Ada Catherine jedesmal, wenn sie zu Besuch kam, Vorwürfe und gab ihr zu bedenken, was sie alles aufgab, wenn sie sich von Clay scheiden ließ. Catherine versuchte vergeblich, ihrer Mutter klarzumachen, wie sehr sie im Grunde doch von dieser Verbindung profitiert hatte. Doch Ada weigerte sich eigensinnig, Catherines Argumente zu akzeptieren.

Ende Juli kam Clays Vater überraschend zu Besuch. Als Catherine die Tür öffnete und ihn so unvermutet vor sich sah, schluckte sie krampfhaft. Da Clay seinem Vater sehr ähnlich sah, weckte dessen Anblick eine bittersüße Freude in Catherine.

»Hallo, Catherine, darf ich hereinkommen?«

»Hallo. Ja, natürlich.«

Es gab einen Augenblick des Zögerns, in dem sie einander abschätzend betrachteten. Jeder sah in den Augen des anderen das unausgesprochene Leid. Dann nahm Claiborne Catherine in die Arme und küßte sie auf die Wange. Sie schloß die Augen, fühlte wieder die Geborgenheit, die sie bei diesem Mann empfand, und kämpfte verzweifelt gegen die Zuneigung an, die sie für Claiborne empfand, weil er Clays Vater und Melissas Großvater war.

Als sie sich im Wohnzimmer gegenübersaßen, sagte Claiborne: »Angela und ich sind erschüttert über eure Trennung.«

»Das tut mir leid.« Catherine vermied es, Claiborne anzusehen, denn sein Blick erinnerte sie zu sehr an Clay.

»Wir hatten gehofft, Clay würde wieder zur Vernunft kommen und zu dir zurückkehren. Aber da das offensichtlich nicht der Fall ist, wollten wir wissen, wie es dir geht.«

»Gut, sehr gut ... Wie Sie sehen, habe ich alles, was ich brauche. Clay ... und Sie ... ihr habt dafür gesorgt.«

Er beugte sich vor, verschränkte die Hände und betrachtete sie prüfend.

»Catherine, ich muß dich um Verzeihung bitten. Ich habe einen schwerwiegenden Fehler gemacht.«

»Bitte, Mr. Forrester, wenn Sie damit das Ultimatum meinen, das Sie Clay gestellt haben ... nun, davon wußte ich. Wir alle haben den Fehler begangen, zu glauben, eine Heirat würde unsere Probleme lösen. Auch wir waren nicht ehrlich Ihnen gegenüber.«

»Clay hat uns von der Vereinbarung erzählt, die ihr getroffen habt.«

»Ach?« fragte Catherine erstaunt.

»Du brauchst dich deswegen nicht schuldig zu fühlen. Keiner von uns hat eine blütenreine Weste.«

»Ich wollte es Ihnen schon vor langer Zeit sagen, brachte es aber nicht fertig.«

»Angela und ich haben geahnt, daß zwischen euch nicht alles so ist, wie es den Anschein hatte.« Er stand auf, ging zur Schiebetür und schaute hinaus, wie Clay es oft getan hatte. »Weißt du, ich habe dieses Haus nur einmal betreten, seit Clay und du eingezogen seid.« Er warf ihr einen Blick über die Schulter zu. »Das war einer der Punkte, worüber Angela und ich uns den Kopf zerbrochen haben. Wir haben es als sehr schmerzlich empfunden, daß du uns nie eingeladen hast.«

»Nein ... o nein.« Catherine trat neben ihn und berührte leicht seinen Arm. »Ich hielt es nur für das Beste ... wenn ich auch noch angefangen hätte, Sie und Ihre Frau zu lieben ... nun, Clay und ich hatten doch vereinbart, uns nach der Geburt des Kindes zu trennen.«

»Auch?« wiederholte er hoffnungsvoll. Seinem Scharfsinn war ihr Versprecher nicht entgangen.

»Sie und Angela waren so gut zu uns. Wir wollten Sie nicht verletzen.«

Er seufzte und blickte wieder in den sommerlichen Garten hinaus.

»Ich bin ein reicher Mann«, sagte er nachdenklich. »Das alles gehört mir. Aber der Gedanke erfreut mich im Augenblick kein bißchen.«

»Bitte«, flehte Catherine, »machen Sie sich keine Vorwürfe.«

»Ich glaubte, ich könnte Clay und dich und mein Enkelkind kaufen, aber ich habe mich geirrt.«

»Ich werde Ihnen nie das Recht verwehren, Melissa zu sehen.«

»Wie geht es ihr?«
»Sie kriegt ein Doppelkinn, ist aber sehr gesund und glücklich. Sie schläft im Moment, sollte aber bald aufwachen. Wenn Sie wollen, wecke ich sie.«
Clairbornes freudiges Lächeln war Antwort genug. Sie holte Melissa und brachte sie zu ihrem Großvater.
»Catherine, versprich mir, daß du zu uns kommst, wenn ihr je etwas braucht. Hast du mich verstanden?«
»Sie haben schon mehr als nötig getan. Außerdem schickt uns Clay regelmäßig Geld.« Dann zerzauste sie Melissas flaumiges Haar und fragte beiläufig: »Wie geht es ihm?«
Claiborne sah sie an und antwortete: »Ich weiß es nicht. Wir sehen ihn kaum.« Ihre Blicke begegneten sich über Melissas Köpfchen hinweg. In Claibornes Augen lag ein qualvoller Ausdruck.
»Ach«, brachte Catherine nur hervor.
»Er arbeitet in der juristischen Abteilung von General Mills.«
»Wohnt er denn nicht bei Ihnen?«
Claiborne spielte mit Melissas winzigen Fingern.
»Nein. Er ist ...«
»Sprechen Sie es ruhig aus. Er lebt mit Jill, nicht wahr? Dorthin hat er doch eigentlich immer gehört.«
»Ich dachte, du wüßtest es, Catherine. Ich wollte dich nicht in Verlegenheit bringen.«
Lachend stand sie auf, ging in die Küche und sagte über die Schulter: »Ach, um Himmels willen, das ist doch töricht. Clay kann jetzt tun und lassen, was er will.«
Aber als Claiborne gegangen war, blickte Catherine starr in den Garten hinaus. Clay und Jill, dachte sie verzweifelt und drückte Melissa ein bißchen zu fest an sich. Das Baby begann zu weinen.

28

In diesem Sommer war Melissa Catherines größte Freude. Die Liebe, die sie anderen Menschen nicht zeigen konnte, verströmte sie überschwenglich an ihr Kind. Nur Melissa zu berühren schien ihre Wunden zu heilen und ihre Lebensgeister zu wecken. Manchmal lag sie mit Melissa im Bett, preßte ihre winzigen Zehen gegen ihre Lippen und vertraute dem Kind alle ihre verborgenen Gefühle an. Mit samtweicher Stimme erzählte sie Melissa alle ihre Gedanken.

»Weißt du, wie sehr ich deinen Daddy geliebt habe? Ich habe ihn so geliebt, daß ich glaubte sterben zu müssen, als er uns verließ. Aber ich hatte dich, und meine Liebe zu dir hat mir darüber hinweggeholfen. Dein Daddy sieht sehr gut aus, weißt du? Du hast seine Nase und sein lockiges Haar geerbt. Oh, Melissa, hast du mich gerade angelächelt? Tu's noch mal, bitte. Wenn du lächelst, siehst du aus wie Großmutter Angela. Sie ist eine wundervolle Frau, und dein Großvater ist ein wundervoller Mann. Du bist ein sehr glückliches Mädchen, aus dieser Familie zu stammen. Alle lieben dich, auch Großmutter Ada. Ich bin so glücklich, dich zu haben. Dich liebe ich am meisten. Vergiß das nie, und vergiß auch nie, daß ich dich unbedingt haben wollte.«

Ihre Monologe mit Melissa wurden von unzähligen Küssen begleitet, während das Baby sie mit großen, vertrauensvollen Augen ansah.

Als Melissa zum ersten Mal ihre Hände nach Catherine ausstreckte, wurde sie von einem Gefühl unsäglicher Freude und Liebe überwältigt. Im Umgang mit ihrer Tochter wurde Catherine auch bewußt, daß sie Eigenschaften besaß, die ihr bisher fremd gewesen waren: Geduld, Freundlichkeit, Zärtlichkeit, Fröhlichkeit und mütterliche Fürsorge.

Sie taten alles gemeinsam: nahmen Sonnenbäder auf der Terrasse, schwammen im Pool, duschten – wobei Melissa zum erstenmal laut lachte – aßen Babynahrung aus der Flasche – einen Löffel für Melissa, einen Löffel für Mammi –, besuchten Ada, gingen einkaufen und meldeten Catherine fürs folgende Semester an. Aber Catherine beging nicht den Fehler, Melissa nachts zu sich ins Bett zu nehmen, wie tröstlich ihre Gegenwart auch gewesen wäre. Melissa schlief in ihrem Bettchen, während Catherine allein in dem riesengroßen Bett schlief und an die wenigen Nächte dachte, die Clay neben ihr gelegen hatte. Sie fragte sich oft, ob er bei ihr geblieben wäre, wenn sie mit ihm geschlafen hätte. Catherine konnte sich jetzt freimütig ihre Fehler eingestehen, denn diese Selbsterkenntis half ihr dabei, sich und Clay besser zu verstehen. Und durch Melissa lernte sie, daß es befriedigender ist, Wärme und Liebe zu geben, anstatt kalt und abweisend zu sein.

Sie erfuhr auch, wie reich man beschenkt wurde, wenn man Liebe gab.

Ende August kam Steve nach Hause. Als er erfuhr, daß sich Catherine und Clay scheiden lassen würden, machte er seiner Schwester bittere Vorwürfe, weil sie nicht versucht hatte, diesen Mann zu halten, der alles für sie getan hatte.

»Ich kenne dich, Cathy. Ich weiß, wie verdammt halsstarrig du sein kannst und keinen Millimeter nachgibst, wenn du einmal eine Entscheidung getroffen hast. Du brauchst mir nicht zu sagen, daß du Clay nicht geliebt hast, weil ich dir das nicht abnehme. Ich möchte nur wissen, warum du dich hinter deinem verletzten Stolz verschanzt und nicht um ihn gekämpft hast.«

Er war der einzige, der die wahren Gründe für Catherines Streitsucht und Eigensinnigkeit kannte – diese Mühlensteine, an denen Clay gescheitert war. Steve war der erste, der es aussprach und ihr Vorwürfe machte, und Catherine gab ihm zu seiner Überraschung recht. Steve mußte sich eingestehen, daß Catherine sich seit ihrer Ehe sehr verändert hatte und endlich erwachsen geworden war.

Im September nahm Catherine ihr Studium an der Universität wieder auf und ließ Melissa tagsüber in der Obhut eines Babysitters. Catherine mußte mit Clay wegen der Collegegebühren Verbindung aufnehmen. Er fragte, ob er ihr den Scheck bringen und gleichzeitig Melissa besuchen dürfe.

In dem Augenblick, als Catherine Clay die Tür öffnete, erkannte er, daß sie sich verändert hatte. Mit ungewohnter Offenheit lächelte sie ihn an. Melissa auf ihrem Arm sah ihn neugierig an.

»Hallo, Clay, komm rein.«

Überrascht rief er aus: »Allmächtiger, ist sie groß geworden!«

Catherine lachte, drückte einen schmatzenden Kuß auf Melissas Kinn und ging ihm voran ins Wohnzimmer. »Sie hat viele Speckröllchen, die man liebkosen kann, nicht wahr, Lissy?« Dann fügte sie hinzu: »Im Augenblick hat sie ihre schüchterne Phase, also wird es eine Weile dauern, bis sie zutraulich wird.«

Während Clay Catherine folgte, betrachtete er ihre schlanke Gestalt. Sie war wieder schmal und zierlich, und als sie sich zu ihm umdrehte, bemerkte er, wie sonnengebräunt ihr Gesicht war.

»Setzt euch, ihr zwei, und freundet euch an, während ich etwas zu trinken hole.«
Sie setzte Melissa in eine Babyschaukel, die mitten im Zimmer stand, und verschwand in der Küche. Melissa spürte sofort, daß sie mit einem Fremden allein gelassen worden war, und verzog schmollend den Mund.
»Hast du ihr nicht erzählt, daß ich komme und sie sich von ihrer besten Seite zeigen soll?« rief Clay.
»Doch. Ich sagte ihr, du seist der Mann, der unsere Rechnungen bezahlt und daß sie lieb zu dir sein müße.«
Melissa begann zu quengeln, wurde aber sofort wieder still, als Catherine zurückkam. Sie gab Clay ein Glas mit Cola und setzte sich neben Melissa auf den Boden.
»Oh, ehe ich es vergesse – hier.« Clay zog einen Scheck aus der Tasche und reichte ihn Catherine.
»Danke. Es war mir peinlich, dich darum zu bitten.«
»Du hast ihn verdient«, sagte er gedankenlos. Aber Catherine schien daran keinen Anstoß zu nehmen, sondern erzählte ihm von dem jungen Mädchen, das sich in ihrer Abwesenheit um Melissa kümmerte.
»Darüber mache ich mir keine Sorgen, Catherine. Ich weiß, daß es Melissa bei dir an nichts mangelt.«
»Sie ist ein liebes Kind, Clay. Sie hat dein Temperament geerbt.« Dann schüttelte Catherine fröhlich den Kopf. »Was bin ich froh, daß sie in dieser Hinsicht nicht mir ähnelt, sonst hätte sie mich schon verrückt gemacht!«
»Du hast oft genug meine Temperamentsausbrüche ertragen müssen.«
»Die ich meistens provoziert habe. Aber, Schwamm drüber, wie? Und wie geht es dir und Jill? Seid ihr glücklich?«
Clay sah sie erstaunt an. Am allerwenigsten hatte er erwartet, daß Catherine auf eine derart freie und unbefangene Weise über Jill sprach.

»Ja, das sind wir. Zwischen uns ...« Er verstummte verlegen.
»Ich wollte nicht neugierig sein.«
»Nein, so habe ich es auch nicht aufgefaßt. Ich wollte nur sagen, daß Jill und ich nicht miteinander streiten, wie wir es taten. Wir führen ein recht friedliches Leben.«
»Das freut mich für dich. Wie Melissa und ich. Es ist angenehm, in Frieden zu leben, nicht wahr, Clay?«
Er nippte von seinem Cola und wunderte sich über die Veränderung, die in Catherine stattgefunden hatte. Sie schien mit sich und ihrem Leben absolut zufrieden zu sein. Sie zupfte Melissas Kragen zurecht und sagte lächelnd: »Das ist dein Daddy, Melissa. Du erinnerst dich doch an ihn, hm?« Dann blickte sie auf und sagte: »Dein Vater hat uns besucht. Er wollte wissen, wie es uns geht. Ich mußte ihm versprechen, zu ihm zu kommen, wenn ich etwas brauche. Aber er hat schon so viel für uns getan, daß ich mich schämen würde, etwas von ihm anzunehmen.«
»Brauchst du denn etwas?«
»Nein, Clay, du bist so großzügig. Das weiß ich wirklich zu schätzen. Ich freue mich auf mein Studium. Während der Schwangerschaft war es doch recht beschwerlich.« Sie warf die Arme in die Luft und rief fröhlich: »Ich fühle mich, als könnte ich jeden Tag die Welt erobern, weißt du.«
Clay kannte dieses Gefühl, hatte es aber mittlerweile verloren. »Nähst und tippst du noch immer?«
»Ja. Da jetzt der Unterricht wieder begonnen hat, finde ich leicht Arbeit. Mach dir keine Sorgen. Ich steuere zum Lebensunterhalt bei, was mir möglich ist. Das meiste Geld geht für die Lebensmittel drauf. Babynahrung ist ziemlich teuer.« Sie kicherte und zerzauste Melissas Haar. »Natürlich könnte ich eine Menge sparen, wenn ich nicht auch davon essen würde. Wir teilen alles. Sie duscht mit mir, und ich helfe ihr dabei, das Zeug zu essen, nicht wahr, Lissy?«

»Du nimmst sie mit in die Dusche?« rief Clay erstaunt. »In ihrem Alter?«
»Oh, sie liebt es. Und den Swimmingpool auch. Du hättest sie im Sommer schwimmen sehen sollen, wie eine kleine Otter.« Während sie weiterplauderte, nahm sie Melissa aus der Schaukel und setzte sie auf ihren Schoß. Clay bemerkte, wie unbefangen und natürlich Catherine mit dem Baby umging, und fühlte sich irgendwie ausgeschlossen. Er spürte, wie sehr sie sich verändert hatte. So frei und gesprächig hatte er sie noch nie erlebt. Glücklich erzählte sie ihm von ihren Erlebnissen mit Melissa. Er hatte den Eindruck, als wollte sie diese Erlebnisse mit ihm teilen. Schließlich sagte sie: »Ich glaube, sie hat sich jetzt an dich gewöhnt. Willst du sie nehmen?« Aber als er Melissa auf den Arm nahm, begann sie sofort zu quengeln, und er gab sie enttäuscht ihrer Mutter zurück. Catherine zuckte die Schultern und sagte: »Tut mir leid.« Er stand auf und wollte gehen.
»Clay, brauchst du noch etwas aus dem Haus? Ich habe ein schrecklich schlechtes Gewissen, weil ich dir alles weggenommen habe. Es gehört doch alles dir, und ich profitiere davon. Nimm dir, was du brauchst.«
Er betrachtete das ordentlich aufgeräumte Wohnzimmer und dachte an das Chaos, das Jill stets zurückließ.
»Jill hat alles, was ich brauche, danke.«
»Willst du denn keines von den Hochzeitsgeschenken?«
»Nein, behalt sie.«
Catherine schien sich an das Leben ohne ihn gewöhnt zu haben. Sie begleitete ihn zum Auto hinaus.
»Danke, daß du mir den Scheck gebracht hast, Clay. Wir wissen es wirklich zu schätzen.«
»Das ist doch selbstverständlich.«
»Clay, da ist noch etwas ...«

Er stand neben der offenen Autotür und freute sich über jeden Augenblick, den er länger bleiben konnte. Catherine blickte zu Boden, kickte einen Kieselstein beiseite und sah ihm dann direkt in die Augen.

»Dein Vater hat erwähnt, daß sie dich kaum zu Gesicht bekommen. Es geht mich zwar nichts an, aber es scheint ihm sehr weh zu tun. Clay, hast du etwa das Gefühl, deine Eltern enttäuscht zu haben, oder ...« Zum erstenmal an diesem Tag wirkte sie nervös und verlegen. Ihre Wangen waren gerötet. »Ach, du weißt schon, was ich meine. Deine Eltern sind wirklich großartig. Laß sie nicht im Stich, hm?«

»Sie sind nicht damit einverstanden, daß ich mit Jill zusammenlebe.«

»Gib ihnen eine Chance«, sagte Catherine sanft. »Wie können sie damit einverstanden sein, wenn du sie an deinem Leben nicht teilhaben läßt?« Dann lächelte sie ihn plötzlich strahlend an. »Ach, vergiß es. Schließlich geht es mich nichts an. Sag auf Wiedersehen zu deinem Daddy, Melissa.« Sie trat zurück und winkte ihm mit Melissas Hand zu.

Clay mußte sich eingestehen, daß diese veränderte Catherine großen Eindruck auf ihn gemacht hatte.

Sechs Wochen nach Semesterbeginn lud ein Geschichtsprofessor namens Frank Barrett Catherine zu einer Show im *Orpheum* ein. Nach der Vorstellung brachte Frank sie nach Hause und erwartete eine Belohnung für die Einladung. Er war ein gutaussehender, dunkelhaariger Mann, und Catherine nahm es als eine Art Therapie, als sie sich von ihm umarmen und küssen ließ. Doch sein Bart, der ihr zuvor ganz gut gefallen hatte, störte sie beim Küssen, und es war ihr unangenehm, seine Zunge zu fühlen. Er preßte sie mit seinem ganzen Körper gegen die Wand und fing sofort an, sie zu betatschen. Seine ganze Art war ihr plötzlich zuwider, und sie stieß ihn von sich.

Als er sich entschuldigte, antwortete sie lächelnd: »Oh, Sie brauchen sich nicht zu entschuldigen. Es war wundervoll.«
Er mißdeutete ihre Worte und bedrängte sie wieder.
»Nein, Frank. Damit meinte ich, *nein* zu sagen ist wundervoll.«
Der arme, verwirrte Frank Barrett verließ konsterniert das Haus und hielt Catherine wohl für ziemlich verschroben.

Ende November wurde Herb Anderson aufgegriffen und in Minnesota vor Gericht gestellt. Als Catherine ihn im Gerichtssaal sah, hätte sie ihn beinahe nicht wiedererkannt. Er war abgemagert, hatte eingefallene Wangen, und seine Hände zitterten. Das Leben auf der Flucht war ihm offensichtlich nicht bekommen. Aber sein Gesicht trug noch immer denselben verbitterten, zynischen Ausdruck, der besagte, daß die Welt Herb Anderson etwas schuldig geblieben war.
Zu Catherines Überraschung waren Clay und seine Eltern ebenfalls anwesend. Die Verhandlung dauerte nicht lange. Herb Anderson wurde aufgrund der Zeugenaussagen von Ada, Catherine, Herbs Schwester und Frank, seinem Schwager, wegen vorsätzlicher schwerer Körperverletzung zu zwei Jahren Gefängnis verurteilt.
Catherine nahm den Arm ihrer Mutter und führte sie aus dem Gerichtssaal. Ihr Blick begegnete dem Clays, und ihr Herz machte einen Sprung, als sie merkte, daß er an der Tür auf sie wartete. Angela und Claiborne nahmen Ada in ihre Mitte. Clay umfaßte Catherines Ellbogen. So verließen sie gemeinsam den Gerichtssaal.
»Danke, Clay«, sagte sie lächelnd. »Wir haben heute wirklich deine Unterstützung gebraucht.«
Er drückte ihren Ellbogen. Seine Nähe erregte sie auf verwirrende Weise, und sie senkte den Blick.
Wieder spürte Clay die Veränderung in Catherine. Sie strahl-

te eine Selbstsicherheit und gleichzeitig eine Sanftmut aus, die er sehr anziehend fand. Er bemerkte, daß sie eine andere Frisur trug, die sie weicher und weiblicher aussehen ließ.

Im Korridor wartete Angela auf sie. »Ach, Catherine, wie ich mich freue, dich zu sehen«, sagte sie, sichtlich gerührt.

»Ich habe Sie auch sehr vermißt«, brachte Catherine über die Lippen, und dann lagen sich die beiden Frauen in den Armen.

Clay mußte daran denken, wie Catherine sich dagegen gewehrt hatte, Zuneigung für seine Eltern zu empfinden. Ihr Kampf schien jedoch vergeblich gewesen zu sein, denn als nächstes warf sich Catherine in Clabornes Arme.

Claiborne drückte sie so fest an sich, daß sie keuchend nach Luft schnappte. Doch dann lachte sie. Catherine fing Clays Blick auf, der sie mit einem abwesenden Ausdruck in den Augen ansah.

Dann schien allen plötzlich wieder einzufallen, warum sie überhaupt hier waren, und Ada wurde in die Unterhaltung miteinbezogen. Sie sprachen kurz über den Prozeß, bis Angela schließlich vorschlug: »Warum gehen wir nicht in ein Restaurant, wo wir uns noch eine Weile unterhalten können. Du mußt mir alles über Melissa erzählen, Catherine.«

»Wie wär's mit dem *Mullion*?« sagte Claiborne. »Es ist mein Lieblingsrestaurant und liegt nicht weit von hier.«

Ada strich verlegen über ihren Mantel und sagte schüchtern: »Ich weiß nicht recht. Ich bin mit Margaret gekommen.« Mrs. Sullivan stand wartend neben Ella und Frank.

»Wir können Sie nach Hause bringen, wenn Sie wollen«, sagte Claiborne freundlich.

»Nun, das hängt von Cathy ab.«

Catherine hörte Clay sagen: »Catherine kann mit mir fahren.« Sie warf ihm einen Blick zu, aber er knöpfte seinen Mantel zu, als wäre die Entscheidung bereits gefallen.

»Ich habe selbst ein Auto«, sagte sie.

»Wie du willst. Du kannst mit mir fahren, und ich bringe dich nachher wieder hierher zurück, damit du dein Auto abholen kannst.«

Catherine wäre beinahe wieder in ihre alte, ablehnende Haltung verfallen, mit der sie sich stets gegen Clays Charme gewehrt hatte. Aber die neue Catherine gewann die Oberhand und beschloß nachzugeben und seine Gesellschaft zu genießen, solange sich ihr die Möglichkeit bot.

»Einverstanden«, stimmte sie zu. »Warum sollen wir Benzin verschwenden?«

Mit einem Lächeln verabschiedete sich Clay von den anderen: »Wir treffen uns dann im Restaurant.«

Catherine fühlte Clays Hand an ihrem Ellbogen und schmiegte sich leicht an ihn.

Draußen heulte der Wind durch die Straßen. Catherine spürte die Kälte auf ihren brennenden Wangen. An einer Straßenecke mußten sie warten, bis die Ampel umschaltete, und sie spürte, daß Clay sie ansah. Verlegen starrte sie geradeaus und schlug ihren Mantelkragen hoch. Clay legte leicht seine Hand auf ihre Schulter, und sogar durch den dicken Stoff hindurch jagte diese Berührung Catherine einen Schauder über den Rücken.

»Mein Wagen steht im Parkhaus«, sagte Clay, nahm wieder ihren Arm und führte sie über die Straße. Bei jedem Schritt stieß sie mit der Schulter gegen seinen Arm. Vergeblich suchte sie nach Worten, um das angespannte Schweigen zu brechen. Sie rutschte mit ihren hochhackigen Schuhen in einer Ölpfütze im Parkhaus aus, aber er hielt sie mit beiden Händen fest.

»Hast du dir weh getan?«

»Nein. Der Winter ist wohl nicht die richtige Zeit für hohe Absätze«, sagte sie lachend.

Er warf einen mißbilligenden Blick auf ihre schmalen Knöchel.

Clay drückte den Knopf für den Aufzug. In der engen Kabine empfand Catherine Clays Nähe noch verwirrender, und sie wünschte sich verzweifelt, diese intime Atmosphäre, dieses lähmende Schweigen durch oberflächliches Geplauder überbrücken zu können. Aber sie schien ihre Zunge verschluckt zu haben.

Clay betrachtete die Lichtknöpfe, die die einzelnen Etagen anzeigten, und sagte beiläufig: »Wie geht es Melissa?«

»Sehr gut. Sie liebt ihren Babysitter. Das junge Mädchen hat mir erzählt, wie zufrieden und glücklich Melissa bei ihr ist.«

Das Surren des Aufzug klang wie eine Kreissäge.

»Wie geht es Jill?«

Clay warf Catherine einen scharfen Blick zu und zögerte einen Moment, ehe er antwortete: »Jill geht es gut. Jedenfalls erzählt sie mir, daß sie zufrieden und glücklich ist.«

»Und was ist mit dir?« Catherines Herz pochte schmerzhaft. »Was erzählst du ihr?«

Der Aufzug hielt. Die Türen öffneten sich. Beide blieben wie erstarrt stehen, konnten die Blicke nicht voneinander lösen.

»Mein Auto steht hier rechts um die Ecke«, sagte Clay schließlich, verwirrt über den Gefühlsaufruhr in seinem Herzen und voller Angst, etwas verkehrt zu machen.

»Es tut mir leid, Clay. Ich hätte nicht fragen dürfen«, sagte sie hastig und eilte neben ihm her. »Du hast das Recht, dich nach Melissa zu erkundigen, aber es steht mir nicht zu, nach Jill zu fragen. Aber über dich mache ich mir Gedanken und hoffe, daß du glücklich bist. Ich wünsche es mir so sehr.«

Sie blieben neben der Corvette stehen, und während er aufsperrte, sagte er: »Ich bemühe mich.«

Auf dem Weg zum *Mullion* mußten beide daran denken, wie er sie zum erstenmal dorthin gefahren hatte. Catherine kam es plötzlich sehr kindisch vor, daß sie miteinander so befangen umgingen.

»Denkst du auch an das letzte Mal, als wir dorthin fuhren?« fragte sie.
»Ich wollte es nicht erwähnen.«
»Wir sind keine Kinder mehr, Clay. Wir sollten mit der Situation wie zwei erwachsene Menschen fertig werden.«
»Du hast dich sehr verändert, Catherine. Vor einem halben Jahr hast du dich dagegen gesträubt, mit mir dorthin zu fahren.«
»Damals fühlte ich mich bedroht.«
»Und jetzt hast du keine Angst mehr?«
»Wie soll ich deine Frage verstehen? Willst du wissen, ob ich Angst vor dir habe?«
»Deine Abwehr galt nicht immer mir. Du hast gegen andere Dinge, gegen die Umstände und deine eigenen Ängste gekämpft. Du bist mit den Anforderungen gewachsen und hast vieles abgelegt.«
»Ja, das glaube ich auch.«
»Da du mich gefragt hast, frage ich jetzt dich: Bist du glücklich?«
»Ja. Und weißt du, was mich verändert hat?«
»Was?« Er blickte sie aus den Augenwinkeln an und sah, daß sie ihn betrachtete.
»Melissa«, antwortete sie sanft. »Wie oft habe ich sie angesehen und den Impuls unterdrückt, dich anzurufen und dir zu danken, daß du sie mir gegeben hast.«
»Warum hast du es nicht getan?«
Er sah sie so lange an, daß sie befürchtete, er würde den Wagen in den Graben lenken. Catherine hob nur hilflos die Schultern, weil sie die Antwort auf seine Frage nicht wußte. Dann blickte er wieder auf die Straße, und ihr wurde bewußt, wie vertraut ihr sein Profil war. Einem Impuls folgend legte sie ihre Hand unter sein Kinn und küßte ihn auf die Wange.
»Das ist von uns beiden – von Melissa und mir. Weil ich

glaube, daß sie ebenso dankbar ist, mich zu haben, wie ich dankbar bin, sie zu haben.« Catherine rutschte wieder in ihren Sitz zurück und fügte hinzu: »Weißt du, Clay, ich bin eine wunderbare Mutter. Frag mich nicht, wie es passiert ist, aber ich weiß, daß ich es bin.«
Er konnte ein Grinsen nicht unterdrücken. »Und bescheiden noch dazu.«
Sie kuschelte sich zufrieden in ihren Sitz. »Ich habe nicht sehr viele gute Eigenschaften, aber Melissas Mutter zu sein ... nun, das finde ich einfach großartig. Seit ich wieder zur Universität gehe, ist es etwas schwieriger geworden, aber ich vernachlässige lieber die Hausarbeit, um mehr Zeit für Melissa zu haben. Ich muß allerdings eingestehen, daß ich froh bin, wenn das Semester vorbei ist, dann muß ich meine Zeit nicht mehr so einteilen.«
Der Kuß war nur ein Ausdruck ihrer Dankbarkeit gewesen. Clay war bewußt, daß Catherine ein ausgefülltes und glückliches Leben führte. Clay hörte ihren Erzählungen über ihre täglichen Erlebnisse mit Melissa zu und mußte sich eingestehen, daß er eifersüchtig darauf war, daß sie diese Zufriedenheit und dieses Glück nicht im Zusammenleben mit ihm gefunden hatte. Ihre Bemerkung, daß sie wieder Verabredungen traf, riß ihn aus seinen Gedanken. Er unterdrückte einen Anflug von Ärger und Eifersucht und fragte: »Und wie fühlst du dich dabei?«
»Fantastisch!« Sie klatschte in die Hände. »Einfach fantastisch! Ich kann jetzt ohne jedes Schuldgefühl küssen. Manchmal gefällt es mir sogar.«
Sie sah ihn mit einem verschmitzten Grinsen an, und beide lachten. Und der Gedanke an diese Küsse brodelte in seinem Kopf, und er fragte sich, wen sie küßte. Aber er hatte kein Recht, sie danach zu fragen.

Sie blieben über zwei Stunden im *Mullions*, bis Angela alles über Melissas Spielzeug, ihre Zähne und Impfungen wußte. Während der ganzen Zeit fühlte sich Catherine völlig frei und unbefangen. Clay sprach wenig, beobachtete die meiste Zeit Catherine und verglich sie mit der Frau, die sie früher gewesen war. Und ganz unbewußt verglich er sie mit Jill. Er fragte sich, ob sie nur mit einem oder mit mehreren Männern ausging. Er nahm sich vor, sie danach zu fragen, wenn er sie zu ihrem Auto zurückfuhr.

Doch als sie aufbrachen, wies Catherine darauf hin, daß ihr Auto eher an der Route von Claibornes und Angelas Heimweg lag, und sie fuhr mit ihnen.

29

Clay stand am Fenster des Apartments, das er mit Jill teilte, und starrte auf den zugefrorenen Minnetonka-See hinaus. Es war neblig und kalt. Clay beobachtete die Enten, die in einer offenen Bucht Zuflucht vor dem eisigen Schneewind suchten. Es war jetzt Anfang Dezember, und er fragte sich, warum er in den Herbstmonaten weder Lust noch Zeit gehabt hatte, zusammen mit seinem Vater auf die Jagd zu gehen. Er vermißte seinen Vater sehr, aber der Kontakt zu seinen Eltern beschränkte sich auf gelegentliche Telefonanrufe, denn sie mißbilligten in zunehmendem Maße sein Zusammenleben mit Jill.

Er sah Jills Wagen vorfahren und in der Garage verschwinden. Ein paar Minuten später hörte er, wie sie die Tür aufschloß. Normalerweise wäre er ihr entgegengeeilt, doch heute blieb er vor dem Fenster stehen und starrte trübsinnig in die frostige Dämmerung hinaus.

»Mein Gott, ist das kalt! Ich hoffe, du erwartest mich mit einem schönen, heißen Grog«, sagte Jill. Sie ging auf Clay zu und verstreute Handschuhe, Schal und Mantel nachlässig auf die Sessel. Clay ärgerte sich darüber, denn er hatte gerade die Wohnung aufgeräumt. Jill schob ihren Arm durch den seinen und rieb ihre kalte Nase an seiner Wange.

»Ich mag es, wenn du vor mir nach Hause kommst und auf mich wartest.«

»Jill, mußt du deine Sachen immer so unordentlich im ganzen Zimmer herumliegen lassen?«
»Ach, habe ich das getan?« Sie warf einen verwunderten Blick auf ihre Kleidungsstücke, schmiegte sich an Clay und sagte: »Ich hatte es nur so eilig, zu dir zu kommen, Liebling. Außerdem hatte ich zu Hause ein Mädchen, das aufräumte.«
»Ja, das weiß ich. Das bringst du immer als Entschuldigung vor.« Unwillkürlich drängte sich ihm die Erinnerung auf, mit welcher Freude Catherine ihr Stadthaus in Ordnung gehalten hatte.
»Hast du schlechte Laune, Clay?«
»Nein. Ich habe es nur satt, in einem Chaos zu leben.«
»Du bist gereizt. Ich brauche eine Erfrischung. Worüber grübelst du nach? Wieder über deine Eltern? Wenn es dich so belastet, warum besuchst du sie heute abend nicht?«
Ihre oberflächliche Art, seine Probleme so darzustellen, als wären sie mit einem kurzen Besuch zu lösen, verärgerte ihn noch mehr. Sie schleuderte mitten im Zimmer ihre Schuhe von sich und ging zur Bar. Sie nahm die Brandykaraffe heraus, drehte sich zu ihm um und sagte: »Laß uns etwas trinken und dann zum Abendessen ausgehen.«
Es war Freitagabend, und er hatte keine Lust, bei diesem unwirtlichen Wetter noch einmal auszugehen. Er wünschte, sie würde einmal vorschlagen, zu Hause einen gemütlichen Abend zu verbringen. Wieder mußte er an Catherine denken, wie sie im Wohnzimmer gesessen und Popcorn gegessen hatten. Er sah Melissa in ihrer Schaukel vor sich und Catherine, die neben ihr auf dem Boden saß. Er fragte sich, wie Catherine wohl reagieren würde, wenn er plötzlich vor ihrer Tür stünde. Mit einer heftigen Geste schloß er die Vorhänge, als wollte er seine Gedanken aussperren. Jill kam auf ihn zu, legte ihre Arme um seinen Hals und preßte sich an ihn.
»Vielleicht fällt mir etwas ein, womit ich deine schlechte Laune vertreiben kann«, flüsterte sie heiser.

Er küßte sie, wartete aber vergeblich auf das erregende Gefühl, das Jill gewöhnlich in ihm weckte. Statt dessen verspürte er nur Hunger, denn er hatte zu Mittag nichts gegessen. Doch er wußte gleichzeitig, daß dieser Hunger weder durch Essen noch durch Sex gestillt werden konnte.
»Später«, sagte er schuldbewußt und strich ihr das Haar aus dem Gesicht. »Hol deinen Mantel, und laß uns zum Abendessen ausgehen.«

Melissa bekam ihre ersten Zähnchen und war in diesen Tagen quengelig. Sie wollte nicht in ihrem Bettchen bleiben, also holte Catherine sie ins Wohnzimmer und spielte mit ihr, bis sie einschlief. Dann trug sie sie in ihr Bett.
Es läutete an der Tür. Da wachte Melissa wieder auf.
Verdammt, dachte Catherine. Dann küßte sie Melissa auf die Stirn und flüsterte: »Mami kommt gleich zurück, Schätzchen.«
Melissa nuckelte wieder an ihrer Flasche.
Durch die Tür hörte Clay ihre gedämpfte Stimme.
»Wer ist da?«
»Ich bin's, Clay«, antwortete er.
Catherines Ärger verflog. Ihr Herz machte einen Sprung, und sie dachte überglücklich: Es ist Clay. Es ist Clay.
Clay fragte sich, wie sie wohl die fadenscheinige Begründung für seinen überraschenden Besuch aufnehmen würde.
Catherine öffnete die Tür weit und starrte ihn dann wortlos an. Sein Haar war vom Wind zerzaust. Er hatte den Kragen seiner alten Lederjacke hochgeschlagen und trug abgewetzte Jeans. Wie ein schüchterner Collegejunge stand er vor ihr, hatte die Hände in den Taschen vergraben und lächelte sie verlegen an.
»Hallo, Catherine.«
»Hallo, Clay.«

Plötzlich erinnerte sie sich daran, daß Melissa unbeaufsichtigt im Wohnzimmer lag und der kalte Wind durch die offene Tür hereinblies.
»Ich bringe Melissa ein Weihnachtsgeschenk.«
Sie trat zur Seite und bat ihn herein. Als sie die Tür geschlossen hatte, stand sie in dem engen Flur dicht neben ihm. Er blickte auf sie hinunter.
»Warst du schon im Bett?«
»Oh ... nein, nein«, antwortete sie und knöpfte ihren Morgenrock zu.
»Ich hätte vorher anrufen sollen«, sagte er und kam sich wie ein Eindringling vor. Ihr Haar war feucht, und sie hatte es mit einem Gummiband im Nacken zusammengebunden. Verlegen wandte er den Blick ab, denn ihm wurde bewußt, daß sie unter ihrem Morgenrock nackt war.
»Aber das macht doch nichts. Komm rein.«
»Ich kam zufällig hier vorbei und wollte nur schnell Melissa das Geschenk bringen.«
»Du störst uns nicht. Melissa ist quengelig, sie kriegt die ersten Zähnchen, und ich versuche zu lernen.«
Da lächelte er plötzlich, und dieses breite, warme Lächeln machte Catherine ganz schwindlig. Resolut steckte sie ihre Hände in die Taschen ihres Morgenrocks und hoffte, er würde nicht merken, wie glücklich sie sein Besuch machte.
Plötzlich hörten sie aus dem Wohnzimmer einen dumpfen Aufprall, und gleichzeitig ging das Licht aus. Eine Sekunde lang herrschte Totenstille, dann gellte Melissas Schrei durch die Dunkelheit.
»O mein Gott!« rief Catherine und lief ins Wohnzimmer. Clay folgte ihr.
»Wo ist sie?«
»Sie lag auf dem Fußboden.«
»Geh zu ihr. Ich mache Licht in der Küche.«

Melissa brüllte wie am Spieß, und Catherine geriet in Panik. Endlich fiel Licht durch die Küchentür herein. Catherine nahm Melissa in die Arme, und Clay kniete neben ihr nieder. Die Tischlampe lag auf dem Boden, war aber nicht zerbrochen. Er berührte leicht Catherines Schulter und dann Melissas Kopf.

»Bring sie ins Licht, damit wir sehen können, ob sie verletzt ist.« Er half ihr auf und fühlte, wie sie zitterte. »Komm«, sagte er, »bring sie ins Bad.«

Sie legten Melissa auf den Wickeltisch und entdeckten eine kleine Beule an ihrem Hinterkopf. Catherines Panik übertrug sich auf Melissa, die mit hochrotem Gesicht unaufhörlich schrie. Clay betupfte mit einem feuchten Tuch die Beule und beruhigte Mutter und Kind.

»Es ist meine Schuld«, jammerte Catherine. »Ich hätte sie nicht allein auf dem Fußboden lassen dürfen. Sie grapscht immer sofort nach der Lampenschnur. Aber als es läutete, hat sie geschlafen und dann an ihrer Flasche genuckelt. Ich wollte doch nur ...«

»Beruhige dich, es ist doch nur eine kleine Beule. Ich mache dir doch keine Vorwürfe, oder?«

»Aber die Lampe hätte sie erschlagen können.«

»Was nicht passiert ist. Sie wird in ihrem Leben noch mehr Beulen abbekommen. Du bist ja aufgeregter als Melissa.«

Er hatte recht. Melissa hatte aufgehört zu weinen, saß mit großen Augen da und betrachtete die beiden. Catherine lächelte unter Tränen, holte ein Taschentuch und putzte sich die Nase. Clay legte einen Arm um ihre Schultern und drückte sie leicht an sich. In diesem Augenblick verstand er, daß ein Kind beide Eltern brauchte. Ja, du bist eine gute Mutter, Catherine, dachte er, aber nicht in Notfällen. Dann brauchst du mich.

»Komm, wir bringen sie zurück ins Wohnzimmer, und ich

gebe ihr mein Geschenk. Dann wird sie die Beule gleich vergessen haben.«

Clay stellte die Lampe wieder auf den Wohnzimmertisch und machte Licht. Sie saßen alle drei auf dem Fußboden, und Melissa starrte Clay so verwundert an, daß er lachen mußte. Dann begann ihre Unterlippe zu zittern, und er sagte: »Mach schnell das Geschenk auf, sonst kriege ich noch einen Komplex.«

Das Rascheln des roten Papiers lenkte Melissa ab, und sie grapschte danach. Als der weiß-schwarze Koalabär zum Vorschein kam, öffnete Melissa die Lippen und machte: »Oooo«, dann gluckste sie vor Vergnügen. Der Koalabär hatte eine Spieluhr im Bauch, und bald darauf schlief Melissa mit ihm in ihrem Bettchen ein.

Als Catherine aus Melissas Zimmer kam, stand Clay unten an der Treppe. Er hatte sich die alte Lederjacke über die Schultern gelegt und schien gehen zu wollen. Catherine verbarg ihre Enttäuschung. Langsam ging sie die Treppe hinunter und blieb dicht vor ihm stehen.

»Sie wird jetzt schlafen«, sagte sie. Er konnte es als Einladung zum Bleiben aufnehmen.

»Schön ... nun ...« Er steckte langsam die Hände in die Jackenärmel. Catherine umklammerte das Treppengeländer. Er steckte die Hände in die Taschen und räusperte sich.

»Nun, dann gehe ich jetzt wohl besser.« Seine Stimme klang leicht krächzend, weil er leise sprach, um Melissa nicht zu wecken.

»Ja, es ist wohl besser.« Catherine hatte Mühe zu atmen. Das Geländer schien zu schwanken.

Clay sah sie mit seinen unergründlichen Augen an.

»Tschüs.«

Er hatte es so leise gesagt, daß sie es kaum hören konnte.

»Tschüs.«

Aber anstatt zu gehen, blieb er vor ihr stehen und betrachtete sie. Wie ein kleiner Spatz stand sie auf der Treppe und klammerte sich an das Geländer. Mit großen Augen sah sie ihn an und holte tief Luft. Sie hatte genauso viel Angst wie er. Ganz sacht beugte er sich vor und legte sein Gesicht auf ihre Schulter. Wie gut er sich an ihren Duft erinnerte. Catherine öffnete leicht die Lippen und drückte ihre Wange gegen seine Schläfe. Ihr Widerstand schmolz dahin. Lichtjahre schienen zu vergehen, bis er den Kopf hob und sie fragend ansah. Dann küßte er sie zart auf den Mund. Dieser Kuß ließ beide für eine Weile die Vergangenheit vergessen, aber sie stand unbewußt zwischen ihnen. Als er seine Lippen von ihrem Mund lösen wollte, hielt sie ihn fest. Clay legte beide Arme um Catherine, und sein Kuß wurde leidenschaftlicher. Mit einer Hand umfaßte er ihren Kopf, während er mit der anderen ihren Rücken streichelte und ihren ganzen Körper fest gegen seinen drückte. Sie fühlte seine Erregung und mußte daran denken, wie sie den Wein von seiner Haut getrunken hatte. Ironischerweise ernüchterte sie dieser Gedanke, und sie wich zurück. Aber er preßte sie leidenschaftlich an sich und flüsterte heiser: »Mein Gott, Cat. Damit hat es angefangen.«
»Allerdings«, antwortete sie mit zitternder Stimme. »Aber seitdem sind wir einen weiten Weg gegangen.«
»Du bist ihn gegangen, Cat. Du hast dich so verändert.«
»Ich bin ein wenig erwachsener geworden, mehr nicht.«
»Und was, zum Teufel, ist mit mir?«
»Weißt du das denn nicht?«
»In meinem Leben stimmt überhaupt nichts mehr. Alles ist verkehrt gelaufen, seit du und ich diese verdammte Vereinbarung getroffen haben. Das letzte Jahr war schrecklich. Ich weiß nicht mehr, wer ich bin, noch wohin ich gehe.«
»Willst du es auf diese Weise herausfinden?«
»Das weiß ich nicht. Ich weiß nur, daß ich mich bei dir wohlfühle.«

»Du weißt, wohin uns das geführt hat.«
»Ich begehre dich«, stöhnte er in ihr Haar und preßte sie an sich. Sie schloß die Augen und ließ sich von der Woge der Leidenschaft davontragen, die er in ihr geweckt hatte. Jetzt besaß sie die Selbstsicherheit zu sagen, was sie während der quälenden Monate ihres Zusammenlebens nicht hatte aussprechen können.
»Aber ich liebe dich, Clay. Und das ist ein Unterschied.«
Er sah ihr ins Gesicht, und sie wünschte sich, er würde ihr sagen, daß er sie liebe. Aber er tat es nicht. Er konnte ihre Gedanken lesen, brachte die Worte aber nicht über die Lippen, weil er sich seiner Gefühle für sie nicht sicher war. Es war so plötzlich geschehen, daß er nicht wußte, ob er nur einem Impuls oder seinen Gefühlen folgte. Er wußte nur, daß sie verführerisch aussah, die Mutter seines Kindes war und sie noch immer verheiratet waren.
Er drängte sich so stürmisch an sie, daß sie beide auf der Treppe landeten. Er öffnete ihren Morgenrock, umfaßte ihre Brust und ließ seine Finger dann über ihren Bauch nach unten gleiten.
»Hör auf, Clay. Hör auf«, flehte sie und verging gleichzeitig vor Sehnsucht nach seiner Berührung.
An ihrem Mund flüsterte er heiser: »Du willst nicht, daß ich aufhöre. Du willst es ebenso wenig wie das erste Mal.«
»In einem Monat lassen wir uns scheiden, und du lebst mit einer anderen Frau zusammen.«
»Die ich in letzter Zeit nur noch mit dir vergleiche.«
»Bist du deswegen gekommen, Clay, um Vergleiche zu ziehen?«
»Nein, nein. So meinte ich das nicht.« Seine Hand streichelte verlangend über ihren Körper. »Oh, Cat, du gehst mir unter die Haut.«
»Weil du mich nicht haben kannst, Clay?« Sie hielt seine Hand fest.

»Spiel keine Spiele mit mir.«
»Nicht ich spiele mit dir, Clay. Du tust es.«
Er ließ von ihr ab, stützte sich auf einen Ellbogen und betrachtete sie.
»Ich spiele nicht mit dir. Ich begehre dich.«
»Warum? Weil ich mich dir verweigere? Du hast in deinem Leben alles bekommen, was du dir gewünscht hast.«
Er setzte sich abrupt auf und fuhr sich mit der Hand durchs Haar. Hat sie vielleicht recht? fragte er sich. Will ich nur mein Ego befriedigen? Bin ich wirklich so ein Bastard? Lange saß er so da, verbarg das Gesicht in seinen Händen und roch den Duft ihres Körpers an seinen Fingern.
Sie saß neben ihm und spürte den Kampf, den er austrug. Schließlich sagte sie: »Du solltest dir darüber klarwerden, wen du haben willst – sie oder mich. Du kannst uns nicht beide haben.«
»Das weiß ich, verdammt noch mal«, sagte er müde. »Es tut mir leid, Catherine.«
»Das sollte es auch, Clay. Du kannst nicht mit meinen Gefühlen spielen.«
»Ich habe das Gefühl, mich im Kreis zu drehen. Mein Leben ist ein einziges Chaos.«
»Das verwundert mich nicht, Clay. Du lebst mit ihr, kommst zu mir, und deine Eltern stehen irgendwo dazwischen. Was ist mit ihnen? Was versuchst du dir eigentlich zu beweisen, indem du ihnen aus dem Weg gehst und sogar für eine andere Firma arbeitest?«
Clay schluckte krampfhaft, antwortete aber nicht.
»Wenn du dich selbst bestrafen willst, Clay, dann halte mich bitte da raus. Wenn du weiterhin Situationen schaffen willst, mit denen du nicht fertig wirst – gut, das ist deine Sache. Ich habe mit Melissa ein neues Leben angefangen und mir bewiesen, daß ich ohne dich leben kann. Als wir uns kennen-

lernten, warst du derjenige, der ein Ziel hatte und in Sicherheit lebte. Jetzt haben wir anscheinend die Plätze vertauscht. Was ist aus deinen Plänen, ist aus deiner Zuversicht geworden?«

Vielleicht habe ich beides verloren, als ich dich verließ, dachte Clay.

Er stand auf und blieb mit dem Rücken zu ihr stehen.

Sie sagte: »Vielleicht solltest du irgendwohin gehen, um Ordnung in deine Gedanken und Gefühle zu bringen. Wenn du mich danach wiedersehen willst ...« Doch sie beendete den Satz nicht, sondern fügte hinzu: »Aber komm nie wieder hierher, außer du willst bleiben.«

Clay straffte die Schultern und verließ wortlos das Haus.

30

Catherine war gefühlsmäßig wieder in dem Zustand, den sie durchlebt hatte, als Clay sie zum erstenmal verließ. Sie verfiel in Tagträume und verlor sich in Erinnerungen. Alle ihre Gedanken drehten sich um Clay. Oft stand sie am Fenster, blickte zum Sternenhimmel empor und versuchte sich vorzustellen, wo er gerade war. Clay, den sie nur unter einer Bedingung haben wollte und deswegen vielleicht nie haben würde. Die Zufriedenheit, die sie in ihrer Liebe zu Melissa erfahren hatte, genügte ihr plötzlich nicht mehr. Mitten in den alltäglichsten Verrichtungen wurde sie abrupt von einem Gefühl der Leere überfallen. Ständig sah sie Clays Gesicht vor sich. Seine Abwesenheit raubte ihr jede Freude. Ohne ihn kam ihr ihr Leben leer und sinnlos vor.

Weihnachten kam näher und brachte die bittersüße Erinnerung an den Heiligabend, den sie gemeinsam in Clays Elternhaus verbracht hatten. Catherine graute davor, dieses Fest allein mit Melissa verbringen zu müssen. Sie rief Tante Ella an und würde gemeinsam mit Ada den ersten Weihnachtsfeiertag bei ihr verbringen. Aber auch das half ihr nicht sehr über ihre Trübseligkeit hinweg. Sie wagte nicht, die Lichter an ihrem winzigen Weihnachtsbaum anzuzünden, denn sie fürchtete sich vor den Erinnerungen an das Fest in Angelas und Clairbornes Haus – dieses zauberhafte Haus voller Liebe, Licht, Musik und familiärer Geborgenheit.

Familie. Ach, eine Familie. Das war die eigentliche Wurzel von Catherines Unglück, war es ihr Leben lang gewesen. Mit Tränen in den Augen sah sie Melissa an, denn auch ihr Kind würde nie die Geborgenheit einer Familie erfahren. Sie stellte sich vor, Clay würde wieder vor ihrer Tür stehen, aber dieses Mal würde es anders sein. Dieses Mal würde er ihr sagen, daß er sie liebte, und sie würden gemeinsam mit Melissa zu seinen Eltern fahren, um dort Weihnachten zu verbringen. Catherine schloß die Augen, roch den Kerzenduft, erinnerte sich an zärtliche Küsse und Mistelzweige ...

Doch das waren Tagträume. In Wirklichkeit würde sie den Heiligabend allein mit ihrer Tochter verbringen, und niemand würde Geschenke unter ihren Weihnachtsbaum legen.

»Wollen wir nicht einen Weihnachtsbaum aufstellen?« fragte Clay.

»Wozu?« fragte Jill.

»Weil Weihnachten ist. Deswegen.«

»Ich habe keine Zeit dazu. Wenn du einen willst, dann stell ihn selber auf.«

»Du scheinst nie Zeit für häusliche Dinge zu haben.«

»Clay, ich arbeite acht Stunden am Tag! Du hattest doch nie Sinn für derartige Sentimentalitäten.«

»Nie?«

»Ach, Clay, fang keinen Streit an, bitte. Ich suche meinen blauen Kaschmirpullover, den ich morgen anziehen will. Verdammt, wo könnte er nur sein?«

»Wenn du einmal im Monat hier Ordnung machen würdest, müßtest du nicht dauernd deine Sachen suchen.« Im Schlafzimmer herrschte ein chaotisches Durcheinander.

»Ach, jetzt fällt's mir wieder ein«, rief Jill freudig. »Ich habe ihn letzte Woche in die Reinigung gebracht. Clay, sei ein Schatz, und hol ihn für mich ab, ja?«

»Ich bin nicht dein Botenjunge. Hol ihn doch selbst.«
Sie kam zu ihm und sagte einschmeichelnd: »Sei nicht böse, Liebling. Ich dachte nur, du hättest vielleicht gerade Zeit.« Als sie ihm mit ihrem lackierten Fingernagel über die Lippen strich, wandte er den Kopf ab.
»Jill, du scheinst zu glauben, daß nur du arbeitest.«
»Aber, Liebling, ich habe viel zu tun. Morgen treffe ich zum ersten Mal den Projektingenieur und will einen guten Eindruck machen.« Mit einem Kuß versuchte sie, ihn aufzuheitern, aber sie hatte ihn nun zum drittenmal *Liebling* genannt, und das begann ihn zu nerven. Sie gebrauchte das Kosewort so beiläufig, daß es ihn ärgerte. Er mußte daran denken, wie wichtig für Catherine jede Form der Zuneigung war.
»Jill, warum wolltest du, daß ich zu dir zurückkehre?« fragte er abrupt.
»Liebling, was für eine Frage! Ohne dich war ich verloren, das weißt du doch.«
»Gab es sonst noch einen Grund?«
»Willst du mich ins Kreuzverhör nehmen? Wie gefällt dir dieses Kleid?« Sie hielt sich ein rosafarbenes Seidenkleid vor den Körper und tanzte provozierend um ihn herum.
»Jill, ich will mit dir reden. Kannst du nicht einen Augenblick dieses verdammte Kleid vergessen?«
»Sicher. Schon geschehen.« Sie warf das Kleid nachlässig aufs Bett, setzte sich vor die Frisierkommode und begann, ihr Haar zu bürsten. »Ich höre.«
Er wußte nicht, wie er beginnen sollte. »Jill, ich dachte immer, unser Lebensstil, unsere Herkunft, unsere Zukunftspläne seien sich so ähnlich, daß wir praktisch füreinander geschaffen schienen. Aber ... aber mit diesem Leben komme ich nicht zurecht.«
»Du kommst nicht damit zurecht? Willst du mir das erklären, Clay?« sagte sie schroff und bürstete ihr Haar noch vehementer.

Mit einer vagen Geste umfaßte er das Zimmer. »Jill, wir sind zu verschieden. Ich komme mit dieser Unordnung, dem Essen in Restaurants, der ganzen Hektik unseres Lebens nicht zurecht.«

»Ich dachte nicht, daß du mich wegen meiner häuslichen Fähigkeiten haben wolltest.«

»Jill, ich bin bereit, meinen Teil dazu beizutragen, aber ich brauche ein Heim, in dem ich mich wohl fühle. Verstehst du das?«

»Nein. Es klingt, als würdest du mich bitten, meine Karriere aufzugeben, damit ich zu Hause Staub wischen kann.«

»Ich erwarte nicht, daß du irgend etwas aufgibst. Ich will nur, daß du meine Fragen beantwortest.«

»Das würde ich gern tun, wenn ich wüßte, was du von mir willst.«

Clay nahm einen spitzenbesetzten, violetten Unterrock von einem Stuhl und setzte sich müde darauf. Er betrachtete das teure Kleidungsstück und rieb es nachdenklich zwischen seinen Fingern. Dann fragte er: »Was ist mit Kindern, Jill?«

»Kinder?«

Sie hörte auf, sich das Haar zu bürsten. Clay sah sie an.

»Eine Familie. Willst du je eine Familie haben?«

Sie drehte sich zu ihm um und sagte wütend: »Und du behauptest, du erwartest nicht von mir, etwas aufzugeben!«

»Das tue ich auch nicht, und ich spreche auch nicht von der unmittelbaren Zukunft. Aber willst du irgendwann mal Kinder haben?«

»Ich habe endlich nach jahrelangem Studium meinen Abschluß gemacht. Ich habe eine Zukunft in einem der fortschrittlichsten Berufe vor mir, und du sprichst von Kindern?«

Plötzlich sah Clay Catherine vor sich, wie sie über Grovers totes Baby geweint hatte; wie er vor der Entbindung seine Hand auf ihren Leib gelegt hatte; wie sie neben Melissa auf

dem Fußboden des Wohnzimmers gesessen hatte; wie sie geweint hatte, weil sich Melissa den Kopf gestoßen hatte. Plötzlich schleuderte Jill ihre Bürste auf die Kommode.
»Du warst bei ihr, nicht wahr?«
»Bei wem?«
»Bei deiner ... Frau.« Das Wort ärgerte Jill.
Clay dachte nicht daran zu lügen. »Ja.«
»Wußte ich's doch! Sobald du anfingst, dich über die Unordnung hier zu beklagen, habe ich es gewußt! Bist du mit ihr ins Bett gegangen?«
»Um Himmels willen.« Clay stand auf und wandte ihr den Rücken zu.
»Nun, hast du's getan?«
»Das hat nichts mit uns zu tun.«
»Ach, wirklich nicht? Nun, dann denk noch mal darüber nach, Freundchen, weil ich nicht gewillt bin, die zweite Geige zu spielen!«
»Das ist doch Teil unseres Zusammenlebens, oder nicht?«
»Wie meinst du das?«
»Es zählen doch nur unsere Egos. Ein Grund, warum du mich wiederhaben wolltest, ist doch, daß dir nie im Leben etwas versagt geblieben ist. Und ich habe Catherine verlassen, weil ich nie auf etwas verzichten mußte.«
Ihre Augen glitzerten gefährlich, als sie ihn jetzt ansah. »Nun, dann sind wir wohl zwei von derselben Sorte, nicht wahr, Clay?«
»Nein, das sind wir nicht. Ich dachte, wir wären es, aber wir sind es nicht. Nicht mehr.«
Sie standen sich jetzt gegenüber. Ihr Blick war zornig, seiner traurig.
Schließlich sagte Jill: »Mit Catherine kann ich konkurrieren, aber nicht mit Melissa. Das ist es, nicht wahr?«
»Sie lebt, Jill. Sie existiert, und ich bin ihr Vater. Das kann ich nicht vergessen. Und Catherine hat sich sehr verändert.«

Da schleuderte Jill ihre Haarbürste nach ihm und traf ihn an der Wange. Dabei schrie sie: »Sei verdammt! Wie kannst du es wagen, dazustehen und mir von ihr vorzuschwärmen! Wenn du dich so nach ihr sehnst, warum bist du dann noch hier? Du brauchst nicht zu glauben, daß mein Bett lange kalt bleiben wird, wenn du verschwunden bist.«

»Jill, bitte. Ich wollte dich nicht verletzen.«

»Mich verletzen? Wie könntest du das? Man verletzt doch nur die Menschen, die man liebt. Heißt es nicht so in einem Lied?«

Nachdem Clay das Apartment am Minnetonka-See verlassen hatte, fuhr er stundenlang ziellos durch die Stadt. Dann schlug er unbewußt die Richtung zum Golden Valley ein.

Er bog in die Golden Valley Road ein, fuhr an Byerly's Supermarkt vorbei, wo er und Catherine zum erstenmal einkaufen gegangen waren. Er hielt auf dem Parkplatz vor dem Stadthaus, blickte zur Glastür hoch und sah dahinter bunte Lichter an einem Weihnachtsbaum blinken. Lange Zeit saß er da und starrte zu dem Fenster hinauf. Dann erloschen die Lichter, er ließ den Motor an und fuhr zu einem Motel.

Als Clay plötzlich in der Tür zum Arbeitszimmer stand, blickte Claiborne mit unverhohlenem Erstaunen auf. Er erhob sich aus seinem Sessel, ließ sich dann aber wieder zurücksinken und verbarg seine hoffnungsvolle Freude hinter einer Maske der Gleichgültigkeit.

»Hallo, Dad.«

»Hallo, Clay. Wir haben dich lange nicht gesehen.«

»Ja. Sag Mutter bitte noch nicht, daß ich hier bin. Ich möchte erst mit dir allein reden.«

»Natürlich. Komm rein.« Claiborne nahm seine silbergefaßte Lesebrille von der Nase und legte sie auf die Schreibtischplatte.

»Du trägst jetzt eine Brille?«
»Ja, schon seit ein paar Monaten. Aber ich kann mich an die verdammten Dinger einfach nicht gewöhnen.«
Beide blickten verlegen auf die Brille und suchten nach Worten, um die peinliche Stille zu durchbrechen. Schließlich stand Claiborne auf.
»Möchtest du einen Brandy?«
»Nein, danke. Ich ...«
»Einen Scotch?« fragte Claiborne. »Oder vielleicht ein Glas Weißwein?«
»Nein, Dad. Ich möchte nur mit dir reden.«
Claiborne lehnte sich in seinem Sessel zurück. Im Kamin knisterte das Feuer. Clay seufzte und fragte sich, wie so oft in letzter Zeit, wo er anfangen sollte. Er saß auf der Kante seines Stuhls und preßte seine Fingerknöchel in die Augenhöhlen.
»Was, zum Teufel, ist verkehrt gelaufen?« fragte er schließlich mit gequälter Stimme.
»Absolut nichts, was nicht wieder gutzumachen wäre«, antwortete sein Vater. Beiden schien eine Zentnerlast vom Herzen zu fallen, und sie konnten sich endlich wieder in die Augen sehen.

Das Telefon läutete zum fünftenmal, und Clays Hoffnungen schwanden. Er lehnte den Kopf gegen die Wand und schloß die Augen. Draußen, auf dem Highway, brauste der Verkehr vorüber. Er betrachtete gerade seine ausgestreckten Beine, den geöffneten Koffer auf dem Bett und wollte auflegen, als sich Catherine meldete.
Sie stand im dunklen Schlafzimmer, das Badewasser tropfte von ihrem Körper auf den Teppich, und sie versuchte, ein Handtuch um sich zu schlingen, ohne den Hörer fallen zu lassen.
»Hallo, Catherine?«

Ihr Herz machte einen Sprung, und das Handtuch entglitt ihren Händen.
Schließlich brachte sie heraus: »Ha ... hallo.«
Er hörte das Beben in ihrer Stimme und schluckte. »Ich bin's, Clay.«
»Ja, ich weiß.«
»Ich dachte schon, du wärst nicht zu Hause.«
»Ich war in der Badewanne.«
In der Leitung surrte es leise, während er sich vorzustellen versuchte, an welchem Telefon sie stand und was sie trug.
»Das tut mir leid. Ich kann später noch mal anrufen.«
»Nein!« Dann beruhigte sie sich ein wenig. »Nein, aber könntest du einen Augenblick warten, damit ich mir den Bademantel anziehen kann? Ich friere.«
»Natürlich. Ich bleibe am Apparat.« Um keinen Preis der Welt hätte er in diesem Augenblick den Telefonhörer losgelassen. Stunden schienen zu vergehen, während Catherine hastig ihren Bademantel aus dem Schrank zerrte und ihn überzog. Mein Gott, es ist Clay! Warte, Clay, ich komme! Leg nicht auf!
Beinahe wäre sie über das Badetuch auf dem Fußboden gestolpert und sagte dann ganz außer Atem ins Telefon: »Clay?«
Er hörte den ängstlichen Unterton in ihrer Stimme. Ein Gefühl der Wärme durchströmte ihn. Er mußte lächeln.
»Ja, ich bin noch dran.«
Sie stieß einen tiefen Seufzer aus und ließ sich auf die Bettkante sinken.
»Tut mir leid, daß ich dich warten ließ.«
Er schätzte, daß sie etwa sieben Sekunden gebraucht hatte. Doch jetzt wagte er nicht zu sagen, weswegen er anrief, hatte Angst, sie würde ihn abweisen.
»Wie geht es dir?« fragte er statt dessen.

Sie stellte sich sein Gesicht vor, seine Augen, seinen Mund und gab schließlich leise zu: »Nicht sehr gut, seitdem du das letzte Mal hier warst.«

Er schluckte vor Überraschung über die unerwartete Antwort. Er hatte eigentlich befürchtet, mit einem beiläufigen: »Gut, danke«, abgespeist zu werden.

»Auch mir ging es nicht gut.«

Es war unglaublich, wie ihr diese paar Worte den Atem rauben konnten. Verzweifelt suchte sie nach einer Antwort, sah jedoch nur sein Gesicht vor sich und überlegte, wo er sich jetzt wohl aufhielt.

»Wie geht es Melissas Beule?« fragte er.

»Oh, gut. Der kleine Kratzer ist verheilt. Er wird ihrer Schönheit keinen Abbruch tun.«

Beide lachten nervös, dann herrschte wieder Schweigen in der Leitung. Clay stützte den Ellbogen auf sein Knie und rieb sich die Nase. Sein Herz pochte so laut, daß er glaubte, sie müsse es am anderen Ende hören.

»Catherine, was habt ihr beide morgen abend vor?«

Sie umklammerte den Hörer mit beiden Händen. »Morgen abend? Aber da ist Heiligabend.«

»Ja, ich weiß.«

Clay rieb sich jetzt nicht mehr die Nase, sondern zupfte an seiner Bügelfalte herum. »Ich habe mich gefragt, was du und Melissa wohl vorhabt.«

Catherine schloß die Augen. Sie legte eine Hand über den Hörer, damit er ihr schweres Atmen nicht hören konnte. Dann hatte sie ihre Fassung wiedergewonnen.

»Nichts. Morgen abend jedenfalls nicht. Am ersten Weihnachtsfeiertag sind wir bei Onkel Frank und Tante Ella eingeladen. Aber morgen abend bleiben wir zu Hause.«

»Möchtet ihr mit mir zu meinen Eltern kommen?«

Während er angespannt auf ihre Antwort wartete, dachte sie:

Was ist mit Jill? Wo ist Jill? Ich sagte dir, du sollst nicht mehr zu mir kommen, außer es ist für immer.

»Wo bist du jetzt, Clay?« fragte sie so leise, daß er sie kaum verstand.

»In einem Motel.«

»In einem Motel?«

»Allein.«

Ein überwältigendes Gefühl der Freude durchströmte sie. Die Kehle war ihr wie zugeschnürt, und Tränen brannten in ihren Augen, während sie stumm den Hörer umklammert hielt.

»Catherine?« sagte er mit gepreßter Stimme.

»Ja, ich bin noch dran«, antwortete sie atemlos.

Seine Stimme klang fremd, als er sagte: »Verdammt noch mal, antworte mir!« Und sie erinnerte sich daran, daß Clay immer fluchte, wenn er Angst hatte.

»Ja«, wisperte sie und rutschte mit einem Plumps auf den Fußboden.

»Was?«

»Ja«, sagte sie lauter und lächelte freudestrahlend.

Wieder herrschte eine Weile Schweigen in der Leitung.

»Wo bist du jetzt?« fragte er dann und wünschte sich, bei ihr zu sein.

»Im Schlafzimmer. Ich sitze neben dem Bett auf dem Fußboden.«

»Schläft Melissa?«

»Ja, schon lange.«

»Hat sie den Koalabären bei sich?«

»Ja«, flüsterte Catherine. »Er liegt neben ihrem Kopf.«

Nach einer Weile sagte Clay: »Ich werde so bald wie möglich in Dads Kanzlei anfangen zu arbeiten.«

»Oh, Clay ...«

Sie hörte ihn lachen – ein tiefes, glückliches Lachen.

»Ach, Catherine, du hattest recht, du hattest so recht.«

»Ich habe nur etwas geahnt.«
Wieder lachte er, befreit dieses Mal, und dann stieß er einen tiefen Seufzer aus.
»Hör mal, ich muß Schlaf nachholen. In den vergangenen Nächten kam ich kaum zur Ruhe.«
»Mir ging's ebenso.«
»Ich hol dich gegen fünf ab, okay?«
»Wir warten auf dich.«
Wieder herrschte angespanntes Schweigen zwischen ihnen, das genauso viel aussagte wie die sanften Worte, die dann folgten.
»Gute Nacht, Catherine.«
»Gute Nacht, Clay.«
Wieder Schweigen, während jeder wartete, daß der andere auflegte.
»Gute Nacht sagte ich«, wiederholte er.
»So wie ich.«
»Dann wollen wir es zusammen tun.«
»Was wollen wir zusammen tun?«
Bis dahin hatte sie nicht gewußt, daß man ein Lächeln hören kann.
»Auch das. Aber später. Jetzt leg auf, damit ich schlafen gehen kann.«
»Okay. Bei drei also?«
»Eins ... zwei ... drei.«
Beide legten auf.
Doch beide fanden auch in dieser Nacht wenig Schlaf.

31

Der nächste Tag schien nicht vergehen zu wollen. Catherine schwebte wie auf Wolken. Jedesmal, wenn sie an einem Spiegel vorbeikam, betrachtete sie sich lange und kritisch, bedeckte mit beiden Händen ihre Wangen, schloß die Augen und lauschte auf ihren Herzschlag, der jeden Nerv in ihrem Körper zum Pulsieren brachte. Dann öffnete sie die Augen und warnte sich vor übersteigerten Hoffnungen. Vielleicht wollte Clay nur Melissa sehen und seinen Eltern die Möglichkeit geben, mit ihrem Enkelkind zusammenzusein. Aber dann erinnerte sich Catherine an den Klang seiner Stimme am Telefon und wußte irgendwie, daß ihr Traum endlich in Erfüllung gehen würde. Ihre Gedanken flogen voraus zu dem bevorstehenden Abend.

Um die Zeit zu vertreiben, packte sie Melissa ins Auto und fuhr in die Stadt, um sich ein neues Kleid zu kaufen.

Wieder zu Hause, legte sie Melissa schlafen und schwelgte lange in einem Schaumbad. Nackt drehte und wendete sie sich dann vor dem Spiegel, probierte verschiedene verführerische Posen aus, befeuchtete mit der Zunge ihre Lippen und sagte mit sinnlich tiefer Stimme: »Hallo, Clay.« Sie wiegte sich in den Hüften und hauchte sexy: »Wie findest du mich, Liebling?«

Doch plötzlich kam sie sich kindisch vor und beendete die Komödie. Diese Posen paßten nicht zu ihr. Sie war jetzt eine erwachsene Frau. Sie durfte Clay kein Theater vorspielen, sondern mußte ihm entgegentreten, wie sie wirkich war. Sie griff nach dem Parfüm, dessen Duft Clay immmer am liebsten gemocht hatte, und rieb ihren ganzen Körper damit ein. Während ihre Hand leicht über ihre Haut glitt, dachte sie an Clay und die bevorstehende Nacht. Ich begehre ihn, dachte sie.

Lange bürstete sie ihr Haar und erinnerte sich an den Abend vor ihrer ersten Begegnung mit Clay. Sie schminkte sich sehr dezent und trug ihr Haar offen, so wie bei ihrem ersten Rendezvous mit ihm.

Das neue, pflaumenblaue Seidenkleid umhüllte ihren Körper in weitschwingenden Falten, hatte einen V-Ausschnitt und wurde in der Taille von einem Gürtel gerafft, was ihre Figur vorteilhaft hervorhob. Schlichte goldene Ohrringe und eine kurze Halskette unterstrichen ihre elegante Erscheinung. Sie schlüpfte in die neuen, hochhackigen Lackschuhe, denn sie kannte Clays Vorliebe für Pumps.

Catherine war sich bewußt, daß sie Clay verführen wollte, und schämte sich einen Augenblick für ihr Verlangen nach ihm. Doch da wachte Melissa auf, quengelte schlaftrunken vor sich hin, und Catherine vergaß ihre Gewissensbisse, während sie das Baby anzog.

Auch Clay hatte sich einen neuen Anzug gekauft. Doch jetzt, auf dem Weg zu Catherine, fragte er sich wohl zum zehntenmal, ob die Seidenkrawatte zu auffällig war. Er kam sich vor wie ein nervöser Collegestudent, der zum erstenmal ein Mädchen ausführt. Was, zum Teufel, war in ihn gefahren? Noch nie hatte er Zweifel an seinem Aussehen gehabt. Aber als er an einer Ampel halten mußte, betrachtete er sich kritisch im Rückspiegel und zupfte die Krawatte zurecht. Hinter ihm hupte jemand, und er fuhr mit einem Fluch weiter. Er steckte eine Kassette in den Recorder, und die Musik von *The Lettermen* erklang. Zu offensichtlich! dachte er und nahm die Cassette wieder heraus.

Eine halbe Stunde vor der vereinbarten Zeit war Catherine fertig und wartete voller Ungeduld auf Clay. Ihre Nervosität hatte sich auf Melissa übertragen; das Kind war kaum zu bändigen. Es kroch überall herum, hätte beinahe den Weihnachtsbaum umgeworfen, drückte alle Knöpfe des Fernsehers, bis Catherine Melissa schließlich genervt in ihr Laufställchen steckte und weiter ruhelos durch die Zimmer wanderte.

Es läutete.

Laß ihn zweimal läuten, ermahnte sich Catherine, während Clay vor der Tür die Hände in die Taschen steckte, damit er nicht vor Ungeduld gleich wieder auf die Klingel drückte.

Was soll ich ihm sagen, überlegte sie krampfhaft.

Was soll ich ihr sagen, überlegte er verzweifelt.

Sie öffnete die Tür. In diesem Kleid sieht sie einfach hinreißend aus, dachte er.

»Fröhliche Weihnachten«, sagte er.

»Fröhliche Weihnachten«, antwortete sie mit einem nervösen Lachen und ließ ihn eintreten. Er sah sie bewundernd an und sagte: »Was für ein schönes Kleid.«

»Danke. Es ist neu ... nun, ich habe mir erlaubt, etwas von deinem Geld dafür zu verschwenden.«

Warum mußtest du das sagen! schalt sie sich. Aber er lächelte und antwortete: »Wie mich das freut! Auch ich habe mir einen neuen Anzug gegönnt.«

»Ach, tatsächlich?«

»Ich habe mir selbst ein Weihnachtsgeschenk gekauft.« Er schlug den Mantel auseinander und präsentierte sich in seinem neuen Anzug.

»Braun steht dir wirklich am besten«, sagte Catherine und ging ihm voran ins Wohnzimmer. »Komm und bewundere Melissa in ihrem neuen Kleidchen, das Angela ihr geschenkt hat und das ihr jetzt paßt.«

»Hallo, Melissa«, sagte Clay. »Wie hübsch du aussiehst.« Und zum ersten Mal weinte Melissa nicht bei seinem Anblick.

Catherine hob das Kind auf. »Sag hallo zu Daddy.« Das Baby starrte Clay nur mit großen Augen an. Catherine flüsterte Melissa etwas ins Ohr und drückte ihre kleine Hand. Ohne den Blick von Clay zu wenden, öffnete und schloß sie ihre winzigen Finger.

»Das heißt hallo«, erklärte Catherine, als Clay erfreut lächelte. Dann setzte sie sich auf die Couch und steckte Melissas Arme und Beine in einen blauen Schneeanzug. »Clay, könnten wir mit meinem Auto fahren, damit wir den Laufstall mitnehmen können?«

»Den brauchen wir nicht. Mutter hat eines der Schlafzimmer als Kinderzimmer hergerichtet.«

Catherine sah überrascht auf. »Wann hat sie das getan?«

»Schon im Sommer.«

»Das hat sie mir nie erzählt.«

»Dazu hatte sie doch keine Gelegenheit.«

»Weiß sie ... ich meine, wissen deine Eltern, daß wir heute abend kommen – Melissa und ich?«

»Nein. Ich wollte ihnen die Enttäuschung ersparen, falls es nicht geklappt hätte.«

Wie in einem ihrer Lieblingsfilme glitt das Auto durch die verschneiten Straßen. Catherine schwelgte in den widersprüchlichsten Gefühlen – ihrer Freude auf das Wiedersehen mit Clays Eltern und der Sehnsucht, mit ihm endlich allein zu sein.

Clay betrachtete die beiden aus den Augenwinkeln. Melissa grapschte mit ihren winzigen Händen nach allem in ihrer Reichweite, während Catherine sie auf ihrem Schoß ruhigzuhalten versuchte. Von Zeit zu Zeit schimpfte sie sanft mit dem Kind. Im Licht der Straßenlaternen sah er Catherines Profil, atmete tief den Duft ihres Parfüms ein und fragte sich, wie er die Stunden überstehen sollte, bis er endlich mit ihr allein sein würde.

Als sie in die Auffahrt einbogen, konnte Catherine einen Seufzer nicht unterdrücken. »Wie sehr ich das Haus vermißt habe«, sagte sie mehr zu sich selbst. Ein leicht wehmütiges Lächeln spielte um ihre Lippen.

Sie hielten, Clay ging um das Auto herum, öffnete die Beifahrertür und streckte die Hände nach Melissa aus. Er hielt sie fest im Arm, während er mit der anderen Hand Catherines Ellbogen umfaßte und ihr heraushalf. Einen Augenblick blieben sie im sanften Licht der Hauslaterne stehen, bis Clay fragte: »Wollen wir läuten?«

»Ja.«

Angela öffnete die Tür und sagte: »Ich habe mich schon gefragt, wann ...« Sie verstummte und preßte die Hände vor ihren Mund.

»Hast du Platz für zwei weitere Gäste?« fragte Clay.

Angela war zuerst wie versteinert. Doch dann fingen ihre Augen an zu strahlen, als sie Catherine betrachtete, die lächelnd in Clays Arm geschmiegt dastand, während er im anderen Arm Melissa hielt.

»Angela«, sagte Catherine sanft. Und Angela erwachte aus ihrer Starre, umarmte alle drei auf einmal, schob sie ins Haus, nahm Melissa aus Clays Arm und wurde von Clay und Catherine geküßt.

Claiborne war ebenso aufgeregt wie seine Frau und begrüßte die drei überschwenglich. Angela hatte Melissa auf den Schoß genommen und zog ihr den Schneeanzug aus.

Elizabeth Forrester kam aus dem Wohnzimmer, warf einen hochmütigen Blick auf die ganze Versammlung im Foyer und konstatierte: »Höchste Zeit, daß hier jemand zur Vernunft gekommen ist.« Dann humpelte sie, auf ihren Gehstock gestützt, wieder ins Wohnzimmer zurück, füllte ihr Glas mit Eierflip, murmelte vor sich hin: »Warum denn nicht, zum Teufel?« und fügte einen ordentlichen Schuß Rum hinzu.

Überall hingen Mistelzweige. Catherine versuchte, sie einfach zu ignorieren, was aber unmöglich war, denn jedesmal, wenn sie aufsah, begegnete sie Clays Blick. Doch merkwürdigerweise hielt er sich den ganzen Abend von ihr fern, ließ sie nur nicht aus den Augen. Nur mit Mühe konnte sie an der Unterhaltung teilnehmen, denn ihr ganzes Wesen war von seiner Anwesenheit in Anspruch genommen. Am Büfett standen sie dann plötzlich nebeneinander.

»Gefällt es dir hier?«

»Ja. Es ist wundervoll. Fühlst du dich auch wohl?«

Am liebsten hätte er gesagt, nein, ich vergehe vor Ungeduld, aber er murmelte nur: »Ja, es ist wundervoll.«

»Willst du denn nichts essen?«

Er blickte auf seinen leeren Teller. Catherine pickte ein Fleischklößchen aus der Weinsoße und legte es ihm auf den Teller.

»Zur Kräftigung«, sagte sie ganz beiläufig, ohne ihn anzusehen, und ging weiter. Lächelnd betrachtete er das einsame Fleischklößchen auf seinem Teller. Sie wußten beide, wofür er die Kräftigung heute abend brauchen würde.

Melissa verkündete lautstark, daß es ihr nicht gefiel, in dem fremden Zimmer, in dem fremden Bett alleingelassen zu werden. Catherine seufzte und ging zu ihrer Tochter, die sofort aufhörte zu weinen.

»Melissa, Mami ist doch bei dir. Du bist müde, willst du dich nicht hinlegen?«
Sie deckte Melissa zu, aber kaum hatte sie sich zwei Schritte entfernt, umklammerte Melissa die Gitterstäbe und brüllte herzzerreißend.
Clay kam ins Zimmer.
»Gibt sie keine Ruhe?«
»Es ist eine fremde Umgebung, weißt du.«
»Mutter fängt an, die Weihnachtslieder zu spielen. Vielleicht wird die Musik Melissa zum Einschlafen bringen. Nimm sie doch wieder mit nach unten.«
Er streckte die Hände aus und nahm ihr Melissa ab. In seinen Armen schlief sie schließlich unten im Salon ein, aber als er sie in ihr Bettchen legte, riß sie sofort wieder die Augen auf und begann zu weinen.
»Es hat keinen Sinn, Clay«, flüsterte Catherine. »Sie ist völlig erschöpft, findet aber keine Ruhe.«
»Sollen wir sie nach Hause bringen?«
Der Ton, in dem er die Worte »nach Hause« aussprach, und das sehnsüchtige Verlangen in seinem Blick brachten Catherines Blut in Wallung.
»Ja, ich glaube, das ist besser.«
»Dann zieh sie an, und ich entschuldige uns bei meinen Eltern.«

Während der Fahrt zum Stadthaus sprachen Catherine und Clay kein Wort. Er schaltete das Radio ein, und sie lauschten den Weihnachtsliedern. Melissa war auf Catherines Schoß eingeschlafen.
Catherine kam es vor, als hätte sie die ganze Szene schon einmal erlebt. Sie brachte Melissa zu Bett und ging dann zu Clay hinunter, der – noch im Mantel – auf einem Hocker vor der Küchentheke saß. Zwischen Daumen und Zeigefinger

hielt er etwas Grünes, das er unablässig hin und her drehte. Es war ein Mistelzweig.
Sie starrte darauf und stammelte: »D ... das B ... Baby ...«
»Vergiß Melissa«, befahl er sanft.
»Möchtest du etwas trinken?« fragte sie nervös.
»Und du?«
Ihre Blicke begegneten sich, und sie starrte ihn wie hypnotisiert an, bis er sagte: »Du weißt, was ich möchte, Catherine.«
»Ja.« Sie senkte den Kopf und dachte: Warum bleibt er da sitzen? Warum nimmt er mich nicht in die Arme?
»Aber weißt du auch, wie oft du mich abgewiesen hast?«
»Ja, achtmal«, flüsterte sie.
Bei diesem Geständnis stieg ihr das Blut in die Wangen. Sie sah ihn an, und er las in ihren Augen, wie sehr sie darunter gelitten hatte. Noch immer spielte er mit dem Mistelzweig.
»Dann komm mir entgegen, Catherine«, bat er und streckte ihr die Hand entgegen.
»Du kennst meine Bedingungen.«
»Ja.«
»Dann ... dann ...« Sie hatte das Gefühl zu ersticken. Verstand er denn immer noch nicht?
»Dann sag es!«
»Ja, sag du es zuerst«, bat sie und betrachtete seine langen, schönen Finger.
»Komm zu mir, damit ich es dir ins Ohr flüstern kann.«
Langsam streckte sie ihre Hand aus und berührte mit den Fingerspitzen seine Handfläche. Er umschloß ihre Finger und zog sie an sich. Er drückte ihren Körper fest gegen seine Hüften, und sie konnte sein Verlangen spüren. Mit geschlossenen Augen beugte er den Kopf und verschloß ihren Mund mit einem leidenschaftlichen Kuß. Der Mistelzweig verfing sich in ihrem Haar. Dann umfaßte er ihr Gesicht mit beiden Händen und sah ihr in die Augen.

»Ich liebe dich, Cat, ich liebe dich. Warum habe ich so lange gebraucht, um das zu erkennen?«
»Oh, Clay, versprich mir, mich nie wieder zu verlassen, damit ich dir endlich nachgeben kann.«
»Ich verspreche es, ich verspreche es, ich verspre ...«
Das letzte Wort endete in einem Aufstöhnen, denn sie hatte sich mit aller Macht gegen ihn gepreßt. Er saß noch immer auf dem Hocker, und sie stand zwischen seinen Beinen. Er rieb sein Knie an ihrer Hüfte, und während sie sich in einem leidenschaftlichen Kuß verloren, begann der Hocker zu schwanken, und sie folgte den rhythmischen Bewegungen seines Körpers. Er öffnete ihren Gürtel, knöpfte ihr Kleid auf, streichelte ihren Hals, senkte dann den Kopf und küßte ihre Brüste, während seine Hand über ihre Schenkel glitt. Dann wich er etwas zurück, schob ihr das Kleid über die Schultern, und es fiel zu Boden. Mit einem Aufstöhnen preßte er seine Lippen auf ihren nackten Bauch.
»Heute ist unsere Hochzeitsnacht«, flüsterte er heiser und öffnete ihren Büstenhalter. Ungeduldig zerrte sie an seinem Mantel, schob ihn über seine Schultern hinunter, streifte ihm das Jackett ab und knöpfte sein Hemd auf. Während sie sich unaufhörlich küßten, fiel ein Kleidungsstück nach dem anderen zu Boden, bis er endlich ihre nackte Brust gegen seinen Oberkörper preßte.
Er schob eine Hand in ihr Höschen und fragte: »Soll ich es dir ausziehen?«
»Wir sind in der Küche, Clay.«
»Das ist mir verdammt egal. Soll ich es dir ausziehen, oder willst du es tun?«
»Es war deine Idee«, wisperte sie kokett.
Mit einer einzigen Bewegung streifte er ihr das Höschen bis zu den Knien hinunter, hob sie auf und setzte sie auf die Theke. Dann kniete er vor ihr nieder, zog ihr die Schuhe und

Strümpfe aus. Er lehnte sich zwischen ihre Beine, und sie schlang ihre Arme um seinen Nacken. »Trag mich in unser Schlafzimmer.« Er fühlte ihre Wärme an seinem Bauch, als er sie die Treppe hinauftrug. Neben der Lampe blieb er stehen und sagte: »Knips sie an.«
Vor dem Bett flüsterte er an ihrem Mund: »Laß los.«
»Niemals«, antwortete sie.
»Wie soll ich denn da meine Hosen ausziehen?«
Sie löste ihre Beine von seiner Taille und fiel aufs Bett. Er zog sich rasch aus, während sie ihn keine Sekunde aus den Augen ließ. Dann kniete er sich über sie.
»Catherine, ich weiß, ich frage dich eineinhalb Jahre zu spät – besteht die Gefahr, daß du schwanger wirst?«
»Wenn du mich am vierten Juli gefragt hättest, wären wir heute wohl nicht hier, oder?«
»Cat, ich möchte nur nicht, daß du gleich wieder schwanger wirst.«
Sie glaubte, vor Verlangen zu vergehen, und sagte: »Nein, Clay, ich werde nicht schwanger werden.«
»Wie lange soll ich dann noch warten, bis du mich berührst?« flüsterte er heiser.
Nicht länger, dachte sie und streichelte ihn zärtlich. Ihre Berührung steigerte sein Verlangen ins Unermeßliche, doch er hielt sich zurück und legte sich neben sie. Mit unendlicher Zärtlichkeit erforschte seine Hand ihren Körper, während seine Lippen ihre Haut zu verbrennen schienen. Als er fühlte, daß sich ihre Lust dem Höhepunkt näherte, wollte er diesen Augenblick höchster Ekstase mit ihr teilen und drang in sie ein. Mit einem Aufstöhnen warf sie sich ihm entgegen, und er flüsterte immer wieder ihren Namen: Cat, Cat.

Eine Weile später flüsterte er in ihr Haar: »Ach, Cat, es war wundervoll für mich.«

»Für mich auch.«
Er legte seine Hand auf ihren Bauch.
»Cat, erinnerst du dich, wie die Krankenschwester mich fühlen ließ, wie die Wehen kamen?«
»Ja«, antwortete sie schläfrig und spielte mit seinem Haar.
»Dasselbe Gefühl hatte ich eben, als ich in dir war.«
»Ach, ja?«
»Wie nahe Schmerz und Lust doch beieinanderliegen. Sie scheinen dieselbe Reaktion in deinem Körper auszulösen.«
»Darüber habe ich noch nicht nachgedacht, aber ich hatte auch noch nie ...«
Er stützte sich auf einen Ellbogen und sah sie an.
»War es für dich das erste Mal?«
Sie wurde plötzlich verlegen und versteckte ihr Gesicht an seiner Brust.
»Ja«, gestand sie leise.
Mit einem sanften Druck seiner Hand zwang er sie, ihn anzusehen. »Nach allem, was wir miteinander durchgemacht haben, wirst du doch nicht plötzlich schamhaft werden?«
»Dafür ist es jetzt wohl zu spät.«
»Versprich mir, über alles mit mir zu reden. Wenn du mir deinen Kummer nicht anvertraust, kann ich dir auch nicht helfen.«
»Ach, Clay«, seufzte sie, schmiegte sich an ihn und versprach ihm, nie wieder ihre Gefühle vor ihm zu verheimlichen. Kurze Zeit später sagte sie: »Weißt du, daß ich mich in dich verliebt habe, als du mich im *Horizons* besucht hast?«
»So lange liebst du mich schon?«
»Ach, Clay, wie konnte ich mich dagegen wehren? Die Mädchen haben dich ja förmlich vergöttert und lagen mir ständig in den Ohren, was für ein wundervoller Mann du seist. Du kamst da vorgefahren in deiner Corvette, in deinen schicken Kleidern und mit deinem charmanten Lächeln und

hast dich einfach in mein Herz gezaubert. Mein Gott, ich war verrückt nach dir.«

»Mein törichtes Mädchen«, sagte er lachend. »Weißt du, wieviel Zeit du uns erspart hättest, wenn du nur ein Wort über deine Gefühle gesagt hättest?«

»Aber ich hatte soviel Angst. Wenn du nicht dieselben Gefühle für mich gehabt hättest, wäre ich zerbrochen.«

»Und jedesmal, wenn ich einen Annäherungsversuch wagte, hast du getan, als könntest du mich nicht ausstehen.«

»Clay, ich habe dir in jener Nacht, als mein Dad mich zwang, mit in euer Haus zu gehen, gesagt, daß ich nur aus Liebe heiraten würde. Bitte, laß uns die Gefühle bewahren, die wir jetzt füreinander haben. Wir wollen die Versprechen einhalten, die wir uns bei der Hochzeit gegeben, aber damals nicht wirklich gemeint haben. Versprichst du mir das?«

Die nackten Körper ineinander verschlungen, sicher und geborgen in ihrer Liebe, konnten sie dieses Versprechen endlich besiegeln.

»Ich verspreche es, Cat.«

»Ich verspreche es, Clay.

Am Weihnachtsmorgen weckte Melissa sie auf. Krähend und strampelnd lag sie in ihrem Bettchen.

Clay streckte sich schlaftrunken und berührte Catherines nackten Körper. Er drehte sich um und betrachtete sie liebevoll.

Er wollte leise aufstehen.

»Wohin gehst du?« murmelte sie ins Kissen.

»Ich hole Melissa zu uns ins Bett.«

»Ja, aber bleib nicht zu lange fort.«

Clay legte Melissa neben Catherine und schlüpfte wieder unter die Decke.

»Hallo, Lissy. Gibst du deiner Mami einen Kuß?«

Melissa beugte sich vor und zutzelte an Catherines Kinn. Ihre Version eines Kusses.
Clay beobachtete die beiden und lächelte glücklich.
Catherine betrachtete sein zerzaustes Haar, sah ihm in die lächelnden grauen Augen und fragte: »Hallo, Clay, gibst du Mami einen Kuß?«
»Mehr als einen«, antwortete er lächelnd, nahm Melissa in den Arm und gab seiner Frau das, wonach sie sich sehnte.